海外小説 永遠の本棚

見えない人間［下］

ラルフ・エリスン

松本昇＝訳

白水uブックス

INVISIBLE MAN

見えない人間（下）

14

メアリーが炒めるキャベツの匂いで、僕は気が変わった。玄関中に漂うその匂いに包まれたまま立っていると、現実的にはブラザー・ジャックの誘いを断ることができない、とふと思った。キャベツは貧しかった子どもの頃をいつも思い出させて、気が滅入るので、彼女がそれを食卓に出すたびに、ひとりで悩んでいた。しかし、今週はこれで三度目だったので、メアリーは金に困っているにちがいないということが、分かってきた。

それなのに、彼女に下宿代をどれほど借りているのかも知らないで、自分はあの誘いを断って喜んでいる、と思った。急に自分のことが情けなくなってきた。このままでは、彼女と面と向かって顔を合わせることなんかできない。急いで自分の部屋へ行くと、ベッドに横たわりながら、物思いに耽《ふけ》った。ほかにも下宿人が何人かいて職についていたが、彼女が自分の親戚から援助してもらっていることは僕も知っていた。さまざまな料理を並べたがる彼女が、キャベツばかり食卓に出すのが偶然でないことは、明らかだった。なぜ今までそのことに気づかなかったのだろう？　彼女はすごく親切だし、下宿代の催促をしたことがなく、僕が家賃を払っていないことを詫びようとすると、彼女は「そんなくだらん事を心配しなくてもいいんだよ。あんたはそのうちになんとかなるんだから」と言ったが、その言葉が、ベッドに横たわっている僕の耳から離れなかった。おそらく、ほかの下宿人が引っ越したか、職を失うかしたのかもしれない。それにしても、メアリーが抱えている問題とは何なのだろう？　あの赤い髪をしたブラザー・ジャックが言ったように、誰が「彼女の不満をはっきりと代弁する」のだろう？　彼女は何ヶ月ものあいだ住まわせてくれたのに、僕には今後の見通しがつかなかった。自分はどういう人間になりさがっているのだろう？　僕は彼女の親切をごく当然のことと考えていて、あの誘いを断った時には、借金のことなど考えもしなかった。またあんな馬鹿げた演説をしたことで、警察が逮捕しに彼女の家に来たとしたら、どんなに迷惑をかけるかも考えたことがなかった。突然、彼女に会いたい衝動に駆られた。おそらく、本当に彼女と会った気がなかったからだろう。僕は大人のようにではなく、子どものように振るまっていたのだ。

さっきのしわくちゃの紙切れを取り出すと、そこに書かれた電話番号を見た。ブラザー・ジャックは或る組織のことに触れていた。何という組織だったのか、僕は訊かなかった。なんとうっかりしていたことか！　あの赤い髪の男を信用していなかったとはいえ、せめて自分が何を断ったのか訊いておけばよかった。僕は憤りを感じていたからだけではなく、不安な気持ちから断ったのだろうか？なぜ彼は、知識をひけらかすかわりにその話をしなかったんだろう？

やがて、下のほうの廊下からメアリーが、澄んだ、楽しそうな声で歌っているのが聞こえてきた。もっとも、彼女は悩みの歌を歌っていたが。それはベシー・スミスの『洪水ブルース』だった。流れてくる歌声をベッドに横たわって聴いているうちに、下宿代のことを穏やかな気持ちで思い浮かべた。

歌声が次第にうすれていった時、僕は立ち上がってコートを着た。まだそんなに遅くはないかもしれない。公衆電話を見つけて、あの男に電話しよう。そうすれば、彼も用件を言ってくれるだろうし、僕も分別のある決心がつくだろう。

メアリーは僕がいることに気づいた。「まあ、あんた、いつ来たの？　足音も聞こえなかったよ」と彼女は台所から頭を覗かせて、言った。

「ちょっと前に帰って来たんですけど、忙しそうだったんで、お邪魔だと思って」と僕は言った。

「それなのに、またどこへ行くのさ？　夕食は食べないのかい？」

「はい、ちょっと。もう出かけなきゃ。用事を片づけるのを忘れてたもんですから」

「まあ！　こんな寒い夜に、どんな用事があるのかい？」と彼女は訊いた。

「ええ、まだ分からないけど、あなたを驚かせるものがあるかもしれませんよ」

「わたしを驚かせるものなんか何もないさ」と彼女は言った。「急いで帰ってきて、あったかいものを食べるんだね」

寒い大気の中で公衆電話を探しているうちに、僕は、びっくりさせるような話を持ってくると言いきったことに気づいた。歩いていると、自分でもいくらか元気が出てきた。とにかくこれは、自分の演説の才能を発揮できそうな仕事だし、ちょっとでもお金が入れば、今よりはいい。少なくともメアリーに下宿代のいくらかを払えるだろう。それに彼女にとっても、自分で言ったことが正しいと証明されるのだから、少しは満足するだろう。

僕はキャベツの匂いにつきまとわれているように思えた。電話のある小さな軽食堂でも、やはり同じ匂いがした。

ブラザー・ジャックは、僕から電話がかかってきても、驚いた様子はまったくなかった。

「仕事のことを少し知りたいんですけど――」

「じゃあ、できるだけ早くこっちに来てくれ。おれたちはすぐに出かけるから」と言って、彼はレノックス街の住所を教えると、話を最後まで聞かないうちに電話を切った。

僕は、彼の平然とした様子や、話す時のそっけない口調に戸惑いながら、寒い外へ出て、ゆっくりと歩き出した。行き先は遠くなかった。ちょうどレノックス街の曲がり角にさしかかった時に一台の車が停まり、車内を見ると数人の男たちが乗っていて、彼らに混じって微笑を浮かべているジャックもいた。

「乗りな」と彼は言った。「これから行く所で話はできるから。パーティーなんだ。君も気にいるかもよ」

「でも、正装していませんから。明日にでも電話します――」

「正装だって?」彼はクスクス笑った。「大丈夫だから、乗りなよ」

僕は彼と運転手の横に乗り込むと、うしろに三人の男が乗っていることに気づいた。やがて車は走り出した。

誰も話をする者はいなかった。ブラザー・ジャックはすぐに深い物思いに耽ったようだった。ほかの男たちは外の夜景を眺めていた。まるで僕らは、たまたま地下鉄に乗り合わせた乗客のようだった。僕は不安を感じ、これからどこに行くのだろうと気になったが、何も訊かないことにした。車は雪解けの道を突っ走っていった。

通りすぎる夜景を眺めながら、この男たちはいったい何者だろうと思った。たしかに彼らは、とても打ちとけたパーティーに向かっているようには見えなかった。僕は腹が減っていたし、夕食に戻っても間に合わなかった。まあ、そのほうがメアリーにとっても、僕にとっても好都合かもしれない。少なくとも、あの炒めたキャベツを食べなくてもいいのだから。

車はしばらく赤信号で停まったが、あちこちの街灯に照らし出された果てしなく続く雪景色の中を、行き交う車のイライラするほど突き刺すようなライトを感じながら、勢いよく走っていった。今は、雪のためにすっかり様変わりしたセントラル・パークを、さっと通過するところだった。まるで僕らは田園の真ん中の平穏の中にいきなり飛び込んだかのようだったが、それでも僕は、ここに、夜のどこか近くに、危険な動物がいる動物園があることを知っていた。熱気を帯びた檻《おり》の中のライオンや虎、眠っている熊、地下でしっかりととぐろを巻いた蛇など。それに、黒っぽい水をたたえた貯水池もあったが、それが今では、降る雪や夜のとばりにすっかりおおわれていることだろう。黒い夜や白い雪、灰色のもやの中に静かに埋もれていることだろう。やがてフロントガラスの向こうに、城壁のようなビルの群れがぼんやりと現れるのが見えた。僕らの車は車の流れに混じって、落ちるように下っていった。

車は、ニューヨークの見知らぬ地区にある高級そうなビルの前の通りに停まった。歩道の上にまで伸びたひさしに書かれた〈ソーニアン（地下神）〉という文字が見えた。ほかの連中と一緒に車から下りると、すりガラスのうしろからうす暗い電灯の明かりがついたロビーのほうへ足早に歩いていき、制服姿のドアボーイの前を通りすぎたが、どことなくなじみのあるような不気味な場所に来た感じがした。音のしないエレベーターに乗り込み、一分間に一マイルの速度でさっと上がった時にも、僕は以前こんな経験をしたことがあるような気がした。やがてエレベーターがゆるやかに弾んで止まりかけたが、上がったのか下がったのか僕にははっきりしなかった。ブラザー・ジャックが廊下を通って、或るドアのほうへ案内してくれた。そのドアには、大きい目の 梟《ふくろう》 の形をした青銅のノッカーがついていた。彼は聞き耳を立てるかのように頭を突き出して一瞬ためらい、片手でその梟をおおうと、ノックの音がするかと思ったら、氷のような澄んだチャイムの音がした。やがてドアが少し開いたかと思うと、こざっぱりした服装の女が現れた。そのきつい感じの美しい顔から微笑がこぼれた。

「入って、ブラザーたち」と彼女は言った。その異国風の香水の香りが玄関中に漂っていた。

彼女のドレスにつけた光り輝くダイヤモンドのピンに目をとめながら、横に立ってほかの連中を先にやろうとしたが、ブラザー・ジャックが僕を前に押した。

「失礼します」と僕は言った。彼女は動こうとしなかったので、僕は自分の緊張した体を香水の匂う柔らかい体に押しつける格好になった。すると彼女は、ここにいるのはわたしたちふたりだけよ、と合図するかのように、にっこりした。僕は彼女の前を通ったが、体に触れたことよりもむしろ、自分が以前このような経験をしたことがあるような気がして、戸惑いを覚えた。それが映画で観たそっくりの場面だったのか、本で読んだのか、それともくり返し見るが意識の底に埋もれている夢の光景だったのか、はっきり分からなかった。いずれにしても、これまでなんとなく複雑な事情のせいで、遠くからしか見たことがない場面の中へ入っていくようだった。連中がこんな高級な部屋をどうして持てるのか、僕には不思議でならなかった。

「あなたの持ち物は書斎においといて。わたしは飲み物を用意するから」と女は僕に言った。

僕らは本がずらりと並び、いくつもの古い楽器で飾られた部屋へ入った。アイルランドのハープ、狩猟用の角笛、クラリネット、それに木製のフルートが、首の所に結んだピンクや青のリボンで壁に吊るしてあった。革製のソファーが一つと、多くの安楽椅子がおいてあった。

「コートはソファーにおいとけば」とブラザー・ジャックが言った。

僕はコートを脱いで、辺りを見回した。天然マホガニー材の本棚に組み込まれたラジオのスイッチはついていたが、何も聞こえなかった。幅のゆったりした机があり、その上に銀製や水晶製の筆記用具がおいてあった。連中のひとりが本棚のそばにやって来て、それをじっと眺めている時、僕にはふと、部屋の豪華さと彼らのかなり安物の服のコントラストが印象に残った。

「さあ、別の部屋へ行ってみよう」とブラザー・ジャックが言って、僕の腕をつかんだ。

僕らの入った広間には、一つの壁全体に、イタリア風の赤い壁掛けが優美なひだをなして、天井から垂れ下がっていた。立派な服を着た多くの男女がそこかしこに集まっていて、グランドピアノのそばに立っている者もいれば、薄いベージュの布を張った、薄茶色の木の椅子にゆったりと腰かけている者もいた。魅力的な若い女性が数人いたが、僕は一度ちらりと見ただけで、あとは、目を向けないように気をつけた。みんなもちらりと僕を見たあとは特に注意を払う者はいなかったが、僕は居心地がすこぶる悪かった。まるで彼らは僕のことなど眼中にないみたいで、僕はちゃんといるのに、いないかのようだった。一緒に来たほかの連中もばらばらに散らばってさまざまなグループに加わっていて、ブラザー・ジャックは僕の腕をつかんだ。

「さあ、一杯飲もう」と彼は言って、部屋のはしのほうへ案内した。

僕らを部屋に入れたさっきの女性が、ナイトクラブに飾ってもいいくらい大きい、見事に斬新な形のカウンターの奥で、飲み物を作っていた。

「エマ、おれたちにも一杯作ってくれないか?」とブラザー・ジャックが言った。

「じゃあ、考えとくわね」と彼女は言って、きつくゆった髪の頭をかしげて、ほほ笑んだ。

「考えないで、作ってよ」と彼は言った。「おれたち、喉がカラカラなんだから。この青年は、今日、歴史を二〇年も先に押し進めたんだよ」

「まあ」と彼女は言って、そのまなざしは真剣味を帯びてきた。「この人のこと、ぜひ聞かせてよ」

「朝刊を読むだけで分かるさ、エマ。情勢は動き出したんだ。そう、大きな飛躍だよ」彼は太くて低い声で笑った。

「ブラザー、何を飲みますか?」と彼女は訊き、その視線は僕の顔をゆっくりとかすめた。

「バーボンをください」と僕は南部で飲む時に出されるいちばんいいウィスキーを思い出し、少し大きすぎる声で答えた。僕の顔はほてっていたが、思い切ってしっかりと彼女の顔を見返した。彼女の視線は、南部で経験したことのある、お前には人間としては興味がないんだぞといったきついまなざしで、まるで馬か虫けらみたいに黒人をさっと見る、あの目つきとは違っていた。それは何かもっとまっすぐに、ここにいるのはどんな奴だろうかといった、僕の心の底まで見抜きそうな目つきだった……。脚のどこかで筋肉がひどくピクピク震えた。

「エマ、バーボン！　バーボン二つ」とブラザー・ジャックが言った。

「あのね」と彼女はデカンターを取りながら言った。「わたし、興味があるのよ」

「当たり前さ。いつだってそうさ」と彼は言った。「興味をそそられたり、そそったり。けど、おれたち喉がカラカラなんだよ」

「待ちきれないだけなんでしょう」と彼女は飲み物を注ぎながら言った。「**あなたがね**、ジャック、あのね、どこでこの民衆の英雄を見つけたの？」

「おれじゃないよ」とブラザー・ジャックが言った。「彼は民衆の中から現れたんだ。民衆はいつだって指導者を産み出すものなんだよ……」

「**産み出す**だって」と彼女は言った。「ばかばかしい、民衆は指導者を嚙み砕いて、吐き捨てるのよ。指導者は作られるのであって、生まれるものではないわ。あとは滅ぼされるのよ。あなた、いつもそう言ってたじゃない。はい、どうぞ、ブラザー」

ブラザー・ジャックは彼女をじっと見た。僕はうれしいことに彼女から視線をそらす口実ができて、手ごたえのあるクリスタルグラスを手に取り、口へ持っていった。もやのような煙草の煙が部屋に漂っていた。背後からピアノを弾く豊かなアルペッジョの音色が響いたので、振り向くと、エマがあまり低くない声で、こういうのが聞こえた。「でも、彼はもう少し黒いほうがいいと思わない？」

「しっ、馬鹿なこと言うんじゃない」とブラザー・ジャックがきびしい口調で言った。「おれたちに関心があるのは顔立ちじゃなくて、彼の雄弁さなんだから。だからエマ、**君も**その点を考えといて……」

急に体がカッとほてり息苦しくなったので、僕は部屋の向こう側の窓を見つけ、そこへ行って外の景色を眺めた。僕らのいる部屋はずいぶん高い所にあった。眼下にある街灯や行き交う車のライトが夜景の中に模様を描いていた。それじゃエマは、僕がいかにも黒人らしいとは、思っていないようだ。どういう黒人が好きなんだろう、黒い顔をしたコメディアンだろうか？　一体、彼女は何者なんだろう。ブラザー・ジャックの奥さんだろうか、それとも彼の恋人？　僕がコールタールか、黒いインクか、靴墨か、黒鉛みたいな皮膚をして汗を流していたら、彼女は気にいるのかもしれない。だったら僕はどうなる？　人間か、それとも天然資源とでも思っているのか？

窓はとても高い所にあったので、行き交う車の音はほとんど聞こえなかった……。まずい出だしになったが、僕が雇われようとしているのはブラザー・ジャックにであり、このエマという女にではない。もし彼が今でも僕を望んでいればの話だが。自分が本当はどんなに黒いかをエマに見せてやりたい、と考えながら、バーボンをぐいと飲んだ。口当たりがよくて、冷たかった。このウィスキーには気をつけなきゃいけない。飲みすぎたら、どうなるか分かったものじゃない。この連中にも気をつけよう。いつだって油断大敵だ。みんなに注意を払わなきゃいけないだろう……。

「すばらしい眺めだねぇ」という声がしたので、僕がクルッと振り向くと、背の高い色の黒い男がいた。「悪いけど、書斎のわれわれの所に来てくれないか？」と男は言った。

ブラザー・ジャック、車で一緒に来た連中、それに見かけたことのないふたりが待っていた。

「入りたまえ、ブラザー」とジャックが言った。「楽しむ前に仕事っていうのは、いつだって立派な鉄則だよ、君が誰であろうと。いつの日か、この鉄則は楽しみながらの仕事になるだろう。労働の喜びを取り戻さなきゃいけないんだから。座りたまえ」

僕は、この言葉はどういう意味があるのだろうと思いながら、彼のすぐ前の椅子に座った。

「あのね、ブラザー」と彼が言った。「いつもなら社交的な集まりに仕事をはさまないんだけど、君の場合には、それが必要なんだ」

「大変申しわけありません。もっと早く電話すればよかったのですが」

「申しわけないだって？　そんな、電話してくれたんで、こっちは大喜びだよ。おれたちは君を何ヶ月も前から待っていたんだから。それとも、君みたいな行動ができる人を、と言ったらいいのかな」

「でも何を……？」と僕は訊いた。

「おれたちが何をするつもりかって？　おれたちの使命は何かということかい？　単純なことさ。あらゆる民衆のためによりよい世界を目指して働くのさ。あまりにも多くの人々が生得権を奪われてきたから、おれたちは何かできることをしようと思って、集まってこのブラザーフッド協会を作ったんだ。君、そのことをどう思う？」

「そりゃ、すばらしいことだと思います」と言って、僕は彼の言葉の意味をまるごと理解しようとした。「すばらしいことだとは思いますが、でもどうやって？」

「今朝君がやったみたいに、民衆を行動に移させることでさ……。みんな、おれはそばに居合わせたんだよ」と彼はほかの連中に向かって言った。「この青年はすばらしかった。少し話しただけで、立ち退きに反対する効果的なデモをはじめたんだから！」

「おれもいたんだけど、実に見事だったなぁ」ともうひとりの男が言った。

「君の経歴をおれたちに少し教えてよ」とブラザー・ジャックが言った。その声と身ぶりは嘘いつわりのない返事を求めていた。そこで僕は、大学に復学できる金を稼ぐために職を求めてやって来たが、失敗したいきさつを手短に説明した。

「今でも大学に戻るつもりなのかい？」

「今は違います。そのことはもうすっかり終わったんです」

「そいつはいいや」とブラザー・ジャックが言った。「君には、あんなところで学ぶものなんか、ほとんどないよ。けど、大学での教育は悪かないさ――もっとも、君はその大部分を忘れなきゃいけないだろうが。経済学は勉強したかい？」

「多少は」

「社会学は？」

「ええ、勉強しました」

「それじゃ、アドバイスしておくけど、そいつを忘れたほうがいい。いずれ君には、おれたちの計画を詳しく説明した資料と読む本が何冊か渡されるから。けど、おれたちは事を急ぎすぎているな。これでは、君はブラザーフッド協会のために働くことに興味が持てないかもな」

「でも、僕が何をするのか、まだ聞いていませんせん」と僕は言った。

彼は僕をじっと見つめてから、グラスをゆっくりと持ち上げ、ぐっとバーボンを飲んだ。

「じゃあ、こんなふうに言ってみよう」と彼は言った。「新たなブッカー・T・ワシントンになるのはどうかい？」

「何ですって！」僕が彼の穏やかな目を覗き込んで笑おうとすると、彼はその赤い髪の頭を少し傾けた。「そんな言い方はやめてくださいよ」と僕は言った。

「いや、おれはマジだよ」

「そんなこと言われても、あなたの言っている意味が、分かりません」僕は酔ったのだろうか？

「君はこの考えをどう思うかい？　というより、ブッカー・T・ワシントンのことをどう思うかね？」

僕は彼を見たが、しらふのように見えた。

「そうですね、あの方は偉大な人物だったと思います。少なくともたいていの人がそう言ってます」

「だけどなぁ」

「ううむ」僕は言葉に詰まった。またしても彼は事を急ぎすぎていた。考えそのものは非常識だったが、ほかの連中は穏やかな目つきで僕を見ていた。連中のひとりが傾けたパイプに火をつけようとしていた。マッチはパチパチという音を立てて、火がついた。

「どうなんだい？」とブラザー・ジャックが迫った。

「ですが、あの方は大学の創設者ほどには偉大ではなかったと思います」

「おや、それはまたどうして？」

「そうですね、先ず第一に、創設者はブッカー・T・ワシントンよりも先に現れて、実際にはそのワシントンが実現したことはすべてなさっただけではなく、それ以上にもっと多くのことをやり遂げられたからです。しかも創設者のほうが大勢の人に信頼されています。あなたもお聞きのように、ブッカー・T・ワシントンについてはかなりの賛否両論がありますが、創設者について異議を唱える者はほとんどいません……」

「そうだけど、たぶんそれは、創設者が歴史の外側にいるのに対し、ワシントンはいまでも生きた影響力を及ぼしているからだろう。けど、二代目のワシントンは貧しい人々のために活動するんだよ……」

バーボンの入った自分のクリスタル・グラスを覗き込んだ。信じられないが、それでも妙に胸のときめくような話だったので、僕は重要な出来事が作られる現場にいあわせているような気がして、まるでカーテンが開いて、この国の動きをちらりと見たようだった。それなのに、ここにいる連中のなかで有名人は誰もいなかったし、少なくとも僕は、新聞でも彼らの顔を見たことがなかった。

「かつてのすべての答えが誤りだと判った、現代のような不確実な時代には、民衆は、その手がかりを見つけようとして故人のことを振り返る」と彼は話を続けた。「民衆は、過去に活躍した人たちに次々に呼びかけるのさ」

「あのさ、ブラザー」とパイプを手にした男が口をはさんだ「もっと具体的に話したほうがいいと思うよ」

「ちょっと、黙っててくれ」とブラザー・ジャックが冷ややかに言った。

「おれは、科学的な用語があることを指摘したかっただけだよ」とその男はパイプを振り回しながら、言い返した。「なんといっても、ここにいるみんなは科学者と称している者たちなんだから、科学者として話をしようよ」

「そのうちにね」とブラザー・ジャックが言った。「いずれ……分かるだろうが、ブラザー」と彼は僕のほうを向いて、言った。「困ったことには、死んだ人にできることはほとんどないんだ。でないと、死人じゃなくなるからね。そうだよ！　けど一方で、死人がまったくの無力だと思ったら、そりゃ大間違いだよ。彼らに力がないのは、結局、歴史が提起した新たな疑問に対して、生きている人にちゃんとした答えを示せないからさ。それでも彼らは答えようとする！　危機に陥った民衆のせっぱつまった叫びを聞くといつだって、死人は応えるんだ。今や多くの民族のいるこの国では、かつてのあらゆる英雄たちの復活が叫ばれている――ジェファソン、ジャクソン、プラスキー、ガリバルディ、ブッカー・T・ワシントン、孫逸仙《そんいっせん》、ダニー・オコーネル、エイブラハム・リンカーンなどの民族的な指導者に加え、ほかに数多くの指導者たちが、もう一度歴史の舞台に立つよう求められている。何もおれは、おれたちが歴史の最終点に、最大の世界危機の瞬間に立っていることを、あまり強調して言うつもりはない。状況が変わらない限り、破滅は目の前に迫っている。だから、状況を変えね**ばならない**し、それも民衆の手によって変革しなきゃいけないんだ。ブラザー、人間の敵どもが世界を奪おうとしているんだから！　分かるかい？」

「だんだん分かりかけてきました」と僕は大いに感動して答えた。

「こういったことを表現する言葉や、もっとはっきりした言い方がほかにあるけど、今はおれたちにはその時間がない。分かりやすい言葉で話しているんだよ。今朝、君が群衆に向かって演説したみたいにね」

「ええ」僕は、彼に見つめられて気恥ずかしい感じがした。

「君が第二のブッカー・T・ワシントンになりたいかどうかは、問題じゃないよ。ブッカー・T・ワシントンは、今日ハーレム地区の立ち退きの現場で復活された。あの方は名もなき群衆の中から現れて、民衆に向かって演説された。君も分かるように、おれは君をからかってはいないし、言葉遊びもしていない。こうした現象には科学的な説明がつく——われらの博学なブラザーが親切にもおれに思い出させてくれたようにね——いずれ分かるだろうが、君がどう呼ぶにしても、現に世界危機は揺るぎない事実としてあるんだ。ここにいるおれたちはみんな現実主義者だし、唯物論者でもある。問題は、出来事の方向づけを誰に決めさせるかなんだ。だから、おれたちは君をこの部屋に連れてきたんだよ。今朝、君は民衆の訴えに応えてくれたし、おれたちとしては、君に民衆の真の代弁者になってもらいたいんだ。君を第二のブッカー・T・ワシントンに、それもあの方よりもずっと偉大な人物にね」

沈黙が起きた。僕には、パイプが湿ってパチパチいう音が聞こえた。

「こうしたことについて、このブラザーに今の気持ちを語らせたほうがいいだろう」とパイプを手にした男が言った。

「それじゃ、ブラザー、どうかね?」とブラザー・ジャックが言った。

僕は待っている彼らの顔を見た。

「こんなことははじめてのことなんで、自分の本当の考えがはっきりとは分かりません」と僕は言った。「皆さんは、ふさわしい人物を見つけたと本当に思っているんですか?」

「そんなこと気にしなさんな」とブラザー・ジャックが言った。「君は任務に応じて才能を発揮するだろう。懸命に頑張って、指示に従うだけでいいんだから」

今では、みんなは立ち上がった。僕は現実のものとは思えない感じと闘いながら、彼らを見た。彼らは、僕が大学のクラブに入会した時の先輩たちと同じように、僕をじっと見つめた。これだけは現実のことだったが、今は決断するか、それともあんたらはどうかしていると言ってメアリーの所へ戻るか、いずれかを選ぶ時だった。しかし、何か失うものがあるのだろうか、と僕は思った。少なくとも彼らは僕を黒人のひとりとして、何か大きな事業に誘ってくれた。それに、参加を拒んだら、どこへ行けばいいのだろう――鉄道のボーイの仕事を探しにか？　少なくともここにいると演説できる機会に恵まれるだろう。

「いつからはじめるんですか？」と僕は訊いた。

「明日からさ、ぐずぐずしちゃおれないからね。それはそうと、君はどこに住んでいるのかい？」

「ハーレムの或る女性の人のところに間借りしています」と僕は答えた。

「主婦なのかい？」

「未亡人です。部屋を貸しているんです」と僕は答えた。

「その女性の人の学歴はどう？」

「ほとんどありません」

「立ち退きを食らったあの老夫婦みたいなものなのかい？」

「多少は。ですが、生活能力はあります。タフな人ですから」と僕は笑いながら言った。

「君といろいろな話をする？　その人と仲がいいのかい？」

「とても親切にしてくれます。下宿代を払えなくなってからも、住まわせてくれています」と僕は答えた。

彼は首を横に振った。「いかんな」

「どういうことですか？」と僕は訊いた。

「引っ越したほうがいいよ」と彼は言った。「もっと繁華街のほうに部屋を見つけてやるよ。呼んだらすぐに来れる所に……」

「ですが、僕には金が一銭もないし、それにあの人は本当に信頼できます」

「金のことはなんとかなるから」と彼は手を振りながら言った。「君は、おれたちとの仕事がその女の人から反対されることに、すぐに気づかなきゃ。だから、おれたちの規律として必要なのは、誰とも話をしないこと、情報が洩れそうな状況を避けることなんだよ。君は過去を捨てなきゃいけない。家族はあるのかい？」

「はい」

「家族と連絡はとっているのかい？」

「もちろんです。時々、実家に手紙を書きます」と僕は答えたが、聞き方に腹が立ってきた。彼の声が冷ややかで探るような調子を帯びてきたからだ。

「じゃあ、しばらくは手紙はやめといたほうがいいな」と彼は言った。「とにかく、君はこれからてんてこまいの忙しさになるだろう。ほら、これ」彼はチョッキのポケットを探って何かを取り出そうとしたかと思うと、いきなり立ち上がった。

「どうした？」と誰かが訊いた。

「別に。ちょっと失礼」と彼は言ってドアのほうへ体を揺すりながら歩いていき、手招きした。すぐに、さっきの女が姿を現した。

「エマ、君に渡した紙切れだけど、あれを新入りのブラザーに渡してくれ」彼は、彼女が部屋に入ってドアを閉めると、言った。

「まあ、それじゃあなたなのね」と彼女は意味ありげな微笑を浮かべて、言った。

僕は、彼女がタフタのホステス・ガウンの胸に手を突っ込み、白い封筒を取り出すのを見ていた。

「これが君の新しい身元だよ」とブラザー・ジャックが言った。「開けてごらん」

中には、名前の書かれた一枚の紙が入っていた。

「これが君の新しい名前だよ」とブラザー・ジャックが言った。「今から、この名前で自分のことを考えるようにするんだよ。真夜中に呼ばれても返事ができるように、頭に叩き込んでおくんだぞ。すぐに君はこの名で全国に知れ渡るようになるんだから。ほかの名前で呼ばれても、答えちゃ駄目だよ、分かった？」

「努力してみます」と僕は言った。

「そのブラザーの住居のことも忘れないようにね」と背の高い男が言った。

「ああ」とブラザー・ジャックは顔をしかめて言った。「エマ、悪いけど資金を」

「どれくらい、ジャック」と彼女は訊いた。

彼は僕のほうを向いた。「下宿代はいくら借りているのかね?」

「たくさんです」と僕は答えた。

「三〇〇ドル、都合をつけてくれないか、エマ」と彼は言った。

「気にすんな」と彼は、その金額にびっくりした僕に言った。「これで借金が払えるし、服が買えるだろう。明朝おれに電話をくれたら、君の住居は選んでおくから。はじめのうちは、給料は週六〇ドルだな」

週六〇ドルだって！　僕は口がきけなかった。女は部屋を横切って机の所へ行き、金を持って戻ると、それを僕の手に押しつけた。

「あんた、しまっておいたほうがいいわ」と彼女は屈託のない口調で言った。

「それじゃ、みんな、これで話は終わりだ。エマ、もう一杯くれる?」

「もちろん、もちろんよ」と彼女は言い、カウンターのところへ行ってデカンターとひと揃いのグラスを取り出すと、それらに澄んだ液体をおよそ三センチほど注いだ。

「さあどうぞ、みんな」と彼女は言った。

グラスを手にすると、ブラザー・ジャックはそれを鼻の近くまで持ってゆき、深く吸いこんだ。

「人類のブラザーフッド協会のために……歴史と変革のために乾杯」と言うと彼は、僕とグラスを合わせた。

「歴史のために乾杯」とみんなが言った。

ウィスキーは喉がヒリヒリするくらいに強かったので、僕はうつむいて、目に浮かぶ涙を隠した。

「プハー」と誰かがさも満足げに言った。

「ついてらっしゃい。ほかの人たちと一緒になりましょう」とエマが僕に言った。

「さあ、楽しむ番だよ。君の新しい身元を忘れないようにな」とブラザー・ジャックは言った。

僕は考えごとをしたかったが、みんなはその時間を与えてくれなかった。すぐにさっきの広間へ連れていかれ、新しい名前で紹介された。みんなはほほ笑んでいて、僕の演じる役割を知っているかのように、しきりに紹介されたがっているようだった。みんなは心から握手をしてくれた。

「今の女性の権利について、あなたどう思います、ブラザー?」と僕は大きな黒いベレー帽をかぶった地味な女に訊かれた。だが、口を開かないうちに、ブラザー・ジャックが僕を押してひとかたまりの人たちの所へ連れていった。その中のひとりは、立ち退きの件をすべて知っているように思われた。近くのピアノのまわりにいた人たちが、調子はずれのやたらと大きい声でフォークソングを歌っていた。僕らはグループからグループへと移っていったが、ブラザー・ジャックは実に横柄な態度で振るまい、ほかの人たちもいつも敬意を表していた。彼は有力者にちがいない、道化師なんかではまったくない、と僕は思った。だが、ブッカー・T・ワシントンのことなんかクソ食らえだ。僕は仕事はするが、自分が誰であっても、自分以外の何者にもなるつもりはない。創設者の生き方を手本にして生きてゆこう。ブッカー・T・ワシントンみたいに振るまうだろうと連中は思っているかもしれないが、放っておこう。だが、自分のことをどう考えているかについても、秘密にしとかなきゃ。そうだ、演説の最中に本当は怖かったことも、隠しておかないといけないだろう。ふと腹の底から笑いが沸き上がるのを感じた。あの科学的な歴史というものを理解しなくてはならない。

今や僕らはピアノの近くに立ち止まったかたちになり、ひとりの青年が、ハーレム社会のさまざまな指導者たちのことを熱心に訊いてきた。僕は、彼らの名前だけは知っていたが、彼らの知り合いであるかのようなふりをしていた。

「そいつはいいや」と青年は言った。「いいね、われわれも来たる時期には、ああいった勢力と協力して活動しなきゃ」

「そう、まったくあなたの言うとおりですよ」と僕は答えてグラスをくるくる回すと、中の氷がカランと鳴った。肩幅の広いずんぐりした男が、僕を見ると、みんなに手を振って歌うのをやめさせた。

「やあ、ブラザー」と彼は僕に呼びかけた。「みんな、音楽はやめて、中止だ！」

「やあ……ブラザー」と僕も言った。

「いい人が来てくれた。おれたちは君を捜していたんだよ」

「えっ」と僕は言った。

「黒人霊歌を歌わないかい、ブラザー？　それとも、じつによき懐かしの黒人のワークソングの一つでも？　こんなふうに、『**おらはアトランタへ行った——はじめての土地だ**』」彼は、片手にグラスを持ち片手に葉巻を持ったまま、ペンギンの羽根みたいに両腕を突き出して、歌った。「『**白人は羽毛のベッドで眠り、黒んぼは床に眠る……**』ハッハッハッ！　君も一曲どうだい、ブラザー？」

「このブラザーは**歌わないいんだぞ！**」とブラザー・ジャックは一語一語区切るようにして、大声で言った。

「ナンセンス、黒人は**みんな**歌うよ」

「そんなことは、無意識による民族排他主義のひどい一例にすぎないさ」とジャックが大声で言った。

「ナンセンス、おれは黒人たちの歌が**好きだよ**」と肩幅の広い男はがんこに言い張った。

「このブラザーは**歌わないんだ！**」ブラザー・ジャックは顔を紫色にして叫んだ。

肩幅の広い男は彼をしつこく見つめていた。「だったら、歌えるか歌えないか**本人**に聞けばいいじゃないか……？　さあ、ブラザー、熱くなって！　『行け、モーゼよ』」彼は葉巻を横におき、指をパチパチ鳴らしながら、耳障《ざわ》りなバリトンの声で怒鳴るように歌った。**遥か遠くのエジプトの地。あのファラオに伝えよ、黒人たちに歌を歌わせよ、**ってな！　おれは、この黒人のブラザーが歌う権利に賛成！　と彼は喧嘩腰で叫んだ。

ブラザー・ジャックは喉を詰まらせたような顔つきになり、手を上げて合図した。ふたりの男が部屋を横切ってさっと駆けつけてきて、そのずんぐりした男を荒々しく連れ去った。ブラザー・ジャックが男たちのあとについて、ドアの奥に姿を消すと、部屋は静まりかえった。

僕はドアに目を釘づけにしたまましばらく突っ立っていたが、やがて室内に目を戻した。手にしたグラスが熱を帯び、顔は爆発するかのように感じられた。なぜみんなは、お前のせいだというように、僕をじっと見つめるのだろう？　一体、なぜみんなはジロジロ見るんだろう？　急に僕は叫んだ。

「皆さん、どうしたんですか？　酔っぱらいを見たことがないんですか――」その時玄関の辺りから、さっきの肩幅の広い男の酔っぱらった歌声が聞こえてきた。「**セントルイスの婆や――指にはダイヤの指輪を……**」ドアがバタンと閉まってその声がたち切られると、部屋中の人々が顔に戸惑いの表情を浮かべた。僕はいきなりヒステリーじみた笑い声を上げた。

「あの人に、やられちまった」僕はゼーゼー息をしながら言った。「九〇センチほどの小腸でピシャリとね」――僕は腹を抱えて、大笑いした。どっと笑い声が起こるたびに、部屋中が上下に揺れるようだった。

「あの人に豚の小腸を投げられてさ」と僕は大声で言ったが、誰もそのおかしさが分かっていないようだった。目には涙があふれ、ほとんど見えなかった。「あの人、ジョージアの松みたいにハイだったな」僕は笑いながら、すぐそばの人たちのほうへ振り向いた。「あの人、すっごく酔ってましたね……歌は調子はずれで！」

「ああ、たしかに」と男がイライラして言った。「ハッハハ……」

「酔っぱらっちゃって」僕は笑ってから、やっと息をつくと、みんなの静かな緊張感は次第に消え、笑いのざわめきとなって部屋中に響くのに気づいた。笑いのざわめきはたちまち轟きに、あらゆる厚み、あらゆる強さ、あらゆる抑揚を帯びた大きな笑い声へと高まった。みんなが笑いの渦に加わり、部屋中がかなり盛り上がっているようだった。

「ブラザー・ジャックの顔を見たかい？」とひとりの男が大声で言って、首を横に振った。

「すごい顔つきだったぜ！」

「行け、モーゼよ、ってか！」

「ほんとにものすごい形相だったよ！」

部屋の向こうでは、誰かが喉を詰まらせたらしく、みんながその人の背中を叩いていた。あちこちでハンカチが目につき、鼻をかんだり涙を拭いたりしていた。グラスが床に落ちて壊れ、椅子が一つひっくり返された。苦しい笑いをこらえ、やっと気を落ち着けると、みんなが困惑したような感謝の表情を浮かべて、僕を見ているのに気づいた。しらふになりかけていたが、それでも彼らは、何事もなかったようなふりをしていた。彼らはニコニコしていた。数人の男たちは今にも僕の所へやって来て、背中を叩いたり握手しそうな様子だった。まるで僕が彼らの聞きたくてたまらなかったことを話したか、僕には分からない大事なことをしたかのようだった。とにかく、そんな感じが彼らの顔からうかがわれた。胃が痛んだ。この場を去って、彼らの目の届かない所へ行きたかった。その時、ひとりの痩せた小柄な女性がやって来て、僕の手を握りしめた。

「こんなことになってとても残念ですわ」と彼女はゆっくりしたニューイングランド訛《なま》りの声で言った。「本当に、心から残念でたまりませんわ。ブラザーたちの中には、そんなに教養の高くない人もいるんですよ。善意はすごくあるんですけど。あの人に代わってぜひお詫びを言わさせてください……」

「まあ、あの人はほろ酔い気分だっただけですから」と僕は言って、そのニューイングランド訛りの痩せた顔を覗き込んだ。

「ええ、わたしにも分かります。見るからにほろ酔い気分でしたわ。わたし、黒人のブラザーたちの歌を聴くのは好きだけど、歌ってとお願いなんかしません。だって、そんなことはずいぶん時代遅れのことぐらい、分かっていますもの。あなたがここにいらっしゃったのは一緒に闘うためであって、楽しませるためではないんですから。わたしの言ってることお分かりいただけますね、ブラザー？」

僕は黙ってほほ笑んだ。

「そんなこと言うまでもないことですね。わたし、もう帰らなくちゃいけません。さようなら」と彼女は言い、白い手袋をはめた小さな手を差し出すと、その場を離れた。

僕は戸惑った。あの女性は一体何を言いたかったのだろう？　黒人はみんなエンターテイナーであり、生まれつきの歌手だとほかの人に思われていることに対して、その気持ちが分かるという意味だろうか？　だが、お互いに笑ったあとで、なんとなく心を掻き乱された。僕らに歌をお願いするなんらかの方法があってもいいのではなかろうか？　あのずんぐりした男だって、意識的にせよそうでないにせよ、動機に悪意がこもっていない限り、ミスを犯すこともあっていいのではないか？　結局は**彼**が歌った。僕が**彼**に歌ってくれとお願いしたら、どうなっただろう？　僕はニューイングランド訛りの宣教師みたいな黒い服を着たあの小柄な女性が人ごみのあいだをぬって出ていくのを見ていた。一体、彼女はここで何をしていたんだろう？　どんな役割を務めていたのだろうか？　いずれにしても、彼女は親切だったし、僕は気に入った。

ちょうどその時、エマが現れ、踊りに誘われた。ピアノが演奏されると、僕はバスに乗っていたあの帰還兵の予言を思い出しながら彼女をフロアへ連れていき、まるで彼女みたいな女性と毎晩踊っているかのように、体を引き寄せた。というのも、ひとたび関わり合った以上、僕は、自分の経験とはほど遠い思いもよらない状況に直面した時でさえ、驚きやうろたえた表情を見せるわけにはいかない、と思ったからだ。そうでないと、頼りない人物か、つまらない人物だと思われてしまうだろう。どうやら僕は、任務ですら――想像上ならともかく――当てにされているように感じた。そんなことは何もはじめてのことではない。いつだって白人は、思いつく限りのやり方で黒人に知らせないようにしているくせに、自分たちのしでかしたことはすべて、黒人が知っているものと思っているのだから。大事なことは前もって調べておくことだ――投票資格の適性試験として合衆国憲法の全部を言うように求められた時の僕の祖父みたいに。祖父は試験に合格して白人たちを困惑させたが、それでも投票権は与えられなかった……。とにかく、僕と祖父の場合は違う。

踊りとウィスキーを何度もくり返したあと、メアリーの家に着いたのは明け方の五時近くだった。どういうわけか僕は、ベッドの麻のシーツが新しくなっているほかは、部屋が依然として元のままになっていることに驚いた。親切なメアリー。僕はすっかり酔いが醒めた。服を脱いでいる時に着古した服に気づいて、それらを捨てなきゃと思った。たしかにその時期がきている。帽子だって捨てよう。その緑色は冬の雪に痛めつけられた木の葉みたいに、太陽の光で色あせ、茶っぽくなっていた。僕の新しい名前には新品の帽子がいる。縁の広い黒い帽子が。山高帽にでもしよう……ペテン師か？　僕はおかしかった。それはそうと、荷作りは明日だってできる――持ち物はほとんどないので、そのほうが楽だ。身軽に遠くまで、急いで行けるのだから。たしかに彼らも行動が速い。僕がメアリーの元を去って一緒になろうとしている連中と、彼女のあいだには、なんと大きな違いがあることか。彼女に期待されていることをいくらかできそうな仕事が見つかったばっかりに、なぜ僕はこんなふうにして離れなきゃいけないのだろう？　ブラザー・ジャックは僕のためにどんな部屋を選んでくれるんだろう？　自分の部屋を選ぶのに、なぜ僕に任せてくれないのだろう？　ハーレムの指導者になるためにどこかよそに住まなきゃならないなんて、道理に合わないように思えた。だが、何もかもが道理に合わないことばかりのように思えたので、彼らの判断に頼らざるをえない。なにせ、そうしたことについては彼らは専門家らしいのだから。

しかし、どこまで彼らを信用できるのか？　彼らが大学の理事たちと違うのはどの点だろう？　いずれにしても僕は引き受けてしまった。一緒に働くうちにそれも分かってくるだろう、と僕はお金のことを気にかけながら思った。もらったお金はパリパリの新しい紙幣だった。家賃と食事代を全部返した時のメアリーの驚いた様子を想像しようとした。彼女は、僕がからかっていると思うにちがいない。だが、お金を払ったところで、彼女の寛大さにまだ報いることにはならない。彼女は、仕事についたらすぐに引っ越したがっている僕のことを理解してくれるはずがない。それに、仮に僕がなんらかの成功をおさめたとしても、それこそ恩知らずだと思われるだろう。どうやって顔を合わせればいいものか？　彼女はなんの見返りも求めてこなかった。僕が彼女のよく言っていた「民族の指導者」みたいな人物になること以外は、何も。寒さで体が震えた。引っ越しのことを打ち明けるのは、つらいことになるにちがいない。考えたくなかったが、人間は感傷的になってはいけない。ブラザー・ジャックが言っていたように、歴史は人間にきびしい要求をつきつける。だがそれは、人間が時代の犠牲者ではなく支配者になるのであれば、応じねばならない要求なのだ。僕はそのことを自分でも信じていたのだろうか？　おそらく、すでに歴史の要求に応じられるようになったのかもしれない。いっそのこと、メアリーみたいな黒人たちにも、僕がいやな点がたくさんあることを、今すぐに認めたほうがいいだろう。第一、彼らは個々の人格というものを知らない。彼らはふつう「われわれ」の観点から考えるが、僕はいつも「自分」の観点から考えてきた。そのせいで家族とのあいだにも軋轢《あつれき》が生じてきた。ブラザー・ジャックとその仲間たちは「われわれ」の視点から話したが、あれは、違ったもっと大きな意味での「われわれ」だった。

ともかく、僕は新しい名前を持ち、新たな問題を抱えた。古い名前などは捨てたほうがいい。おそらくメアリーとは会わず、お金を封筒に入れて、確実に見つかりそうな台所のテーブルの上においておいたほうがいいのかもしれない。そのほうがいい、と僕はうとうとしながら思った。そうすれば、彼女の前に立って、どうせすっかり混乱し区別のつかなくなってしまう言葉と感情につっかえなくてもいいのだから……。〈ソーニアン〉の連中について一つだけ言えるのは、彼らはみんな、感じたり言おうとしたりしていることを、きびしいはっきりした言葉で言える才能がありそうなことだ。そのことも、僕は学ぶ必要があるだろう……。布団の中で体を伸ばしていると、ベッドのスプリングの軋《きし》む音がした。部屋は寒かった。家の夜の物音に耳を澄ました。置時計はまるで時間に追いつこうとしているかのように、空しくなるくらいにしきりに時を刻んでいた。表通りではサイレンのけたたましい音が鳴り響いていた。

15

やがて、僕は起きているとも眠っているとも分からない状態で、ベッドの上で背筋を伸ばして座ったまま、青白い灰色の光を覗き込んで、神経を苛立たせる耳障《ざわ》りな音の意味を探ろうとしていた。毛布を押しのけると、両手で耳をふさいだ。誰かが蒸気管を叩いているらしく、僕は何分間もどうしようもないまま、呆然としていた。耳がズキズキした。わき腹がひどく痒《かゆ》くなってきて、パジャマを引きちぎるようにして掻くと、痒みは耳からわき腹へたちまち飛び移ったように思え、食い込む爪の下の古い皮膚が剥がれた所から、灰色の傷跡が現れていた。見ていると、引っ掻き傷から薄い血が滲《にじ》み出て痛くなった時にふとわれに返り、僕はメアリーの家で過ごす最後の日に部屋は暖気を失ったと思った。急になんだか悲しくなってきた。

置時計のアラームはもっと大きな音に掻き消されたが、時計の針は七時半をさしていたので、ベッドから出た。急がなくては。ブラザー・ジャックに電話して指示を聞く前に買い物をしなければならなかったし、メアリーに借金も返さなければならない――家の者たちはどうしてあの騒音をやめさせないのだろう？　頭の三センチ上の所を叩くような音にひるみながら、僕は靴に手を伸ばした。いい加減にやめさせればいいのに、と思った。それに、どうしてこんなに憂鬱なんだろうか？　昨夜飲んだバーボンのせいか、それとも神経がいかれたのか？

いきなり一足跳びに部屋を横切り、靴のかかとで蒸気管を激しく叩いた。

「やめろ、この世間知らずの馬鹿者が！」

頭が割れるようだった。僕は逆上して銀色のパイプを叩き続けると、黒い錆びた鉄がむき出しになった。そいつは今は金属で叩いているらしく、その音はものすごく耳障りに響いた。

そいつの正体が分かりさえすれば、と思いながら、何か打ち返す重たい物はないかと辺りを探した。僕に分かりさえすれば！

すると戸口の近くに、以前にはまったく気づかなかった物が、眼にとまった。真っ赤な唇をして大きく口を開けた、鋳鉄《ちゆうてつ》製の真っ黒な黒人人形だ。やたらとニヤニヤ顔をし、一つしかない黒い手の平を胸の前で広げたまま、白い眼で床から僕を睨んでいた。貯金箱、それも初期アメリカ文化の遺物だ。コインを手の中において背中のレバーを押すと、腕を上げて、それをニヤニヤした口にポイと飲み込む貯金箱だった。僕は胸の中に憎しみがみなぎってくるのを感じながら、一瞬ためらったが、飛んでいってそれをぎゅっとつかんだ。さっきからガンガン鳴る音ばかりか、そんな自己嘲笑的な人形をそばにおいておくメアリーの寛大さとか鈍感さとかいった態度に、いきなり腹が立ったからだ。

人形の表情は、僕の手の中で、ニヤニヤ顔というよりも窒息しそうな顔つきだった。硬貨が喉まで詰まっていたからだ。

一体どうしてこんな物がここにあるんだろう、と僕は思いながら、蒸気管の所にすっ飛んでいって、鋳鉄製の人形のちぢれ毛頭で一撃を加えた。「静かにせんか！」と怒鳴ったが、かえってそれが、隠れてガンガン叩く奴を怒らせたようだった。騒音は耳をつんざくほどひどいものになった。今ではアパートの上や下の住人もガンガン叩いているようだった。僕が鉄製のちぢれ毛頭で叩き返すと、蒸気管の銀メッキが飛び散り、吹きつけられた砂みたいに顔に当たった。蒸気管は叩かれてブーンというかなり高い音を立てていた。あちこちで窓を上げる音がした。卑猥な言葉でわめく声々が通風孔を通して響いてきた。

一体どこのどいつがこんな騒ぎをはじめたんだ、誰のせいだ、と思った。

「二〇世紀に生きる責任のある人間らしく行動したらいいじゃないか」と僕は蒸気管に一撃を加えようと狙いをつけながら、怒鳴った。「古臭いやり方はやめろ！　文明人らしく行動しろよ！」

その時、グシャッという音がしたかと思うと、鋳鉄製の人形の頭が砕けて、手の中から落ちたのを感じた。いくつもの硬貨が、コオロギみたいにリンリンという音を立てて部屋中に散らばり、床にあたって転がった。僕は呆然と立ち尽くしてしまった。

「この騒ぎ、なんなのよ！　一体どうしたのさ！」とメアリーが廊下で叫んだ。「こんな騒音じゃ死人だって目覚めるじゃないの！　暖房がきいてない時には、管理人が酔っぱらうか、仕事をサボって女を追いかけているか何かしでかしたことぐらい、分かってるでしょ。そんなことぐらい知ってるくせに、どうしてこんなことをするの？」

彼女は今は僕の部屋の戸口に来て、蒸気管を叩く音に合わせてドアをノックしながら、がなりたてた。「ねえ！　あの叩く音はこの部屋からもしてるんじゃないの？」

僕はためらって、こわれた頭のかけらや、散らばったいろいろな額の小銭を見回した。

「あんた、聞いているのかい?」と彼女は大声で言った。

「何ですか?」と僕は訊いて、床にいきなりひざをつくと、彼女に今ドアを開けられたらうろたえてしまう……と思いながら、壊れたかけらに気違いのように手を伸ばした。

「そこの部屋からも騒音はしてるのかいって、わたしゃ訊いたんだよ」

「ええ、そうですが、大丈夫です……もう起きてますから」

ドアの取っ手が動くのが見えると、僕は凍りついたようにじっとして、彼女の話を聞いていた。

「わたしにゃ、大きな騒音はこの部屋から出てるみたいに聞こえるけどねぇ。あんた、服は着たのかい?」

「いいえ、今着ているところです。すぐに着ますから」

「台所へおいで」と彼女は言った。「あそこは暖かいよ。ストーブにお湯が沸いているから、それで顔が洗えるし……コーヒーも飲めるよ。一体、この騒音はなんなの!」

まるで凍りついたかのようにじっとしていると、やがて、彼女は戸口から去っていった。急がなきゃ。僕がひざをついて貯金箱のかけらを一つ拾い上げてみると、それは赤いシャツを着た胸の一部で、スポーツ選手のシャツについているチーム名のように、白い鉄の文字で〈僕に食わせてよ〉という文句が曲線を描いていた。貯金箱の人形は手榴弾のように粉々になってしまい、ペンキの塗られた鉄のギザギザのかけらが硬貨のあいだに散らばっていた。自分の手を見ると、小さな血が一滴滲んでいた。

僕はそれを拭き取りながら、このごたごたを隠さなきゃ！　こんなものを持ったまま、引っ越しするなんて言えない、と思った。椅子の所からとった新聞をバサバサと広げ、その上に硬貨と壊れた人形のかけらをさっとかき集めた。こいつをどこに隠したらいいのだろうと思いながら、鋳鉄製のちぢれ毛頭や、ニヤニヤ笑いをした真っ赤な唇のかけらを、すごくいやな気持ちで見た。それにしても、どうしてメアリーはこんな物をそばにおいたんだろう、と僕は思い悩んだ。一体、なぜ？　ベッドの下を覗くと、そこには埃《ほこり》一つなく、何も隠せなかった。彼女は主婦としては立派すぎた。それに、硬貨はどうすればいいのか？　畜生！　こいつは以前の住人がおいていったにちがいない。とにかく、誰がおいたにせよ、こいつをどこかに隠さなきゃいけない。押入れがあったが、そこも見つかってしまう。僕がいなくなってから数日後に、彼女が持ち物を片づけて見つけてしまうだろう。さっきから誰かがガンガン叩く音は、単に暖房がきいていないことに対する抗議を超えて、耳障りなルンバのリズムになっていた。

ガン！
ガン、ガン
ガン、ガン！

ガン！
ガン、ガン
ガン、ガン！

床までもが震えていた。

「あと二、三分待て、こん畜生！」と僕は怒鳴った。「そしたら出ていくから！　もっと他人のこと考えろ。眠い住人のことをちったぁ考えろ。住人が神経衰弱にでもなったら、どうするんだ……」

しかし、あの新聞の包みの一件が残っていた。繁華街に行く途中で捨てるほかはない。僕はそれをきつく束ねて、コートのポケットに入れた。ただ、あの小銭に足りるだけの金をメアリーに渡そう。できるだけ都合のつく金を、なんなら持ち金の半分を彼女にやってもいい。それでいくらかは埋め合わせはできるはずだし、彼女も感謝するはずだ。ところが、彼女と顔を向かい合わせねばならないことに今になって気づいて、怖い感じがした。ほかに方法はなかった。ここを去ることになったので、下宿代を払って出ていくつもりだなどと、どうして言えようか。彼女は家主で、僕は間借人という関係だった——いや、それ以上の関係があったので、引っ越しすると言えるほど、僕は冷たい性格ではなかったし、筋道立てて説明できるタイプでもなかった。いずれにしても、仕事が見つかったと言うことになるが、それも今すぐに伝えねばなるまい。

台所に入っていくと、彼女はテーブルの所に座ってコーヒーを飲んでいた。ストーブの上のやかんが、シューシューと蒸気を吹き出していた。

「まあ、今朝は遅いんだねぇ」と彼女が声をかけた。「やかんのお湯を少し持っていって、顔を洗ってきたら。でも、あんた、眠そうだから、冷たい水を使う？」

「このお湯にします」と僕は、顔に当たる湯気がすぐに湿って冷たくなるのを感じながら、きっぱりと言った。ストーブの上方の掛け時計は僕の時計より遅れていた。

バスルームに入ると、洗面台の栓を差し込み、その中にお湯を少し注ぎ、蛇口からの水でぬるくした。涙くらいの温度のぬるま湯を長いこと顔に当ててから顔を拭き、台所に引き返した。

「また、やかんの水をいっぱいにしといておくれ」と彼女は戻ってきた僕に言った。「気分はどうなの？」

「まあまあです」と僕は答えた。

彼女はエナメル加工のテーブルの上に両肘をついて座った。両手でカップを持ち、仕事で荒れた小指は微妙に曲がっていた。僕は流しの所へ行って蛇口をひねり、勢いよく流れる冷たい水を手に感じながら、これからどうしたものかと考えた。

「ちょいと、もう水はいっぱいだよ。目を覚ましな」とメアリーに言われて、僕はハッとした。

「まだシャキッとしていないみたいで。頭がボーッとしているんです」

「じゃあ、シャキッとするからコーヒーでも飲んだら。わたしがコーヒー飲み終わったら、すぐになんか朝食を作ってあげるから。あんた、夕食に戻ってこなかったし、今朝は食べれるでしょ」

「すいません。コーヒーだけでいいです」

「あんた、前みたいにジャンジャン食べたほうがいいわよ」と彼女はたしなめると、カップにコーヒーをなみなみと注いでくれた。

僕はカップを持って、ブラックのまますすった。苦い味がした。彼女は砂糖入れにチラッと目をやってからまた僕を見た。一言も言わず、自分のカップを揺らしながら中を覗き込んだ。

「もっといいフィルターを買わなきゃいけないみたい」と彼女は物思いに耽《ふけ》るようにして言った。「今のこれはコーヒーだけでなく、カスも通すの。いいものも悪いものも。よく分かんないけど、上等のフィルターだって、カップの底にカスが一粒や二粒くらいは残るわね」

僕は湯気の上がる液体に息を吹きかけ、メアリーの視線を避けた。またしてもガンガン叩く音に耐えられなくなった。ここを出ていかなきゃ。コーヒーの金属のような熱い表面に目をやると、油質の乳白色の渦ができていた。

「あのね、メアリー」と僕は話を切り出した。「話したいことがあるんですけど」

「ねえ、あんた」と彼女はぶっきらぼうに言った。「今朝は家賃のことは持ち出さないでおくれ。わたしゃ心配なんかしちゃいないよ。だって、あんたが仕事についたら、払ってくれることぐらい知っているんだから。それまでは忘れるんだね。この家にいる者は誰もひもじい思いはしないよ。あんた、うまいこと仕事に就けそうなのかい？」

「いやぁ、ま、まだ、はっきりとは」と僕はこの機会を逃がすまいとしてどもった。「けど、仕事のことで今朝会う約束をしてるんです……」

彼女の顔が輝いた。「まあ、それはよかったわね。あんた、いつか偉くなるわよ。わたしにゃ、分かるさ」

「あのう、借りてる下宿代のことで」と僕は言いかけた。

「そんなこと心配しなさんな。ホットケーキ食べるかい？」と彼女は訊くと、立ち上がって戸棚の所へ行って、中を覗き込んだ。「こんな寒い日にゃ、おなかの持ちがいいよ」

「もう時間がないんです。それより、あなたに渡したいものがあるんだけど……」

「何なの?」と彼女は戸棚を覗き込みながら訊いたが、その声はこもった声だった。

「ちょっと待って」と僕は急いで言って、お金を探そうとしてポケットに手を突っ込んだ。

「何だって?――シロップを探してみるからね……」

「そんなことより、ほら」と僕は一枚の百ドル紙幣を取り出し、イライラしながら言った。

「もっと上のほうにあるにちがいないわねぇ」と彼女はまだ背中を向けたまま、言った。

彼女が戸棚のそばの踏み段を引き寄せ、それに乗り、戸につかまって上の棚を覗きこんだ時、僕は溜め息をついた。話をさせてもらえないのだから……

「あのう、あなたに渡したいものがあるんですけど」と僕は言った。

「あたしを煩《わずら》わせるのはもうやめてくれないかい、あんた?　わたしに何をくれるって言うんだい?」と彼女は肩ごしに見ながら、訊いた。

僕は百ドル紙幣を差し出し、「これを」と言った。

彼女は首を伸ばして振り向いた。「あんた、何を持っているんだね?」

「お金ですよ」

「お金だって?　おや、まあ!」彼女はくるりと振り向いた時、バランスを崩しそうになった。「まあ、そんな大金をどこで手に入れたのかい?　ナンバー賭博でもやってたのかい?」

「そうそう、番号が当たったんです」僕はしめたと思って答えたが、当選番号は何番なのかと訊かれたらどう答えたらいいのだろうと心配だった。番号は知らなかったし、第一、ナンバー賭博などやったことがなかったのだから。

「だけど、どうしてあたしに教えてくれなかったのかい？　わたしも、せめて五セントぐらいは買ったのに」

「まさか当たるとは思っていなかったものですから」と僕は答えた。

「いやぁ、これはびっくりした。ナンバー賭博ははじめてなのかい？」

「そうなんです」

「ほらね、あんたが運がいいことぐらい、分かってたよ。わたしゃ何年も買って当たらないのに、あんたは、最初の一回でそんな大金が当たるんだから。本当にうれしいよ、心からね。けど、あんたの金は欲しくないからね。仕事につくまで持ってな」

「ですが、お金の全部を渡すわけではないし。これはほんの一部です」

「だけど、これは百ドル紙幣だよ。わたしがこれを持っていって両替すると、白人たちはわたしの経歴をすべて知りたがるだろうね」彼女は鼻を鳴らした。「連中は、わたしがどこで生まれたとか、どこで働いているかとか、この六ヶ月間どこにいたのか、といったことを知りたがるさ。話しても、連中は、わたしが盗んだと思うだろうよ。もっと小さいお金はないのかい？」

「このお金がいちばん小さいんです。受け取ってください」と僕は言った。「まだたくさんありますから」

彼女は僕を鋭い目つきで見た。「ほんとかい？」

「本当です」と僕は答えた。

「まあ、驚いた——転んで首の骨を折らないうちに、ここから下ろしておくれ、あんた」と彼女は言い、踏み段から下りた。「とってもありがたいね。けど、その一部だけもらって、残りはあんたのためにに貯めておくからね。困った時にゃ、メアリー婆さんを訪ねておいで」

「もう大丈夫だと思います」と僕は言って、彼女が百ドル紙幣を注意深く折りたたみ、それをいつも椅子の背にかけてある、革製のバッグの中に入れるのを見ていた。

「わたしゃ、本当にうれしいよ。だって、もうこれで、うるさく催促されてきた勘定が払えるんだから。中に入って、お金をポンとおいて、もううるさく催促するのはやめておくれって言ったら、気持ちがスカッとするだろうね。あんた、本当に運がついてきたね。当たりの数字は夢にでも見たのかい?」

彼女の熱心な顔をちらりと見た。「そうなんです。だけど、頭が混乱するような夢でした」と僕は答えた。

「その番号は?——まあ! 何よ、これ!」と彼女は叫び、立ち上がって、蒸気管のそばのリノリウム仕上げの床を指した。

見ると、何匹ものゴキブリが、上の階からパイプをつたって大あわてでぞろぞろと下りてきていて、蒸気管が振動するたびに床に振り落とされていた。

「箒《ほうき》を持ってきて! あそこの押し入れから!」と彼女が叫んだ。

椅子の横を抜けて箒をひっつかむと、彼女といっしょに、散らばるゴキブリを箒でひっぱたいたり足で踏みにじったりし、力を込めて踏みつぶすたびにビシャッという音がした。

「きたなくて臭い虫けらめ」とメアリーは怒鳴った。「テーブルの下のそいつをやっつけて。ほら、向こうに逃げるよ、逃がしちゃ駄目よ！　いやなゴキブリめだこと！」

僕は箒を振り回してひっぱたき、つぶれたゴキブリを掃《は》き集めた。メアリーは興奮した息づかいでちり取りを持ってくると、それを僕に渡した。

「きたなくしている住人もいるもんだから」と彼女はうんざりしたように言った。「ちょこっと叩こうものなら、ゴキブリが這《は》い出してくるんだから。ちょこっと何かを揺さぶるだけで、この始末さ」

僕はリノリウムの床の湿った部分を見てから、よろよろとした足どりでちり取りと箒を元に戻して部屋から出かかった。

「朝ごはんは食べないつもりかい？」と彼女が声をかけた。「この汚れた所を拭いたら、すぐに支度にかかるけど」

「時間がないんです」と僕はドアの取っ手を握ったまま、答えた。「約束は朝の早い時間だし、その前にやることがありますから」

「それじゃ、なるべく早く温かい物を食べたほうがいいよ。こんな寒い日に、おなかに何も入れないで歩き回ってはいけないよ。それに、お金を持っているからといって、外食するようなことを考えないことだね！」

「しません。食事は自分で作ります」と、背中を向けながら手を洗う彼女に僕は言った。

「じゃあ、あんた、元気でね」と彼女は大声で言った。「今朝は本当にうれしい贈り物をもらったよ――もし**あれ**が嘘だったら、まんまと一杯食わされるところだがね！」

彼女は陽気に笑った。僕は廊下を通って自分の部屋へ行って、ドアを閉めた。コートを急いで着て、賞品にもらった折りかばんを押し入れから取り出した。それは、バトルロイヤルの夜のようにまだ新しかったが、壊れた貯金箱と小銭の入った新聞を入れ、蓋をすると、ふくらみができた。それから押し入れを閉めて部屋を出た。

ガンガン叩く音は、今ではそんなにうるさくなかった。僕が廊下を歩いていく時、メアリーは悲しげで静かな歌を歌っていて、ドアを閉めて外の廊下に出た時も、まだ歌っていた。その時ふと思い出し、薄暗い明かりの下で、財布からかすかに香水の匂いのする紙切れを取り出し、それをそっと開いた。身ぶるいが体を走った。廊下は寒かった。やがて震えがやむと、僕は自分の新しいブラザーフッド協会の名前を目を細めて見てから、長いあいだ食い入るように見つめていた。

昨夜のうちに降り積もった雪はすでに行き交う車によって掻き回され、泥だらけになっていて、気温は暖かかった。通行人に混じって歩道を歩いていると、新聞の包みの重みのせいで、折りかばんが揺れて足に当たるので、僕はゴミ箱を見つけたらすぐに小銭と壊れた貯金箱のかけらを捨てようと思った。こんな物でメアリーの家で過ごした最後の朝のことを思い出したくない。

古びた民家の前にずらりと並んだつぶれたゴミ箱の列のほうへ向かい、すぐそばに来ると、新聞の包みをその中にさりげなく投げこんでから歩き続けた——背後でドアが開く音がしたかと思うと、人の大声がした。

「まあ、なんてことなの！　呆れた、駄目じゃないの！　さっさと戻って持っていきな！」

振り向くと、小柄な女性が玄関前の階段に立ち、緑色のコートを頭からかぶり、その袖を萎縮した余分な腕みたいにダラーンとさせていた。

「あんただよ」と彼女は叫んだ。「戻ってきてゴミを取ってよ。二度とゴミをわたしのゴミ箱に入れないでおくれ！」

彼女は黄色い肌の小柄な女性で、鎖のついた鼻眼鏡をかけ、編んだ髪をピンで留めていた。

「わたしらの所は清潔にして見苦しくないようにしてるんだから、あんたらみたいな百姓出の黒んぼうが南部からやって来て、メチャメチャにされるのはまっぴらだよ」と彼女は激しい憎しみを込めて怒鳴った。

通行人たちが立ち止まって、何事かと振り向いた。このブロックの管理人がビルから出てきて、歩道の真ん中に立ち、手の平を拳でバシッと叩く乾いた音を立てていた。僕はバツが悪く、困ってしまい、ためらった。この女は頭がおかしいのだろうか？

「わたしゃ、本気で言ってるんだ！　そうよ、あんたにだよ！　あんたに言ってるんだ！　そいつをさっさと持っていきな！　ロザリー」と彼女は家の中にいる誰かを大声で呼んだ。「警察を呼んで、ロザリーったら！」

そんな暇はない、と僕は思って、ゴミ箱の所へ引き返した。「どうしたんだよ、奥さん」と僕は怒鳴り返した。「ゴミを集めに来たら、ゴミはゴミだろうが。通りに捨てたくなかっただけなんだ。ゴミにいいのと悪いのがあることなんか知らなかったんだ」

「生意気な口をきくのはやめとくれ」と彼女は言った。「わたしゃ、あんたら南部の黒人どもにメチャメチャにされるの、うんざりなんだから！」

「分かったよ。取り出せばいいんだろが」と僕は言った。

僕は半分たまったゴミ箱の中に手を突っ込み、腐りかけた残飯の臭いが鼻にツンとくるのを感じながら、新聞紙の包みを手探りした。こんなことをしていると、手を傷つけそうな感じがしたし、おまけに重い紙包みはずっと底のほうに沈んでいた。畜生と毒づきながら、きれいなほうの手で袖をまくり、探っていると、やっと見つかった。立ちどまってニヤニヤ笑う通行人を意識しながら、ハンカチで腕を拭き、立ち去ろうとした。

「いい気味だわ」と小柄な女が階段の上から叫んだ。

そこで僕は振り返って階段を上がりかけた。「いいかげんにしろ、黄色い肌の役立たず女め。これでもまだ警察を呼ぶつもりか」僕の声は新たに甲高い調子を帯びてきた。「おれは、あんたの望みどおりのことをやったんだぞ。これ以上何かほざいたら、こっちの好き勝手なことをやるからな――」

彼女は目を丸くして僕を見た。「やっぱりそうなんだ。あんたならやりそうだと思ってた」とドアを開けながら言った。

「やりそうなだけじゃない。やりたいんだよう」と僕は怒鳴った。

「あんたが紳士じゃないことぐらい、見れば分かるさ」と彼女はわめいて、ドアをバタンと閉めた。

別のゴミ箱が並んでいる所に来ると、僕は新聞紙で両手を拭き、その残りで新聞の包みをくるんだ。今度はこいつを通りに捨ててやろう。

二ブロックほど歩くと怒りはおさまったが、妙に淋しさを感じた。交差点で僕のまわりに立っている人たちでさえ孤独なように思え、おのおのが自分の思いに耽《ふけ》っているようだった。信号が変わったとたんに、新聞の包みを踏みつけられた雪の中に落とし、さあ、これでけりがついたと思いながら、急いで通りを横切った。

二ブロックほど行った時、誰かがうしろから呼ぶ声がした。「おい、相棒！　おい、ほら、あんた、……ちょっと待ちなよ！」急ぎ足で雪を踏む足音がした。やがて彼は僕の横に来ていた。古びた服を着たずんぐりした男で、息を切らしながら僕にほほ笑みかける時、冷たい空気の中で吐く彼の息は白く見えた。

「あんたがあんまり早く歩くもんだから、追いつけないと思ったよ」と彼は言った。「さっき何か落とさなかったかい！」

チェッ、こいつ親切ぶりやがってと僕は思い、否定することにした。「何か落としただって？　いや、そんなことないね」と僕は答えた。

「あんた、ほんとかい？」と男は顔をしかめながら訊いた。

「ああ」と僕が答えると、彼の額に困惑したようにしわが寄り、ジロジロ僕の顔を見る目に不安な表情がさっと浮かんだ。

「けど、おれは**見た**んだぜ——なあ、相棒」と彼は言って、素早くうしろを振り向いて通りを見た。

「あんた、何をやらかそうとしてんだい？」

「やらかすだって？　どういう意味だい？」

「何も落とさなかったって言うからさ。あんた、信用詐欺か何かをしてるのかい？」彼は今来た通りをまた急いで振り返り、通行人たちを見た。

「一体何の話をしてるんだか。さっき言ったとおり、おれは何も落としちゃいないって」

「おい、嘘つくなよ！　**見た**んだぜ。一体どういうことだい？」と彼は、ポケットから新聞の包みをこっそり取り出しながら言った。「こいつは金か、銃か何かみたいだな。あんたがこれを落とすとこを、この目でちゃんと見たんだから」

「なんだ、**それか**」と僕は言った。「これはなんでもないよ――おれはてっきり――」

「ようし、『なんだ』って言ったな。じゃあ、思い出したんだね。こっちは親切にしてやってるのに、おれを馬鹿だと思ってだます気だったのかい？　あんた、詐欺師か、麻薬密売人か何かだろう。おれをそういった犯罪に巻き込むつもりなのかい？」

「**犯罪**だって？」と僕は言った。「勘違いしてるよ――」

「勘違いなもんか！　だったら、こいつを受け取れ」と彼は言って、まるで導火線に火のついた爆弾であるかのように、新聞の包みを僕の手に押しつけた。「おい、おれには家族がいるんだよ。親切にしてやろうとしているのに、もめごとに巻き込むんだな――あんた、警察か誰かから逃げているのかい？」

「ちょっと待ちなよ」と僕は言った。「勝手な想像はしないでくれ。これはただのゴミなんだから――」

「そんな見えすいた嘘をつくなよ」と彼は息を切らしながら言った。「これがどんなゴミか、分かっているんだぜ。お前らニューヨークの若い黒人は悪いことをするよな！　きっとお前もそうなんだ！　警察につかまって、刑務所に放り込まれたらいいんだ！」

彼は、僕が天然痘にでもかかっているみたいに、さっと逃げた。新聞の包みを見た。あいつ、銃か盗品だと勘違いしてやがると、立ち去る彼を見ながら思った。数歩行って、思いきって新聞の包みを通りに捨てようとして振り返ると、あの男は今は別の男と一緒になって、怒ったような身ぶりで僕のほうを指差していた。僕は急いで立ち去った。あの馬鹿に時間を与えたら、警察に通報されてしまう。また新聞の包みを折りかばんに戻した。繁華街に着くまで、捨てるのは待つことにしよう。

地下鉄では、まわりの乗客は不機嫌そうな顔を押しつけるようにして、朝刊を読んでいた。僕はメアリーのことは考えないように頭を空っぽにして、目を閉じていた。やがて振り返ると、ある男の新聞の、「**ハーレムの立ち退きに激しい抗議**」という見出しが僕の目にとまったかと思うと、その男は新聞を下げ、開きかけたドアから出ていった。待ちかねる思いで四二丁目に着くと、タブロイド紙の第一面に載っていたその記事を見つけ、それを熱心に読んだ。僕のことは興奮の渦の中で姿を消した見知らぬ「民衆煽動家」としてしか触れられていなかったが、それが自分のことであることは間違いなかった。騒動は二時間続き、群衆はその付近から立ち去らなかったと書いてあった。自分が偉くなった気分で、服屋へ入った。

自分で思っていたものより高価な服を選び、それを体に合うよう直してもらっているあいだに、帽子、シャツ、靴、それに下着を買い、そのあとで急いでブラザー・ジャックに電話をすると、彼は将軍みたいにてきぱきした口調で命令を下した。それは、イーストサイド北部のある番地の部屋へ行って、そこにおいてあるブラザーフッド協会の資料を読み、その晩ハーレムで集会が行われるので、演説の内容を考えておくように、というものだった。

住所は、スペイン人とアイルランド人の居住区にあるありふれたビルで、僕が女の管理人の部屋のベルを鳴らした時には、子どもたちが通りで雪合戦をしていた。

「おはよう、ブラザー」と彼女は言った。「アパートはすっかり用意ができていますよ。あなたがこの時間に来るって聞いていたので、さっき下りてきたところなの。まあ、ひどい雪だこと」

僕はアパート一戸をあてがわれて、一体どうしたものかと思いながら、彼女について三階まで上がっていった。

「ここですよ」と彼女は言い、ポケットから鍵の束を出し、廊下の正面のドアを開けた。入ると、家具付きの感じのいい小さな部屋で、冬の太陽の光が差し込んで明るかった。「ここが居間で、そっちが寝室よ」と彼女は自慢げに言った。

僕が必要としていたものよりずっと広い部屋で、一つの整理簞笥《だんす》、二つの布張りの椅子、二つの押し入れ、一つの本棚、それに一つの机が備わっており、机の上には、ジャックが言っていた資料が積まれてあった。バスルームが寝室の隣にあり、小さな台所もあった。

「気に入ってもらえるといいけど、ブラザー。何かあったら、わたしの所のベルを鳴らしてください」そう言うと、彼女は立ち去った。

清潔で小ぎれいなアパートだったので、僕は気に入った——とくに、浴槽とシャワーのついたバスルームが気に入った。急いでお湯を張り、体を浸した。それから、さっぱりした爽やかな気分で風呂から出ると、ブラザーフッド協会の本とパンフレットを読みながら頭を抱え込んだ。壊れた貯金箱の入った折りかばんはテーブルの上においたままだった。あの新聞の包みはあとで捨てることにしよう。

さっそく、今晩の演説のことを考えなくては。

16

その夜の七時半に、ブラザー・ジャックと数名の会員が僕を迎えに来てくれ、そのままハーレムへタクシーを飛ばした。前の時と同じで、誰も一言も話をしなかった。物音は端に座った男がラム酒の香りのする煙草をパイプでせわしなく吸う音だけで、そのたびに薄暗がりの中で、赤い円盤状の火がついたり消えたりした。僕は乗っているうちに、次第に神経が高ぶっていった。タクシーの中は不自然なまでに暖かい感じがした。横丁で降りると、うす暗い狭い路地を歩いて、納屋みたいな大きい建物の裏へ行った。ほかの会員たちはすでに到着していた。

「さあ、着いたぞ」とブラザー・ジャックが言って、先に歩いて薄暗い裏戸をくぐり、低く垂れた裸電球がついている控え室へ入った――小さい部屋で、木製のベンチがおいてあり、ドアにいくつもの名前が縦横になぐり書きされたスチール製のロッカーがずらりと並んでいた。フットボール・スタジアムのロッカールームのような、昔からの汗や、ヨードチンキや、マッサージ用のアルコールの臭いがしていて、僕はさまざまな記憶が甦ってくるのを感じた。

「おれたちは、聴衆がいっぱいになるまでここにいる」とブラザー・ジャックが言った。「それから、登場するんだ――聴衆が待ちきれなくなった時にね」彼は僕を見てニヤリと笑った。「そのあいだ、君は演説の内容を考えておくんだね。あの資料に目を通したかい？」

「あれからずっと」と僕は答えた。

「いいねえ。だけど、おれたちの演説を注意して聴いておくように。おれたちが先に演説することになるから、君は自分の話したいことのヒントがえられるだろう。最後に締めくくるのは君だよ」

僕はうなずき、彼がふたりの男の腕を取って、部屋の片隅に下がるのを見守っていた。僕はひとり取り残され、ほかの連中はノートをじっと見たり話し合ったりしていた。部屋を横切り、色褪せた壁に留めてある破れた写真の所へ行った。かつてのボクシング・チャンピオンで、身構えた姿勢を写したものだった。人気のあるボクサーだったが、試合で失明してしまった。あの事件はここの闘技場で起きたにちがいない、と僕は思った。あれは何年も前のことだ。この写真の男は、どの国籍だとも思えるくらい、肌の色が黒くて、顔には叩かれた跡が残っていた。大柄で筋肉にしまりのない彼は、見るからに善人のように思えた。僕はこのボクサーが八百長試合でさんざん殴られて失明したことや、そのスキャンダルは握りつぶされたことや、彼が盲人用の施設で死んでしまったことを、父から聞いたことを思い出した。こんな所に来るなんて、誰が想像しただろうか！　さまざまな事情がなんとねじ曲がったことか！　妙に悲しくなり、ベンチに行って肩をがっくり落として座った。ほかの連中は低い声でまだ話し合っていた。彼らを見ているうちに、急に憤りを覚えた。なぜ最後に演説をしなければならないのだろう？　僕が出る前に、彼らが聴衆を死ぬほど退屈させる演説でもしたら、どうなるのか！　そんなことにでもなれば、口を開けないうちに野次り倒されてしまう……でもそういうことはないだろうと僕は思って、心配を払いのけた。おそらく彼らとの論点の違いをまざまざと見せつけることで、印象づけることができるだろう。たぶん、それが連中の戦略かもしれない……。とにかく、彼らを信用するしかない。ほかに手がなかった。

依然として、神経が高ぶっていた。場違いな感じがした。椅子が軋《きし》む小さい音や、聴衆のかすかなざわめきが、ドアの向こう側から聞こえてくるように思えてきた。自分の新しい名前を忘れはしまいか、僕だということに聴衆に気づかれはしまいかといった、ちょっとした心配事が頭のなかに次から次へと浮かんできた。真新しい紺のズボンをはいた自分の足を急に意識し、体をかがめた。でも、どうやって自分の足だと分かるのか、お前はなんという名前なんだ、などと、僕は心の中で自分にひどい冗談を投げかけてみた。ばかばかしい冗談ではあったが、それでも神経の高ぶりは和らいだ。というのも、はじめて自分の足を見ているようだったからだ――自らの意志で安全にも危険にも導いてくれる独立した対象であるかのように。僕は埃だらけの床をじっと見つめた。すると、トンネルの両端に同時に立っている感じがした。古びた闘技場のベンチに腰かけているのに、遥か遠くの大学から自分を眺めているように思えた。苛立つ声をひそめて話し合う連中と同じ部屋で、真新しい紺の服を着たまま座っていると、椅子のガタガタする音や、もっと多くの人々の声や、咳払いが遠くから聞こえてくるようだった。僕はそのことに心の奥底ですべて気づいているようではあったが、それでも、自分の目で見ているものには心を掻き乱す漠然としたものが、まだ形をなしていないものが感じられた。うつろな表情、特徴のないニヤニヤ笑い、大きすぎる耳、多すぎてはっきりしすぎた「青春のシンボル」のニキビといった、思春期をさらけ出した自分の写真を見る時のように。これは新しい局面であり、新しいはじまりでもあることに僕は気づくと、遠くを見るような目で眺める自己の部分を捨て、いつもそれを、大学や、病院の医療機器や、バトルロイヤル――今となっては、みんなずいぶん過去のもの――の距離にとどめておく必要があると思った。おそらくものうげに眺めてみても、何事も見逃さず、すべてを見てとる僕の部分は、依然として意地悪な議論好きな部分であり、異議を唱えたがる声は祖父の血をひいた部分であり、冷笑的で何も信じない部分――いつも心の葛藤を引き起こしそうな反逆者としての自分――であるかもしれないのだから。たとえそれが何であるかにしても、僕は自分のそうした部分を抑えるほかないと悟った。ほかに方法がなかった。今夜うまくいったら、僕は大物への道を歩めるのだから。もう破綻をきたすことはないし、忘れた苦痛を思い出すこともない……たしかにこの足は故郷からはるばるやって来た時と同じ足だ、と座り直しながら思った。それでいて、どういうわけか新しい足だった。真新しい服のおかげで、新しさが加わった。衣類や、新たな名前や、環境のせいでもある。頭で考えるにはあまりに微妙な新しさだが、たしかにそれは感じられた。僕は別人になりつつあった。

僕は、恐怖心が頭をさっとよぎりながらも、自分が演壇に上がって口を開いたとたんに別人になるだろうと、漠然と感じた。それも、誰かの名前だったかもしれない、あるいは誰の名前でもなかったかもしれないような、偽名をもったただのとるに足りぬ人間ではなく、別の人間に。今は僕のことを知っている者はほとんどいないが、今夜が過ぎたら……どういうふうになるだろうか？　おそらく、非常に多くの人々に知られ、見られるようになり、数多くの熱心な目が一点に集中することによって。たぶん、それだけで違った人間に、何か別物に、別人になるには十分なのかもしれない。ちょうど日増しに大きくなっていく少年が、ある日大人に、太くて低い声をした大人になっていくのと同じように——もっとも、僕は一二歳の時から太くて低い声をしていたが。でも、大学の誰かが聴衆の中にまぎれ込んだら、どうなるか？　それとも、メアリーのアパートの住人が、メアリー自身が来たら、どうなるんだろう？「いや、その時でも状況が変わることはない。あれはすべて過去のことだから」とそっと自分に言い聞かせた。名前は変わっていたし、命令を受けてもいた。たとえ通りでメアリーに逢ったとしても、気づかないふりをして、通りすぎねばならない。気が滅入った——僕はいきなり立ち上がると、控え室から路地へ出た。

コートなしでは、外は寒かった。入口の上方にかすかな明かりがついていて、その明かりに照らされて雪がきらめいていた。路地を横切って暗いほうへ行き石炭酸の臭いがするフェンスのそばで立ち止まった。路地を振り返って見ると、その臭いのせいで僕は、自分が生まれる前に焼失したというスポーツ競技場の跡地にある、見捨てられた大きな窪地のことを思い出した。太陽の熱で歪んだ歩道から見ると、深さ四〇フィートほどの絶壁のようなその場所には、かつての地下室の、不気味にねじ曲がったコンクリートの残骸だけが残っていた。窪地はゴミ捨て場として使われていて、雨のあとなどには、よどんだ水で悪臭を放っていた。僕は、その歪んだ歩道にたたずんで、窪地ごしに、段ボール箱と曲がったブリキの看板でできた小屋を、さらにその先の鉄道の構内を眺めている自分を思い描いた。その小屋の向こうでは、操車用の機関車がキラキラ光る線路の上でエンジンを空転させていた。その煙突から羽毛のような白い蒸気が渦巻きながらゆっくりと立ち昇った時、ひとりの男が小屋から出てきて、上方の歩道に通じる小道を登り出した。靴や帽子や袖からぼろ着がはみ出し、黒っぽい背中をかがめた格好で、男は、今にもフェノールが臭いそうな雰囲気を漂わせながら、僕のほうにゆっくりと足を引きずって近づいてきた。男は窪地と鉄道の構内のあいだの小屋にひとりで暮らす梅毒患者で、通りに出てきては、食べ物や、ぼろ着を洗う消毒液を買う金をせびっていた。すると、僕は、男の差し出した手の指が病気のせいで欠けているのを見て、思わず逃げ出す自分を想像した——暗がりへ、寒気に包まれた現実へ。

ぶるぶる震えながら通りに目を向けると、トンネルのような薄暗がりの路地の、雪のきらめく街灯の丸い光の下に、手綱を握りしめた三人の騎馬警官の姿がぼんやり見えた。警官も馬も、何かを企んでいるかのように頭をかがめていた。鞍やゲートルの革を輝かせて。三人の白人の警官と三頭の黒い馬。その時、一台の車が通ったかと思うと、彼らの姿がくっきりと浮かび上がり、その影が夢のように、きらめく雪の薄暗がりをよぎった。振り返って立ち去ろうとすると、一頭の馬が頭を荒々しく振り上げたかと思うと、警官が長手袋をはめた拳をぐいと引き下ろすのが目に映った。馬は突然に興奮していなき、薄暗がりの中へ消えたが、金属のガチャガチャという激しい乾いた音と、踏み鳴らすひづめの音は、僕を追いかけるように控え室の戸口まで響いてきた。おそらく、このことはブラザー・ジャックに知らせておいたほうがいいだろう。

だが、中へ入ると、連中はまだ話し合っていたので、僕はベンチに戻って腰かけた。

見守っているうちに、自分がずいぶん若返って幼く感じると同時に、体内にそっとひそんでいた年齢が表面化して、妙に老けたようにも感じた。会場では、聴衆がガヤガヤと声を出しはじめた。その揺れるようなかすかなざわめきのせいで、僕はあの立ち退き騒ぎの際の恐怖を少し思い出した。僕の意識は過去へ流れていった。ロンパースを着たひとりの子どもが、金網のフェンスの外に立って、リンゴの木に丸太用の鎖でつながれた白と黒のぶちの大きな犬を眺めていた。それはマスターという名前のブルドッグだった。犬に触るのを怖がっていたのはその子どもで、犬は暑さで喘《あえ》ぎ、顎から銀色の綱のような唾液をだらりと垂らしながら、太ったお人よしの大人のように僕にニヤニヤと笑いかけているようだった。やがて、聴衆の声が揺れて高まり、待ちきれない拍手に変わっていくにつれて、僕はマスターの低いしわがれた唸り声を思い出した。ブルドッグのマスターは、怒っている時も、餌をもらう時も、だるそうに口でハエを追う時も、侵入者に激しく噛みつく時も、同じ調子で吠えるのだった。僕は老いたマスターが好きだったが、信用していなかった。同様に、聴衆を喜ばせたかったが、信用できなかった。その時僕は、ブラザー・ジャックを見てニヤリと笑った。そうだ。ある意味で、彼はおもちゃのブルテリア犬に似ているな。

だが聴衆の歓声と拍手が歌声に変わり、ブラザー・ジャックが急に話をやめて入口のほうへ飛んでいくのが見えた。「いいぞ、ブラザーたち、あれが合図だ」と彼は言った。

僕らはひとかたまりになって控え室を出ると、かすかな歌声の響く薄暗い通路を通っていった。やがて、通路は明るくなり、スポットライトが煙のようなもやを照らし出しているのが、目に映った。行列の先頭を行くふたりの真っ黒な黒人とふたりの白人のあとにブラザー・ジャックが続き、僕らは黙って歩いた。今では聴衆の歓声はどっと高まり、上のほうで起こっているようだった。いつの間にか、ほかの連中は四列縦隊になり、僕だけが、閲兵行進部隊の軸兵のようにしんがりを務めていた。前方に、斜めに差し込む照明の光が、闘技場の階の一つに通じる入口をくっきりと照らしていて、そこを通る時、聴衆は歓声を上げた。それからまた急に薄暗がりの中へ入り、上に上がっていくにつれて、歓声は僕らの下に下がっていくように感じられた。明るい青い照明の中に出て、傾斜路を下っていくと、その両側に、円を描いてずらりと幾列にも並ぶ聴衆のぼんやりした顔が、目に映った――すると突然、僕は目がくらみ、前の男にぶつかってしまった。

「はじめてだと、こんなことはよくあるんだよ」と彼は、立ち止まって僕をちゃんと立たせながら、大声で言ったが、その声は歓声の渦の中で小さく聞こえた。「スポットライトのせいなんだ！」

今やスポットライトが僕らをとらえ、すぐ前を照らして会場にみちびき、その光ですっぽり包むと、聴衆は雷鳴のような歓声を上げた。歌声が行進曲ふうの手拍子に合わせて、ロケットのように飛び出した。

ジョン・ブラウンの屍は横たわったまま、腐っていく
　墓場の中で
ジョン・ブラウンの屍は横たわったまま、腐っていく
　墓場の中で
ジョン・ブラウンの屍は横たわったまま、腐っていく
　墓場の中で
だけど彼の魂は前に進み続ける！

聴衆が古い歌を新しい響きで歌っていることに、僕は驚いた。最初は自分が、天井桟敷に立って見物しているかのようで、縁遠い存在である気がした。やがて、彼らの声の震えがじかに伝わるところに来ると、背筋がゾクッとした。僕らは、折りたたみ椅子に座っている幾列もの並ぶ聴衆のあいだを演壇のほうへと行進し、立ち上がる大勢の女たちの前を通って、演壇に上がった。ブラザー・ジャックがうなずいて椅子を示し、僕らは立ったまま喝采を浴びた。

聴衆は僕らの上のほうや下のほうにいて、幾列にも顔がずらりとならび、会場は鉢の形をした人間の集合体であった。そのうちに警官たちの姿が目にとまり、動揺した。僕のことに気づかれでもしたら！　彼らは壁にそって並んでいた。前にいる男の腕に触れると、彼は歌でも歌うような格好で口を開けたまま、振り向いた。

「どうして、あんなに警官が！」と僕は、彼の椅子の背に身を乗り出して、訊いた。

「ポリ公！　心配しなさんな。今晩はおれたちの護衛をするよう命令を受けているのさ。この集会は政治的にとても重要なんだよ！」そう言うと、彼は向き直った。

誰が僕らを護るように命じたんだろうと僕は思った――だが、歌はもう終わりつつあり、建物が喝采と喚声で鳴り響き、やがてうしろのほうから別の歌が飛び出したかと思うと、会場にひろがっていった。

奪われし者たちから奪いとるのは、もういやだ！
奪われし者たちから奪いとるのは、もういやだ！

聴衆は、呼吸と発声を合わせて一体になったようだった。僕はブラザー・ジャックを見た。彼はよごれたキャンバスでおおわれた演壇に両足をしっかりとつけて、マイクの正面に立ち、左右を見回していた。彼の姿勢には威厳と優しさがあり、熱愛する子どもたちの演奏をぼんやり聴いている父親のようだった。彼が片手を上げて挨拶すると、聴衆は轟《とどろ》くような喝采で応えた。僕は前ににじり寄っていくような気分で、カメラのレンズのように目の前の光景に焦点を当て、熱気と興奮、横隔膜にズンズン響く喚声と拍手を感じながら、視線を顔から顔へさっとすばやく走らせ、見覚えのある人や、昔の知り合いが誰かいないかと探したが、聴衆のいくつもの顔は演壇から遠のくにつれて、ぼんやりしたものになっていった。

演説が始まった。はじめは黒人牧師による祈り。次にある女性が子どもたちの身に起きている実状について話した。それから、政治と経済状況のさまざまな面についての演説がいくつか続いた。僕は注意して耳を傾け、次々に繰り出されるむずかしい的確な用語から、あの文句、この言葉を耳に入れようとした。刺激的な夕べになりつつあった。演説の合間に歌声が起こり、南部の信仰復興集会の時の叫びのように、思わず詠唱が飛び出した。僕はなんとなくそのすべてに調子を合わせ、その雰囲気を体で感じることができた。よごれたキャンバスに両足をつけて座っていると、まるでオーケストラの打楽器の演奏部門にさまよい込んだ気がした。完全に圧倒されて、そのうちに文句を覚えるのをやめて、ただ興奮に運ばれるままに身を任せた。

誰かがコートの袖を引っ張った――自分の番がやって来た。僕はブラザー・ジャックが待っているマイクのほうへ歩いてゆき、スポットライトの中へ入ると、スポットライトがステンレススチールの継ぎ目のない籠《かご》のように、僕を取り囲んだ。僕はためらった。ライトが強すぎて、鉢型に座る人間の顔をした聴衆がもう見えなかったからだ。まるで僕らのあいだに半透明の幕が下りたみたいで、こっちからは見えなかったが——拍手しているのだから——その幕を通して聴衆は僕の姿が見えているように思えた。僕はきびしい、医療機械みたいな機械的な孤立感を味わい、いい気分ではなかった。ブラザー・ジャックの紹介の言葉がほとんど聞き取れないまま、突っ立っていた。やがて彼による紹介が終わると、励ましの喝采がどっと湧き起こった。僕は、覚えられているな、あの時の連中が何人か来ている、とふと思った。

マイクは使い慣れた物ではなく、やる気をそがれてしまった。間違ったしゃべり方をしたらしく、声はこもったように軋《きし》んで響いたので、僕は、数語話すと、戸惑い、途中でやめた。まずいスタートになった、なんとかしなくては。僕は、演壇のすぐ前のぼんやりと見える聴衆のほうへ身を乗り出して、言った。「すみません、今まで、こんなピカピカの電気器具とは縁遠い生活をしてきたもので、使い方が分かりません……。それに、正直に申しますと、マイクが噛みつきそうに見えるんですよ！　見てください、スチール製の人間の頭蓋骨に見えるじゃありませんか！　こいつもすべてを奪われて死んだのでしょうか？」

うまくいった。聴衆が笑っているあいだに、誰かがやって来てマイクの調整をしてくれた。「あんまり近くには立たないように」と彼はアドバイスしてくれた。

「これでどうですか？」と僕は言い、会場に響き渡る深みのある自分の声を聞いた。「今度はいいでしょうか？」

会場にはさざ波のような拍手が起きた。

「あのですね、僕に欠けていたものは演説の機会だけでした。皆さんがその機会を与えてくださったのですから、あとはもう僕次第です」

拍手が強くなり、正面の下のほうから、声のよく通る男の声がした。「君にはおれたちがついているぞ、ブラザー。君が投げたら、おれたちがキャッチするから！」

それだけで満足だった。今では接触ができたわけだし、男の声は聴衆を代表しているかのようだった。僕は緊張して、上がってしまった。自分を見失ってしまい、何を話していいのか分からなかった。というのも、せっかく読んだパンフレットの言葉も文句も思い出せなかったからだ。伝統的な演説のやり方に頼るほかはなかった。政治的な集会だったので、故郷でよく聞いたことのある政治的な手法の一つをとることにした。僕らに対する政治のやり方には実にうんざりしたといった、古くから現実的な手法だ。聴衆が見えなかったので、マイクと、眼前の協力的な声に話しかけた。

「ご存知のとおり、ここに集まっているわれわれを馬鹿者だと考えている連中がいます」と僕は大声で言った。「話していることが間違っているかどうか、教えてください」

「それはストライクだぞ、ブラザー」と叫ぶ声がした。「今のはストライク」

「そうです、連中は、われわれが馬鹿者だと思っているのです。われわれのことを『民衆《コモン・ピープル》』と呼んでいます。ですが、僕は、ここに座って耳を傾けたり見たりして、われわれの何がそんなに平凡《コモン》なのかを分かろうとしてきました。思うに、連中は現実について大きな間違いを犯しています――われわれは非凡な民衆なのです——」

「またストライク」と雷鳴のような声が轟き、僕は話を中断して手を挙げ、その野次をやめさせた。

「そうなんです、われわれは非凡な民衆なんです——そのわけを説明します。連中はわれわれを馬鹿者呼ばわりして、馬鹿者として扱います。連中は馬鹿者に対してどういう態度をとりますか？　ちょっと考えてください、まわりを見るんです！　連中にはスローガンと政策が、ブラザー・ジャックの言う『理論と実践』があります。それは、馬鹿者には決して平等な機会を与えるな、というものです。馬鹿な黒人からすべてを奪え！　立ち退かせろ！　奴の空っぽの頭を痰壺《たん》に使い、奴の背中をドアマットに使え！　奴を飼い馴らせ！　奴の賃金を搾取せよ！　奴の抗議を打楽器に用い、怖がらせておとなしくさせろ！　奴の理想や、希望や、人並みの野心を叩いて、ジャンジャン鳴るシンバルにしてしまえ！　しかも、ひび割れた小さいシンバルを七月四日に鳴らすんだぞ！　ただ、音を弱めるんだ！　あんまり大きい音で鳴らしゃいけない！　ストップタイムにそいつを叩いて、奴に鋲釘なしの靴でダンスをさせろ！　『大きな虫食いリンゴ』とか、『シカゴ逃亡』とか、『だんな、お見逃しを』とかをな！

なぜわれわれがこんなに非凡な民族であるのか、皆さんはご存知ですか！」としわがれた声でささやいた。「**それは、われわれが連中にそうさせているからなんです！**」

場内は深い静寂に包まれた。煙がスポットライトを浴びて、沸騰したように立ち昇った。

「もう一つストライク」と悲しげに叫ぶ声が聞こえた。「決定事項に抗議しても無駄だぞ」声の持ち主は賛成しているのか、それとも反対しているのだろうか、と僕は思った。

「剥奪とは！　所有権を**奪うこと**、それがこの言葉の本来の意味です！」と僕は演説を続けた。「連中はわれわれ黒人の男らしさや女らしさを奪おうとしてきました！　われわれの子ども時代も思春期も――わが民族の幼児死亡率の統計に関するシスターの話をお聞きになったでしょう。ご存知ないかもしれませんが、皆さんがこれほど非凡な人間として生まれたのは、幸運なことです。と申しますのも、連中は、**剥奪されることの嫌悪感**さえわれわれから奪い取ろうとしたのですから。言いかえて説明しましょう――われわれが抵抗しなければ、すぐに連中の思うツボになるだろうと！　それが剥奪の日々であり、ホームレスの季節であり、立ち退きの時期なんです。そのうちに、われわれの頭の脳ミソも奪い去られてしまいますよ！　われわれはあまりにも非凡すぎて、それを見ることすらできないのです！　おそらく、上品すぎるのでしょう。いやなことは見たくないのかもしれません。連中は、われわれは目が見えないのだと思っています――**異常なくらいに**判断力がないと。僕はそんなことに驚きはしません。考えてもみてください、連中はわれわれが生まれたその日から、一人ひとりから片目を奪い取ってきたのですから。だから、今ではもうわれわれは、まっすぐな白線しか見ることができないのです。われわれは片目のハツカネズミみたいな民族なんです――皆さんは今までに、そんな光景を見たことがありますか！　そうした**異様な**光景を！」

「おまけに、百姓の妻は家にはいないときた」にがいクスクス笑いをついて、さっきのわめく声がした。「またまたストライク！」

僕は身を乗り出した。「あのですね、注意していないと、連中はわれわれの見えない側から忍び寄ってくるでしょう――そしたら**ポン**と！　残ったほうの目も飛び出し、われわれは、コウモリみたいに完全に目が見えなくなってしまいますよ！　われわれの目が見えるのを恐れている者がいるんです。だから、今晩、こんなに多くのすばらしい友人たちが出席しているんでしょう――青い鋼鉄のピストルを身につけて、青いサージの服などの格好で！――ですが、抵抗もしないで失うのは片目だけで十分だと思いますし、その点については、皆さんも思いは同じでしょう。だから、団結しましょう。片目の馬鹿なブラザーたちよ、片目の見えないふたりが一緒になって、お互いに助け合っていくことに気づかれたことはありませんか！　ふたりはつまずいたりいろんな物にぶつかったりしますが、危険なことは避け、うまくやっていくのです。非凡な人たちよ、団結しようではありませんか。二つの目で見れば、何がわれわれをこんなに非凡な民族にしているのかも、誰がわれわれをこんなに非凡な民族にしているのかも、分かりますよ！　今までわれわれは、お互いに通りの反対側を歩く、片目の見えないふたりの人間のようなものでした。誰かが石を投げ出すと、ふたりはお互いを非難し、喧嘩をはじめるのです。ですが、われわれは間違っています！　だって、張本人が別にいるのですから。人当たりのよい口先のうまいならず者が、広い薄暗い通りの真ん中を走りながら、石を投げつけているのです――そいつが張本人です！　危害を加えているんですよ！　そいつは空間が必要だと言い張っています――それを自分の自由だと言うのです。そいつは意識的にわれわれの見えない側から攻撃をしかけ、われわれを馬鹿者に――並はずれた馬鹿者に――なるまで叩いたら、さっといなくなるのです！　実際、そいつの自由はわれわれの目を見えないようにすることだったのですよ！　静かにしてください、悪口は言わないでください」と僕は大声で言って、手の平を挙げた。「僕はその野郎に、地獄に行きやがれ！　と言います。来い、渡って来やがれ！　と言うでしょう。皆さん、団結しようではありませんか！　僕が皆さんを見張ってあげることができるし、皆さんは僕を見張ってくれるでしょう！　僕は捕球はうまいし、ピッチングの腕もいいですよ！」

「君はボールは投げていないぞ、ブラザー！　たった一球も！」

「奇跡を起こそうじゃありませんか」と僕は叫んだ。「われわれの奪われた目を取り戻しましょうよ！　視力を回復してもらいましょう。協力してわれわれの視界を広げようではありませんか。街角を覗いてみてください、嵐が近づいていますよ。大通りを見渡してみてください、敵はたったひとりしかいません。その顔が見えませんか？」

演説は自然に中断し、拍手がどっと起きたが、僕は、自分の言葉の流れがピタリとやんだことに気づいた。聴衆がまた耳を傾け出したら、何を話せばいいのだろう？　僕は身を乗り出し、目を凝らして明かりのヴェールの向こうを見ようとした。そこにいる連中は僕のものだし、彼らを失うことはとてもできない。なのに言葉が出かかっていて、言ってはいけないことをうっかり言いそうな自分に気づいて、いきなり裸にされたような感じがした。

「僕を見てください！」この言葉が僕のみぞおちから飛び出した。「僕は長いこと生きてきたわけではありません。ですが、今はきびしい時代なので、絶望を味わいました。僕は南部の出身です。ニューヨークへやって来て、立ち退きというものをこの目で見ました。世間が信用できなくなりました……。ですが、今の僕を見てください、何か不思議なことが起きつつあるのです。僕は皆さんを前にして立っています。告白しなきゃいけないんですが……」

するとと突然、ブラザー・ジャックがマイクを調節するふりをして、僕のそばに来た。「気をつけて」

と彼はささやいた。「これからという時に、君の才能を終わりにしちゃ駄目だよ」

「大丈夫です」と僕は言って、マイクのほうに身を乗り出した。

「告白してよろしいでしょうか?」と僕は叫んだ。「皆さんは僕の友達です。われわれは所有権の剝奪という共通の問題を抱えています。告白するのは精神衛生上よいと言われています。お許しいただけるでしょうか?」

「君の打率は五割だぞ、ブラザー」と叫ぶ例の声がした。

うしろでどよめきが起きた。静かになるまで待ってから、急いで話を続けた。

「沈黙は同意の印です」と僕は言った。「だから、遠慮なく言わせてもらいます。告白しますよ!」肩を張り、顎を突き出して、目の焦点をまっすぐに前の照明に合わせた。「何か不思議な、奇跡的な、しかも様変わりすることが、今僕の内部で起きようとしています……。この皆さんを前にして立っている時にですよ!」

僕は、自分の言葉が形を成し、ゆっくりと納まるところに納まっていくのを感じることができた。照明は、液体洗剤の入った瓶を掻き回す時のように、乳白色に沸き立つようだった。

「説明させてください。僕の内部で起きようとしているのは何か不思議なものです。たしかにこの世のどこででも経験したことがないものです。皆さんの視線が自分に注がれるのを感じます。皆さんの呼吸する音が聞こえます。今、この瞬間に、皆さんの白目の真ん中にある瞳で見つめられているのを、僕は感じるのです……肌で感じるのです……」

桟敷のどこかに取りつけてある大時計の歯車が時を刻む音が聞こえるほどの深い静寂の中で、僕は言葉がつっかえてしまった。

「それは何だい、君。何を感じるのかね?」と甲高い声がした。

僕の声はかすれたささやき声になるくらいに、小さくなった。「僕は感じるのです、自分が**より人間的に**なったのだと、ふと感じるのです。分かりますか? より人間的に、ですよ。人間らしくなったというのではありません。だって、僕はもともと、人間として生まれたのですから。そうではなく、自分はもっと人間的になっているということです。力強さを感じ、いろんなことができるような感じがするんです! 歴史という廊下のずっと先を、はっきりと見てとれる感じがするし、そんな気分を味わっていると、闘争的なブラザーフッド協会の精神の足音が聞きとれるのです! いや、待ってください、もう少し告白させてください……。僕は自分の気持ちに素直になりたい衝動に駆られるんです……。長い、絶望的な、異常な旅のあとで、ここに立っていると、故郷に帰ったような感じがします……。故郷に! 皆さんの視線が自分に注がれていると、本当の家族を見つけたような気分です! 本当の民族を! 本当の国を! 僕は、皆さんが夢見る国の新たな市民であり、皆さんの友愛的な地の息子なのであります。今晩ここで、この古びた闘技場で、新しいものが生まれつつあり、大切な古いものが復活しつつあるのです。皆さんの一人ひとりの中に、僕の中に、そしてわれわれ全員の中に。

シスターたちよ! ブラザーたちよ!

われわれは真の愛国主義者なのです! 明日の社会の市民なのであります!

われわれは、もう権利を剝奪されることはありません!」

雷鳴の轟くような喝采が起きた。僕は何も見えず、体を喚声にぶるぶる震わせながら、立ちすくんでいた。あやふやな身ぶりをした。こんな時には、どうすればいいんだろう——聴衆に手を振ったほうがいいのだろうか？　叫び声や、歓声や、甲高い口笛を目の前にして、目は照明のせいで燃えるようだった。一粒の大きな涙が顔をつたって流れるのを感じ、僕は気まずくてその涙を拭いた。そのあとも、涙が流れ出した。何もかも台なしにしないうちに、誰かが手伝って、僕をスポットライトの中から連れ出してくれればいいじゃないか。だが、涙顔でいると喝采が高まったので、涙を流したまま、驚いて頭を上げた。歓声は波のうねりのように轟くかに感じられた。聴衆が床を足で踏み鳴らしはじめたので、今はもう素直に笑い、お辞儀をしていた。歓声は大きくなり、板を引き裂くような音がうしろのほうから聞こえた。僕は疲れてきたが、聴衆の喝采はまだ終わらなかった。ようやく演説をやめ、席に戻りかけた。目の前で赤い斑点が揺れていた。誰かが僕の手をつかみ、耳うちした。

「やったね、畜生！　いいぞ！」僕は、彼の言葉からほとばしる憎しみと賞賛の混じった熱い思いにまごつきながらも、お礼を言って、強く握りしめた彼の手を引き離した。

「ありがとう」と僕は言った。「ほかの人たちが適切なところまで盛り上げてくれたからですよ」ぞっとした。彼が僕の首を締めたがっているように思えたからだ。目が見えず、まわりはかなり混乱していた。そんな時、僕はいきなり誰かに引っ張られてくるりと向きを変えられ、倒れそうになったかと思うと、暖かく女性らしい、柔らかい体が僕に押しつけられ、しがみついてくるのを感じた。

「おお、ブラザー、ブラザー！　可愛いブラザー！」という女の叫び声が僕の耳に響き、熱い湿った唇を頬に押しつけられるのを感じた。

ぼんやりした人影が僕のまわりでぶつかり合っていた。目隠し遊びの鬼になった時みたいに、よろよろした。矢継ぎ早に握手を求められた上に、背中をポンポン叩かれた。顔には、熱狂的な唾のしぶきを飛ばされる始末で、僕は、今度スポットライトを浴びる時はサングラスをかけたほうがいいと思った。

聴衆による耳をつんざくほどの意思表示だった。聴衆は、歓声を上げたり、椅子をひっくり返したり、足を踏み鳴らしたりしているのだ。僕らは、そうした聴衆をそのままにして、退場した。ブラザー・ジャックが僕を演壇から下ろしてくれた。「われわれは引き上げる時機だな」と彼は大声で言った。「事態はいよいよ動きだした。あのエネルギーをすべて組織しなきゃな！」

彼が先に立って歓声を上げる聴衆のあいだをくぐり、僕は、いくつもの手で体をずっと触られながら、よろよろとついていった。やがて薄暗い廊下へ入り、そのはずれまで来ると、目の前でちらちらした赤い斑点はうすれ、ようやく目が見えるようになった。ブラザー・ジャックはドアの所で立ち止まった。

「あの声を聞いてごらん」と彼が言った。「何をしたらいいのか、指図されるのを待っているんだよ！」背後から、まだ鳴り響いている喝采が聞こえた。その喝采が閉まりかけたドアのせいで小さくなった時、ほかの数人の者たちは話をやめ、僕らと向かい合った。

「で、みんなはどう思う？」とブラザー・ジャックが熱っぽい声で訊いた。「出だしとしてはどうだい？」

張りつめた沈黙があった。僕は不意に強い不安を感じ、白や黒の顔を見回した。どの顔もきびしい表情だった。

「どうだい?」とブラザー・ジャックは、急にきびしい口調になって訊いた。

誰かの靴がきゅっと鳴る音が聞こえた。

「どうだい?」と彼はくり返した。

すると、煙草のパイプを手にした男が話し、その言葉でさらにその場の緊張感が強まった。

「あれは、大いに不満の残る出だしだったな」と彼は冷静に語ったが、「不満」という言葉を強調してパイプを突き出した。僕は彼にじっと見つめられて、まごついてしまい、ほかの者たちに目を向けた。あやふやな無表情な顔ばかりだった。

「不満だと!」とブラザー・ジャックが怒りを爆発させた。「だったら、どういう頭があれば、そんなすばらしいことが言えるんだい?」

「今はくだらない皮肉を言ってる場合じゃないよ、ブラザー」とパイプを手にした男が言い返した。

「皮肉だって? 皮肉を言ってるのは君だろうが! たしかに今は皮肉を飛ばしたり、愚行に走ったりしている時じゃない。実にばかばかしい言動もさ! 今は闘争を続けるにあたり、大切な時なんだよ、事態はやっと動き出したばかりだし——それなのに、君は不満だときている。君は成功するのが怖いのかい? 一体どうしたんだ? この日のために、おれたちは活動してきたんじゃないのかい?」

「じゃあ、自分に訊いてみるんだね。あんたは偉大な指導者だろうが。水晶玉でも覗いてみたら」

ブラザー・ジャックは悪態をついた。

「みんな!」と誰かが言った。

ブラザー・ジャックは畜生と毒づいて、別のブラザーのほうをくるりと向いた。「君」と彼はその体格のよい男に言った。「今どういうことになっているのか、君はおれに言えるだけの勇気があるかい？　おれたちはストリート・ギャングにまで落ちぶれたのか？」

沈黙。誰かが足をずらした。煙草のパイプを手にした男は今は僕を見ていた。

「僕が何かいけないことをしたんでしょうか？」と僕は訊いた。

「君にできる最悪のことをしでかしたんだぞ」とその男は冷たく言った。

僕は呆気にとられて口がきけないまま、彼を見た。

「気にしないでいい」とブラザー・ジャックは、急におだやかな口調になって言った。「一体、何が問題なんだ、ブラザー？　ここでちゃんと言ってもらおうじゃないか。そもそも、君の不満はなんだい？」

「不満じゃない、一つの意見だよ。まだわれわれに意見を言うことが許されているのであればだけど」とパイプを手にした男は言い返した。

「だったら、君の意見は？」とブラザー・ジャックは言った。

「おれの意見では、演説は的はずれでヒステリーじみていたばかりか、政治的に無責任で危険な内容だった」とパイプを手にした彼は嚙みつくように言った。「しかも、さらに悪いことには、**不正確**だったよ！」彼が想像もつかないほどの極悪な犯罪だとでも言いたそうに、「不正確な」という言葉を発音したので、僕は漠然とした罪悪感を覚えながら、口をぽかんと開けたまま見つめた。

「それじゃ」とブラザー・ジャックは言って、みんなの顔を見回した。「幹部会が開かれ、決定がなされたんだ。議長、君は議事録をとったかい！　思慮深い議論を記録に残したかね！」

「幹部会は開かれていないし、意見の発表はまだ終わっちゃいないよ」とパイプを手にした男が言った。

「会議ではないけど、それでも幹部会が持たれて、終わってもいないのに、結論に達したわけだ」

「だけど、ブラザー」と誰かが口をはさんだ。

「実に見事な論法だよ」とブラザー・ジャックは今はもうほほ笑みながら、話を続けた。「歴史に先駆ける熟練した理論的ニジンスキー（ロシアの舞踊師・振付師）の跳躍の、申し分のない実例だね。だけど、ブラザーたち、そんな高い所から話をするんじゃない。そうでないと、君たちは自分たちの弁証法につまずいて不時着してしまうよ。歴史の舞台はそんな高い所には作られていないんだから。再来月ならいいかもしれんが、今はまだ。ブラザー・レストラム、君はどう思うかね？」と彼は、〈ゴールデン・デイ〉にいたあのスーパーカーゴのような体つきの大男を指して訊いた。

「ブラザーの演説は時代遅れで、反動的だったと思うよ！」とその男は言った。

僕は言い返したかったが、できなかった。どうりで、男がお祝いの言葉を言った時に、やけに複雑な感情の混じった声に聞こえたわけだ。僕は、憎しみで燃える目をした大きな顔を、ただ睨みつけることしかできなかった。

「それでは君は？」とブラザー・ジャックは別の男に訊いた。

「あの演説は気に入ったね」とその男は答えた。「かなり効果的な演説だと思った」

「君は？」とブラザー・ジャックはその隣の男に訊いた。

「あの演説は間違っていた、というのがおれの意見だね」

「また、どうして？」

「だって、われわれは、民衆の知性を通して、民衆に接するよう努力しなければならないからさ……」

「まさしくそのとおり」とさっきのパイプを手にした男が言った。「あれは科学的なアプローチの正反対のものだった。われわれのは合理的な見解なんだよ。われわれは社会に対して科学的なアプローチの擁護者であり、今晩行ったような演説は、今までの発言をすべて駄目にしてしまう。聴衆は考えていないし、頭を吹っ飛ばすほどわめいているだけなんだから」

「たしかに、あれは暴徒みたいな振るまいだな」とさっきの色の黒い大男が言った。

ブラザー・ジャックは笑った。「その暴徒なんだけど」と彼は言った。「われわれに**反対する**暴徒だろうか、それとも**味方する**暴徒だろうか——それについて、頭の固いわが科学者たちはどう答えるかね？」

しかし、彼らが返事をしないうちに、ブラザー・ジャックは話を続けた。「たぶん君たちの言うとおりかもしれないな。おそらく暴徒だろう。だが、そうだとしても、われわれと行動をともにするために、感情を高ぶらせただけの暴徒かもしれないよ。今さら君たち科学者に言うまでもないことだが、科学は判断の基礎を**実験**においてるんだぞ！　それなのに、君たちは実験の過程を見ないうちに、結論に飛びつこうとしている。実際、今夜の出来事は実験の第一歩にすぎない。エネルギーの解放という**最初の**一歩なんだ。君たちが臆病になるのは分かる——次の段階までやり遂げるのを恐れているよ

――だって、このエネルギーを組織するのは君たち次第なんだから。だけど、それができるのはひとかたまりの臆病な傍観者的な科学者が真空の中で議論をすることによってじゃない。民衆の所に出ていって、民衆を指導することによってなんだぞ！」

ブラザー・ジャックは頭の赤い髪を逆立て、怒って議論をふっかけるように顔を見回したが、挑発に応じる者は誰もいなかった。

「実にいやな話だ」とブラザー・ジャックは言って、僕を指差した。「二年間君たちの『科学』は失敗してきたが、われらの新しいブラザーは本能によってうまくやり遂げた。なのに、君らに言えることといえば、さんざん批判することだけじゃないか」

「失礼だが、それは違う」とパイプを手にした男が言った。「彼の演説の危険な側面を指摘したからといって、それがさんざん批判したことにはならない。その逆だよ。ほかのわれわれと同様に、新しいブラザーは科学的な演説のやり方を学ばねばならない。彼は訓練を受ける必要があるのさ！」

「やっと、気づいたね」とブラザー・ジャックは口をへの字に曲げて、言った。「訓練。万策尽きたわけじゃない、われらの野性的だが有能な弁士を飼い馴らせる望みはまだある。科学者というのは可能性を見抜くものなんだぞ！　よろしい、それについては手はずは整っている。科学的にとはいかないだろうが、それでも手はずは整っている。これから数ヶ月間、われらの新しいブラザーはブラザー・ハンブローの指導の下で、集中的な学習と思想教育の期間を持つことになっている。そうなんだ」と彼は、僕が言いかけた時に語った。「君にはあとで話すつもりだったんだけど」

「ですが、それじゃ期間が長くて」と僕は言った。「その間、どうやって暮らしていけばいいんですか！」

「引き続き、君には給料が出る」と彼は言った。「君はもう、ブラザーたちの科学的平静さを乱すような非科学的な演説のことで、罪悪感を覚えることはないだろう。現に君は、ハーレムから完全にいなくなるのだから。おそらくその時には、ブラザーたちが、批判するのと同じくらいの早さで組織化ができるかどうか、分かるだろう。ブラザーたち、今度は君たちの番だよ」

「ブラザー・ジャックの考えは正しいと思う」と、小柄で頭の禿げた男が言った。「それに、よりによってわれわれが民衆の情熱を恐れちゃいけないと思うな。われわれの使命は、その情熱を、いちばん効果的な方向に導くことなんだから」

ほかの連中は黙っていて、パイプをくわえた男はずっと僕を見ていた。

「さあ、ここから出よう」とブラザー・ジャックが言った。「おれたちが本当の目標から離れない限り、以前よりチャンスはもっと増える。それに、科学はチェスのゲームではないことを忘れないでもらいたい、理詰めでやれるにしても。もう一つ忘れてならないのは、民衆を組織するのであれば、その前におれたち自身を組織することだよ。新しいブラザーのおかげで、事情は変わってきた。必ずおれたちの機会を利用しなくちゃ。これからは君たちの責任だよ」

「そのうち分かるだろう」とパイプを手にした男が言った。「この新しいブラザーについては、ブラザー・ハンブローと話をさせても別に悪いことじゃない」

ハンブローという人は、一体何者だろう？　自分がクビにされなかったのは、たぶん幸運なことなんだろう、これでまたきっと大学へ戻れる、と僕は外に出ながら思った。

一団が夜の外に出て解散しかけた時、ブラザー・ジャックが僕をわきへ連れていった。「心配すんな」と彼は言った。「ブラザー・ハンブローはおもしろい人物だということが分かるだろうし、訓練の期間はもともと必要だったんだから。今夜の演説は一つの試験だったんだけど、君は見事に合格したね。これから本当の任務につく心構えができるだろう。これが住所だ。明朝いちばんにブラザー・ハンブローに会ってごらん。彼にはもう知らせてある」

アパートに着くと、体の疲れがどっと出た。熱いシャワーを浴び、ベッドにもぐり込んでからも、神経はまだ高ぶっていた。ただ眠りたいだけだったが、がっかりしたことには、今夜の演説のことが頭にこびりついて離れなかった。あれは現に起きたことだ。幸運にも僕は、適切な時に適切なことを言えたし、聴衆も気に入ってくれた。ひょっとして、適切な時に的はずれなことを言ったのかもしれない――いずれにしても、ブラザーたちはともかく、聴衆は演説を気に入ってくれたし、これからは僕の人生は違ったものになっていくだろう。もうすでに違ってきている。というのも、聴衆に話したことはすべて本気で語ったのだということに、今になって気づいたからだ。もっとも、あんなことを言うとは、自分でも分からなかったけれど。ただ立派な演説をして、ブラザーフッド協会の関心を引くつもりだったのだが。口から出た言葉はまったく計算外のことで、僕の中の別の自己が取って代わり、演説したみたいだった。考えてみると、それは幸運なことだった。そうでないと、今頃クビにされているところだった。

話し方でさえ違っていた。大学時代の知り合いは誰も、僕の演説であることに気づかなかっただろう。だが、それは当たり前のことだった。僕は新しい別人になっていたのだから――たとえやたらと古風なやり方で演説したとしても。変身を遂げ、こうして暗がりの中で眠れずにベッドに横たわっていると、はっきりとは顔の見えなかった聴衆に、愛情のようなものを覚えた。彼らは第一声から好意を持ってくれた。僕に演説をうまくやり遂げてもらいたがっていたし、幸いにもこっちは彼らの気持ちを代弁することができたので、僕の言葉を受け入れてくれた。僕は彼らと一体感を覚えた。そんな思いが身にしみた時、僕は起き上がり、暗がりの中で両ひざを抱え込んだ。「一身を投げうってこそ一目おかれる」とは、おそらくこのことだろう。よし、それならば、その言葉を全身で受けとめよう。僕の可能性はいきなり広がった。ブラザーフッド協会の地区代表として、自分の集団ばかりか、ずっと大きな集団の代表になるぞ。聴衆は黒人と白人が混じっていたので、僕の主張は人種を越えたものであった。彼らのためになることを、必要なら何でもしよう。もし彼らが運命を託すのであれば、できる限りの最善を尽くそう。僕には、自己破壊の危機から自分を救う道は、それ以外にありえないのではないか。

暗がりのベッドに座って、あの演説を順を追って思い出そうとした。もうあれは、誰か別人の表現であるような感じがした。とはいえ、あれが僕のものであり、僕独自のものであることは分かっていた。速記者が記録していたら、明日見てみよう。

演説の時の言葉が頭をかすめた。スポットライトに照らし出された、あの煙のようなもやが目に浮かんだ。僕が「より人間的」になったと言ったが、あれはどういう意味だったのだろう？　あれは、前の弁士が用いた文句をとったものなのか、それとも舌がすべったのか？　一瞬僕は祖父のことを想い、すばやく頭から払いのけた。年老いた元奴隷に、人間性なんか関係がなかったからだ。おそらくあれは、大学の文学の講義の時に、ウッドリッジ先生が言った文句だったのかもしれない。あの先生の姿が鮮やかに目に浮かんでくる。自分の言葉にすっかり酔いしれ、軽蔑の感情をあらわにし得意満面の様子で黒板の前を歩きまわり、ジョイスやイェーツやショーン・オケイシーの引用文をチョークで書いたものだった。痩せていて、神経質で、こぎれいな身なりをして、僕らの誰も思いきってやってみる者などいないような、高く張られた意味の綱の上を行くように、歩いていた。今でも先生の声が聞こえるようだ。「『若き芸術家の肖像』の主人公スティーヴンの問題は、われわれの問題と同様、実際には彼の民族のいまだ創造されていない良心を創造することにあったのではなく、**いまだ造られていない自分の顔の部分**を創造することにあった。われわれの務めはわれわれを個性的な人間にすることにある。民族の良心は、目で見、評価し、記録する個々人によって生まれる……われわれは自らを創ることによって民族を創造するのだが、そうなると、ずっと重要なものを創り出したことに大いに驚くだろう。つまり、一つの文化を創ったことになるからだ。ありもしないもののために良心を生み出そうとしても、時間の無駄である。みんなも分かるように、血と皮膚は考えることはしないのだから！」

いや、あれはウッドリッジ先生の言葉ではなかった。「より人間的に」と言ったが……あの言葉は、過去の自分が、黒人としての自分がうすれてきたという意味だったのだろうか？　それとも、孤立した存在としての感覚が、郷里の南部からの追放者としての感覚が希薄になったという意味だったのか？……だが、それはすべて消極的なものだ。次第に少なくなるとは――ほかの部分が次第に多くなるということなのだろうか？　おそらくそうにちがいないが、それにしても、**より人間的**とはどういう意味でだろう？　ウッドリッジ先生だって、そんなことは話さなかった。あの立ち退き騒動の際に、僕が頭にこびりついた言葉を言った場合と同じように、これもまた謎である。

　ブレドソーやノートンのことを、あいつらから受けた仕打ちを思い出した。あいつらは、僕を暗がりの中へ蹴飛ばすことによって、夢にも思わなかったような、すばらしい大切なことをやり遂げる可能性を見せてくれた。ここには、裏口を通らず、肌の色によって排除されない道が、長生きして頑張れば、考えられる限りの最高の報酬にだってありつける道があった。ここには、重大な決定に参加し、国や世界が現にどのように動いているかという謎を見抜ける道があった。暗がりの中に横たわっていると、僕は民族の一員以上の存在になれる可能性を、はじめて垣間見ることができた。これは夢なんかではない、実現可能なことだ。トップに昇りつめるためには、働き、学び、そして生きのびさえすればいい。きっとハンブローの下で学習し、彼の教えてくれることやそれ以上のものを学ぼう。明日になればいい。ハンブローの下での学習が早く終われば終わるほど、それだけ早く任務につける。

17

四ヶ月後、真夜中にブラザー・ジャックから、車で迎えにいくから出られる準備をしといてくれとアパートに電話があったので、僕はかなり興奮した。幸い、目が覚めていて服を着ていた。数分後に彼が車でやって来た時、僕は道路の縁石で期待に胸をふくらませて待っていた。ハンドルのうしろにトップコートを着て背中を丸めた彼の姿を見たとたんに、それこそ自分が待ち侘《わ》びていたものだ、と思った。

「お元気でしたか、ブラザー！」と僕は車に乗りながら、訊いた。

「ちょっと疲れたよ。あんまり眠れなくてね、問題が山積みしてるもんだから」

やがて、車を走らせると、彼は黙ったので、僕のほうも何も訊かないことにした。こうしたことも、しっかり学んだ一つだった。あのバー〈ソーニアン〉に、みんなが集まっているのかな、と僕は思いながら、物思いに耽《ふけ》るかのように道路を見つめる彼の姿を見守っていた。たぶん、ブラザーたちが僕の技量を試そうとして、待っているんだろう。それならそれで、結構。こっちだって試験があるのをずっと待っていたのだから……。

しかし、外の景色を眺めて気がついたのだが、彼は〈ソーニアン〉ではなく、ハーレムへ行って、車を停めようとしていた。

「一杯やろう」と彼は車から降り、雄牛の形をしたネオンサインがバー〈エルトロ（闘牛）〉のありかを示すほうへ向かった。

僕はがっかりした。飲みたくなかった。任務につく前に通らねばならない次の段階へ進みたかった。おかげで、彼のあとについて中に入っていく時、いらだたしさが募ってきた。

バーのなかは暖かく、ひっそりとしていた。異国風の名前のついた瓶が何列にもずらりと並んでいた。奥のほうでは、四人の男たちがビールを飲み、赤と青の照明のついたジュークボックスに『メディア・ルス』をかけながら、スペイン語で語り合っていた。バーテンダーを待っているあいだ、僕はこの外出の目的を想像してみた。

ブラザー・ハンブローの下で学習をはじめてから、ブラザー・ジャックに会うことはほとんどなかった。僕の生活のスケジュールがあまりにもきっちりと組まれていたからだ。それにしても、もし何かがあれば、ブラザー・ハンブローが知らせてくれるはずだということに、気づくべきだった。ところが、いつものように、明朝彼に会うことになっていた。あのハンブローだが、彼は熱狂的な教師だ！　と思った。背の高いやさしい男で、弁護士で、ブラザーフッド協会の主要な科学者でもある彼は、きびしい教師であることが分かったからだ。彼との毎日の討論とか、厳密なスケジュールによる読書とかで、僕は、大学時代以上に勉強した。夜のスケジュールさえ組まれていた。夜ごと、僕はさまざまな地区のどこかの演説会か集会に出席し（もっとも、あの演説以来、これはハーレムへのはじめての外出だったが）、弁士と一緒に演壇に座ったまま、翌日のハンブローとの討論のために、メモを取らねばならなかった。あらゆる機会が学習の場となり、時々集会のあとにあるパーティーですら、そうだった。そんな時でも、僕は、ゲストの会話の中に表れるイデオロギー上の態度を記憶しなければならなかった。だが、すぐに学習の方法を身につけた。ブラザーフッド協会の政策のさまざまな側面や、いろんな社会集団に対するこの協会の方針を学んだだけではなく、市全体に広がる会員に知られるようになった。立ち退き騒動で果たした僕の役割は鮮明に記憶されていて、演説をするなという命令を受けていたものの、一種の英雄として紹介されることに馴れきっていた。

しかし、そのあいだは主に人の話を聞いていたので、話好きな僕は次第にイライラしてきた。今では、ブラザーフッド協会の主張のほとんどを——疑問に思える点も納得できる点も——知り尽くしていたので、眠っていてもそれらを暗唱できるほどだったが、自分の任務については何も聞いていなかった。だから彼からの真夜中の電話は、何らかの活動がはじまる前ぶれだろう、と期待したのだった……。

僕の横では、ブラザー・ジャックはまだ物思いに耽っていて、どこかよそに行きそうなそぶりも、話を切り出しそうな様子も見せなかった。動きののろいバーテンダーが飲み物を作っているあいだ、僕はなぜここに連れてこられたのかと考えてみたが、見当もつかなかった。目の前にあるカウンターの中の、たいていなら鏡が取りつけてあるはずの羽目板に、闘牛の場面が描かれているのが目にとまった。雄牛が男のすぐ近くまで突進し、男が、ひだのくっきり見える赤いケープを体のまぢかで振っているので、男と雄牛が、一つの静かで純粋な動きの渦の中に溶け込んでいるようだった。実に優美だな、と僕は思いながら、カウンターの上のほうに目をやると、そこには、等身大より大きいピンクがかった若い女の姿が、四月一日とあるカレンダー付きの夏らしいビールの広告から、ほほ笑んでいた。やがて飲み物が僕らの前におかれると、ブラザー・ジャックは気分が変わったようで、元気になった。まるで頭を悩ませていた問題がすぐに片付き、ホッとしたかのようだった。

「ほら、こっちを向いて」と彼はふざけて僕を小突きながら、言った。「あの女は、冷たい鋼鉄みたいな文明を象徴する一枚の紙にすぎないんだよ」

僕は、彼が冗談を飛ばすようになったのがうれしくて、笑った。「じゃあ、あれは?」と僕は言って、闘牛の場面を指さした。

「まったくもって野蛮な行為だな」と彼は言い、バーテンダーを見るとささやき声になった。「それはそうと、ブラザー・ハンブローの下での勉強はどうだい?」

「ええ、うまくいってますよ」と僕は答えた。「きびしい人ですけど、大学であの人みたいな先生にめぐり合えてたら、知識がずいぶん豊かになったことでしょう。あの人からいろんなことを教わりましたが、闘技場での僕の演説が気に食わなかったブラザーたちが、満足するだけのものかどうかは、分かりません。僕たちも理詰めで話をしましょうか?」

彼は片方の目をもう一方よりもいっそう輝かせながら、笑った。「ブラザーたちのことは心配すんな」と彼は言った。「君なら立派にやり遂げるさ。ブラザー・ハンブローの報告によれば、君は優秀だってさ」

「そうですか、それはうれしいですね」と僕は言ったが、カウンターのずっと下のほうに、マタドールが黒い雄牛の角で空中に放り上げられている闘牛の場面がもう一つ描かれていることに、今になって気づいた。「僕、イデオロギーをマスターしようとして、ずいぶん勉強したんですよ」

「マスターするって」とブラザー・ジャックは言った。「やり過ぎちゃいかん。イデオロギーに支配されないようにね。無味乾燥なイデオロギーほど、民衆が眠くなるものはないんだから。理想は、イデオロギーと直感の中間を行くことだ。民衆が今聞きたがっていることを話すんだ。しかも、民衆がおれたちの望んでいることを行動に移すようなやり方でね」彼は笑った。「理論はいつだって実践のあとにくることも、忘れてはいけない。先ず行動ありき、次に理論化。これも常道だ、それもすごい効果的な常道だぞ!」

彼は何気なく僕を見ていたので、僕の**こと**で笑っているのか、**一緒に**笑っているのか、分からなかった。ただ、笑っていることだけははっきりしていた。

「はい、必要なことだけをマスターするようにします」

「君ならできる」と彼は言った。「あのさ、ブラザーたちの批判は気にしなくていいから。連中にイデオロギーを投げ返してごらん。そしたら、君のことをそっとしとくから――もちろん、適切な裏づけがあって、成果が上がっていればの話だけど。もう一杯飲む?」

「ありがとうございます。もう結構です」

「ほんとかい?」

「本当ですよ」

「よし。さて、君の任務のことなんだけど、明日君はハーレム地区の代表に選ばれることになっている……」

「なんですって!」

「ああ、昨日の幹部会で決まった」

「そうですか、そんなこと考えてもみませんでした」

「君ならちゃんとできる。あのね、聞いてくれ。あの立ち退き騒動の際にはじめたようなことをやり続けるんだよ。民衆を奮起させろ。行動に駆り立てろ。できるだけ多くの民衆を参加させるんだ。君は長老の数名の幹部から指導を受けることになるが、さしあたって何ができるかを自分で考えるんだね。君は自由に行動できる——**ただし**、幹部会のきびしい規律の下におかれることになるだろう」

「分かりました」と僕は言った。

「いや、まだあんまり分かっちゃいない」と彼は言った。「けど、いずれ分かるようになるさ。規律をみくびっちゃいけないよ、ブラザー。組織全体に対して自分の行動の責任を負えるようにしないとね。規律を軽視するなよ。とてもきびしい規律だけど、その枠の中でなら、のびのびと活動できる。それに、君の任務は非常に大事なんだ。分かるかい?」彼の目は、ハイ、とうなずく僕の顔に迫ってくるようだった。「君も少し睡眠をとるだろうから、もう帰ったほうがよさそうだな」彼はそう言うと、グラスを飲み干した。「もう立派な兵士だよ。君の体は組織のものだからね」

「覚悟はできています」と僕は言った。

「だろうと思った。じゃあ、明日。君は午前九時にハーレム地区の委員会に出席することになっている。場所は知っているかい?」

「いいえ、ブラザー、知りません」

「えっ？　それもそうだな——それじゃ、ちょっとおれと一緒に行こう。おれはあそこで人と会わなきゃいけないし、君は活動の拠点を見れるしね。じゃあ、車で帰る途中で寄ってみるか」と彼は言った。


地区事務所は教会を改装した建物の中にあった。一階は質屋が借りていて、そのショーウインドーにはお宝がぎっしり詰め込まれていて、薄暗い通りに鈍い光を投げかけていた。僕らは階段を上がって三階までゆき、ゴシック様式の天井の高い広間へ入った。

「ここだよ」とブラザー・ジャックが言い、いくつもの小部屋が並び、ひと部屋だけ明かりのついた突きあたりのほうへ歩いていった。その時、男が戸口に現れ、片足をひきずりながら近づいてきた。

「こんばんは、ブラザー・ジャック」と男が言った。

「やあ、ブラザー・タープ、ブラザー・トビットに会えると思ったんだけど」

「知っています。ここにいたんですが、用事で出かけました」と男は言った。「彼からこの封筒を預かったんですが、あとで電話するそうです」

「よし、よし」とブラザー・ジャックが言った。「ほら、新入りのブラザーを紹介しよう……」

「お会いできてうれしいです」と男はニッコリ笑いながら、言った。「闘技場で演説を聞かせてもらいました。感激しましたよ」

「ありがとうございます」と僕は言った。

「じゃあ、あの演説、気に入ってくれたんだね、ブラザー・タープ！」とブラザー・ジャックが訊いた。

「この青年はしっかりしていますよ」と男は答えた。

「いいね、これからしょっちゅう会うことになるよ。彼、この地区の新しい代表なんだから」

「そいつはいいや」と男は言った。「雰囲気がだいぶ変わりそうですね」

「そのとおり」とブラザー・ジャックが言った。「さあ、事務室をちょっと覗いたら、帰るとするか」

「いいですよ、ブラザー」とタープは言うと、先に立って片足をひきずりながら暗い小部屋に入り、明かりをパチッとつけた。「ここがそうです」

小部屋を覗くと、電話がおいてあるフラットトップ式の机や、テーブルの上にタイプライターがおいてあり、書棚には本やパンフレットがずらりと並んでいて、壁には昔の航海標識を印し、片側にコロンブスの英雄的な肖像画の描かれた、大きな世界地図がかけてあった。

「もし何か用事があったら、ブラザー・タープに訊いてくれ」とブラザー・ジャックは言った。「彼はずっとここにいるんだから」

「ありがとうございます。そうします」と僕は言った。「訊くことがあったら、明日訊きます」

「よし、じゃあ、君も寝ないといけないから、引き上げるとするか。おやすみ、ブラザー・タープ。明日、彼のためにすべて用意しといてくれ」

「彼は何も心配しなくてもいいですよ。おやすみなさい」

「あのブラザー・タープみたいな人たちを引きつけるんだから、おれたちは、いずれ勝利をおさめるさ」と彼は、車に乗りながら言った。「あの人は肉体的には老《ふ》けているけど、イデオロギーの面では元気な青年だよ。すこぶる危険な状況の時だって頼りにできるんだな」

「そばにいてもらうには、ふさわしい人だと思います」と僕は言った。

「いずれ分かるさ」と彼は言ったあと、僕のアパートの戸口に着くまで黙っていた。


幹部たちはゴシック様式の天井の高い広間に集まっていた。僕が着いた時、彼らは小さいテーブルを二つくっつけたまわりの折りたたみ椅子に座っていた。

「やあ」とブラザー・ジャックが言った。「時間どおりだね。実にいいね、幹部がきちょうめんなのは好ましいことだ」

「ブラザー、これからもいつも時間を守るよう心がけます」と僕は言った。

「みんな、彼が着いたぞ。君たちの新しい代表だ。じゃあ、はじめよう。みんなそろったか?」と彼は言った。

「ブラザー・トッド・クリフトンを除いて全部」と誰かが言った。

ブラザー・ジャックの赤い髪の頭が驚いたように、ぐいと動いた。「そう?」

「そのうちに来るでしょう」と若いブラザーが言った。「僕たち、今朝三時まで仕事をしていたものですから」

「それでも、時間を厳守すべきだよ――しようがないなぁ」とブラザー・ジャックは言って、懐中時計を取り出した。「はじめることにしよう。おれは、ちょっとしかいられないけど、少しの時間で用件は済む。最近のさまざまな出来事や、われわれの新しいブラザーが果たした役割は、みんな知っていると思う。手短に言えば、ここに集まってもらったのは、そうした状況を無駄にしないためなんだ。われわれは二つのことをやり遂げなきゃいけない。つまり、われわれの煽動の効果を高める方法の計画を立てることと、すでに放たれたエネルギーを組織することなんだ。このためには、急いで会員を増やす必要がある。民衆は十分に目覚めている。ここで行動に導くことに失敗したなら、彼らは消極的になるか、皮肉っぽくなるかのいずれかだろう。したがって、われわれはすぐに、しかも強力に打って出る必要があるんだ！

そのために」と彼は僕のほうにうなずきながら、言った。「われらのブラザーが地区代表に任命された。みんなは彼を忠実に支援し、委員会の権威の新しい象徴とみなさなきゃならない……」

拍手が少し起こった――かと思うと、ドアが開きかけたとたんに、やんだ。僕が幾列にも並んだ椅子の向こうを見ると、同じ年頃の帽子をかぶっていない青年が、広間に入ってこようとしていた。彼はゆったりしたセーターにスラックスの格好で、ほかの連中が顔を上げた時、ひとりの女が、うれしそうにハッと息を飲むのが聞こえた。やがて、黒人特有のゆったりした足どりで影から明るみの中へ歩いてくると、真っ黒な実にハンサムな青年であり、部屋の中ほどまで進み出た時には、彫りの深い黒い大理石のような容貌の持ち主であることが分かった。そうしたタイプの顔つきは、北部の美術館の彫刻に見かけるし、また南部の町では、同じ銃身から発射された弾丸みたいに、よく似た名前や顔立ちや性格の特徴を持つ、邸宅に住む白人の子孫や、小屋に住む黒人の子孫にも、見かけることがある。今では彼はテーブルの間近に来て、そこに両腕をぎこちなく伸ばし、背の高い体をもたせかけるようにしてくつろいだ。黒ずんだ木目にのせた大きな引きしまった拳、セーターを着ていても分かる筋肉質の腕、それに胸からゆるやかに波打っている喉や、えらの張ったなめらかな顎まで曲線を描くようにして伸びた線が、僕の目にとまった。また、黒人とアングロサクソン人の血が微妙にまじった輪郭をした、石をビロードで、骨を花崗岩で包んだような頬に、×型の小さい絆創膏が貼ってあるのも、見てとれた。

彼は立ったままテーブルにもたれるようにして、超然とした態度で僕らを見ていたが、その親しみやすい魅力の奥には、なんとなく尋ねかけるような気配が感じられた。ライバルになりそうな相手だと気づいて、僕は、この青年は何者なのかと思いながら、油断なく見つめた。

「おやおや、ブラザー・トッド・クリフトンは遅刻だね」とブラザー・ジャックが言った。「われらの青年指導者が遅刻とは。どうしたんだい?」

青年は自分の頬を指さしながら、ほほ笑んだ。「医者に診てもらわなきゃいけなかったんです」と彼は言った。

「それはどうした?」とブラザー・ジャックは、黒い皮膚に貼った×型の絆創膏を見て言った。

「民族主義者たちとちょっともめまして。説教者ラスの手下たちと」とブラザー・クリフトンは答えた。その時、輝く目に同情したような表情を浮かべながら彼を見つめてた女たちのひとりが、ハッと息を飲む音が聞こえた。

ブラザー・ジャックは僕にすばやい視線を投げかけた。「ブラザー、君はラスのことを聞いたことがあるかい？　あいつは、黒人民族主義者と称する荒っぽい奴なんだ」

「聞いた覚えはありません」と僕は言った。

「すぐに聞くようになるだろう。ブラザー・クリフトン、座りたまえ。気をつけてくれよ。君は組織にとって大切な存在なんだから、無茶をしちゃ駄目だよ」

「避けようがなかったんです」と青年は言った。

「それにしても」と言って、ブラザー・ジャックは討論に戻り、みんなの意見を求めた。

「ブラザー、われわれはまだ立ち退きに対して闘うことになるんですか？」と僕は訊いた。

「君のおかげで、あれは主要な問題になったんだ」

「それでは、闘いを押し進めてはどうですか？」

彼はじっと僕の顔を見つめた。「君、提案でも？」

「そうですね、立ち退きはあんなに注目されたんですから、あの問題を通して社会全体にはたらきかけてみてはどうでしょう？」

「じゃあ、それをどういうふうにはじめるか、言ってくれないか？」

「名簿にのっている地区の指導者たちにわれわれを支援してもらうんです」

「それには厄介な点があるんだ」とブラザー・ジャックが言った。「ほとんどの指導者たちがわれわれに反対しているんでね」

「ですが、彼の言うことには一理あると思います」とブラザー・クリフトンが言った。「彼らが好むと好まざるとにかかわらず、この**問題**について支援してもらったらどうでしょうか？　この問題はハーレム地区の問題であるわけだし、党派的なものではないのですから」

「たしかに」と僕は言った。「僕にもそう思えます。立ち退きをめぐって大騒ぎになっているのですから、彼らだってわれわれに反対の立場をとったら、大変なことになりますよ。地区の利益に反対しているととられないこともないですから……」

「そこで、彼らをこちらの言いなりにさせるんです」とクリフトンが言った。

「たしかにそういうこともあるな」とブラザー・ジャックが言った。

ほかの者たちも同意した。

「われわれはいつも地区の指導者たちを避けてきただろう」とブラザー・ジャックはニヤニヤ笑いながら言った。「だけど、われわれがはば広い協力をえて進めるとなると、たちまち派閥は捨て去るべき重荷になるんだ。ほかに提案は？」彼はみんなを見回した。

「ブラザー」と僕はふと思い出して言った。「はじめてハーレムへ来た時、最初に僕の印象に残ったものの一つは、脚立に上って演説していた男の人でした。その人は訛《なま》りのあるとても激しい口調で話してはいましたが、それでも熱狂的な聴衆を引きつけていました……。われわれも同じようにこの組織の計画を街頭で展開したらどうでしょうか？」

「それじゃ、君もあいつに会ってたんだな」と彼はいきなりニヤニヤ笑って言った。「うん、説教者ラスがハーレムを独占しているからなぁ。だけど、われわれの組織も大きくなったんだから、一度ためしてもいいね。委員会が求めるのは成果なんだから！」

それじゃ、**あいつ**が説教者ラスだったんだ、と僕は思った。

「いずれあの略奪者と――つまり説教者と――いざこざを起こすことになるわ」と体の大きい女が言った。「あいつの手下どもは、ローストチキンの白身にだって攻撃を加え、非難するくらいなんだから」

僕らは笑った。

「あいつったら、黒人と白人が集まっているところを見ると、カッとなるのよ」と彼女は僕に向かって言った。

「そういうことはわれわれが引き受けます」とブラザー・クリフトンが頬を手で触りながら言った。

「大いによろしい。だけど、暴力は駄目だよ」とブラザー・ジャックが言った。「ブラザーフッド協会は、いかなる暴力も威嚇も挑発も絶対反対なんだから――つまり、攻撃的なものにはね。分かったかい、ブラザー・クリフトン?」

「分かりました」と彼は答えた。

「われわれはいかなる攻撃的な暴力にも賛成しない。いいかい? 攻撃をしかけてこない警官や、ほかの人たちをこっちから攻撃してはいけないよ。われわれはいかなる暴力にも反対の立場をとっているんだから、分かったかい?」

「分かりました、ブラザー」と僕は言った。

「大いによろしい、その点をはっきりさせたから、おれはもう帰る」と彼は言った。「やれることをやり遂げてくれ。ほかの地区からの支援もかなりあるだろうし、君たちへの必要な指導はすることにしよう。また、われわれはみんな規律を守らねばならないことを忘れちゃいけないよ」

ブラザー・ジャックが立ち去ると、僕たちは仕事を分担することにした。僕は、各人が自分のよく知っている地区で活動することを提案した。ブラザーフッド協会と地区の指導者たちのあいだには、今までなんの接触もなかったので、その接触の場を作る仕事を引き受けた。街頭集会をすぐにはじめ、ブラザー・トッド・クリフトンはあとで僕と一緒に細部を検討することに決まった。

　討論が続いているあいだ、僕は彼らの顔をじっと見ていた。彼らはこの活動に夢中になり、黒人も白人も、完全に協力し合っているかに思えた。だが、彼らのタイプを分類しようとすると、サッパリ見当がつかなかった。南部の「ビア樽」みたいな体の大きい女は、女たちの仕事の責任者として、抽象的なイデオロギーの用語をふんだんに用いて語った。首に肝臓色の斑点のある内気そうな男は、活動の必要性を大胆にも率直に、熱意をこめて話した。そして、青年指導者のブラザー・トッド・クリフトンは、なんとなくヒップスターとか、ズート服でも着そうな伊達男とかに見えた——もっとも、ペルシャの子羊を思わせる頭には、コテは一度も当てられたことはなさそうだったが。彼らはどこでも見かけそうなタイプではあったが、ブラザー・ジャックやほかの白人たちが僕の知っている白人とは違っているように、たしかに違っていた。夢でよく見る人たちと同様に、みんなは人が変わったようだった。もしかして僕も違って見えるのかもしれない、とふと思った。討論が終わって行動を開始したら、彼らにもそのことが分かるだろう。僕は誰からも反感を持たれないように気をつけねばならない。今でも、僕が責任者であることに腹を立てている者が、誰かいるかもしれないのだから。

　しかし、ブラザー・トッド・クリフトンが街頭集会の打ち合わせのために僕の事務室に入ってきた時、怒っている様子はなく、集会の戦術にすっかり熱中しているようだった。彼は、野次をどう処理すべきか、襲撃された場合はどうすべきか、会員とほかの群衆の見分け方をどうするかといった点について、細心の注意を払って教えてくれた。いかにもズート服でも着そうな雰囲気を漂わせているにもかかわらず、彼の話は的確で、自分の仕事を心得ていることは明らかだった。

「うまくいくかなぁ?」彼が話し終えた時、僕は訊いてみた。

「君、これは大きな運動になるよ」と彼は言った。「アメリカ黒人にアフリカへの帰還を呼びかけたマーカス・ガーヴィー以来どの運動よりも大きくなるね」

「僕もそれくらい確信が持てればいいいんだけど」と僕は言った。「ガーヴィーを見たことがないんだ」

「おれだってそうさ」と彼は言った。「だけど、ハーレムじゃあの人がすごく偉い人だったことは分かる」

「うん、僕らはガーヴィーじゃないし、彼は長続きはしなかったよ」

「そうだけど、あの人にはなんか民衆を引きつけるものがあったにちがいない」と彼は急に熱っぽく語った。「ああいう連中を動かすだけの魅力が何かあったはずだよ！　黒人っていうのはなかなか行動しないんだから。あの人はいろんな魅力があったにちがいないよ！」

僕は彼を見た。彼の視線は自分の心の内側に向けられているようだった。やがて、彼はほほ笑んだ。「心配しなさんな」と彼は言った。「おれたちには綿密な計画があるし、君は民衆を行動に駆り立てた経験があるんだから。今の生活はずいぶんきびしいんだから、民衆は聞いてくれるだろう。聞いてくれれば、彼らは行動に移すさ」

「そうあってほしいね」と僕は言った。

「きっとそうするさ。君はおれほどこの活動に携わっていないみたいだけど、おれはもう三年になる。だから変わったな、って感じるんだ。民衆は行動に移す用意ができてるしね」

「君の予感が当たるといいんだけど」と僕は言った。

「当たるに決まってるさ」と彼は言った。「おれたちに必要なのは、彼らをかき集めることだけだ」


その日の夕方は冬かと思えるほどの寒さで、街角には明るい照明がつき、黒人だけの聴衆が、大勢ぎっしり集まっていた。今は脚立に上がり、クリフトンの青年部の一団に囲まれた僕には、襟《えり》を立てた彼らの背中ごしに、群衆の中には疑わしそうな人たち、もの珍しそうな人たちの顔、確信に満ちた人たちの顔が見えた。夕暮れ近くのことで、頬や手に湿っぽい冷気を感じながら、車の騒音に負けじとばかり声を張り上げているうちに、僕の声にも感情がこもり熱が入ってきた。時おり拍手や賛成の声が聞こえてきて、ようやく僕と聴衆のあいだに感情が通い出した時、トッド・クリフトンが目くばせして、指でさした。すると、聴衆の頭の向こうの、薄暗い店先やまたたくネオンサインの先に、二〇人近くの男のただならぬ気配の一団が足早に近づいてくるのが見えた。僕は視線を落とした。

「ヤバイぞ、君は演説を続けてくれ」とクリフトンが言った。「青年部員たちに合図を」

「わがブラザーたちよ、今や行動の時が来ました」と僕は叫んだ。すると、青年部員たちや数人の年上の男たちが聴衆のうしろへ回り、進んでくる一団を待ち構えるのが見えた。その時、何かが薄暗がりから飛んできて、僕の額に強く当たった。聴衆が波のように押し寄せてきて、脚立をうしろに押しやり、僕は竹馬に乗った子どものように聴衆の頭の上でよろよろしたかと思うと、うしろ向きに通りに放り出されてしまい、脚立が倒れる音がした。今ではみんなうろたえて動き回っており、僕のそばにクリフトンの姿が見えた。「説教者ラスだぞ!」と彼は叫んだ。「君、腕には自信あるか!」

「拳くらいは使えるさ!」僕もいらだっていた。

「じゃあ、よし。今がその機会だ。さあ、君のげんこつを見せてもらうぞ!」

彼は前に進み、あわただしく動きまわる聴衆の中へ飛び込みそうにしていた。そばにいた僕には、聴衆が散りぢりになって、暗がりの中へどんどん逃げていくのが見えた。

「向こうにラスがいるぞ」とクリフトンがわめいた。ガラスの壊れる音がしたかと思うと、通りが暗くなった。誰かが街灯を叩きこわしたのだった。薄暗い窓の中で輝いている赤いネオンサインのほうへクリフトンが向かうのを、薄暗がりを通して目にしたとたんに、何かが僕の頭のそばを飛んでいった。その時、ひとりの男が鉄パイプを手にして駆け寄って来たが、クリプトンが近づいて行き、ひょいと頭を下げて飛び込んだかと思うと、相手の手首をひっつかみ、兵士が回れ右をするみたいにいきなり自分の体をひねった。すると今度は、クリフトンが背を向けたまま、相手の肘をがっちりと肩に乗せ、すっと背を伸ばしながらその腕を引き下げると、相手は爪先立ちをし、悲鳴を上げた。

ボキッという乾いた音がしたかと思うと、その男は力が抜けてしまい、鉄パイプが歩道にガチャンと鳴り響いた。その時、僕は誰かに腹を強打され、自分も喧嘩していることにふと気づいた。ひざをつき、転げ回り、体を引き上げるようにして立って、まっこうから向かった。「かかって来い、黒んぼう野郎」と言われて、奴をぶん殴った。奴は喧嘩のコツを心得ていたが、僕だって心得ていたし、互角の勝負だったが、奴は運がなかった。相手はダウンもノックアウトもしなかったが、僕がパンチを二発思いきり食らわせると、ほかに喧嘩相手を探すことにしたらしかった。奴が向きを変えた時、僕は足をすくってひっくり返し、その場を去った。

街灯が街角まで叩きこわされてゆき、乱闘の場は暗くなっていった。静寂を突いて、唸り声や力む声、足音やパンチの音だけがしていた。暗がりの中で混乱していたので、敵と味方の見分けがつかず、見きわめようとして注意して動いた。通りの先の暗がりで、「解散しろ！　解散しろ」と誰かの叫ぶ声がした。警官だと僕は思って、クリフトンはいないかと辺りを見回した。ネオンサインが神秘的に輝き、大勢の逃げる足音やののしり声が聞こえた。ようやく僕は、「小切手を現金に換えます」という赤いネオンサインの前にある店のロビーで器用にパンチをくり出すクリフトンの姿を見つけた。僕は、頭のそばをいろんな物が飛んでいく音や、ガラスが壊れる音の中を、急いで駆けていった。クリフトンの腕は、説教者ラスの頭や腹に短い正確なジャブを繰り出し、奴を窓の中に叩き込んだり自分の拳をガラスに当てないよう注意しながら、すばやい効果的なパンチをきめていた。右と左のもの凄くすばやいジャブを浴びて、とうとうラスの体は、酔った牛みたいに、左右によろめいた。僕が近づいた時、ラスは押しのけて外に出ようとしたが、クリフトンに追い返され、走者がスターティング・ブロックについたようなかっこうで、両手をロビーの黒っぽい床につけ、かかとをドアに当ててしゃがみ込んでしまった。すると今度は、前に飛び出したかと思うと、飛びかかってきたクリフトンに頭突きを食らわせた。ウグッという息の詰まるような声を出して、クリフトンは仰向《あおむ》けに倒れた。ラスの手の中で何かがキラッと光った。彼はナイフを手にして、両手を広げ、ずんぐりした横幅の広い体でじわじわと、前に進み出てきた。僕はくるりと向きを変え、さっきの鉄パイプを探して薄暗がりの中に飛び込み、四つん這《ば》いになって這っていると、あった、しめた――戻ってみると、ラスは伸ばした片手でクリフトンの襟をつかみ、もう一方の手にはナイフを握り、雄牛のように怒って喘《あえ》ぎながら、クリフトンを見下ろしていた。僕は立ちすくんだまま、ラスがナイフを振り上げて宙で止めるのを見ていた。悪態をつきながら、ナイフを振り上げては止めた。それから、またもやすばやく振り上げては止め、早口でわめきながら泣き出した。そこで僕は、じわじわとにじり寄っていった。

「おい」とラスは出し抜けに言った。「ぶっ殺してやる。畜生、ぶっ殺してやるぞ。そのほうが世の中のためになるんだ。だけど、お前はおれみたいに黒い。おい、なぜ黒人なんだ？　必ずぶっ殺してやる。この説教者を殴った奴なんかいないんだぞ、畜生、ひとりだってな！」

ラスはナイフをまた振り上げたが、今度もそのまま手を下ろし、クリフトンを通りに押し転がし、突っ立ったまますすり泣いた。

「なんでお前はあんな白人と一緒にいるんだ？　なぜだ？　おれは長いこと見守ってきた。おれは自分に言い聞かせたんだぞ、『すぐにあいつは利口になって、あきてくる。あんなところから抜け出す』ってな。なんでお前みたいないい奴が、いまだにあいつらといるんだ？」

依然としてにじり寄っていた僕には、まだ血のついていないナイフを手にしてクリフトンのすぐそばに立っている彼の顔に、窓のネオンサインの輝きのせいで、怒りの赤い涙が光っているのが見てとれた。

「おい、お前は**おれ**の兄弟だろが。兄弟ってぇのは同じ色をしてるんだぞ。一体、なんであんな白人どもを**ブラザー**と呼ぶんだ？　畜生、おい。あんなことはクソだ！　兄弟ってぇのは同じ色なんだぞ。おれたちが母なるアフリカの息子だってこと、忘れちまったのか？　お前は黒い、**黒いんだぞ！**　貴様って奴は——**畜生！**」と彼は、自分の言葉を強調しようとしてナイフを振り回しながら、わめいた。「お前はちぢれっ毛なんだぞ！　唇は分厚いんだ！　あいつら、お前が**臭い**って言ってるんだぞ！　嫌ってるんだぞ！　貴様はアフリカ人。**アフリカ人**なんだ！　なんであいつらと一緒にいる？　あんなクソは放っとけ、おい。あいつらに売られちまうぞ。あんなクソは時代遅れだ。あいつら白人どもが、おれたちを奴隷にしたこと——忘れたのか？　あいつらに、どうして黒人のためになることができるんだい？　どうしてあいつらがお前の**兄弟**になるんだい？」

僕は今はもうラスのそばに来ていて、鉄パイプを思いっきり振り下ろすと、彼がナイフを握り直した瞬間に、ナイフが暗がりの中にパッと飛んでいくのが見えた。一歩も引かないラスに小さな細い目で睨みつけられて、僕は急に恐怖と憎しみでカッとなり、もう一度鉄パイプを振り上げた。

「おい、お前もか」と説教者は怒鳴った。「根っからの黒んぼ小悪魔め！　ずる賢いマングースめ！　白人と手を組むなんて、**お前は**どこの出身だと思ってるんだい？　おれにゃ分かってる。知らいでか！　南部だろが！　西インド諸島のトリニダードだろが！　ジャマイカとか、南アフリカ出身のくせに、ケツの穴から腰にいたるまで白人に蹴飛ばされてよう。黒人たちを裏切って、何を否定しようとしてるんだ？　なんで**お前**はおれたちに刃向かうんだい？　お前ら**若い者**たちは、うんと教育のあるお前ら若い黒人たちときたら。お前の煽動演説のことはおれも聞いている。なんで奴隷主に寝返るんだ？　そんなのが教育と言えるか？　自分の母親を裏切るなんて、どういう黒人なんだ？」

「黙れ」とクリフトンは叫んで、パッと立ち上がった。「黙りやがれ！」

「いやなこった」とラスは拳で涙を拭きながら、わめいた。「言ってやるぞ！　鉄パイプで殴ってもいいが、この説教者の話をちゃんと聞くんだ！　おい、おれたちの仲間に入れ、おれたちは黒人のすばらしい運動を起こしているんだ。**黒人**のな！　あいつらが何をしてくれる、金でもくれるのか？誰がそんなもの欲しがる？　おい、あいつらの金からは黒人の血が滴り落ちているんだぞ！　けがらわしい金なんだ！　おい、あいつらの金を受けとるなんて、クソだ。尊厳のない金なんか――そんなもの、**クソ**食らえだ！」

クリフトンはラスに飛びかかろうとしたが、僕は彼を止めて、首を振った。「行こう、この男はクレイジーだから」と僕は言って、彼の腕を引っ張った。

ラスは拳で自分の太腿を叩いた。「何、**おれ**がクレイジーだと？　**おれのこと**をクレイジー呼ばわりするのか？　お前らふたりを見て、おれを見てみろ――こんなことが**正気か？**　黒い肌をした黒人が三人こんな所に立っているんだぞ！　白人の奴隷主のせいで、三人の黒人が通りで喧嘩するのか？こんなことが正気かよう！　これが自覚か、科学的な理解とでも言うのか？　二〇世紀の現代の黒人のやることとか？　おい、そんなこたねぇぞ！　これが自尊心かい？――黒人同志が反目することが！裏切ると、あいつらは何をくれるんだい――女か？　そんなことにだまされるんじゃねぇ」

「行こう」僕は聞いているうちに、暗がりでの乱闘の恐怖がまざまざと甦ってきて、そう言ったが、クリフトンは僕から離れて、こわばった魅惑的な表情を浮かべてラスを睨みつけた。

「行こうよ」と僕はくり返した。彼は立ったまま、睨みつけていた。

「ああ、お前は行け」とラスはわめいた。「けど、こいつは駄目だ。お前は悪に染まっているが、こいつは本物の黒人だな。アフリカなら、この男は首長、黒人の王様だぞ！　ところがここじゃ、血管に血の一滴《ひとしずく》もない呪われた女どもをレイプするって、あいつら白人どもに言われてよう。それなのに、この男が、野球のバットであいつらを殴るなんてこともできねぇんだから――チェッ！　なんて馬鹿なんだ。生まれてから死ぬまで蹴飛ばされておきながら、それでも**ブラザー**と呼ばせるのか？　そんなことが割に合うのかよ？　理屈に合っているか？　おい、こいつを見てみろ。ちゃんと目を開けて」と彼は僕に言った。「おれがこいつみたいな顔をしてたら、このいやな世界を揺るがしてやるぞ！　おれは日本でもインドでも知られている――有色人種のすべての国でな。この男は若くて知性があるし、生まれつきの王子だぞ！　お前の目ん玉はどこについている？　自尊心はどこにある？　あんな呪われた奴らのために働くのか？　奴らはもう死んでいく。その時期はもうすぐだ。なのに、お前は、今が一九世紀であるみたいにうろつきやがって。お前のことが分からん。おれが無知なのか？　おい、答えてみろ！」

「そうだ」とクリフトンは叫んだ。「はっきり言って、そうだよ！」

「おれがへたな英語を喋るもんだから、クレイジーだとでも思っているのかい？　フン、おい、あんなのは母国語じゃねぇぞ。おれはアフリカ人だ！　おれがクレイジーだなんて、ほんとに思っているのか？」

「ああ、そうだよ！」

「そんなこと信じているのか？」とラスは言った。「奴らは何をしてくれる、黒人さんよう！　臭い女でもあてがってくれるのか？」

クリフトンがまた飛びかかろうとしたので、僕はまた体をつかまえた。またしてもラスは顔を真っ赤にして、一歩も引かなかった。

「女だと？ **畜生**、おい！ それが平等か？ そんなことが黒人の自由か？ 声をかけられて、情熱もない女に一発やらせてもらうのがよう。うじ虫野郎！ おい、そんな安値で買われるのか？ 奴らは黒人に何を**してくれる？** お前の脳ミソはどこにある？ おい、あんな女、カスだぞ！ 腐った水なんだ！ 上流社会の白人は黒人を嫌っている、そんなことぐらい、子どもだって知っている。白人はカスの女をあてがって、黒人の若者たちにきたない仕事をさせたがっているんだ。あいつらはお前を裏切るし、お前は黒人民族を裏切るときた。おい、だまされているんだよ。あいつら同志で喧嘩させておけ。お互いに殺し合いをさせるんだ。おれたちは組織するぞ——組織は役立つ——黒人を組織するんだ。**黒人を！** 白人野郎なんかクソ食らえだ！ 白人は娼婦を連れてきて、自由はその娼婦の痩せこけた股のあいだにあるなんて、黒人に言いやがってよう——そのあいだに、**白人**のあん畜生どもは権力と資本をすべて握って、黒人には何一つ残しやしない。あいつらは、お人よしの白人の女どもにゃ、黒人は強姦するぞと嘘を言っておきながら、そのくせ自分たちは、黒人を私生児の民族にしやがってよう。

いつになったら、黒人はこんな子どもじみた裏切り行為にうんざりするんだい？ お前は自分の黒人の知恵が信じられないくらいに、白人に洗脳されたのか？ お前はまだ若い。おい、安っぽい振るまいはするな。自分を否定するなよ！ お前を造るには、十億ガロンの黒人の血を流したんだ。自分というものを認めろ。そうすりゃ、男たちの中で王様になれるぞ！　男というのは、失うものが何もなくなって裸になった時、自分が男だと分かるんだ――そんなこと、人から言われなくても分かる。おい、お前は一メートル八三センチの背丈があり、若いし、知性もある。黒いし、ハンサムだ――そんなことはないなどと、奴らに言わせるな！　そうでなかったら、お前は死んでいる。死人も同然だぞ！　おい、そんなことにでもなったら、おれたちがお前を殺してやるよ。説教者のラス様がナイフを振り上げて刺し殺そうとしたが、おれはできなかった。殺しちまえばいいじゃないか、とおれは自分に訊く。殺してやるぞ、とおれは自分に答える。だけど、何かが告げるんだ。『駄目、駄目だよ！黒人の王様を殺すことになるよ』ってな。そこで、おれは、分かった、分かった！　と答える。だから、お前の屈辱的な振るまいに耐えたんだ。ラス様はお前の黒人としての可能性を認めたんだ。黒人の兄弟を白人の奴隷主の犠牲なんかにさせやしない。その代わりに、ラス様は泣くんだ。男だからな――そんなこと、白人に教えてもらわなくても分かりきったことだ――ラス様は泣くのさ。だから、おい、お前も黒人としての義務に気づいて、おれたちの仲間に加わったらどうだい？」

ラスの胸は波打っていて、耳障《ざわ》りな声には哀願するような調子がこもっていた。たしかに彼は説教者であった。僕は哀願するような、荒々しい雄弁さに魅了された。彼は立ったまま、返事を待っていた。すると急に、一機の大きな輸送用飛行機が建物の上を低く飛んできて、僕は火を噴くエンジンを見上げた。僕らは三人とも黙って、見守っていた。

説教者はいきなり拳を飛行機に向かって振り上げて、叫んだ。「畜生、いつの日かおれたちだってあんなのを持ってやるぞ！　畜生！」

ラスは立ったまま、建物にガタガタと音を立てて力強く飛んでいく飛行機に、拳を振った。やがて、飛行機が見えなくなると、僕は荒れ放題になった通りを見回した。今では乱闘はブロックのずっと先の暗がりで行われており、ここに残っていたのは僕らだけだった。僕は説教者を見た。自分でも怒っているのか驚いているのか、分からなかった。

「あのさ」と僕は首を振りながら言った。「筋道の通った話をしようよ。これからは、僕らは毎晩、街角にいるし、もめごとが起こらないようにしよう。僕たちはもめごとは望まない、特にあんたとはね。だけど、逃げやしないよ……」

「畜生、こいつ」とラスは言って、前に飛び出そうとした。「ここはハーレムだよ。ここはおれの縄張りなんだ、黒人の縄張りだぞ。おれたちが白人どもを入り込ませて、白人どもの毒をばらまかせるとでも思っているのか？　あいつらを来させて、賭博場を占拠させた時みたいに、入らせるとでも思っているのか？　店という店を持たせた時みたいによう。おい、ラス様と話をする時にゃ、常識ある話をしろ、分別ある話をしろよ！」

「これは常識だよ」と僕は言った。「だから、僕たちがあんたの話を聞いたように、あんたも話を聞いてくれ。僕たちは毎晩ここに来る、分かるね。ここにやって来るさ。今度あんたが――白人だろうと黒人だろうと――僕たちのブラザーをひとりでも、ナイフを持って追いかけたら、ただじゃおかないからな」

彼は首を横に振った。「おい、お前のことを忘れねぇよ」

「ああ、いいとも。僕だって忘れないさ。だって、あんたが忘れたら、もめごとが起きるんだから。

あんたは勘違いしてる、自分のほうが人数が多いとでも思ってないかい？　勝つためには団結が必要だし……」

「そんなこと常識だよ。黒人だけの団結がな。黄色い肌と褐色の肌の団結がよう！」

「兄弟みたいな世界を望む者はみんなだよ」と僕は言った。

「おい、馬鹿なことを言うんじゃない。奴らは白人なんだぞ、黒人なんかと団結を結ぶ必要はない。奴らは欲しい物は手に入れるし、刃向かうしな。お前の黒人としての知性はどこにあるんだ！」

「あんた、そんな考えでは歴史の余波に呑み込まれてしまうよ」と僕は言った。「感情ではなく、頭で考えるようにするんだね」

ラスは激しく首を振って、クリフトンを見た。

「こいつは、おれに向かって頭とか、考えろとか言いやがる。ふたりに訊くが、お前らは目を覚ましているのか、眠っているのか？　過去を忘れて、どこに行こうとしているんだ？　よし、腐ったイデオロギーを受け入れ、ブチハイエナみたいに自分のはらわたを食いつくせばいいんだ。おい、お前らは失敗するぞ。途方に暮れるだけだよ！　ラス様は無知ではないし、恐れてもいない。そうとも！　ラス様は黒人としてここに残り、黒人民族の自由のために闘うからな。たとえ白人どもが欲しいものを手に入れ、お前らをあざ笑いながら逃げ出したあと、お前らが腐って、うじ虫で喉を詰まらせたとしてもな」

彼は怒って、暗い通りに唾を吐いた。唾は、ネオンの赤い輝きの中で、ピンク色になって飛んでいった。

「そんなことにはならないさ」と僕は言った。「ただ、僕が言ったことを忘れるなよ。行こう、ブラザー・クリフトン。この男はうみだらけだよ、黒いうみで」

僕らが立ち去ろうとしかけた時、ガラスの破片が僕の足の下で砕ける音がした。

「もしかしたら、そうかもしれん」とラスが言った。「だけど、おれは馬鹿じゃないぞ！　教育を受けた黒人の馬鹿者じゃない。お前たちは、血生臭い本にある真っ赤な嘘で、白人と黒人の間の問題はすべて解決がつくと思っているが、そもそも、そんな本は白人が書いたものじゃないか。白人の文明を築くのに黒人が三百年にわたって血を流してきたんだから、すぐには消えないぞ。血は血を呼ぶんだ！　そのことを忘れるな。また、おれがお前たちと違うことも、忘れるなよ。ラス様は本当の問題に気づいているし、黒人であることなんか怖れてはいない。白人のために裏切ることもない。おれが、白人のために黒人民族を裏切る黒人なんかじゃないことも、忘れるなよ」

すると僕が返事をしないうちに、クリフトンが暗がりの中で動いたかと思うと、ガンと殴る音がして、ラスが倒れるのが僕の目にとまった。クリフトンは激しい息をつき、ラスは、「**小切手を現金に換えます**」というネオンサインの反射のせいで、赤く見える涙を顔に浮かべて、ずんぐりした黒い体を路上に横たえていた。

クリフトンがまじめな顔で見下ろすと、ラスは、声にならない言葉をつぶやいているように感じられた。

「行こう」と僕は言った。「行こうよ！」

僕らがその場を離れようとした時、けたたましいサイレンが鳴り、クリフトンは小さな声で悪態をついた。

やがて、暗がりからにぎやかな通りへ出ると、彼は僕のほうを振り向いた。目には涙が浮かんでいた。

「あの哀れな勘違い野郎め」と彼は言った。

「あいつも君のことをいろいろ考えているんだよ」と僕は言った。暗がりから出て、あの説教じみた声の聞こえないところに来たのがうれしかった。

「あの男はクレイジーだよ」とクリフトンは言った。「あいつに言わせておいたら、おれも頭がどうかなりそうだよ」

「あいつ、あの名前をどこでつけたんだろう?」と僕は訊いた。

「自分でつけたのさ。そうだと思うよ。**ラス**っていうのは、東洋では尊敬を表す称号だもん。あいつが、『エチオピアは手を伸べん』について何も言わないのは、驚きだね」と彼は、ラスの喋り方を真似て言った。「あいつが言うと、コブラの首が広がった音みたいに聞こえるんだなぁ……。よく分からないけど……。分からんなぁ……」

「これからもあいつを見張る必要があるだろうね」と僕は言った。

「ああ、そのほうがいい」と彼は言った。「あいつは闘いをやめやしないだろう……。ナイフを振り落としてくれてありがとう」

「そんなこと心配する必要はないさ。自分の王様を殺したりなんかするもんか」と僕は言った。

彼は振り向くと、本気で言っているのかという顔をして、僕を見た。そして、ほほ笑んだ。

「あの時は、一瞬、もう死ぬかと思ったよ」と彼は言った。

地区事務所へ歩いていきながら、僕はブラザー・ジャックならこの乱闘のことをどう言うだろうかと思った。

「組織の力であいつを圧倒しなきゃいけないだろうね」と僕はクリフトンに言った。

「たしかにそうしないとね。だけど、ラスが力を発揮するのはブラザーフッド協会の内部にいる時だよ」とクリフトンは言った。「内部にいれると、あいつは危険な存在だな」

「内部には入らないだろう。そんなことしたら、あいつ、自分が裏切者だと思うからさ」と僕は言った。

「ああ」とクリフトンは言った。「内部には入らないな。君、あいつがどういう話をしていたか聞いたかい？　何て言ってたかをさ」

「ちゃんと聞いていたよ」と僕は答えた。

「よく分からないんだけど」と彼が言い出した。「人間は時たま歴史の外に飛び出す**必要がある**ように思えてきてさ……」

「何だって！」

「歴史の外側に飛び出し、背を向けるのさ……でないと、誰かを殺しそうになるか、気が狂いそうになるからね」

翌朝は雨になった。僕は、みんながやって来る前に地区事務所に着いた。ビルの突き出た壁の先のほうにある自分の事務室の窓際に立って、外を眺めていると、そのビルの単調な造りのレンガや漆喰《しっくい》の向こうに、高い優美な木々が雨の中に一列に生えているのが見えた。一本の木はすぐ近くにあり、雨がその樹皮やねばねばした芽をつたって、落ちてゆくのが見てとれた。木々は目の前から長いブロックのはしまで並んでいて、ごたごたと続く裏庭の上に、濡れてしずくをたらしながら高くそびえていた。崩れそうな垣根を取りはらい、花々や芝生を植えると、そこは感じのいい公園になるかもしれない、と僕はふと思った。すると突然、左側の窓から紙袋が一つ飛んできて、音のしない手榴弾のようにはじけ、木々に生ゴミを散らしながら、バシャッ！　というじめついた気の抜けた音を立てて、地面に落ちた。いきなり不快な気分に襲われたが、やがてこう思った。いつの日か、この裏庭にも太陽の光が射し込む日が来るだろう。それに、活動が停滞した時には、地区をあげての清掃キャンペーンをやってもいいだろう。昨夜みたいに、すべてが刺激的なことばかりではないのだから。

自分の机に戻り、壁の大きな地図のほうを向いて腰かけていると、ブラザー・タープが姿を現した。

「おはよう、もう仕事についとるのかい」と彼は言った。

「おはようございます。やることがいっぱいあるもんだから、早目にはじめたほうがいいと思いまして」と僕は言った。

「あんたならちゃんとやっていけるよ」と彼は言った。「わしはあんたの時間をつぶしにここに来たわけじゃないいんだ。壁に掛けたいものがあってね」

「どうぞ、やってください。手伝いましょうか？」

「いや、自分でやるよ」と彼は言って、壁の地図の下にあった椅子の上に不自由な足で乗り、天井の繰《く》り形《かた》から一枚の額を吊り下げて慎重に歪みを直すと、椅子から下りて僕の机のそばへやって来た。

「ねえ、この方がどなたか知ってるかね！」

「もちろんですよ。元黒人奴隷のフレデリック・ダグラスでしょ」と僕は答えた。

「そうそう、そのとおりじゃ。この方のことをいろいろと知ってるのかい？」

「あまりたいしては。ですが、祖父がよく話してくれました」

「それで十分。あの方は偉かった。時々あの方の顔を見るんだね。それはそうと、お前さん、必要なものは全部そろっているのかい——紙とか、そのようなものは？」

「ええ、あります、ブラザー・タープ。ダグラスさんの肖像、ありがとうございます」

「いや、礼にはおよばん」と彼は戸口から言った。「あの方はわしらみんなのものだから」

僕は今フレデリック・ダグラスの肖像の真向かいに座って、急に敬虔な気持ちになり、祖父の声の響きを思い出したが、その声を聞かないようにした。やがて受話器を手にとり、ハーレム地区の指導者たちに電話をかけはじめた。

指導者たちは囚人のように素直に同意した。説教者も、政治家も、さまざまな知的職業人たちも。クリフトンが言ったことは正しかった。あの立ち退き騒動は劇的な問題になっていたので、ほとんどの指導者たちは、部下たちがわれわれのところに駆けつけるのではないかと、恐れていたのだ。たとえ重要でない人であっても、僕は軽く見ないように気をつけた。また有力者や、医者や、不動産業や、店頭教会の牧師たちも。話があまりにも速く順調に進むので、これは自分の身に起こっているのではなく、実際に僕の新しい名前を持つ誰かに起こっているように思えた。受話器から男子寮の寮長がやけにうやうやしく話しかける声が聞こえた時、思わず吹き出しそうになった。僕の新しい名前は広まりつつあった。実に奇妙な話だが、彼らにとって日常の事柄があまりにも現実味のないことなので、物事に名称をつけただけで、それがそのとおりになると信じているのだ、と僕は思った。実際、僕は彼らが思い込んでいるような人間なのだが……。

われわれの活動はとても順調に進み、それから数週間後の日曜日に行ったパレードでは、ハーレムでの地盤をがっちりと固めた。われわれは懸命に活動した。今ではメアリーの家で過ごした最後の頃の衝突や葛藤がハーレム全体の闘争に広がっていったように思え、僕は落ち着いた気分でいた。あわただしいピケ張りや演説さえもが、いい意味で僕の刺激になったようだ。とっぴな思いつきでさえもがうまくいった。

失業中のブラザーたちのひとりがカンザス州ウイチタ出身の、軍事教練の元教官だったことを聞くと、すぐに僕は、身長一メートル八〇センチ以上の者たちで教練部隊を作り、鋲釘を打った靴で火花を散らせながら通りを行進させることにした。パレードの日には、田舎道での犬の喧嘩よりも早く、ハーレムの住民が集まってきた。僕らはこの隊を「民衆の早足部隊」と呼んだが、春の夕暮れに、この部隊が七番街を見事な隊列を組んで行進した時、通りは興奮の渦に包まれた。住民は笑ったり喝采を送ったりし、警官たちは唖然としていた。そのもの珍しさがみんなの心をとらえ、早足部隊は軍隊の行進のように進んでいった。あとからはいくつもの旗や、のぼりや、スローガンを書いたプラカードが続いた。またそのあとには、バトンガールの一団。彼女たちは僕らが集めた選りすぐりの美少女たちで、踊り跳ねたりしたりぐるぐる回ったりして、ブラザーフッド協会のために大いに華を咲かせてくれた。おかげで、一万五千人の住民を通りに連れ出し、われわれのスローガンを先頭にしてブロードウェイから市役所まで行進させることができた。実際、われわれのことは町中の話の種になった。

この成功によって、僕はまたたく間に前面に押し出された。僕の名前は空気のない部屋の煙のように広がった。僕は地区全体にわたって動き回った。アップタウンや繁華街でも、あちこちで、いろんなところで演説をした。新聞用の記事を書き、パレードや救済派遣団を率いるなど、さまざまなことをした。それにブラザーフッド協会のほうでも、名前を広める努力をしてくれた。記事や、電報や、多くの郵便が署名入りで送られた——僕の手で書いたものもあったが、たいていはそうではなかった。僕のことは組織の顔として、新聞の記事や写真で宣伝された。晩春の或る日の朝、仕事に行く途中、見知らぬ人たちから五〇回挨拶され、僕にはふたりの自分がいることに気づくようになった。ひとりはひと晩に数時間眠りについて、時たま祖父やブロックウェイやメアリーのことを夢見るかつての自分で、翼もないまま飛んで、とても高いところから落ちる自分だ。もうひとりは、ブラザーフッド協会を代表する新しい公の自分であり、もう一方の自分よりずっと重要な存在になりつつあったので、僕は自分を相手に駆けっこをしているような気がした。

それでも、当時の安定した日々には、自分の仕事が好きだった。目を大きく見開き、聞き耳を立てていた。ブラザーフッド協会は世界の中の一つの世界であったし、僕はできる限りそこの秘密を発見し、出世しようと決心した。限界は見られなかったし、この国でそのトップまで昇れそうな唯一の組織だったので、昇りつめるつもりだった。たとえそれが、言葉の山を登ることになってもだ。というのも、まわりで交わされる科学についての話にもかかわらず、話し言葉には魔力がひそんでいると信じるようになっていたからだ。時たま僕は、ダグラスの肖像に光が水のようにゆらめくのを見つめながら、彼が言葉の力で奴隷の身から政府の一員にまで、それもトントン拍子に昇りつめたのは実に魔術的だと思ったものだ。おそらく、似たようなことが僕の身にも起きつつあるのだろう、と思った。ダグラスは北部に逃亡してきて、造船所で仕事を見つけた。船員服を着た大男で、僕みたいに別の名前を使っていた。本当の名前は何だったのだろう？　その名前が何だったにせよ、彼が自分らしくなり、自己を規定したのは、**ダグラス**としてであった。それも、予想していたような船大工としてではなく、雄弁家として。たぶん、この予想外の変容には魔術の感覚がひそんでいたのだろう。「サウルからはじまり、パウロで終わるんだよ」と祖父はよく言ったものだ。「人間は若い頃にゃサウルだが、世間に頭をちょこっと叩かれると、パウロになろうと心がけるようになるんだ――お前のわき腹の辺りはまだサウルだけどなあ」

　いや、人間がどの道を辿《たど》るかはたしかに分からない。それだけは確実なことだ。また、どのようにしてそこに辿りつくかも分からない――もっとも、辿り着いたら、それがなんとなく当たり前のような気はするが。というのも、僕だって演説からはじまり、大学の奨学金を勝ちえたのだから。大学で、演説でもってブレドソーに認められ、最終的には国の指導者になろうと期待したではないか！　ところが、演説はしたし、指導者にはなったものの、自分でも予想しなかったような指導者になったわけだ。これが現状である。かといって不満があるわけではない、と僕は、コロンブスの肖像画が描かれた壁の大きな地図を見ながら思った。コロンブスさん、お前さんは赤色人種を探そうとして出発し、発見はした――ただ、人種が違っていたし、輝かしい新世界だったが。考えてみると、世界は不思議なところだ。それでも、科学で統制できる世界ではあるし、ブラザーフッド協会は歴史も統制している。

　こんなわけで、一時期だけ僕は、雲とか、通りすぎるトラックや地下鉄とか、夢とか、漫画とか、舗道に汚れた犬の糞のかたちとか、とるに足りないささいな現象にさえ大金をつかむ手がかりを見つけようとするナンバー賭博にはまった者たちが見せるのと同じような、緊張感を味わいながら生活した。僕はブラザーフッド協会の包括的な思想に支配されていた。この組織は世界に対して新しいかたちを見せてくれたし、重要な役割を与えてくれもした。僕らは未解決の部分は認めなかったし、あらゆるものが僕らの科学によって解決できるものと信じていた。人生はすべて規範と規律から成っていたし、規律のすばらしさは、うまくいっているときに発揮される。現に、規律は実にうまくいっていた。

18

僕がその封筒を捨てなかったのは、ブレドソー博士のせいで生じた、自分の手に触れた書類はすべて読まずにはいられなくなる衝動に駆られてのことであった。その封筒は切手が貼ってなくて、その朝の郵便物でもいちばんとるに足りないもののように思えた。

ブラザー

これはあなたを注意深く見守ってきた友から忠告です。**あまり事を急ぎすぎてはいけません**。民衆のために活動を続けるのは構いませんが、あなたも**われわれ**のひとりであることを肝に銘じておき、偉くなりすぎたら、**連中**に殺されることを忘れないでください。あなたは南部の出身だから、ここが**白人の世界**であることをご存知でしょう。だから、好意的な助言を受け入れ、黒人の手助けが続けられるように、のんびりやってください。**連中**はあなたに急ぎすぎないようにしてもらいたがってるし、急いだらあなたを消すでしょう。気をつけてください……。

僕はさっと立ち上がったが、手紙は毒でも含むかのように、手の中でガサガサ音を立てた。これはどういう意味だろう？　誰がこんなものを送ったんだろう？

「ブラザー・タープ！」と僕は、なんとなく見覚えのある筆跡のゆらめく行をもう一度読みながら、叫んだ。「ブラザー・タープ！」

「何かね？」

顔を上げると、またしてもショックを受けた。戸口から差し込んでくる早朝の灰色の光が一種の額縁となって、その中から、あの祖父があの目で僕を見つめているような気がしたからだ。僕はハッと息を飲み、それから沈黙があって、落ち着いた様子で僕を見つめる彼のゼーゼーいう息づかいが聞こえてきた。

「どうしたのかね？」と彼は言って、片足をひきずりながら部屋に入ってきた。

手にした封筒を差し出した。「これ、どこから届いたんだろう？」と僕は訊いた。

「何かね？」と彼は、僕の手から封筒をそっと取りながら訊いた。

「切手が貼ってないんですよ」

「ああ――わしも見た」と彼は言った。「たぶん、昨夜遅く誰かが郵便受けに入れたんだろう。わしがいつもの郵便と一緒に取り出したんじゃが、これはあんた宛てのものじゃないのかね？」

「僕のですよ」と僕は彼の視線をそらしながら答えた。「だけど――日付がないんです。いつ届いたんだろう――なぜジロジロ僕を見るんですか？」

「あんたが幽霊でも見たみたいな顔つきをしているからさ。気分が悪いのかね？」

「何でもありません。ちょっと動揺しただけです」

気まずい沈黙が起きた。彼は突っ立ったままだったので、僕が無理をして彼の目をもう一度見ると、祖父の面影は消え、穏やかな中にも探るような目つきをしていた。「ちょっと座ってください。せっかく来てもらったんだから、訊きたいことがあります」

「いいとも」と彼は言って、ドスンと音を立てて座った。「それで」

「ブラザー・タープ、あなたはよく活動なさっているから、会員たちのことを知っておられる――みんなは、本当は僕のことをどう思っているんでしょうか？」

彼は首をかしげた。「そりゃあもう――あんたが真の指導者になるだろうって――」

「だけど」

「だけども何もないね。わしが言うのもなんだが、連中はそう思ってるな」

「でも、ほかの連中はどうなんでしょう？」

「ほかの連中って？」

「僕のことを、あまりよく思ってない連中のことですよ」

「あのな、わしはそんな連中のことは聞いたことがねぇな」

「だけど、**何人か**敵がいるはずなんですが」と僕は言った。

「たしかに誰にだって敵はいるだろうが、ブラザーフッド協会の中で、あんたを嫌う人のことは聞いたことねぇな。ここにいる**連中**に関しては、あんたが**本命**だと思っているよ。何か気になることでも聞いたかね？」

「そうじゃないけど、どうかなと思いまして。会員の人たちが当然信頼してくれるものと判断して僕は自分の思うとおりに動いてきたものだから、これからもみんなから支持がえられるように、知っておいたほうがいいと思いまして」

「いやぁ、そんな心配をする必要なんかないさ。今までのところ、あんたがやったほとんど全部が、結局はみんなが望んでいたことなんだから。中には反対する者もいたけどな。あれだってそうさ」と彼は言って、机のそばの壁を指さした。

それは英雄的な人物たちを描いた象徴的なポスターだった。剝奪された過去を表すアメリカ先住民の夫婦。奪われた現在を代表する（作業着姿の）金髪の兄と、指導的なアイルランド人の妹。それに、ブラザー・トッド・クリフトンと若い白人夫婦（クリフトンと白人の女を描いただけでは、よくないと思われたのだ）が、未来を代表する混血の子どもたちに囲まれている場面。明るい肌色となごやかな対照をなすカラー写真付きのポスターだった。

「そうですか？」と僕は言って、そのポスターの文句を見つめた。

闘争のあとに、アメリカの未来という虹

「まあ、あれをあんたが最初に案を出した時でも、会員の中には反対する者もいたんだから」

「たしかにそうですね」

「そうとも。それに、若手が地下鉄の中に入って、便秘の薬なんかの広告がある所にそのポスターを貼ることでも、大騒ぎしたしな——ところが、連中は今じゃどう言っているか知ってるかね？」

「逮捕された若手もいるから、そのことを根に持っているんでしょう」と僕は答えた。

「根に持っているだって？　とんでもない、連中は自慢して回っているんじゃよ。わしが言おうとしたのは、連中ったら、そのポスターを持ち帰って、『神よ、わが家を祝福したまえ』の文句や主の祈りと並べて、そいつを壁に貼っているんじゃよ。そいつを大いに気に入ってなぁ。それに、早足部隊などのことだって、そうじゃよ。あんたがそんな心配をする必要なんかないさ。あんたのアイデアに反対することもあるかもしれんが、ひとたび納得したら、連中はとことんついて行くさ。敵になりそうなのは外部の者だけじゃよ、あんたが急に思いつき、何年も前に自分たちがやるべきだったことをやるのを見て、妬《ねた》んでいる奴さ。けなす者がいるからといって、気にすることたねぇ。それこそ、あんたがかなりの地位につきつつあることの証《あかし》だよ」

「僕もそう思いたいんだけど、ブラザー・タープ」と僕は言った。「民衆がついて来る限り、自分のやっていることを信じようと思います」

「そのとおりだよ」と彼は言った。「物事がうまく行かない時にゃ、支持されているのを思い出すと、ちったぁ心が楽になるよ——」彼の声は途切れた。彼は机ごしに僕と同じ目の高さでこっちを向いていたが、僕を見下ろしているようだった。

「どうしたんですか、ブラザー・タープ？」

「あんた、南部出身だろう？」

「そうです」と僕は言った。

彼は椅子の中で体をひねり、片手をポケットにすべり込ませると、もう一方の手で頬杖をついた。

「さっき思ったことを言葉でどう言ったらいいのか分からん。あのな、わしはこっちにやって来る前に南部にずいぶん長いこといたんじゃが、ここに来たら、警官たちに追いかけられてね。つまり、逃亡するほかなかった、逃げて来るしかなかったんじゃ」

「ある意味で、僕も同じだったと思います」と僕は言った。

「連中があんたも追い駆けてきた、っていうことかい?」

「実際には違います、ブラザー・タープ。そんなふうに感じるだけです」

「それじゃ、正確に言うと、違うな」と彼は言った。「あんたもわしの不自由な足には気づいたかね」

「はい」

「あのな、わしもずっと不自由だったわけじゃないし、今だって本当はそうなんだ。医者が、この足はどこも悪くはねえと言うくらいなんだから。鋼鉄みたいにちゃんとしてるらしいよ。わしの場合は、鎖を引きずってて足が悪くなったんだ」

顔つきからも言葉つきからも分からなかったが、彼が嘘をついているようには見えないし、僕を動揺させようとしているのでもないことは、分かっていた。僕は首を横に振った。

「たしかに、このことは誰も知らねぇ。連中は、わしがリュウマチだと思っているだけなんだから。しかし、これは鎖のせいなんじゃ。一九年間も鎖をはめていると、足を引きずる癖が治らなくてよう」

「一九年間も！」

「正確に言えば、一九年六ヶ月と二日。わしがやったことはたいしたことじゃなかった。つまり、その時はたいしたことじゃなかったんじゃ。だが、あれだけの年月が経つと、そうでもなくなってきて、連中が言うみたいに、悪いことのように思えてきたんじゃ。その年月が経つと悪いものに思えてきてな。その代償で、わしは命以外のすべてを失った。おかげで家内も失ったし、息子たちや土地も失っちまってよう。ふたりの男のあいだではじまった口論が、わしの一九年間の人生に値するような犯罪になったというわけだ」

「ブラザー・タープ、一体あなたは何をしたんですか？」

「わしから何かを奪いたがっていた男にノーと言ったんだ。ノーと言った代償がこのざまよ。今だって負債は全部は払っちゃいないし、あいつらの条件じゃ、いつまで経っても払えそうもねぇよな」

喉がズキズキし、僕は麻痺したような絶望感に襲われた。一九年間も！　それなのに、彼は落ち着いて話をしていた。しかし、彼がそのことを他人にはじめて話したのは、たしかだ。それにしても、なぜ僕に、なぜ僕を選んだのだろう、と不思議に思った。

「わしはノーと答えたんじゃ」と彼は言った。「絶対にいやなこった、ってな。わしはノーと言い続け、結局は鎖を断ち切って逃げたんじゃ」

「でも、どうやって？」

「あいつらは、わしを時たま犬に近づかせてくれたんだ。そういうわけでさ、犬と仲良しになり、時がくるのを待った。南部にいると、本当に待つ術を学ぶもんなんだ。一九年間待ち、やがて川が氾濫したある日の朝、逃げたんだ。あいつら、堤防が決壊した時に溺れ死んだひとりをわしだと勘違いしてな。けど、わしは鎖を断ち切って逃げたんじゃ。長い柄のシャベルを持ってぬかるみの中に突っ立っていた時に、自分に訊いたんじゃ、タープ、お前はうまくやれるか、ってな。すると、内面のわしができるって答えたんだ。それに、洪水も、泥も、雨も、できるって言ってくれたんで、逃げたんじゃ」

突然、彼が陽気な笑い声を上げたので、僕はハッとした。

「思ったよりもうまくしゃべってるな」と彼は言って、ポケットを探って防水布の煙草入れみたいなものを取り出すと、その中からハンカチに包んだものを出した。

「その時以来、わしはずっと自由を求めてきた。ちゃんとうまくやってきた時もあるしな。体がすぐれないことを考えると、この不景気が来るまではうまく暮らしてきたほうだと思うよ。いちばんいい時でも、わしは忘れなかった。あの一九年間を忘れたくなかったから、記念品として、思い出させるものとして、言わば、こいつにしがみついてきたんじゃ」

彼は包みを開けようとしていた。僕はこの老人の両手を見守っていた。

「こいつをあんたに譲りたいんじゃが。ほら」と彼は言って、それを僕に手渡した。「あげるなんておかしいかもしれんが、この包みの中にゃ、たくさんの意味がこめられているから、本当に何を相手に闘っているのか、あんたが忘れないようにするため、役に立つかもしれんねぇよ。この鎖が、**イエス**と**ノー**の二語だけで片付くわけじゃねぇけど、これには、ずっと多くの意味がこめられてるし……」

彼が片手を机にのせるのが目にとまった。「ブラザー」と彼は、はじめて僕を「ブラザー」と呼んだ。「こいつを受け取ってもらいたい。幸運のお守りみたいなもんだ。とにかく、こいつは、わしが逃げるためにヤスリで切ったものなんだから」

僕はそれを手にとった。分厚くて黒っぽい、油っこいヤスリにかけた鉄片であり、こじ開けられ、いくらか元に戻されたようで、手斧の刃先でつけられたような傷跡が目についた。それは、僕がブレドソーの机の上に見たような鎖の一環だったが、ただ、あれはなめらかだったのに対して、タープのものは、何度も叩いてやっとへこんだように見える、性急さと攻撃の跡があった。

僕が彼を見ると、謎めいた目つきで見つめているので、首を横に振った。これ以上訊く言葉が見つからず、僕は鎖を拳にはめ、机を激しく叩いた。

ブラザー・タープはクスクス笑った。「いやあ、わしの思いもつかない使い方があるもんだなあ。こいつはいい。こいつはいいぞ」

「でも、なぜこれを僕にくれるんですか、ブラザー・タープ?」

「どうしてもそうしなきゃいけないからだろうな。うまく言えないことを言わせんでくれ。あんたは話が上手だが、わしは違う」彼はそう言うと、立ち上がり、片足をひきずって戸口のほうへ向かった。「それはわしに幸運をもたらしたんだから、あんたにも幸運をもたらすだろうと思ってな。ちゃんと取っておいて、時たま見るんだよ。もちろん、飽きたら返してくれ」

「いやあ、とんでもありません」と僕は大声で言った。「欲しいし、あなたの気持ちも分かるような気がします。ありがとうございます」

僕は拳に握った黒っぽい金属の一環を見て、匿名の手紙の上においた。それが欲しいわけでもなく、どう扱っていいのかも分からなかったが、それを差し出す時のタープの身ぶりには、敬意を表さずにはいられないような何か深刻な意味がこめられていたから、取っておくことにした。おそらく、父親が息子に祖父の時計を譲り渡すようなものだろう。息子のほうは、古い時計そのものが欲しいからではない。きまじめさと厳格さの漂う父親らしい無言の身ぶりには、自分を先祖と結びつけ、現在という貴重な瞬間を印し、同時に不透明で混沌とした自分の未来に具体性を約束するような、暗黙の意味がこめられているので、受け取るのだ。その時に僕は、北部に来ないで実家に帰っていたら、ギザギザの長いつまみのついた祖父の、古いハミルトン時計をもらっていただろうと思った。あれは弟がもらうだろうし、とにかく欲しくなかった。ふと故郷が懐かしくなり、今頃みんなはどうしているんだろうと思った。

今ではもう窓から流れてくる空気が首すじに暖かく感じられ、朝のコーヒーの香りにのって、笑い声と厳しさの混じった野太い歌声が聞こえてきた。

朝早くは来ないでください
昼間の暑い盛りにも
涼しい心地よい夕方に来て
わたしの罪を洗い流してください

一連の記憶が次々と甦ってきたが、僕は頭から払いのけた。思い出に耽《ふけ》る余裕はなかったし、そのイメージはすべて過去のものだったからだ。

手紙のことでブラザー・タープを部屋に呼んで、彼が立ち去るまでほんの数分しか経っていなかったが、僕は何年も井戸の中にいたかのようであった。今では、一瞬、僕の自信をことごとく揺さぶった手紙を冷静に見て、クリフトンやほかの者たちではなく、ブラザー・タープが来てくれたことがうれしく思った。ほかの者たちだったら、自分のうろたえる姿を恥ずかしく思ったことだろう。彼が出ていってからは、落ち着いて自信を取り戻した。おそらく彼の落ち着いた声のおかげなのか、身の上話と鉄の鎖のおかげなのか分からなかったが、僕はタープの目を通して祖父に見られているようなショックから立ち直り、将来の見通しが持てるようになった。

彼の言うとおりだ、と思った。この手紙を送った者は、誰であろうと、僕を混乱させようとしている。何らかの敵が、僕がかつて南部で抱いたような不信感というか、白人に裏切られることの恐怖心を煽って、信念を打ち砕くことによって、われわれの活動を止めようとしているのだ。それは敵が、ブレドソーの手紙をめぐる僕の経験を知り、それを利用して、僕だけではなくブラザーフッド協会をも滅ぼそうとしているかのようだった。いや、そんなことはありえないことだ。知り合いの中には、誰もあの話を知っている者はいない。これはいやな偶然の一致にすぎない。愚かなそいつの喉を締め上げることができさえすれば。このブラザーフッド協会は、われわれが自由になり、われわれの能力を最高に発揮する場を与えてくれる、この国で唯一の場所なのに、そいつは、それを破壊しようとしている！　そうだ、大きくなりすぎることをそいつが心配しているのは、僕のことではなくて、ブラザーフッド協会のことなんだ。大きくなることは、まさしくブラザーフッド協会が望んでいることだ。

実際、僕はもっと多くの人たちを組織する案を提出せよ、という命令を受けたばかりではないか。「白人の世界」は、まさしくブラザーフッド協会が嫌うものだった。われわれはブラザーフッド協会の世界の建設に専念しているのだ。

それにしても、誰がこんなものを送ったんだろう——説教者ラスか？　いや、彼らしい仕業ではない。あの男はもっと単刀直入で、黒人と白人の協力については断固として反対していた。ラスよりも陰険な奴の仕業だ。とは言うものの、そいつは誰なんだろうと思ったが、それを考えないようにして、当面の仕事に取りかかった。

その日の朝の仕事は、住民に生活保護の申請の仕方を説明することで始まった。会員たちも、大きなホールの片隅で行われる小委員会のための指示を受けにやって来た。殴ったかどで投獄された夫の釈放を求める女性を僕がちょうど部屋から出した時に、ブラザー・レストラムが入ってきた。僕は挨拶をかわしたあと、彼が机の上をさっと見ながら、椅子にゆっくりと座るのを見守っていた——なんとなく不安な気持ちになって。ブラザーフッド協会では、ちょっとした権威がありそうに見えたが、彼のはっきりした役割は分からなかった。少しおせっかいをやく人だなと僕は感じた。

腰を下ろすとすぐに、僕の机をじっと見て、「ブラザー、そこにあるのは何だい？」と訊いて、書類の山のほうを指さした。僕は彼の目を見つめながら、椅子にゆっくりともたれた。「僕の仕事ですよ」と僕は最初から干渉されたくないと思って、冷ややかに答えた。

「いやいや、おれが言ってるのは**それ**だよ」と彼は指さしながら言った。彼の目はギラギラと輝き出した。「それそれ」

「仕事です。全部僕の仕事ですよ」と僕は言った。

「これもかい？」と彼はブラザー・タープの足鎖を指さした。

「これは、もらったものなんです、ブラザー」と僕は言った。「僕に何か用事ですか？」

「そんなことは訊いてなんかないよ。それは何なんだい？」

僕はその足鎖を手にすると、彼のほうへ差し出した。金属は今では窓から斜めに差し込む陽射しのせいで、ぬるぬるとしていて、なぜか皮膚のように見えた。「見ますか、ブラザー？　会員のひとりが刑務所で一九年間つながれていた足鎖ですよ」

「何だって！」彼はひるんだ。「そんな物、見たくないね。ブラザー、そんな物を身近におくべきじゃないと思うよ！」

「**あなた**がそう思うんでしょう」と僕は言った。「それじゃ、一体どうしてなんですか？」

「だって、会員の過去を大げさに見せるべきじゃないからさ」

「何も大げさにしてはいません。これは、たまたま机においてあった僕の個人的な所持品ですから」

「だけど、みんなが見るじゃないか！」

「そりゃそうです」と僕は言った。「ですが、これは、われわれの活動が何を目標にして続けているのかを思い出すには、ちょうどいいんですよ」

「そんなことはない！」と彼は言って首を横に振った。「そんなことはないさ！　そりゃ、ブラザーフッド協会にとって最悪だね——だって、われわれは、われわれの共通思想を民衆に思い起こさせたいんだから。それがブラザーフッド協会にとってためになることなんだ。われわれが白人とどういうふうに違っているのかをしょっちゅう話しているやり方は変えなきゃいかん。ブラザーフッド協会の中じゃ、みんなブラザーなんだから」

僕はおもしろくなってきた。明らかに彼は、違いを忘れることの必要よりもっと深い理由から、落ち着かない様子だった。目には不安な表情が浮かんでいたからだ。「ブラザー、そんなふうに考えたことはありませんよ」と僕は言って、親指と人差し指で足鎖を持ってぶらぶらさせた。

「だけど、君はそのことを考えなきゃ」と彼は言った。「われわれは自分自身にきびしくする必要があるんだ。ブラザーフッド協会のためにならないことは根こそぎにしなきゃ。われわれには敵がいるんだよ。おれは言動の一つひとつに気をつけて、ブラザーフッド協会に迷惑をかけないようにしているんだ——だって、ブラザー、これはすばらしい活動だし、そのような活動を続けなきゃいけないんだから。われわれは自分の言動に**注意を払う**必要があるんだよ、ブラザー。おれの言っていること、分かるかい？　われわれはこの団体にいるだけでも特権であることをしばしば忘れ、誤解を深めがちなんだから」

何が彼を駆り立てているんだろうか、そのことと僕はどんな関係があるんだろう、と不思議に思った。足鎖を机の上にポンとおくと、書類の山の下からあの匿名の手紙を取り出し、その片隅をつまんだ。斜めに差し込んでくる陽射しが手紙にあたり、なぐり書きの文字が見えるようにした。彼をじっと見守っていた。すると今では彼は机にもたれて手紙のほうを見ていたが、その目には見覚えのある表情は浮かんでいなかった。僕はほっとするよりもがっかりして、手紙を足鎖の上に放り出した。

「ここだけの話だけど、ブラザー」と彼は言った。「おれたちの中にゃ、本当はブラザーフッド協会のことを信じていない者たちがいるんだよ」

「そうですか」

「そうなんだ！　そいつらは自分たちの目的に利用しようとして、この団体に入っているだけなんだよ。面と向かっては君をブラザーと呼ぶが、背を向けたとたんに、この黒人野郎めっ！　てなことになる。そいつらには気をつけなきゃな」

「ブラザー、そんな人にはまだ会ってませんよ」と僕は言った。

「そのうちに会うさ。まわりに反感を持つ者たちがたくさんいるんだ。君と握手をしたがらない者もいれば、君の顔をあんまり見たくない者もいる。ブラザーフッド協会の中じゃ、そういったことはやってはいけないことなんだぞ！」

僕は彼を見た。ブラザーフッド協会のおかげでみんなと握手ができるとは、思ったことがなかったし、彼がこの団体の力に満足していることがショックでもあり、不愉快でもあった。

突然、彼は笑い出した。「そうとも、会員はそんなことやっちゃいけないんだ！　おれだったら、ただでは済まないぞ。会員になるんだったら、会員らしくしなきゃ！　ああ、だけど、おれはまともだよ」と彼は、急にひとりよがりの顔をして言った。「おれはまともだよ。毎日自分に問いかけるんだ、『お前は、ブラザーフッド協会のためにならないことを何かしてるか？』ってな。何か不正なことが見つかると、それを根絶するのさ。狂犬に咬まれた傷口に焼きごてを当てる人みたいに、それを焼き尽くしてしまうのさ。会員になることは二四時間が仕事ということなんだ。あんたも心を純粋にして、心も体も律しなきゃいけないよ。ブラザー、おれの言ってることが分かるかい？」

「ええ、分かるような気がします」と僕は言った。「宗教についてそんなふうに感じてる者もいますよ」

「宗教だって？」彼はまばたきをした。「おれたちみたいな人間は不信感でいっぱいだ。堕落してるもんだから、ブラザーフッド協会のことを信じられないでいる者も出てくる始末さ。おまけに、復讐したがっている者だっているんだぞ！　おれが言おうとしてるのはそのことなんだ。そんなことは根こそぎにしなきゃいけねぇ。互いにほかのブラザーたちを信用できるようにならなきゃいけねぇんだ。考えてみると、ブラザーフッド協会をはじめたのは**あの白人たち**じゃないか。**彼らが**やって来て黒人に手を伸ばし、『同志のために君らが必要なんだ』と言ってくれたのは、彼らじゃないか。そうだろう？　なあ、そうじゃないのかい？　黒人を組織しはじめ、闘いやそんなことで助けてくれたのは彼らじゃないのかい？　それをしてくれたのは彼らなんだから、おれたちはそのことを一日二四時間忘れちゃいけないんだ。**ブラザーフッド協会**。これこそ、一秒たりとも忘れちゃいけない言葉なんだ。あのさ、だから、おれは会いに来たんだよ、ブラザー」

彼は座り直して、大きい手で両ひざをつかんだ。「話しておきたい計画があるんだ」

「それ、どんなこと、ブラザー」と僕は訊いた。

「実はね、おれたちは、自分たちの目印になるものを持たなきゃいけないと思ってね。旗か、そんなものが。とくにおれたち黒人のブラザーたちのためにさ」

「なるほど」と僕は興味を持ちながら言った。「ですが、それがなぜ大切だと思うんですか？」

「だって、ブラザーフッド協会のためになるからさ。だからだよ。先ず第一に、パレードとか、葬式とか、ダンスとか、そんなものがある時に黒人たちを見ていると、連中はいつだって旗や小旗のようなものを持っている。たとえそれに何の意味もないとしてもね。そのことで、儀式がもっと重要なものに見えるんだな。人々は立ち止まって、見たり聞いたりするからね。『ここで何があるんだろう』ってな。だが、おれたちも知ってるように、黒人には本当の国旗がない――あの説教者ラスは別で、あいつは自分がエチオピア人だとかアフリカ人だとかと主張している。ところが、おれたちには本当の旗がない。実際、あの旗はおれたちのものじゃないからな。みんなは本当の旗を欲しがっている。ほかの者たちと同じように、自分たちのものだと言える旗をな。おれの言っていることが分かるかい？」

「ええ、分かるような気がします」僕は、国旗が通りすぎる時に、心の中では自分とは無縁だという気持ちにいつもなっていたことを思い出した。ブラザーフッド協会に入るまで、それは、僕の星が国旗にはないことを思い出させるものだった……。

「そう、そう」とブラザー・レストラムが言った。「みんなは旗を持ちたがっている。おれたちにはブラザーフッド協会を代表する旗が必要なんだ。それに、身につけられる目印もね」

「目印ですか？」

「あのさ、ピンとかボタンとかだよ」

「バッジのことですか？」

「そう、そのとおり！　身につけられるものだよ、ピンとか、そんなもの。それで、ブラザー同志が会う時には、分かるだろう。そんな目印をつけていたら、ブラザー・トッド・クリフトンの身に起きたようなことは、起きなかっただろう……」

「何かあったんですか?」

彼は座り直した。「君はあの事件を知らないのかい?」

「何をおっしゃりたいのか、分かりません」

「忘れたほうがいいような事件だけどね」と彼は言って身を乗り出し、大きな両手を握りしめて伸ばした。「あのな、集会があって、ならず者数人がその集会をぶち壊しに来た時、乱闘中にブラザー・トッド・クリフトンが白人の**ブラザー**をならず者だと勘違いしたらしく、そのブラザーを殴ったんだ。そんなことはまずい、ブラザー、**実に**まずいよ。だけど、バッジをつけていたら、あんな事件は起こらなくて済んだだろう」

「じゃあ、その事件は実際に起きたんですね」と僕は言った。

「ああ、そうだよ。あのブラザー・クリフトンはひとたび怒り出すと、手に負えなくなるからなぁ……。それはそうと、おれのアイデアをどう思う?」

「幹部会にかけるべきだと思います」と僕が慎重に答えた時、電話が鳴った。「ブラザー、ちょっと失礼」と僕は言った。

それは、「われわれのうちで最も成功した青年」について取材を求める、新しい写真雑誌の編集長からのものであった。

「それは照れくさい話ですね」と僕は言った。「ですが、僕は取材を受けるには忙しすぎます。しかし、われらの青年指導者ブラザー・トッド・クリフトンにされることをおすすめします。実に興味深い人物ですよ」

「いかん、いかん!」とレストラムがひどく首を振りながら言った時に、編集長も言った。「しかし、私たちはあなたを望んでいるのです。あなたは――」

「ご存知のように」と僕は話をさえぎって言った。「われわれの仕事は物議をかもすと考えられていまして、とくに一部の人たちから」

「だからこそ、われわれはあなたを望んでいるのです。あなたは論争の中心人物だし、そういう人物を読者に見せるのが、私たちの仕事ですから」

「ですが、それはブラザー・クリフトンも同じですよ」と僕は言った。

「いや、違います。あなたがその中心人物だし、黒人青年たちに対しても、あなたの記事を当誌に載せる義務があります」と彼は言い、僕はブラザー・レストラムが身を乗り出すのを見ていた。

「私たちとしましては、成功に向かって闘い続けるよう、黒人の読者を励ますべきだと考えているのです。何と言っても、最近、あなたは、闘ってトップまで昇りつめた人です。私たちは、できるだけ多くの英雄を当誌に載せる必要があります」

「いいですか」僕は電話口で吹き出してしまった。「僕は英雄ではないし、トップにいるわけではありません。機械の歯車の一つにすぎないのですから。ブラザーフッド協会のわれわれは協会として活動しているのです」と僕は、そうだと言わんばかりにうなずくブラザー・レストラムを見ながら、言った。

「そう言われても、あなたははじめて黒人をブラザーフッド協会に注目させた人物だという事実を、避けては通れないでしょう？」

「ブラザー・クリフトンは、僕より少なくとも三年前から活動しているんですが、これはそんなに簡単なことではないですよ。個人は大して重要ではなく、協会が望むことを協会でやるのですから。ここではみんな、共通の目的のために個人的な野心は抑えているのです」

「いいですね！　実にすばらしい。人々はそのことを聞きたがっていますよ。黒人は、そのようなことを誰かに言ってもらう必要があります。インタビュアーを派遣させてもよろしいですか？　二〇分でそちらにやりますから」

「ずいぶん熱心なようですが、僕は忙しくて」と僕は言った。

もしブラザー・レストラムがどう言ったらいいのかを伝えようとして、身ぶりで合図しなかったら、僕は断っていただろう。だが、僕は応じてしまった。たぶん、ちょっとした友好的な内容だったら、害にはならないだろう、と思ったからだ。そうした雑誌は、われわれの声が届かないところに住む多くの小心な人たちにも行き渡るかもしれない。自分の過去について話さなければいいことだし。

「すみません、話を中断させて、ブラザー」と僕は言って受話器をおき、彼の好奇の目を覗き込んだ。「あなたの考えはできるだけ早く幹部会にかけます」

僕がもう話を打ち切りたくて立ち上がると、彼は話を続けたくてたまらない様子だったが、立ち上がった。

「じゃあ、おれもほかのブラザーたちに会わなきゃいけないから。近いうちにまた会おう」

「いつでも」と僕は言って、書類を手に持つことで握手を避けた。

部屋から出るとき、彼は振り向いて、片手をドアの枠につけ、顔をしかめながら言った。「あのな、ブラザー、机の上にある物のことでおれの言ったことを忘れんようにな。そんなものは人の目につかないところにしまっておくべきだよ」

彼が出て行ってくれて、よかったと思った。一部しか聞こえていないはずの会話に、どう言わせたいのか指図しようとするなんて！ 明らかに、彼はクリフトンを嫌っていた。僕だって、あいつが好きじゃない。それに、足鎖のことであんなたわごとと不安な顔つき。タープは一九年間あれをつけていたのに、笑っていたが、偉そうにあのレストラムときたら――。

そのうちに、僕は二週間ほどあとになって、繁華街の本部で開かれた作戦会議に召集されるまで、ブラザー・レストラムのことは忘れていた。

みんなは僕より先に着いていた。部屋の片側にいくつもの長椅子が並べられていて、室内は暑く、煙草の煙が立ち込めていた。いつもなら会議室はプロボクシング会場や喫煙室のように騒がしいのだが、今はみんな静かにしていた。白人のブラザーたちは不愉快そうな顔つきをしていたし、ハーレムのブラザーたちの中にもムッとした顔つきをしている者もいた。彼らのそうした表情のことを、考える余裕などなかった。僕が遅刻したことを詫びたとたんに、ブラザー・ジャックは槌でテーブルを叩き、僕に向かって話の口火を切った。

「ブラザー、みんなの中には、君の仕事と最近の行動について重大な誤解があるようだね」と彼は言った。

呆気にとられて彼を見つめたまま、何のことだろうかと思った。「すみませんが、ブラザー・ジャック」と僕は言った。「おっしゃっていることが分からないです。僕の仕事に手違いがあるということですか？」

「そのようだね」と彼ははっきりしない表情で言った。「ある告発がさっきあって……」

「告発？　僕が指令を遂行しなかったということですか？」

「告発については、疑惑があるみたいだね。とにかく、そのことはブラザー・レストラムに話してもらうことにしよう」と彼は言った。

「ブラザー・レストラム！」

僕はギョッとした。この前話をして以来レストラムを見かけなかったが、テーブルごしに彼のつかみどころのない顔を覗くと、彼は、巻いた紙をポケットから突き出したまま、前かがみに立ち上がろうとしていた。

「皆さん」と彼は言った。「わたしは、こんなことをしなきゃならないのは嫌いだったのですが、告発をしました。事態の成り行きを見守っているうちに、すぐにやめさせないと、ブラザーフッド協会はこのブラザーに名誉を傷つけられると思ったからです」

抗議の声がいくつか上がった。

「冗談でこんなことを言っているのではないです！　ここにいるブラザーは、われわれの活動が今まで直面したこともないような、最大の危険になっているのです」

僕はブラザー・ジャックを見た。彼の目はギラギラ輝いていた。何かをメモに書き込みながら、少しニヤリとしたようであった。

「ブラザー、もっと具体的に言ってくれ」と白人のブラザー・ガーネットが言った。「これは重大な告発だけど、このブラザーがすばらしい活動をしたことはみんなも認めているんだから、具体的に言ってくれ」

「よろしい、それでは具体的に言いましょう」レストラムは声高に言ったかと思うと、突然ポケットから紙をさっと取り出し、それを開き、テーブルの上に放った。「わたしが言いたいのはこれですよ！」

僕は一歩前へ出た。雑誌の頁から顔を覗かせている僕の写真だった。

「それ、どこに載っていたんですか？」と僕は訊いた。

「ほら、おいでなすった」と彼は声を張り上げて言った。「一度も見たことがないようなふりをしやがって」

「そんなことを言われても、見てません」と言った。「本当ですよ」

「白人のブラザーたちに嘘つくな。嘘つくんじゃないぞ！」

「嘘なんかついてません。生まれてから一度もそんなものは見てませんよ。ですが、もし見たとしても、それがどうしたんですか？」

「まずいことぐらい、自分でも分かってるくせに！」とレストラムは言った。

「あのですね、僕は何も知りませんよ。あなたは何を考えているんですか？　皆さんがここにいるんだから、言いたいことがあったら、言ってしまえばいいじゃないですか」

「皆さん、この男は——日和見主義者なんですよ！　この記事を読むだけで分かります。わたしは、私利私欲のためにブラザーフッド協会を利用したことで、この男を告発します」

「記事？」僕は、すっかり忘れていた記事のことをふと思い出した。僕とレストラムを見るほかの連中と視線が合った。

「それで、その記事にはおれたちのことは何と書いてあるのかね？」とブラザー・ジャックが雑誌を指さして訊いた。

「書いてあるって？」とレストラムは言った。「何も書かれちゃいません。この男のことばかりです。**この男**が何を考え、**この男**が何をしているか、**この男**がこれから何をしようとしているか。この男が噂を聞く前からこの活動を築き上げてきたほかのわれわれのことは一言も。わたしが嘘をついていると思うんだったら、見てください。この記事を見てくださいよ！」

ブラザー・ジャックが僕のほうを向いた。「それは本当なのかい？」

「その記事は読んでません」と僕は答えた。「取材を受けたこと、忘れてました」

「けど、今思い出したというわけかい？」とブラザー・ジャックが訊いた。

「ええ、今思い出しました。取材の約束をしていた時に、ブラザー・レストラムはたまたま事務室にいたんです」

みんなは黙っていた。

「あのう、ブラザー・ジャック」とレストラムが言った。「証拠はちゃんとここにありますよ。この男は、自分がブラザーフッド協会の活動の指導者だと民衆に吹き込もうとしているんですよ」

「そんなことしてません。僕がブラザー・トッド・クリフトンに取材させようとしたことは、あんただって知ってるくせに。あんたは、僕がブラザーフッド協会のことを考えて活動していることをほとんど知らないんだから、自分が何をたくらんでいるか、ブラザーたちに話せばいいじゃないですか」

「だから、お前に二心あることをあばこうとしているだろうが。これがおれの狙いだ。お前の正体をあばいてやる。ブラザーたち、この男はまぎれもなく日和見主義者ですよ！」

「いいとも」と僕は言った。「できるものならあばいてみろ。けど、中傷はやめろよ」

「ようし、あばいてやるとも」と彼は、顎を突き出して言い返した。「やってやるぞ。皆さん、この男は、わたしがさっき話したことはすべてしているのです。おまけに、ほかのこともばらすと――自分が指示を出さないかぎり、会員が動けないように画策している。この男がフィラデルフィアに出かけていた数週間前のことだって、そうじゃないですか。われわれが集会を持とうとしたら、どうなりました？　二百名ばかりの会員しか集まらなかった。この男は、自分以外のほかの人の話は聞かないように、会員を仕込んでいるのです」

「でも、ブラザー、あのアピールは表現が不適当だったと判断したじゃないですか？」とあるブラザーが口をはさんだ。

「わたしも知ってるが、それが問題ではなくて……」

「でも、幹部会があのアピールを分析したら――」

「ブラザーたち、それは知っている。わたしは何も幹部会に異議を唱えるつもりはありません。だが、皆さんがこの男の正体を知らないから、そんなふうに思えるんですよ。この男は陰で行動していて、何か陰謀を企んで……」

「どんな陰謀ですか?」とブラザーたちのひとりが言って、テーブルに身を乗り出した。

「彼の陰謀はこうです」とレストラムは答えた。「この男の狙いは、アップタウンの活動を手に握ることです。**独裁者**になりたがっているんです!」

会議室は、ブーンという換気扇の音のほかは静まりかえった。みんなは新たな関心をもってレストラムを見た。

「これは非常に重大な告発ですよ、ブラザー」とふたりのブラザーが同時に言った。

「重大だって? そんなことは分かってますよ。だから、告発したんだから。この日和見主義者は、自分がちょっとばかり教育があるもんだから、ほかの誰よりも有能だと考えているんです。ブラザー・ジャックのいうプチ——プチ個人主義者なんですよ!」

レストラムは、緊張した顔の中の目を小さく丸くしながら、会議用テーブルをドンと叩いた。僕はその顔を殴りたかった。それはもはや現実味のない仮面であり、その後ろの本当の顔はおそらく僕やほかの者たちを笑っていたのだろう。自分が言ったことを信じられなかったからだ。信じられるはずがなかった。**この男**こそ陰謀家であって、幹部たちのまじめな顔を見ると、そのことをごまかし通せそうだった。今度は数人のブラザーたちが同時に発言し出したので、ブラザー・ジャックは静かにするように槌を叩いた。

「みんな」とブラザー・ジャックが言った。「ひとりずつ発言してください」それから、僕に言葉をかけた。「その記事について君はどれくらい知っているのかい?」

「あまり知りません」と僕は答えた。「雑誌の編集者が電話をかけてきて、取材のためにインタビュアーを派遣すると言ったんです。その、インタビュアーは二、三の質問をして、小型カメラで写真を数枚とりました。知っているのはそれだけです」

「インタビュアーに前もって用意してあった原稿を渡したのかね?」

「われわれの公式の資料を二、三渡しただけです。何を質問しろとか、何を書けとかはインタビュアーには言いませんでした。当然、取材に協力しようとしました。僕に関する記事が活動の手助けになるんだったら、それは義務だと思ったからです」

「みんな、これは前もって**計画してあったん**ですよ」とレストラムが言った。「きっとこの日和見主義者はそのインタビュアーを**派遣させた**はずです。派遣させ、何を書くべきか、前もって指示を与えたのです」

「そんな卑劣な嘘をついて」と僕は言った。「そばにいたんだから、僕がブラザー・クリフトンに取材させようとしたことぐらい、知ってるくせに!」

「何で嘘をつくんだ?」

「あんたは嘘つきで、口先のうまいならず者だよ。嘘つきで、僕のブラザーなんかじゃないね」

「皆さん、聞いたでしょ。この男はおれをののしった」

「感情的にならないようにしようよ」とブラザー・ジャックが穏やかに言った。「ブラザー・レストラム、あんたは重大な告発をしたんだよ。それが証明できるかい?」

「証明できますとも。この雑誌を読みさえすれば、あなたも分かるでしょ」

「読んでみることにしよう。ほかに何か？」

「ハーレムの人たちの話を聞くだけでいいです。彼らが話していることと言えば、この男のことばかりです。ほかのわれわれがどういう活動をしているかについては何も。いいですか、皆さん、この男はハーレムの民衆にとって危険人物なんです。この男を追放すべきですよ！」

「それは幹部会が決めることだ」とブラザー・ジャックが言った。それから僕に向かって、「ブラザー、何か弁明することはあるかい？」

「弁明ですって？」と僕は言った。「何もありません。弁明することはありませんよ。僕は自分の任務を遂行しようとしてきたのですが、皆さんからそのことを認めてもらえなかったら、今さらお話ししようとは思いません。このことの背後に何があるのか知りませんが、雑誌記者を思いどおりに動かそうとして手を回したことはありません。それに、僕が査問にかけられるとは、思いもよりませんでした」

「何も査問にかけるつもりはなかったよ」とブラザー・ジャックが言った。「査問にかけるんだったら、そうあってほしくないが、君には前もって知らせるさ。今日は臨時の会議だから、幹部会としては、われわれが問題の雑誌を読んで審議するあいだ、退席してもらいたい」

僕は怒りと不愉快さで胸が煮えたぎる思いでその部屋を出て、誰もいない事務室に入った。ブラザー・フッド協会の幹部会の最中に、レストラムの手で南部へ戻されて、裸にされたような感じだった。あいつの首を絞めておけばよかった――みんなの前で僕を子どもっぽい議論に無理やり引きずり込みやがって。それにしても、剃刀を投げ合うボードビリアンみたいに見えても、僕は相手が分かるようにやり合うほかなかった。あの匿名の手紙のことに触れたほうがよかったのかもしれないが、場合によっては、それによって、担当地区の全面的な支持をえられていないと思われないとも限らない。クリフトンがここにいたら、このボードビリアンへの対処の仕方を教えてくれるのに。みんなは、黒人だという理由だけで、あいつの言うことをまじめに考えているのだろうか？　それにしても、みんなはどうしたんだろう、ボードビリアンを相手にしていることが分からないんだろうか？　みんなが笑ったら、ほほ笑み返しただけでも、僕はすっかり気持ちが参ってしまうだろう、と思った。みんなが、あいつのことを笑う時には、必ず僕も笑われていることになるからだ……。だが、もしみんなが笑ったならば、この件はさほど大袈裟なものにはならなかったにちがいない――一体、僕はどうなるんだろう？

「もう入ってきていいよ」とブラザーのひとりが呼んだので、幹部会の決定を聞きに、その部屋へ向かった。

「さてと」とブラザー・ジャックが言った。「ブラザー、みんなで記事を読んだけど、害のない記事だということが分かってうれしいよ。たしかに、ハーレム地区のほかの会員のことにもっと触れたほうがよかったかもしれないが、君がよからぬことに関係しているという証拠は見つからなかった。ブラザー・レストレムの勘違いだったよ」

彼のもの柔らかな態度に接し、彼らが真実を知るために時間を浪費したことが分かると、怒りが込み上げてきた。

「この男は犯罪的な勘違いをしたと言いたいですね」と僕は言った。

「犯罪的ではない。熱心すぎるだけなんだ」とブラザー・ジャックは言った。

「僕にしてみれば、この件は犯罪的であり、熱意過剰のように思えます」と僕は言った。

「いや、ブラザー、犯罪的ではないよ」

「ですが、この男は僕の名誉を傷つけようとして……」

ブラザー・ジャックはにっこり笑った。「ブラザー、それは彼が誠実だからだよ。ブラザーフッド協会のためを思って行動したんだ」

「じゃあ、どうして中傷するんですか？　ブラザー・ジャック、おっしゃることが分かりません。僕が敵じゃないことは、あの男だってよく知っています。僕もブラザーですよ」と僕はほほ笑む顔を見て、言い返した。

「ブラザーフッド協会には敵が多くてね。だから、われわれとしては、ブラザーの過ちに対してはあまりきびしくはできないんだ」

その時、レストレムの顔に浮かんだ愚かな気まずそうな表情を見て、怒りが和らいだ。

「分かりました、ブラザー・ジャック」と言った。「僕も無実だということを知ってもらって喜ぶべきでしょうし――」

「**雑誌の記事**については」と彼は、空中に一本指を突き出しながら言った。

後頭部あたりが緊張した。僕は立ち上がった。

「記事については、ですって！　あなたは、ほかの作りごとは信じているとでも言うつもりですか？　近頃は猫も杓子《しゃくし》も、あの漫画のディック・トレーシー刑事の読者なんですか？」

「これはディック・トレーシーとは関係ないよ」と彼はきっぱりと言った。「この活動には敵が多くてね」

「それじゃ、僕は敵になったわけだ」と言った。「皆さん、どうしたんですか？　僕とは何のつき合いもなかったみたいにされていますが」

ジャックはテーブルに目を落とした。「ブラザー、君はわれわれの決定に関心があるのかい？」

「もちろん」と僕は答えた。「ありますとも。僕はあらゆる奇妙な言動に関心があります。誰だって関心がありますよ。この国で最高の知性の持ち主が何人も集まっているのに、頭がどうかしているこの男のことをまじめに考えているんですから。もちろん、関心がありますよ。でないと、僕は分別のある男みたいに、ここからさっさと出ていきますよ！」

抗議の声が上がったので、ブラザー・ジャックは顔を真っ赤にし、静かにと槌を叩いた。

「わたしも、このブラザーと少し話したいのだが」とブラザー・マッカフィが言った。

「どうぞ」とブラザー・ジャックがだみ声で言った。

「ブラザー、われわれには、君がどんな気持ちでいるか分かる」とブラザー・マッカフィが言った。「だけど、この活動には敵が多いことを、君も理解してくれないと。敵が多いことは紛れもない事実だし、われわれとしては、個人の感情を二の次にして、この組織のことを考えざるをえないんだ。ブラザーフッド協会はわれわれの一人ひとりよりも重要なんだよ。組織の安定を保つためには、個人としてのわれわれはどうでもいい存在なんだよ。個人的にはわれわれは、君に好意を抱いていることを、信じてくれ。君はすばらしい活動を続けてきた。今回の件はただ組織の安全性に関係しているのだから、こうした告発を徹底的に調べるのがわれわれの責任なんだ」

急に僕は空《むな》しくなった。ブラザー・マッカフィが言っている言葉の中にも、受け入れざるをえない説得力があったからだ。この人たちは間違っているのだから、自分たちの過ちに気づく義務があるはずだ。事の真相は明らかにしていけば、この告発が事実ではないことが分かるし、僕の容疑もすっかり晴れるだろう。それにしても、敵に対するこの強迫観念はどういうわけだろう? みんなの煙草の煙に包まれた顔を覗き込んだ。このような疑惑を抱かれたのははじめてだった。これまで自分の仕事や進む方向に、誤解に満ちた大学生活の時でさえ、健全さを感じていたのだが、今は違う。ブラザーフッド協会は人々が完全に献身することができる団体であった。それが団の力となり、僕の力となっていたのであり、この健全さという感覚こそが、ブラザーフッド協会が歴史の流れを変えることを意味するものであった。そのことを全面的に信じていたのだが、ところが今では、内心ではまだそう信じながらも、くじけそうな苦痛を感じ、これ以上自分を弁護する気にはなれなかった。僕は黙って突っ立ったまま、彼らの決定を待った。誰かがテーブルをコツコツ叩いた。薄い半透明の紙に似た枯葉のようなサラサラという音がした。

「安心して、幹部会の公平さと英知を信頼するんだね」ブラザー・トビットの声がテーブルの端のほうから聞こえてきたが、煙草の煙が立ち込めていて、顔がぼんやりとしか見えなかった。

「幹部会は次のように決定した」とブラザー・ジャックが歯切れのいい声で話しはじめた。「告発の結果がはっきりするまで、君は、ハーレムでの活動を一時停止するか、ダウンタウンでの任務を受け入れるか、そのいずれかを選ばなければならない。後者の場合、今の任務をすぐに切り上げなければならない」

僕は足の力が抜けていく感じがした。「今の任務をやめなきゃいけない、っていうことですか?」

「君がどこかよそで活動に従事しない限りはね」

「ですが、お分かりになってないのは――」と僕は言いかけたが、みんなの顔を見ると、すでに決まったことだといううつろな表情が見てとれた。

「もし活動を続けるのであれば、君の任務は、ダウンタウンで婦人問題についての講演を行うことだ」とブラザー・ジャックは、議長用の槌に手を伸ばしながら言った。

突然、コマのようにくるくる回されたかのような感じがした。

「何ですって!」

「婦人問題だよ。『合衆国における婦人問題について』というおれのパンフレットが、参考になるだろう。それでは、皆さん」と彼はテーブルにさっと視線を流しながら言った。「今日の会議は終わります」

僕は突っ立ったまま、槌の音が耳の中で響くのを感じ、**婦人問題**のことを考えながらも、おもしろがっている気配はないかとみんなの顔をジロジロ見たり、押し殺したかすかな笑い声がしないかと列をつくって廊下に出るみんなの声に耳を澄ましたりした。その場に突っ立ったまま、自分がけしからぬ冗談の的にされたという感じがして我慢していたが、みんなの顔にその自覚がなかったので、かえっていっそう、その感じは強まるばかりであった。

僕は心の中で、先の決定を受け入れようとして必死に闘っていた。決定は何も変わらないのだから。彼らは僕を異動させて調査するだろうし、僕としては、いまでも規律を信じ、いまでもそれに従って、彼らの決定を受け入れざるをえないだろう。たしかに今は休む時期ではなかった。（幹部会や、決して姿を現さない指導者たち、われわれとはまったく関係のない存在のように思える団体の、同調者や同盟者たちのことなど）僕が何も知らなかった組織のいくつかの側面にちょうど近づきつつある時期だし、謎に包まれている権力と権威のすべての秘密が明かされようとしている時だけに、活動を休止する場合ではなかった。腹が立ち不愉快だったが、僕の野心は大きいのだから、そんなにたやすく引き下がってはいられない。それに、自分の行動を制限したり、自分を孤立させたりしなくてもいいのではないか。ブラザーフッド協会の代弁者なのだから――婦人問題だって、ほかのどんな話題だって、演説してもいいのではないか。すべてがわれわれのイデオロギーの体系内にあるのだし、すべての事柄にポリシーはあるし、しかも僕の主な関心は、この活動の中で頭角を現すことなのだから。

僕は、ひどくきりきり舞いをさせられたような感じを依然として抱きながら建物を去ったが、楽観的な気分になりつつあった。ハーレムから離れることは衝撃ではあったが、それは、僕だけではなく、ブラザーたちにも損害を与えるような衝撃でもあった。というのも、ハーレムが望んでいたことの手がかりこそ僕の望んでいたことだし、僕の存在は、ブラザーフッド協会にとっても自分にとっても、きわめて有益なコネという点で大事であることが分かっていたからだ。それは、僕が根っからの率直さと誠実さでもって、ハーレム地区の住民の希望と憎しみ、不安と欲求を訴えることにかかっていた。ハーレムの住民にも、幹部会にも訴えて効果を上げてきたのだから、きっとダウンタウンでも同じような効果がえられるだろう。新たな任務は一つの挑戦であり、ハーレムで起きていることのどこまでが自分の努力の成果であり、どこまでが住民たちの心からの熱意によるものであるかを、ためす機会でもあった。結局、この任務は幹部会の好意の証でもあるのだと、自分に言い聞かせた。というのも、この国の社会のほかの地域ではタブーと思えるような話題について権威をもって僕に話させることで、彼らは、僕やブラザーフッド協会の規律への信頼を再確認し、婦人問題に取り組む際にも一線を引かないことを証明しようとしているように思えるからだ。彼らは僕に対する告発の調査をしなければならないが、僕の今回の任務は、僕に対する彼らの信頼が崩れていないことの、感傷をまじえない肯定であった。通りは暑かったが、僕は身ぶるいがした。頭の中ではっきりしたかたちを取らなかったが、一瞬、消えたと思っていた南部の古い後進性に、もう少しで僕の将来をこわされそうになった。

しかしながら、ハーレムを離れるということは悔いが残らないわけではなかった。僕はみんなに、ブラザー・タープやクリフトンにでさえ、別れの挨拶をする気になれなかった――ハーレムの最下層にいる住民についての情報の提供を当てにしていたほかの会員たちには、もちろん言うまでもなかった。僕は、かばんに書類をそっと入れて、集会のためにダウンタウンへ出かけるような気分で、出ていった。

19

僕は高揚した気分ではじめての講演に出かけた。テーマは聴衆が興味を持つこと請け合いのやつだったので、あとは自分次第だった。僕があと三〇センチ背が高く、あと四〇キロ近く体重があれば、「女性のことは何でも知っています」という文句を胸につけて女性たちの前に立つと、彼女たちは、僕がもともと怪物——なんとか改心させられ、飼いならされた——でもあるかのように、畏怖の念を抱いただろう。黒人歌手で俳優のポール・ロブスンが演技する必要がなかったのと同じように、話すこともなく、黙って立っているだけで、彼女たちはスリルを覚えただろう。

実際、講演会はうまくいった。彼女たちは熱狂して会を盛り上げてくれたし、そのあとの矢継ぎ早の質問はなんの疑念も持たせなかった。僕の気まぐれな猜疑心でさえ予想もつかなかった事態が生じたのは、講演会が終わってからのことだった。聴衆と挨拶をかわしていると、ある女性が姿を現した。人生と女性の豊穣さの象徴的な役割を意識して演じているかのように、輝いている女性だった。彼女の話によれば、彼女の悩みはわれわれのイデオロギーのある面に関係しているものだった。

「実のところ、かなり込み入っていまして」と彼女は心配そうに言った。「お時間をとらせたくないのですが、ひょっとしてあなた――」

「いや、そんなことちっとも構いません」と僕は言って、ほかの人たちの所から連れ出して、入り口近くにかかっている少しほどけた消防用ホースの所へ行った。「そんなことないですから」

「ですけど、ブラザー」と彼女は言った。「もうずいぶん遅い時間ですし、あなた、疲れてらっしゃるにちがいないもの。わたしの悩みは別の時まで待てますし……」

「**そんなに**疲れてません」と僕は言った。「それに、あなたに何か困ったことがあれば、できる限り解決してあげるのが僕の務めですから」

「ですけど、かなり遅い時間ですし」と彼女は言った。「そのうちにあなたが忙しくない時に夕方にでも、わたしたちの所に寄ってくだされば。その時には、もっとゆっくりとお話ができますわ。言うまでもないことですが、もし……」

「もし?」

「もし」と彼女はニッコリ笑った。「**今晩**いらしてくだされば、おいしいコーヒーをお出ししますわ」

「それじゃ、あなたの言うとおりにします」と僕は言って、ドアを押し開けた。

彼女のアパートは市内の高級住宅地にあった。広々とした居間に入ったとたんに、僕は驚いてしまった。

「ブラザー、もうお分かりでしょう」――彼女の熱意がこもった言葉には、不安にさせるものがあった――「わたしの関心は、ブラザーフッド協会の精神的な価値の面なんです。自分ではなんの努力もしていませんが、わたしには経済的な安定と暇があります。けど、世の中がこんなにひどい時に、つまり、精神的な、情緒的な安定感も正義もない時に、本当はそれが何になります？」

彼女は熱心に僕の顔を見ながら、コートを脱ぎかけていた。彼女は福音伝道師、逆ひねりをかけた清教徒だろうか、と思った――ブラザーフッド協会に献金することで政治的な救済を求める裕福な女性について、ブラザー・ジャックが個人的に語った言葉が思い出された。少しせっかちすぎて、理解しにくい女性だったが、僕はまじめな目で彼女を見た。

「あなたは、それについてずいぶんお考えになったんですね」と僕は言った。

「考えましたけど、すごくむずかしくて――くつろいでください。わたし、着替えて来ますから」

彼女は小柄の、上品でふくよかな体つきの女性で、黒々とした髪には、細い筋のような白髪が目立たないくらいに混じりかけていた。彼女が鮮やかな赤色のホステスガウン姿で現れた時にはドキッとさせられ、驚いて視線をそらすしかなかった。

「ずいぶんきれいな部屋ですね」と僕は言って、濃い桜色に輝いている家具を見渡すと、ルノワールの絵と思われるピンクの等身大の裸体画が目にとまった。ほかにもいくつかの絵があちこちにかかっていて、広々とした壁は暖かい感じの純粋な色彩で生気を放っているように思えた。こんな時にはどう言えばいいんだろう、と僕は思いながら、黒檀の上に据えられたピカピカの真鍮の抽象的な魚の彫刻を見つめた。

「気に入ってもらってうれしいですわ、ブラザー」と彼女は言った。「わたしたちも気に入っています。もっとも、ヒューバートはそれをゆっくり楽しむ暇がほとんどないんです。彼って、とっても忙しすぎて」

「ヒューバート？」

「わたしの夫ですの。あいにく、今日は出かける用事があって。彼、あなたに会えたら喜んだでしょうけど、いつも飛び回っているものですから。仕事で」

「それは仕方ないと思いますよ」と僕は急に不安になって言った。

「そうですわね」と彼女は言った。「でも、わたしたち、ブラザーフッド協会とイデオロギーのことを話し合いましょうね」

彼女の声とほほ笑みには、どことなく心地よさと興奮を誘うものがあった。それは、僕には縁もゆかりもない裕福さと優美な生活が背景にあるからだけではなく、彼女といっしょにいることや、高尚な会話の可能性が感じられるせいでもあった。不調和で不可視的なものと際立って謎めいたものが、微妙なバランスを保って調和するかのように。彼女は金持ちだが人間的だなと僕は思いながら、くつろいだ彼女の両手のなめらかな動きを見守っていた。

「われわれの活動にはたくさんの側面があります」と僕は言った。「どこから話しましょうか？　たぶん、それがむずかしいことかもしれません」

「あら、**そんなに**むずかしいことではないですわ」と彼女は言った。「あなたなら、イデオロギー上のわたしのちょっとした歪みをきっと直してくださるわ。ソファーにお座りになって。もっとゆったりできますわ」

僕は座って、彼女が部屋着のすそを東洋風の絨毯の上になまめかしく引きずりながら、ドアのほうへ歩いていくのを見ていた。

「もしかしてコーヒーじゃなくて、ワインかミルクのほうがいいかしら？」

「ワインをお願いします」と僕は言ったが、ミルクを思い出しただけで妙にいやな感じがした。予想していたのとはまったく違ったふうになったな、と思った。彼女はトレイに二つのグラスとデカンターをのせて戻ってくると、カクテル用の低いテーブルの上にそれをおいた。ワインがグラスに注がれる時に音楽的な音が聞こえ、彼女はグラスの一つを僕の目の前においた。

「運動のために乾杯」と彼女は言って、目に微笑を浮かべながらグラスを上げた。

「運動のために」と僕は言った。

「そしてブラザーフッド協会のために」

「ブラザーフッド協会のために」

「これは実においしいですね」僕は、彼女が目をほとんど閉じそうにして、顎先をちょこんと自分のほうに上げるのを見つめていた。「さて、われわれのイデオロギーのどの面を話し合ったらいいのでしょうか？」

「すべてですわ」と彼女は答えた。「わたし、その全部を取り入れたいんですの。イデオロギーがないと、人生はすごく空しくて、混沌としてきますから。ブラザーフッド協会だけが人生を生き直す価値あるものにしてくれると、心から信じています――そりゃ、すぐには理解できないほど広い哲学だってことくらい、分かっています。とっても重要で活力のある哲学だから、せめてそれに挑戦してみるべきだと感じますもの。あなた、そう思いません？」

「ええ、そうですね」と僕は答えた。「僕の知っているもので、最も有意義な哲学ですよ」

「まあ、同じ考えをお持ちでとてもうれしいですわ。だから、わたし、あなたの話を聞いていると、いつも心がわくわくしてきますの。とにかく、活動のすごく躍動するような活力が伝わってきますもの。本当にすばらしいことですよ。話を聞いていると、落ち着いた気分になりますわ――でも」彼女は謎めいた微笑を浮かべて、話を中断した。「告白しますと、わたしにとってあなたは怖くもあるんです」

「怖いですって？　そんな、冗談でしょう」と僕は言った。

「本当に」僕が笑うと、彼女はくり返した。「すごく力強くて、すごく――とても**原始的**ですわ！」

僕は、室内の空気がいくらか抜けて、あとは不自然な静寂に包まれたような感じがした。「あなた、本気で原始的だとおっしゃっているんですか？」と僕は訊いた。

「そう、**原始的**ですわ。ブラザー、時々、あなたの声には太鼓《トムトム》の響きがこもっているって、誰かに言われたことがあるでしょう」

「おやおや」と僕は笑って言った。「それは深遠な思想の鼓動だと思っていたのに」

「もちろん、あなたの言うとおりですわ」と彼女は言った。「言葉の本来の意味で、原始的だと言うつもりはありません。**力強く**て、説得力があると言いたいのです。それが人の知性ばかりか、感情をとらえて離さないんです。どう呼ぼうとも、それが人の心を突き動かすほどの裸の力を持っているんですわ。わたし、そんな活力を想像しただけで震えがきますもの」

彼女を間近で見ると、ほつれた一筋の漆黒の髪が目にとまった。「ええ」と僕は言った。「そこには感情がこもっています。ですが、感情を解放させるのは、実際はわれわれの科学的なやり方です。それに、感情はただ解放されるだけではありません。導かれ、方向づけられることもあるのです――それがわれわれの有効性の真の源なんです。たしかにこの上等のワインだって感情を解放することができますが、何かを組織できるとは正直言ってできないと思います」

彼女はソファーの背に片腕を伸ばし、優美に身を乗り出しながら言った。「たしかにあなたは、演説でその両方がおできになりますわ。おっしゃっている意味が分からなくても、人はそれに応えたくなりますもの。わたしにはおっしゃっていることが分かるし、そりゃもう、ずいぶん感動的ですわ」

「実は、聴衆が感動するのと同じくらい、僕も聴衆から感動を受けるんです。聴衆の反応があるから、最善を尽くす気になるんです」

「そこにもう一つの重要な側面があるんですわ」と彼女は言った。「それも、わたしと大いに関係のある側面がね。それが女性たちに自己表現の十分な機会を与えるんですわ。ブラザー、それってとても大切なことですのよ。まるで毎日が閏年《うるうどし》みたい――そうあるべきですわ。男性と同じように、女性も完全に自由であるべきですわ」

本当に自由だったら、ここから飛び出すんだけど、と僕はグラスを上げながら思った。

「今夜のあなたの演説、とてもよかったわ――女性もこの活動の擁護者になっていい頃ね。今までのあなたの演説はいつもマイノリティ問題ばかりだったですものね」

「今度のは新しい任務なんです」と僕は言った。「これからはわれわれの主な関心の一つは婦人問題になるでしょう」

「それはすばらしいことだわ。そうなってもいい頃なのよねぇ。女性にも、人生と真剣に取り組む機会を与えるものがなくちゃ。話を続けてください。あなたの考えを聞かせて」と彼女は言って、身を乗り出し、僕の腕に片手を軽くおいた。

そこで僕は安堵感を覚え、自分の情熱とワインの酔いに駆り立てられて、しゃべりつづけた。やがて僕が質問しようとして振り向くと、彼女はほんの鼻先まで身をよせて、僕の顔を見つめていることに気づいた。

「続けて、続けてくださいな。あなたの話を聞いていると、とてもすっきりしてくるわ――お願い」という彼女の声がした。

お互いに体が引き寄せられていくにつれて、僕の視線は、彼女のまぶたの蛾の翅《はね》のように速い動きから、柔らかそうな唇へと移っていった。そこには何の考えも概念もなく、純粋な暖かみだけが感じられた。突然、電話のベルが鳴り、僕がその暖かさを振り払って立ち上がると、またもやベルが鳴り、彼女も絨毯の上に赤いホステスガウンのずっしりしたひだを垂らしながら、立ち上がった。またしてもベルが鳴っている最中に、「あなたの話を聞いていると、すごく生気がみなぎってくるわ」という彼女の声。そこで僕は体を動かしてアパートから出ようとし、この女は頭がどうかしているのか、電話のベルが聞こえないのかと思いながら、腹立たしくなって帽子を探していると、彼女は、僕が馬鹿げた行動を取っているかのように、きょとんとして目の前に立っていた。それから腕をいきなりグイとつかみ、「こっちよ、この中よ」と言って僕を引っぱるようにして、またもやベルが鳴っているのに、ドアを通って短い廊下を渡り、繻子《しゅす》で飾られた寝室に入ったかと思うと、彼女は、値ぶみするかのようにほほ笑みかけながら、「ここはわたしの寝室なの」と言った。僕は呆然として彼女を見つめた。

「あなたの寝室、**あなたの寝室**って？　でも、あの電話はどうするんですか？」

「気にしないで」と彼女は甘ったるい声を出して、僕の目を覗き込んだ。

「しっかりしてください」と僕は言って、彼女を押しのけた。「あのドアのほうは？」

「ああ、もちろん、電話のことね、ダーリン」

「あなたの旦那さんは——ご亭主は？」

「シカゴで——」

「だけど、そうじゃないかもしれないし——」

「いいえ、ダーリン、そんなことなくってよ——」

「でも、ひょっとして！」

「そんなことないわ、ブラザー、ダーリン。わたし、彼と話をしたのよ。だから、分かるの」

「あなたは何を？　これはどんな企みなんですか？」

「まあ、可哀そうなダーリン！　企みなんかじゃないわ。あなたは本当に心配することなんかないのよ。わたしたち自由なんだもの。うちの人、シカゴで失われた青春を取り戻そうとしているわ、きっと」彼女はそう言うと、自分でも驚いたように思わず笑った。「彼ったら、女性を向上させることにはまったく興味がないのよね。自由や、必要性や、女性の権利なんかにはね。あのね、わたしたちの階級の病なの——ねえ、ダーリン」

僕は寝室に一歩入った。左手にもう一つのドアがあり、そこから、かすかに光るクロニウムとタイルが見えた。

「ブラザーフッド協会よね、ダーリン」と彼女は言って、小さい両手で僕の腕をつかんだ。「教えて、わたしに話して。ブラザーフッド協会の美しいイデオロギーを教えてくださいな」僕は彼女を殴りたくもあり一緒にいたくもあったが、そんなことをしてはならないことは分かっていた。この女は僕を滅ぼそうとしているのだろうか、それとも、これはドアの外で、カメラとバールを手にして待ち構える、活動のひそかな敵がしかけた罠なんだろうか？

「電話に出るべきですよ」と僕は、わざと平静をよそおいながら言って、彼女に触れないで両手を振り放そうとした。なぜなら、彼女に触ったりすると――

「じゃあ、話を続けてくれる？」と彼女は訊いた。

僕がうなずくと、女は一言も言わずにくるりと回り、卵形の大きな鏡のついた化粧台のほうへ行き、象牙色の受話器を手にした。次の瞬間に、情熱的な格好の女と白い大きなベッドのあいだに立っている自分の姿が顔をひきつらせ、ネクタイをだらりとしたまま、うしろめたそうにしているのが、鏡に映っていた。ベッドのうしろにもう一つの鏡があり、それが今では海の大波のように、僕たちの姿を前後に何度もゆらし、時間や場所や状況を勢いよく増幅させていった。僕の視覚は、怒濤に揺られ、はっきりしたりぼんやりしたりして脈打つように見えた。かと思うと、彼女の唇は、ごめんねと無言で言ってから、受話器に向かってじれったそうに「そう、わたしよ」と答えた。それからまた、受話器に片手を当ててほほ笑みながら、「妹なの、ほんの一秒ですむから」とささやいた。やがて僕の頭の中には、うわさ話が次々に浮かんできた。女主人の背中を流すように呼び出された男の召使。主人の奥さんを共有していた運転手。リーノー（離婚手続きが簡単なことで有名）の町へ向かう裕福な妻の個室に誘われた列車の特別車両のボーイの話など。僕は、これも活動だ、**ブラザーフッド協会**の活動なんだと思った。「そう、グエン、そうよ、あなた」と言ってほほ笑む姿を見ていると、彼女は髪をほぐすかのようにあいている片手を上げ、すばやい動きで赤い部屋着をヴェールのようにひらひらさせた。たちまち僕は、鏡の枠の中に美しく、しっかりと映し出された、小柄でふくよかな曲線を描く体を目にして、ハッと息を飲んだ。夢のあいだの出来事のようだったが、一瞬にしてその映像が消えると、僕の目には、濃い赤色の部屋着を身にまとった彼女の、謎めいた微笑を浮かべる目しか映らなかった。

　僕が怒りと激しい興奮に引き裂かれながら、戸口へ向かおうとしていた時に受話器をカチャとおく音が聞こえ、そばを通りかけたとたんに、くるりと回って僕に触れる彼女の肌を感じて、われを忘れてしまった。イデオロギー上のものと生物学的なもの、義務と欲望のあいだの葛藤が、微妙に混乱してきたからだ。僕は、ドアを打ち破るならやってみろ、誰だろうと来やがれ、と思いながら彼女に近づいた。

　目覚めているのか、夢を見ているのか、本当に分からなかった。静まりかえっていたが、それでも、たしかに物音がしたし、その物音は、すぐ側の彼女がやわらかな溜め息をついた時に、部屋の向こうから聞こえてきた。不思議だった。頭の中はくるくる回り、僕は雄牛によってブナの森から追い出されたかのようだった。丘を駆け上がった。丘全体が盛り上がった。さっきの物音がしたので頭を上げると、男が薄明かりの廊下に立って、僕をじっと見ていた。何の関心も驚きも示さず、覗き込んでいた。無表情な顔つきで見つめていた。その男の一様な息づかいが聞こえた。すると、僕の横の彼女がもぞもぞ身動きする音がした。

「まあ、あなた」と彼女ははるか遠くから聞こえてくるような声で言った。「もう戻ったの？」

「ああ」と彼は答えた。「明日は早く起こしてくれ。やることがいっぱいあるから」

「分かったわ、あなた」と彼女は眠そうに言った。「おやすみなさい……」

「お休み」彼は少し乾いた笑い声を立てた。

ドアが閉まった。僕は、せわしない息づかいをしながらしばらくのあいだ暗がりの中で横になっていた。不思議だった。手を伸ばすと体に触れた。彼女は黙っていた。体の上に身を乗り出すと、暖か味のある純粋な彼女の息がそよ風のように、顔に当たるのを感じた。僕は、危険を冒して達したが、もう遅すぎて今では永遠に忘れ去られたような何か貴重な感じ——激しさ——を覚えながら、そこにとどまっていたかった。だが、彼女はずっと眠っていたかのようであり、いま目覚めたりすると、彼女は悲鳴を上げ、大声を上げるだろう。僕は急いでベッドから抜けて、さっきまで明かりがついていた暗がりのほうに目を向けながら、服を探そうとした。まごついて動き回っていると、空っぽの椅子があった。服はどこにあるんだろう？　なんて馬鹿なことを！　どうしてこんなことになったんだろう？　僕は裸のまま、暗がりの中を手探りで歩き、服のかかった椅子を見つけて急いで着ると、そっと部屋から抜け出したが、戸口のところに来ると、廊下の薄明かりを通してうしろを振り向いた。彼女は夢見る美人のように、溜め息もつかず微笑も浮かべず、象牙色の片腕を漆黒の髪をした頭の上にのせたたまま、眠っていた。僕は心臓をドキドキさせてドアを閉め、さっきの男に、男たちに、群衆に足止めを食うのではないかと思いながら、廊下を通り抜けた。それから階段を下りていった。

建物の中は静かだった。玄関の広間では、門番が寝息で糊《のり》のきいた前かけを顎の下で歪ませ、白髪の頭をむき出しにしたまま、うたた寝をしていた。僕は汗まみれになってぐったりして通りまでやって来たが、現実にあの男を見たのか、夢の中で見たのか、今でも分からなかった。僕はあの男に気づかれずに、あの男を見たのだろうか？　それとも、あの男は僕を見たが、世間慣れとか、退廃とか、過剰な文明化などのために、黙っていたのだろうか？　通りを足早に歩いていったが、一歩進むたびに不安は募っていった。それにしても、あの男は何かを言うか、僕に気づいて悪態をつくかすればよかったのではないか？　襲いかかって来てもよかったのではないか？　あるいは、せめてあの女に腹を立ててもよかったのではないだろうか？　もしあれが、僕がああしたプレッシャーにどう反応するかをためすためのものだったら、どうだろう？　結局、あれは、われわれの敵が激しく批判する点でもあった。僕は苦悩の汗をかきながら歩いた。なぜ白人たちは、彼らの女たちをあらゆることに首を突っ込ませるのだろう？　われわれ黒人たちとわれわれがこの世で変えたい一切のもののあいだに、女を介在させる。社会的にも、政治的にも、経済的にも。畜生、どうして、どうして彼らは階級闘争と性の闘争をいつまでも混同して、われわれだけではなく自分たちも墜落させ、あらゆる人間的な動機を下落させるんだろう？

翌日は一日中、僕はくたくたに疲れていて、昨夜の行動が暴かれるのではないかと緊張して待った。あの男は戸口にいて、かばんを手に覗き込んでいたが、僕を見たという気配はなかったことが、今になって分かった。あの男は無関心な亭主みたいな話し方をしたが、それでいて、ブラザーフッド協会の重要人物のように思えた——顔なじみのある男だったが、名前が分からず、僕は気も狂うほどだった。目の前の仕事は手つかずのままだった。電話のベルが鳴るたびに、僕の心は恐怖で満たされた。ブラザー・タープの足鎖をいじって過ごした。

ブラザー・ジャックたちから四時までに電話がかかってこなければ、自分は救われる、と僕は思った。だが、何もなく、会議の呼び出しの電話さえなかった。とうとう昨夜の彼女に電話すると、うれしそうで陽気な、それでいて慎重な声が聞こえてきた。しかし昨夜のことや、あの男のことにはなんら触れられなかった。彼女の落ち着きはらった陽気な声を聞いているうちに、僕はまごついてしまって、昨夜の一件を持ち出すことができなかった。おそらく、これも世慣れした文明的なやり方なのだろう。たぶんあの男もあそこにいて、ふたりは了解しており、女にはあらゆる権利が委ねられていたのだろう。

彼女は、僕がさらに話をするために戻ってくれるかどうかを知りたがっていた。

「ええ、もちろん、いずれお伺いします」と僕は言った。

「まあ、ブラザー」と彼女は言った。

安堵と不安が入り混じった気分で受話器をおいたが、僕はためされ、それに失敗したのだという思いを払いのけることができなかった。そのことで悶々《もんもん》として一週間を過ごし、自分の立場がはっきりと分からなかっただけに、よけいに途方に暮れた。ブラザー・ジャックや、ほかの連中と僕との関係にある変化を探ろうとしたが、彼らはそうした様子は見せなかった。それに、見せたとしても、そのはっきりした意味が分からなかっただろう。それが、先日の告発と関係していたかもしれないのだから。僕は有罪と無罪の狭間にとらえられ、今では自分が有罪であるようにも無罪であるようにも思えてきた。僕の神経はいつも緊張状態にあり、顔はこわばった、あいまいな表情を帯び、ブラザー・ジャックやほかの幹部たちみたいな顔つきになってきた。そのうちに緊張が少しほぐれてきた。仕事を片づけねばならなかったし、この件については持久戦に持ち込むことにしたからだ。それに、うしろめたさと不安はあったが、自分がうしろめたい孤独な黒人のブラザーであることを忘れ、白人が大勢いる部屋へ自信たっぷりに元気よく入ってゆくコツを覚えていった。顎の先を上げ、あまり口を横に広げないでニッコリ笑いながら、手を差し伸べる相手には、心からしっかりと握手をした。しかも、みんなを満足させるような、横柄さと現実的な謙遜を適度に混じえて。僕は講演会に身を打ち込んで、女性の権利を擁護し、主張した。女性たちは近づいてきたが、彼女たちの体の面とイデオロギー上の面を切り離して考えるように注意した――だが、それは必ずしも楽なことではなかった。というのも、女性たちの多くは、イデオロギーは人生の現実的な関心事を隠す余計なヴェールにすぎないと、自分たち同志で決めていた様子だったからだ（と同時に、僕もそうした考えを受けいれていると思っているようだったから）。

ダウンタウンのたいていの女性たちは、僕が現れるといつも、名づけようもない何かを期待しているらしいことが分かった。彼女たちの前に立ったとたんに、それが感じとれた。それは、僕が言いそうな話題とは関係がなかった。というのも、僕が姿を現すだけで、その瞬間から彼女らは目を向け、不思議な解放感を覚える様子だったからだ――笑いではなく、涙でもなく、安定した純粋な感情でもないものを。それが何によるものか判断がつかなかった。うしろめたい感情をかき立てられもした。一度は講演の最中に僕は彼女たちの顔という顔を覗き込み、彼女たちはあのことを知っているんだろうか、そのせいだろうかと思ったりした——おかげで、講演が台なしになりそうだった。だが、一つだけたしかなことがある。それは、彼女たちが黒人のブラザーたちに対してとる態度とは違うという点だった。そうしたブラザーたちは、しばしば彼女たちを楽しませてきたので、口を開ける前から、彼女たちは笑った。たしかに、何かが違っていた。一種の期待、待っている気分、贖罪《しょくざい》めいたものへの期待というか。まるで僕が単なる弁士や芸人以上の存在であることを期待されているかのようだった。自分でも気づかなかった何かが生じているように思えた。僕はとびきり表現豊かな言葉よりも、雄弁にパントマイムを演じた。僕もそれに加担していたが、戸口にいたあの男の謎と同じく、その意味が推測できなかった。たぶん、彼女たちが僕に対してとる特別の態度は自分の声のせいだ、と思った。声のせいであり、ブラザーフッド協会への自分たちの信頼の生きた証を僕の中に見たいという欲望のせいだろう。やがて僕は、心を安らかにするために、そのようなことは考えないようにした。

それからある日の晩、新しい一連の講演用のメモを作っているうちに眠り込んでしまった時、電話がかかってきて、僕は本部での緊急会議に呼び出された。いよいよ、おいでなすった、例の告発の一件か女のことだ、と思った。女に足もとをすくわれるなんて！　みんなにどう言えばいいんだろう？　彼女には何とも言えない魅力があり、僕も男だから、とでも言おうか？　このことと、自分の責任や、ブラザーフッド協会を活性化させることとどういう関係があるんだろう？

僕はやっとのことで会議のために出かけていき、遅れて着いた。室内はうだるような暑さで、三つの小さい換気扇が重い空気を掻き回していた。ブラザーたちはワイシャツ姿で傷だらけのテーブルのまわりに座っていて、テーブルの上におかれた氷水の水差しは、湿気の水玉で光っていた。

「皆さん、遅れて申しわけありません」と僕は詫びた。「明日の講演のことでどたんばで重要な用件が生じて、時間がかかったものですから」

「君がそんな用件をさっさと片づけたら、幹部会も時間を無駄にしなかったのに」とブラザー・ジャックが言った。

「おっしゃっていることが分かりません」と僕は急に興奮して言った。

「ブラザー・ジャックが言いたいのは、君はもう婦人問題に関わらないでいいということだ。あれはもう終わり」とブラザー・トビットが言った。僕は批判されるのではないかと思って気を引き締めたが、それに応じる前に、ブラザー・ジャックが驚くようなことを言った。

「ブラザー・トッド・クリフトンはどうなった?」

「ブラザー・クリフトン——ええっと、この数週間彼と会っていません。どうしたんですか?」

「彼、いなくなったんだ」とブラザー・ジャックが答えた。「姿をくらましたんだよ！　だから、余計な質問をして時間を無駄にしないでくれ。君はそのことで呼ばれたんじゃないから」

「ですが、それはいつ分かったんですか?」

ブラザー・ジャックはテーブルを叩いた。「われわれに分かっているのは、彼がいなくなったことだけだよ。さあ、議事を進めよう。ブラザー、君はすぐにハーレムへ戻ることになる。われわれはあそこで危機に直面している。ブラザー・トッド・クリフトンが姿をくらましたばかりか、任務で失敗したものだから。おまけに、説教者ラスと彼の手下のならず者どもが、それにつけこんで、活動を拡大しようとしているんだ。君はあの地区へ戻って、ハーレムでのわれわれの勢力を取り戻すために手段を講じることになる。必要な援助を受けるだろうが、明日連絡することになっている作戦会議で報告してくれ。それからお願いだが」と彼は会議用の槌を叩いて強調した。「これからは時間どおりに来るんだよ！」

自分の個人的な問題は話題に上がらなかったので、僕はホッとして、クリフトンの失踪のことで警察に相談したのかどうかなどと、訊くことはしなかった。全体的な計画に何か狂いがあったにちがいない。というのも、クリフトンは責任ある仕事をしていて影響力もあったから、やすやすと姿を消すはずがなかったからだ。彼の失踪は説教者ラスと何らかの関係があるのだろうか？　いや、そんなことはありそうもなかった。ハーレムはわれわれの地盤がいちばん強力な地区の一つだったし、僕が異動するほんの一ヶ月前に、ラスがわれわれを攻撃しようものなら、一笑に付されて、通りから追い出されただろう。僕が幹部会を怒らせまいとして、気をつかってさえいなかったなら、クリフトンや、ハーレム全体の会員たちともっと密接な関係を保っていれたのに。今では僕は、突然、深い眠りから覚まされたような気がした。

20

しばらく離れていたせいもあって、通りは見慣れない感じがした。アップタウンのリズムはゆったりとしていて、それでいて、なんとなく速かった。暑い夜の大気にも、繁華街とは違った緊張感が漂っていた。僕は夏の群衆のあいだを縫って、地区事務所ではなく、バレルハウスが経営する〈ジョリー・ダラー〉へと向かった。そこは、北八番街にある酒場と食堂を兼ねた薄暗いきたない店で、いつもなら、最高の情報提供者のひとりであるブラザー・マセオが、夕方のビールを飲んでいる頃であった。

窓から中を覗き込むと、作業着姿の男たちと二、三人の飲んだくれの女たちが、カウンターによりかかっているのが見えた。酒場とカウンターのあいだの通路の向こうでは、黒と青のチェックのスポーツシャツを着た男がふたり、バーベキューを食べていた。奥のジュークボックスの近くには、男と女たちの一団がうろついていた。店内に入ると、ブラザー・マセオの姿を見かけなかったので、僕はビールを飲みながら待つことにして、カウンターのほうへ近づいていった。

「こんばんは、ブラザーたち」以前に見かけたことのあるふたりの男のそばに来た時、僕は声をかけた。すると、ふたりは妙な顔つきでこっちを見た。背の高い男は酔ったように眉を吊り上げながら、連れの男のほうを向いた。

「チッ」と背の高い男が言った。

「おい、こいつ、お前の親戚かよう?」

「冗談じゃねえ、親戚なもんか!」

僕は体を向けてふたりを見たが、急に店内がどんよりとした雰囲気に包まれた。

「あいつ、酔っぱらっているにちがいねぇ」ともうひとりの男が言った。「だから、お前の親戚ぐらいに思ってるんだろう」

「それじゃ、ウィスキーのせいで嘘っぱちを言ってるんだ。たとえ親戚だったとしても、おれはいやだね──おい、バレルハウス!」

カウンターの先のほうへ行き、不安な気持ちでふたりを見た。ふたりとも酔っているようには思えなかったし、僕は何も怒らせるようなことを言った覚えがない。たしかにふたりとも、僕が誰なのか知ってるはずだ。これはどうしたことだろう? ブラザーフッド協会の挨拶は、「握手を」とか「平和って、すばらしいよな」といった文句と同じく、聞き慣れたものだった。

バレルハウスがカウンターの向こうはしから体を揺さぶるようにしてやって来るのが見えた。エプロンは紐で締めた所がめり込んでいて、体は胴の部分に溝のある金属のビア樽みたいな格好をしていた。僕を見ると、ニッコリ笑った。

「おや、こいつは驚いた。ブラザーじゃないか」と彼は言って、手を差し伸べた。「ブラザー、今までどこで暮らしていたのかね?」

「ずっとダウンタウンで仕事をしていたんだ」と僕はうれしい気持ちが込み上げてくるのを感じながら、言った。

「そいつはいいね!」とバレルハウスが言った。

「商売のほうはうまくいってるかい?」

「ブラザー、言いたくないけど。うまくいってないね。ずいぶん不景気なんだ」

「それは残念だな。ビールをくれ」と僕は言った。「あの紳士たちに出したあとでいいから」僕は鏡に映ったふたりを見つめた。

「あいよ」とバレルハウスは言ったかと思うと、グラスを手にし、ビールを注いだ。「あんた、何か気に入らないことがあるのかい?」と彼は背の高い男に訊いた。

「あのよ、バレル、お前に一つ訊きたいことがあるんだ」と背の高い男が言った。「あいつは誰の兄弟なのか知りたいんだけどなぁ。あいつったら、入ってくるなり、みんなに兄弟、兄弟って言いやがるんでよう」

「あの人はおれのブラザーでさぁ」とバレルハウスは、泡立ったビールを長い指で持ったまま言った。「それがどうしたのかね?」

「ねえ、あんた」と僕はカウンターの向こうのほうに声をかけた。「それがわれわれの挨拶の仕方なんでね。あんたの気分を害するつもりでブラザーと呼んだんじゃない。誤解を招いたのなら謝るよ」

「ブラザー、ほら、ビール」とバレルハウスが僕に言った。

「それじゃ、あいつは**お前の**兄弟なんだ、えっ、バレル？」と背の高い男は言った。

バレルは目を細め、カウンターに大きな胸を押しつけたかと思うと、急に悲しげな顔つきになった。

「マカダムズ、あんた、楽しんでいるのかね？」と彼は憂鬱そうに言った。「ビール、飲んでるかい？」

「もちろん」とマカダムズが答えた。

「十分に冷えているかい？」

「ああ、でもよう、バレル――」

「ジュークボックスのしびれる音楽は気に入っているのかね？」とバレルハウスは訊いた。

「もちろんさ、だけどなぁ――」

「それに、店のすばらしい、こぎれいで社交的な雰囲気は気に入っているのかね？」

「もちろんさ。けどな、おれが訊いて**いる**のはそんなことじゃねぇよ」とその男は言った。

「分かってるよ。だけど、**おれが**訊いてるのはそのことさ」とバレルハウスは悲しげに言った。「気に入ってるなら、それで**いい**じゃないか。だったら、ほかの客に文句を言わないでくれよ。彼は、あんたよりハーレムのために尽くしているんだから」

「ハーレムの**どこ**だい？」とマカダムズは言って、さっと僕のほうに鋭いまなざしを向けた。「あいつ、白人熱にかかって、逃げたらしいな……」

「あんた、いろんなことを**耳にする**んだな」とバレルハウスが言った。「奥のトイレに紙があるから、それで耳を拭いたらどうだね」

「おれの耳のことなんか、大きなお世話だよ」

「いいから、マック」と連れの男が言った。「忘れなよ。彼だって謝ったじゃないか？」

「おれの耳のことなんか大きなお世話だ、と言ったんだ」とマカダムズは言った。「お前のブラザーに言っとけよ、誰かを親戚呼ばわりするのは気をつけたほうがいい、ってな。あいつらの政策なんかよく思っちゃいねぇ奴も、中にはいるんだから」

僕はその男から連れの男へ視線を移した。通りで喧嘩をする時期はもう終わったと思っていたし、喧嘩に巻き込まれることは、ハーレムに戻っていちばん避けなければならないことだった。マカダムズを見ると、連れの男がカウンターの向こうのほうに押しながら連れていったので、ホッとした。

「あのマカダムズの奴、自分でも酔っているのは分かっているんだろうけどね。あいつ、誰だって不愉快にさせるんだから。でも正直言って、今じゃああいうタイプが大勢いるね」

僕はまごついて、頭を横に振った。今までああいう反感を買ったことがなかった。「ブラザー・マセオはどうしたんだろう？」と僕は言った。

「さあねぇ。近頃は、あの男も常連じゃなくなった。ここいらは事情もちょっと変わってきてね。金もあんまり動いちゃいないし」

「どこも今はきびしいよ。それにしても、ここら辺はどうなったんだろう、バレル？」と僕は訊いた。

「おや、そこら辺の事情は分かっているんだろうに、ブラザー。不景気だからね。あんたらのお陰で職にありついた連中も、たいていは失業しているよ。世の中ってそんなもんよ」

「われわれの組織にいた連中もということかい？」
「ほとんどがそうだな。ブラザー・マセオみたいな連中だって」
「だが、どうしてなんだろう？　以前はちゃんとやっていたのに」
「たしかに以前は——あんたらが住民のために闘っていた時期はね。でも、あんたらが活動をやめたとたんに、連中は通りに放り出されてさぁ」

僕は目の前にいる体のでかい、まじめそうなバレルハウスを見た。ブラザーフッド協会がハーレムでの活動をやめたことは信じられなかったが、とはいえ、彼は嘘をついているわけでもなかった。

「もう一杯ビールをくれる」と僕は言った。その時、奥のほうから誰かが呼んだので、彼はビールを注ぐと、離れていった。

飲み終わらないうちにブラザー・マセオが姿を現してくれないかなと思いながら、ゆっくりと飲んだ。だが、彼は来なかったので、バレルハウスに手を振ったあと、地区事務所へ向かった。たぶんブラザー・タープが事情を説明してくれるだろうし、せめてクリフトンのことぐらいは少し教えてくれるだろう。

暗い通りを抜けて、七番街へと歩いていった。事態は深刻な様相を呈していた。途中、ブラザーフッド協会が活動しているような気配は少しもなかった。暑い横丁まで来ると、ふたりの男女がマッチをすって、縁石の所でなくした小銭を探しているらしく、ひざまずいている姿が目にとまった。マッチの火が燃えて、ふたりの顔をぼんやりと照らしていた。やがて、いつの間にか僕は妙に見慣れた通りを歩いていて、いつの間にか汗をかいていていた。もう少しでメアリーのアパートまで行きそうになり、向きを変えて足早に去った。

　バレルハウスから話を聞いていたので、地区事務所の窓から明かりが見えなくても不思議ではないと思ったが、ドアを開けて入り、暗がりの中でブラザー・タープを呼んでも返事がないのには、さすがに驚いた。彼が寝泊りしていた部屋へ行ってみたが、そこにも彼の姿は見あたらなかった。僕は暗い廊下を通って自分が前に使っていた事務室へ行き、くたくたに疲れたままデスク用の椅子にドスンと座った。あらゆるものが手からすべり落ちてゆくようで、それを情熱をもって食い止める応急手段が見つからなかった。クリフトンに関する情報を求め地区会員の誰かに電話してみようと思ったが、ここでもまた尻込みしてしまった。というのも、僕が自分の民族を嫌っているから、異動を願い出たと信じ込んでいる人にでも電話しようものなら、それこそ事態を紛糾させるだけだからだ。明らかに僕が帰ってきたことをよく思わない人たちが何人かいたので、彼らに集まる機会を与えないで、そうした連中と一気に対決するのが、最良の方法だった。僕が信頼しているブラザー・タープと話をしてみるのが、いちばんよかった。彼が戻って来れば、事情を教えてくれるだろうし、クリフトンの身に起こったことも知らせてくれるだろう。

　しかし、ブラザー・タープは戻って来なかった。僕は出かけていって容器に入ったコーヒーを買って戻ると、その夜はハーレム地区の記録をじっくり調べて過ごした。タープは午前三時になっても帰って来なかったので、彼の部屋に入って、見回した。まったくのひとりぼっちだと思った。僕が聞いていない多くのことが起こったにちがいない。会員たちのやる気をなくすだけでなく、記録によると、ぞろぞろと退団していったわけが。バレルハウスの話では、組織は闘いをやめたらしいが、ブラザー・タープが出ていった理由としては、それしか考えられなかった。もっとも、彼がクリフトンやほかの幹部たちと意見が合わなかったのなら話は別だが。机に戻った時、彼にもらったフレデリック・ダグラスの肖像がなくなっていることに気づいた。足鎖はないかとポケットを探ると、さすがにそれは忘れずに持ってきていた。僕は記録帳を押しのけた。なぜこうした現状になったのか、記録からは分からなかった。受話器を手にしてクリフトンの番号を回したが、ベルの音が鳴り続けるばかりだった。とうとう僕は諦めて、椅子に座ったまま眠った。作戦会議がある時まですべてを待つほかはない。この地区に戻ってきたのは、死者の町に帰るようなものだった。

目が覚めると、広間にかなりの数の会員たちが集まっているのには、いささか驚いた。ハーレムにおける今後の活動について幹部会からは何の指示もないまま、僕はブラザー・クリフトンを探すべくいくつかのチームを編成した。誰ひとりとして、はっきりした情報を提供してくれる者はいなかった。彼は、失踪する直前まで、いつものように姿を現していたようだった。会員たちともめごとはなく、相変わらず人気があったらしい。また、説教者ラスとの衝突もなかったようだ——もっとも、この一週間、ラスはますます活動的になってきたらしい。会員数の減少と組織の影響力の低下について言えば、それは、今までの煽動方法の中止を求める新しい計画のせいだった。驚いたことにその新しい計画によれば、地方的な問題からもっと国家的な、国際的な視野に立った問題を強調することになって、さしあたり、ハーレムのことは重要課題ではないように感じられた。それをどう考えていいのか分からなかった。ダウンタウンでは、そうした計画の変更は行われていなかったからだ。しばらくクリフトンのことは諦めることにして、今僕にできることは、幹部会からの連絡にすべてかかっているように思えたので、作戦会議への呼び出しを次第に不安を抱いて待った。

いつもなら、そうした会議は一時頃に開かれ、われわれへの通知はずいぶん前にあった。だが、一時半になっても連絡がなかったので、心配になってきた。一二時になる頃には、取り残されたという不安感に襲われた。どうしたんだろう？　でも何が、どうして、なぜ？　たまりかねて、僕は本部に電話を入れてみたが、どの幹部とも連絡がとれなかった。一体、これはどうしたことだろう、と思った。そこで、ほかの地区の何人かの幹部に電話したが、やはり結果は同じだった。今や僕は、彼らは会議中だと確信した。それにしても、なぜ僕を抜きにしてなのか？　彼らはレストラムの告発を調べた結果、告発の内容が事実と判断したのだろうか？　ハーレムの会員の数が減ってしまったのは僕がダウンタウンに異動してからのようだ。それならば、あの女のことだろうか？　いずれにせよ、ハーレム地区の事態は緊急を要しているのだから、今は僕を会議からはずす時期ではなかった。僕は本部へと急いで向かった。

僕が着くと、案の定、会議中だった。誰も入れてはいけないという伝言が残してあった。彼らが僕へ連絡をしなかったのは、明らかだった。カンカンに怒って、建物を出た。ようし、と僕は思った。彼らが僕を呼ぶと決めた時には、探さねばならないようにしてやる。第一、僕を異動させるべきじゃなかったんだ。事態を収拾させるために僕を呼び戻した以上、彼らはできるだけ早く手助けしたっていいはずだ。僕はもうダウンタウンへ駆けつけることはしないし、ハーレム地区委員会に相談しないで一方的に送ってきた計画なんか受け入れるつもりもない。自分でも分からないが、よりによってこんな時に、僕は靴を一足買うことに決め、五番街のほうへ歩いていった。

暑かった。歩道はまた、いやいやながら仕事に戻っていく昼間の群衆で混雑していた。僕は、ぶつかりそうになってあわてて歩速を変えたりする人や、おしゃべりしている夏服姿の女たちを避けようとして、縁石の近くを歩いてゆき、なめし革の匂う、空調のきいた靴屋にやっと入り、ホッとした。夏の新しい靴を履いてふたたび焼けつくような熱気の中に戻ると、足が軽く感じられた。懐かしい少年時代に冬靴をスニーカーに履き替え、いつもそのあとで行われる近所の駆けっこの時の、足が軽やかでスピーディな、宙に浮くような楽しい感じを思い出した。それはそうと、自分はさっき走ったばかりで、呼び出しがあるといけないから、地区事務所へ戻ったほうがいい、と思った。そこで、足に引き締まった軽快な感じを覚えながら、向かってくる日焼けした顔の歩行者たちのあいだをぬうようにして急いだ。四二丁目の群衆を避けるために、四三丁目で横道に入ったが、そこで思わぬ出来事を目にした。

あざやかな色の桃や梨をならべた果物売りの小さい車が、縁石の近くにとまっていて、その露店商人が、だんご鼻に、イタリア人らしい輝く黒い目をした血色のいい男だった。その男は、白とオレンジの大きなパラソルの下から、知っているといわんばかりの顔つきで僕を見て、それから、通りの向こう側にある建物の近くに集まった人だかりのほうへ目を向けた。あの男、どうしたんだろう、と思った。僕は通りを横切り、こちらに背を向けて立っている人だかりのうしろを通りすぎようとした。意味の分からないことを早口の猫なで声で長々としゃべる声が聞こえ、そばをちょうど通りすぎようとした時に、あの青年を見かけた。ほっそりした褐色の肌の青年で、僕はクリフトンの親友であることにすぐに気づいたが、彼は車の屋根ごしに、通りの先のほう、向かい側の郵便局のあたりにじっと目を向けていた。背の高い警官が近づいて来ていたのだ。彼が振り向いて僕に気づき、まごついて動きを止めた時、彼なら何か知っているかもしれない、と思った。

「やあ、こんにちは」と僕が話しかけたとたんに、青年は人だかりのほうを向いて口笛を吹いたが、僕にも同じようにしろと言っているのか、誰かほかの人に合図を送っているのか、分からなかった。僕が向き直ると、彼は、建物のそばにおいてある大きな段ボール箱のほうに歩み寄り、それを麻布の紐で肩にかついだかと思うと、ふたたび僕を無視して、警官のほうを見た。僕は狐につままれたような気持ちで人だかりの中に分け入って前に進むと、足もとに四角い段ボールが目にとまり、その上で何かが激しく動いていた。一種のおもちゃで、僕が人々のうっとりした目にちらりと視線を向けてから、また下を向くと、今度ははっきりと見えた。以前には見たことのないものだった。オレンジ色と黒の薄紙でできたニヤニヤ笑う人形で、その頭と足の部分は、円盤状の薄くて平たいボール紙で作られていた。人形は何か不思議な仕掛けによって、足は関節がはずれたような、肩を揺さぶっての、憎たらしいくらいに官能的な動きで、足を上げたり下げたりするのだった。人形の黒い仮面のような顔とは、まったくかけ離れた踊りだった。紐で引っ張ると踊る人形ではなかった。僕が**何だろう**と思って見ていると、人形は、人前でみだらな行為を行っている人にありがちな、ものすごく挑戦的な態度で跳ね回り、まるでその動作からひねくれた快楽を味わっているかのように、踊りまくった。そのうちに群衆のクスクス笑いにまじって、紙のサラサラと擦れる小さい音が聞こえたかと思うと、露店商人が、口を曲げて口上をまくしたてた。

揺すった！　揺すった！
さあ、お立ち合い、こいつはサンボ、踊る人形だよ
揺すってこいつの首を伸ばし、おいてやりさえすれば
――あとは自分で踊り出す。そうとも！

人を笑わせもするし、溜め息をつかせることもする、ため・息をね
こいつを見てると、踊り出したくなる
ほら、ほら、サンボだよ、お立ち合い
踊る人形だよ
あんたの赤ん坊に一つ買っときな、恋人に持ってきな、そしたら、あんたを好きよと言われ
　ること、間違いないし、大好きだってね！
こいつがいると、楽しませてくれるし、甘い涙を流させてもくれる――
笑いすぎて涙をね
さあ、揺すった、揺すった、壊れはしないよ
こいつはサンボ、踊る人形のサンボ、跳ね回る人形だから
サンボ、魅力的なサンボ・ブギウギ紙人形だよ
それで、たったの二五セント、一ドルの四分の一だよ……
さあ、お立ち合い、こいつは楽しませてくれるよ、近寄って、ようく見てくれ、サンボをさ

あ――

僕は地区事務所に戻らなきゃいけないことは分かっていたが、生命も骨もなく、ニヤニヤ笑って跳ね回る人形に引きつけられてしまい、みんなと一緒に笑いたい気持ちも、そいつを両足で踏みにじってやりたい気持ちもあって迷った。そのうちに突然、人形はふにゃふにゃとしぼんでしまい、見ていると、露店商人の爪先が足になっている丸いボール紙を押さえ、大きな黒い手が下りてきて、指で人形の頭を持って、頭の二倍くらいの長さまで上に引っ張って離すと、人形はまた踊り出した。すると突然、露店商人の声と手の動きが合わなくなった。まるで浅いと思って入った水たまりの底が深く、頭まで水中に沈んだかのような感じがした。僕は顔を上げた。

「ひょっとして君は……」と僕は言いかけた。だが、露店商人の視線はわざと僕を見ないで、通りすぎた。呆気にとられて彼を見て、自分は夢を見ているのではないと思いつつ、聞いていた。

こいつはどうしてうれしいんだろう、どうして踊るんだろう、
このサンボ、このジャンボ、この足を上げて浮かれる子どもは？
さあ、お立ち合い、こいつはそこいらのおもちゃとはちょいと違う、こいつはサンボ、踊る
　人形だよ、二〇世紀の奇跡さ、
このルンバを見てみな、このスジークを、こいつはサンボ・ブーギー、
サンボ・ウーギだよ、飯を食わせなくていい、しぼんで眠るだけ、こいつはふさいだ気分を

スカッとさせる、
それにあんたが権利を奪われて怒っても、太陽みたいなあんたの笑顔さえ見りゃ、生きていく
それがたったの二五セントときた、兄弟みたいな一二セント半が二つ、
こいつ、このおれに飯を食わせたいからよう
こいつったら、おれが食うのを見てりゃ、楽しいときてる、
持っていって揺さぶるだけでいいんだよ……あとは自分で踊り出す

ありがとよ、奥さん……


それはクリフトンだった。ひざを曲げ、足を地面につけたままひざのあたりを苦もなく前後に揺らし、右肩を斜めに上げ、片手でぎこちなく跳ねまわる人形を指さしながら、口を曲げて口上をまくし立てていた。

ふたたび口笛が鳴ったかと思うと、彼は、すばやく見張り役の段ボール箱をかついだ青年のほうを見た。

「おれたちがずらかるまえに、可愛いサンボを欲しい方はほかにはいないかね？　皆さん、遠慮なく言ってくれ。誰か欲しい人は、この可愛い……？」

すると、またしても口笛。「誰かサンボを欲しい人は、踊って跳ねる人形を？　皆さん、急いだ、

急いだ、喜びをもたらす可愛いサンボを持つには、免許はいらねぇよ。喜びに税金を払うこたないんだよ。だから、皆さん、遠慮しないで……」

一瞬、目と目があったが、彼は馬鹿にしたような笑いを浮かべてから、また口上を述べた。僕は裏切られた気持ちになって人形を見ると、喉をぎゅっと力を入れて唾をためようとした。唾とともに怒りが込み上げてきて、うしろによろめき、その反動で前のめりになった。白いものがバッとひらめき、新聞紙にバサバサと落ちる大粒の雨のように人形にかかった。とたんに、人形がうしろにひっくり返り、しぼんで、しずくのしたたる襞《ひだ》つきの薄紙のかたまりのようになったが、伸びた首の上のいやらしい顔はまだニヤニヤ笑いながら、空のほうを向いていた。人々は腹立たしげに僕のほうを振り向いた。またもや口笛が聞こえた。ずんぐりした太鼓腹の男が下を向いてから顔を上げて、驚いて僕を見ながら指差し、それから人形を指差し、体を揺らしてドッと笑いだした。人々はあとずさりした。クリフトンは建物のほうに歩いていった。その時に気づいたのだが、建物の近くで段ボール箱をかついだ青年の横では、コーラス隊のようにずらりと並んだ人形が、あり余ったエネルギーを次第に強めて踊り狂っており、人々はそれを見て、ゲラゲラ笑っていた。

「君、君！」と僕は呼びかけたが、クリフトンは二つの人形を拾い上げると、そのまま歩いていった。その時には見張り役の青年がそばまで来ていた。「ポリ公が来るぞ」と見張り役は言って、近づいてくる警官のほうを顎でしゃくって見せた。かと思うと、人形をさっとすくい上げて段ボール箱の中に放り投げ、警官から離れるように歩き出した。

「みんな、すぐ近くまでこの可愛いサンボ人形について来てくれ」とクリフトンは歩きながら大声で言った。「すばらしいショーがあるから……」

　それはあまりにも素早い出来事だったので、一瞬にして、僕と青い水玉模様の服を着た老婆だけが取り残された。老婆は僕を見てから、歩道を見てニヤニヤ笑った。人形が一つ目にとまった。老婆は相変わらず微笑を浮かべていたが、僕が人形を踏みつぶそうと片足を上げたとたんに、「ああ、駄目よ！」という老婆の叫び声が聞こえた。警官がすぐ真向かいにいたので、踏みつぶすのをやめ、かがんで手を伸ばし、人形を拾い上げると、そのまま歩き出した。生きているのではないかと半ば期待しながら、手にした人形を見てみると、不思議なくらいに軽かった。それは動かない襞のある紙にすぎなかった。僕は人形をブラザー・タープの足鎖が入ってるポケットに押し込み、いなくなった人々のほうへ歩き出した。もうクリフトンと顔を合わせたくなかった。会いたくもなかった。カッとなって彼を殴るかもしれないからだ。そこで、僕は反対方向の六番街のほうへ向かい、警官とすれ違った。それにしても、クリフトンとはなんという出会いの仕方をしたんだろう、と思った。彼はどうしたんだろう？　まったくまともではない、まったく思いがけないことだった。一体なぜ、短い期間にブラザーフッド協会からこんな状態に落ちぶれたんだろう？　それに、脱落するしかなかったとしても、なぜ彼は、組織全体を駄目にしようとしたんだろう？　会員以外の彼の知り合いなら、何と言うだろう？　まるで彼が**歴史**から脱落する道を自分で選んだようだった――ラスと喧嘩した夜に、自分でも言っていたように。僕はそんな思いを抱きながら、歩道の真ん中で立ち止まった。以前彼は、「飛び出すこと」と言った。それにしても、ブラザーフッド協会にいてこそ僕らは有名になれるし、空しいサンボ人形みたいな存在になるのを避けられることくらい、彼は知っていたはずだ。ふとどきにも、いっさいの人間的なものから飛び出すなんて！　何ということだ！　それなのに、僕は会議からはずされたことを気にしていた！　あんなちっぽけなことは千回ぐらいは大目に見ても構わない。たとえ呼び出されなかった理由が何であろうと。あんなことは忘れ、全精力をふり絞って必死にブラザーフッド協会にしがみついておこう。離れることは脱落すること……。脱落だ。ところで、クリフトンらはこの人形をどこで手に入れたんだろう？　なぜ彼は、二五セントを稼ぐのに、こんな方法を選んだんだろう？　リンゴなり歌の楽譜なり売ったたっていいし、靴磨きをしたっていいではないか？

僕は頭の中でその理由を考えながら、地下鉄の駅前を通りすぎ、四二丁目の街角のほうへぶらぶらと歩いていった。街角の混雑した歩道の日なたの中へ来ると、人々はもう縁石に並んで、顔に手をかざしていた。信号にしたがって行き交う車が見えた。通りの向かい側で数人の歩行者が街区の中央あたりを振り返って見ていたが、そこでは、ブライアント公園の木々がふたりの男の頭上にそびえていた。鳩の群れが木々から飛んで旋回するのが僕の目にとまった。それは、鳩の群れがすばやく旋回するあいだに、あまりにも突然に、行き交う車の騒音の中で起きた――だが、その光景は、音声を消して上映されるスローモーションの映画のように、僕の心の中で展開していくようだった。

最初、あのふたりの男は警官と靴磨きの少年だと、てっきり思っていた。やがて車の行き来が途絶えた時、陽射しのギラギラ光る市街電車のレールの向こうに、クリフトンがいることに気づいた。彼の親友は今はもう姿を消していて、クリフトンは段ボール箱を左肩にかけていたが、そのあとをゆっくりとつけていた警官が彼の片側に並んだ。ふたりは新聞売場の前を通りすぎて、こっちへ向かって来ていた。僕は路面電車のレール、縁石の所の消火栓、飛んでいる鳥を見ながら、ふたりのあとをついて行って、彼の罰金を払わなきゃいけないだろうと思った……。ちょうどその時、警官がクリフトンを押し、彼はよろめいたが、段ボール箱が揺れて足にぶつからないように手で押さえながら、肩ごしに何かを言ってそのまま行こうとした。その時、一羽の鳩が通りに降りてきたかと思うと、舞い上がり、あとには一枚の羽根が、太陽のまぶしい逆光線の中にひらひらと浮かんだ。見ていると、黒いシャツ姿の警官がクリフトンをまた押し、しっかりした足どりで前に進みながら、堅そうな腕を突き出してクリフトンを押すと、彼は頭をがくりとさせて前によろめいたが、ぐっと踏みとどまり、また肩ごしに何か言った。ふたりは、僕が何度も見かけた軍隊の行進のような格好で歩いていたが、クリフトンのようなタイプははじめてだった。そのうちに警官が命令口調で怒鳴り、突進し、腕を突き出して殴ろうとしたが、失敗してバランスを崩したかと思うと、クリフトンは、ダンサーみたいにいきなりくるりと振り向き、胴体を左に傾けながら、短い半円を描くように右手を振り回し、その動きで段ボール箱の紐がはずれた。と同時に、右足を前に出した瞬間に、左手でアッパーカットを食らわせた。たちまち、警官の帽子が車道にふっ飛び、両足が跳ね上がり、警官が体を左右に揺らしながら歩道にバタリと倒れると、クリフトンは段ボール箱をわきにドスンと蹴飛ばしてから左足を前に出し、両手を上げて腰を低くした格好で、身構えた。警官が頭をもたげようとする酔っぱらいのように、両肘をついて体を支え、頭を振って前に突き出すのが、さっと通りすぎる車のあいだから見てとれた――すると、車や地下で振動する地下鉄の鈍い轟音をぬって、矢継ぎ早に銃声が聞こえ、すべての鳩がその音に殴られでもしたみたいに、狂ったように急降下してきた。今はもう警官はまっすぐに上体を起こし、クリフトンをじっと見つめながら、ひざをついて立ち上がろうとしていた。鳩はさっと木に舞い降りてきた。クリフトンはまだ警官と向かい合っていたが、いきなり崩れ落ちた。

クリフトンが、祈りを捧げる人のように、がっくりひざをついたかと思うと、縁の折れ曲がった帽子をかぶり、ずんぐりした体つきの男が新聞売場のあたりから飛び出してきて、抗議の叫びを上げた。僕は動けなかった。太陽が頭の三センチ上で悲鳴を上げているようだった。誰かが金切り声を発した。数人の男たちが車道に出かかっていた。警官は今では立って拳銃を手にし、驚いたようにクリフトンを見下ろしていた。僕は何も考えず、それでいて、その光景を鮮明に心に焼きつけながら、盲人のような足どりで数歩前に出た。車道を横切り、縁石に上がりかけて近くでクリフトンを見ると、彼は同じ場所に横向きに倒れていて、シャツには大きな血の染みが広がっていた。僕は上げたままの足を地面につけることができなかった。何台もの車がすぐうしろをさっと通りすぎていったが、自分の体を歩道に持ち上げる一歩を踏みだすことができなかった。僕は片足を車道につけ、もう一方の足を縁石の上に上げて突っ立ったまま、甲高く鳴り響く警官の笛の音を聞いていた。図書館のほうへ目をやると、ふたりの警官が、大きな腹を突き出しながら走ってきた。僕がクリフトンをふたたび見ると、警官は声変わりの少年のような声を出し、銃を振り回しながら僕らを追い払おうとしていた。

「向こう側へ下がりな」と警官は言った。数分前に、四三丁目ですれ違った警官だった。僕は口が渇いていた。

「彼は僕の友人なんです。助けたいんで……」と僕は言って、やっと縁石に足をつけた。

「こいつにゃ、助けなんかいらねぇよ、坊や。向こう側へ行ってな!」

警官の髪は顔の両側に垂れていて、制服はよごれていた。僕は何の感情もなく、ためらいながら彼を見守っていると、近づいてくる足音が聞こえてきた。何もかもがゆっくりと動いているようだった。歩道に、血がじわじわと溜まっていった。目がぼんやりとかすんだ。僕は顔を上げた。警官が奇妙な目つきで僕を見ていた。上の方にある公園から、激しく羽ばたく鳥たちの羽音が聞こえた。首すじあたりに、視線の圧迫感。僕は振り向いた。すると、丸っこい頭にリンゴのように赤い頬をし、そばかすだらけの鼻にスラブ人風の目をした少年が、公園のフェンスにもたれていた。僕が振り向くのを見ると、少年は興奮で顔を赤く輝かせながら、うしろにいる誰かに何か叫んだ……どうしたんだろうと僕は不思議に思いながら、振り向きたくはない方向に視線を戻した。

今や警官は三人いて、ひとりは群衆を見張り、あとのふたりはクリフトンを見ていた。さっきの警官が帽子をかぶりなおした。

「ほら、坊や」と警官は実にはっきりした声で言った。「今日は、もうごたごたはたくさんなんだ——向こう側へ行ってな」

僕は口を開けたが、言葉が出てこなかった。警官のひとりはひざまずいて、クリフトンの体を調べ、手帳にメモをしていた。

「この男の友だちなんです」と僕が言うと、メモを取っていた警官が顔を上げた。

「こいつはもう死んだ鳩みたいなもんだ。お前にはもう友だちなんかいねぇよ」と警官は言った。

僕は警官を睨んだ。

「おい、おまわりさんよう」と僕らの上のほうにいる少年が叫んだ。「その男は完全に死んじまってるよう！」

僕は下を向いた。「そのとおり」とひざまずいている警官が言った。「お前の名は？」

僕は自分の名前を言った。クリフトンについて訊かれたことにできるだけ答えていると、一台の護送車がやって来た。この時だけは護送車は早く着いた。僕は、警官たちがクリフトンを中に移し、人形の段ボール箱を入れるのを、呆然と見守っていた。車道の向こうの群衆は、依然としてあわただしく動き回っていた。やがて護送車がいなくなると、僕はまた地下鉄のほうへ歩き出した。

「おい、おじさん」と少年の甲高い声が上のほうから響いてきた。「あんたの友だちは、げんこつの使い方が本当に上手だね。ガンとパンチ！　ワン、ツーで警官は尻餅よ！」

僕はこの最後の賛辞に対して頭を下げた。日当たりの中を歩いていきながら、さっきの光景を心から拭い去ろうとした。

僕は何も見ず、気落ちしたまま、ふらふらと地下鉄の階段を下りていった。地下鉄の構内はひんやりとしていて、僕が円柱にもたれていると、反対側を通過する電車の轟音が聞こえ、どっと押し寄せる空気の流れを感じた。クリフトンはなぜ、わざと歴史から**脱落し**、忌まわしいものの行商なんかしたんだろう、と心の中でぼんやりと考え続けた。あの男は自分から武装を解除し、発言権を捨て、自分を「規定する」機会をもたらしてくれる唯一の組織を離れたのだろう？　プラットホームが振動した時、僕は下を向いた。紙切れが空気の流れにあおられてひらひらと舞い上がったが、電車が通過すると、すぐに落ちた。なぜあの男はわき道にそれたんだろう？　なぜ彼はプラットホームから足を踏み出し、列車の下に身を投じたのか？　なぜ無の中に、のっぺらぼうの顔や声なき声という空虚の中に脱落し、歴史の外に身をおくことにしたんだろうか？　僕はうしろへ下がって、読んだ本のうろ覚えの言葉を通して、そのことを考えてみようとした。なぜなら、その本によれば、歴史は人間の生活様式を記録してある、というのだから。誰が誰と一緒に寝て、その結果どうなったとか、誰が戦い、誰が勝利をおさめ、そのことで誰が生き残ってあとで嘘をついたとか。すべての事柄がちゃんと記録されていて——つまり、重要なことの一切が書き留められている。だが、本当は全部がそういうわけではない。知られていることや、見られたことや、聞いたことだけが、つまり記録にとどめられているのは記録者が重要と見なしたことだけで、記録する者の主人が権力を保つための嘘だけが書き留められているのだから。それにしても、あの警官はクリフトンに関する歴史家で、判事にも証人にも、死刑執行人にもなるのだろうが、その時、見守っている群衆の中にいたブラザーは僕ひとりだった。それなのに、被告側の唯一の証人でもある僕は、クリフトンにどの程度の罪があるのかも、どんな犯罪であるのかも知らなかった。今日、歴史家たちはどこにいるんだろう？　彼らはどのようにして記録しているのだろう？

僕がプラットホームに突っ立っていると、電車が青い火花を散らしながら、勢いよく到着したり発車したりしていた。歴史家たちは、僕のような一時的な存在のことをどう考えているんだろう？　ブラザーフッド協会を見つける前の僕のような人間のことを——学問的に分類するにはあまりにも世間に知られず、音に最も敏感な記録者にとってでさえ、その鳴き声があまりに低すぎて感じとれない渡り鳥のような放浪者たち、最もあいまいな言葉にとってさえあいまいすぎる性質で、歴史的な文書に署名しようにも、署名者たちに喝采を送ろうにも、歴史的な決定の中心からあまりにも遠く離れている人たちのことを？　僕らは小説も、歴史書も、ほかの何の本も書かない者たちなのだ。それにしても、僕らのことはどうなるんだろうと考えながら、クリフトンのことをまた心の中で思い浮かべ、ベンチに腰かけようとすると、涼しい一連の風がトンネルから吹いてきた。

乗客の一団がプラットホームにやって来たが、その数人は黒人だった。そうだ、と僕は思った。バネがはずれて勢いよく飛ぶびっくり箱の人形みたいに、南部からこのあわただしい都市へ飛び出してきた僕らはどうなんだろう――あまりにも急に飛び出してきたので、潜水病にかかった深海のダイバーみたいな足どりをしている僕らは？　それに、プラットホームでじっと静かに待っている人たちはどうなんだろう。あまりにもじっと黙っているので、動きのなさそのものが群衆とぶつかり合い、沈黙そのものが騒々しく感じられ、静かさそのものが恐怖の叫びのように、耳ざわりに聞こえるあの連中のことは？　また、背が高くほっそりしていて、夏には暑すぎるアイロンのきいた服を着て、首にはきっちりした高いカラーをつけ、ウェーブのかかった堅そうな髪のてっぺんには、黒くて安っぽい同じフェルト帽をきちんとかぶり、肩を揺らしてプラットホームを外股で歩いてくるあの三人の青年のことはどうなんだろう？　僕はあんな青年たちは以前には見たことがなかった。足首のところの折り返しの部分がぴったりとして、上のほうがふくらんだズボンをはいて、肩を揺らし、腰を振るようにしてゆっくりと歩いてくる。腰のあたりはきっちりとし、自然な西洋人には広すぎる肩幅の、長いコートを着て。あの連中の体つきは――そう言えば、僕の教師のひとりは僕のことをどう言ってたっけ？――「お前は、デザインに合わせてゆがんだアフリカの彫刻みたいだな」それにしても、連中の体つきはどういうデザインに合わせ、誰のデザインなんだろう？

僕が見つめていると、葬式の時に踊り子たちが体を揺すりながら登場してくるように、黒い顔を隠すようにして、かかとに鋲釘を打ちつけた靴でリズミカルにタップを踏みながら、地下鉄のプラットホームをゆっくりとやって来ていた。みんなは彼らの姿を見たり、彼らのおし殺した笑い声を聞いたり、髪にこってりつけたポマードの匂いを嗅いだりしたにちがいない――それとも、彼らの姿をまったく見なかったのかもしれない。彼らは歴史的な時間の外にいる人間であり、時代の影響を受けず、ブラザーフッド協会を信じることもなければ、明らかに聞いたこともない連中なのだから。クリフトンみたいに、ひょっとして彼らは、不可解にもブラザーフッド協会の秘密を拒んだのかもしれない。顔に表情のない、一時的な存在の青年たちだ。

僕は立ち上がって、青年たちのあとをつけた。買い物袋を持った女たちや、麦わら帽子にシアサッカー地の背広を着た、いらだたしそうな男たちがプラットホームに立っていたが、若者たちは彼らのそばを、そのあとから僕が通りすぎていった。ふと、こんなことを考えた。これらの青年たちは他人を埋葬するために来たのだろうか、埋葬されるために来たのだろうか？　生命を与えるために来たのだろうか、それとも生命を受け取りに来たのだろうか？　プラットホームにいるほかの人たちも、話しかけられるほど近くに立っている人たちも、彼らの姿を見て、彼らのことを考えているのだろうか？　もし彼らが返事をしたら、ふつうのスーツを着たいらだたしそうな実業家や、買い物袋を抱えた疲れたような主婦たちは、理解できるだろうか？　若者たちは何と言うだろうか？　というのも、彼らは魅力的な方言を混じえた、わけの分からない一時的な隠語で話し、たぶん昔の人間と同じような夢を追いかけているにしても、一時的な考え方をしているのだから。彼らは時代からはみ出た連中である――ブラザーフッド協会を見出さない限りは。時代から取り残され、やがて消えてゆき、忘れ去られてしまう人間たちだ……だが、（この時になって、体がひどく震えだしたので、僕はゴミ箱にもたれざるをえなかった）――ひょっとして、彼らは救世主であり、真の指導者であり、何か大切なものの担い手であるのかもしれない。歴史の外で生きていて、彼らの価値をたたえる人は誰もいない上に、自分たちでもその価値に気づいていないために、自分たちでもいやだが、不愉快で厄介なものを背負わされた連中なのかもしれないではないか。もしブラザー・ジャックの考えが間違っていたら、どうだろう？　仮に歴史が研究所の実験における重要な要素ではなく、一種の賭けであり、若者たちがその有力な切り札を持っていたとしたら、どうだろう？　仮に歴史が分別のある市民から成るのではなく、狡猾さにたけた偏執狂から成り、若者たちがその手先であり、不意打ちの先鋒だったら、どうか？　歴史が頭のおかしい人の復讐そのものだったら？　彼らは歴史の外に、踊る紙人形のサンボと一緒に暗がりに隠れているのだ。彼らは倒れたトッド・クリフトン（トッド、トッド）と一緒に、歴史を変えるような抵抗もしないで逃げ隠れしている。

電車がやって来た。僕は彼らのあとから乗った。空席はたくさんあったが、三人は一緒に座った。僕は立ったままセンターポールにつかまりながら、車内を見回した。片側では、黒い服を着た白人の尼僧が祈りを唱えていて、通路をはさんだドアの前に、真っ白な服を着たもうひとりの尼僧が立っていて、ふたりともそっくりな姿をしていたが、ただ、こちらのほうは黒人で、黒い素足をしていた。ふたりの尼僧ともお互いを見ないで、十字架を見つめていたので、思わず僕は吹き出してしまった。ずっと前に〈ゴールデン・デイ〉で聞いた歌が心に甦ってきた。

パンとブドウ酒
パンとブドウ酒
あなたの十字架はそんなに重くない
私のよりは……

そのあとも、尼僧たちはうつむいたまま、座っていた。

僕は若者たちのほうへ視線を向けた。彼らは歩いていた時と同じように、きちんとした姿勢で座っていた。時々、彼らのひとりが窓ガラスに映った自分の姿を見て、帽子のふちをさっと指でつまんだ。ほかのふたりは黙って彼を見守り、皮肉っぽく目で合図を交わしていたかと思うと、まっすぐ前方を見た。疾走する電車に揺られながら、頭上の換気扇から熱い空気が吹きつけてくるのを感じた。自分はあの若者たちとどういう関係があるのだろう、と思った。フレデリック・ダグラスの場合と同じく、これは偶然のことかもしれない。おそらく百年くらいに一度、彼らや僕のような人間が社会に現れて流浪の生活の末に消えてゆくのかもしれない。だが、歴史の論理からすれば、彼らや僕のような人間たちは一九世紀のはじめ頃に姿を消してもいいはずであり、社会の合理化によって生存しなくなってもいいはずなのだ。たぶん彼らと同じように、僕は先祖返りした存在なのかもしれない。数百年前に消滅した遠くにある小さな隕石《いんせき》なのに、その光の源が一片の鉛になったことに気づかないほど、もの凄い速度で進む光のせいで、かろうじて生き長らえているだけかもしれない……こんな考えは馬鹿げている。若者たちのほうを見た。ひとりがもうひとりのひざをポンと叩いたかと思うと、内ポケットから丸めた雑誌を二冊、漫画本を一冊取り出し、二冊の雑誌を手渡し、漫画本は自分で持っていた。ほかのふたりは黙って雑誌を受け取り、実に熱心に読み出した。ひとりが漫画本を顔の前に高くかざしたとたんに、僕の脳裏に鮮やかな光景が蘇ってきた。キラキラ輝く路面電車のレール、消火栓、倒れた警官、勢いよく舞い降りる鳥たち、それに、急に崩れ落ちてゆくクリフトン。僕はその漫画本の表紙を見ながら、思った。クリフトンは、彼らのことを僕より知っていたにちがいない、ずっと前から知っていたはずだ、と。若者たちが電車を降りるまで、じっと彼らのことを見つめていた。彼らは、電車が止まった短い静寂の中で、肩を揺らし、重そうな靴の鋲釘でカチッというかすかな音を立てながら、謎めいた合図を送ったかと思うと、電車を降りた。

疲れきって地下鉄から出ると、まるで重い石を運んでいるかのように、山の重みを肩にのせているかのように、暑い大気のなかを歩いていった。新しい靴のせいで足が痛んだ。やがて、一二五丁目沿いに群衆のあいだをぬうようにしていくと、僕はあの若者たちと同じような男たちや、黒っぽいエキゾチックな色彩のストッキングをはき、ダウンタウンの現実ばなれしたさまざまな衣装の女たちが歩いていることに、苦しいくらいに気がついた。彼らはずっとそこにいたのだが、どういうわけか、以前までの僕は彼らの存在に気がつかなかった。彼らは歴史の溝の外にいたのであり、彼らみんなを内側に入れるのが僕の任務だった。彼らの顔の表情を覗き込むと、南部で知り合った誰かと似ていない者はひとりもいなかった。忘れられた名前が、夢のなかの忘れていた光景のように頭に浮かんだ。車の軋《きし》るような響きを耳にしながら、汗だくになって群衆と一緒に歩いていると、レコード店の拡声器からがなり立てるように聞こえる物憂いブルースの音色がしだいに大きくなっていった。僕は立ち止まった。記録に残されるのは、これだけではないのか？　トランペットやトロンボーン、サックスやドラムから鳴り響くムードといい、舌足らずの言葉で歌われる歌といい、これが時代を映すたった一つの真の歴史ではないのか？　僕の心に、さまざまな思いが浮かんできた。この短い街区で知り合いのみんなのそばをわざと通ったのに、誰ひとりとしてほほ笑むこともなく、僕の名前を呼ぶ者もいないようだった。視線を向ける者は誰もいなかった。僕は深い孤独を感じながら歩いた。街角あたりで、ふたりの少年がキャンディを手にいっぱい持って安物雑貨店から飛び出して来たかと思うと、すぐうしろから来る男に追われて、歩道にキャンディを落としながら逃げていた。ふたりは僕のほうへ走って来て、息を切らしながら通りすぎたので、僕は男をつまずかせてやりたい衝動をこらえたが、通りの先に立っていた老婆が、片足を突き出し、重そうなバッグを振り回したので、まごついた。男がつんのめって転ぶと、老婆は勝ち誇ったように頭を振った。僕はうしろめたさに襲われた。歩道の縁に立って、男を脅かそうとする群衆を見守っていると、警官たちが現れて、彼らを追い散らした。誰もたいしたことはできないことは分かっていたが、僕は責任を感じた。ブラザーフッド協会の任務はすべて微力に終わったので、大きな変化は起こらなかった。それは僕のせいだった。行動ばかりを気にしてしまい、それがどういう結果をもたらすか、考えるのを忘れていた。僕は眠ってしまい、夢を見ていたようなものだ。

21

事務所に着くと、数人の青年部員たちが冗談を言うのをやめ、歓迎してくれたが、僕はあの事件を伝えることができなかった。彼らのあいだをぬって事務室のほうへいき、ドアを閉めて声を遮断し、座って木々のあいだから外を見た。かつて新鮮な緑色をしていた木々は今は黒っぽく、枯れかけていた。下のほうのどこかで、物干し綱の行商人がガランガランと鐘を鳴らし、呼び声をかけていた。やがて、振り払おうとすればするほど、死の光景ではなく、あの人形の光景が甦ってきた。なぜあの時怒りに駆られて、人形に唾を吐きかけたりなんかしたんだろう、と思った。クリフトンは僕を見た時、どう思ったんだろう？　口上をまくしたてながらも、僕のことをいやがったはずなのに、無視していた。きっと、政治的な愚かさをおもしろがっていたにちがいない。僕はかんしゃくを起こして個人的な行動に走り、人形のつまらなさや、彼のことや、そのみだらな考えのことを非難もしないでいたばかりか、群衆を教育することも忘れていた。われわれは教育する機会を逃がしてはならなかったのに、僕はしそこなった。僕のしたことと言えば、かえって彼らを笑わせるだけだった……。黒人社会の後進性を助長していたのだ……。別の光景が浮かんできた——今度は彼は陽射しの中で横になっていて、僕が、空中に文字を描く飛行機が残したなかなか消えない煙のたなびきを眺めていると、そばに立っていた黄緑色のドレスの大柄な女が、「あら、まあ」と言った……。

壁の大きな地図のほうを向くと、ポケットから人形を取り出し、それを机の上にポイとおいた。胃袋が波打つように動いた。こんなもののために死ぬなんて！　僕はけがれた感情を抱いて人形を取り上げ、その襞《ひだ》のついた紙を眺めた。ボール紙をつないだ足は、伸び縮みする襞のついた紙の脚を引っ張るようにして、だらりと垂れ下がった。薄紙と、ボール紙とニカワでできたものだ。それなのに、僕は生き物に対するような憎しみを覚えた。どうしてこれが踊っているように見えたんだろう？　ボール紙の手は折り重なって拳になっており、指はオレンジ色の絵の具で塗られていた。気がつくと、人形には二つの顔があり、どちらも丸いボール紙で、ニヤニヤ笑っていた。人形を踊らせる方法を長々としゃべる時のクリフトンの声が甦ってきた。人形の足を持って首を伸ばすと、それは前のめりにへたへたと崩れた。反対側の顔をこちらに向けて、もう一度やってみた。人形は疲れたように身もだえして体を震わせたかと思うと、パサリと倒れた。

「さあ、おれを楽しませてくれ」と僕は言って、人形を引っ張った。「お前はみんなを楽しませたじゃないか」人形をくるっと回した。一方の顔は、反対側の顔と同じく、口を大きく開けてニヤニヤ笑っていた。人形は人々に笑いかけていた時に、クリフトンにも笑いかけていたのだ。彼らを楽しませることが彼の死を招くことになった。僕がおろかにも唾を吐きかけた時にも、人形は笑っていたはずだし、クリフトンが僕を無視した時にも、相変わらずニヤニヤ笑っていたにちがいない。やがて、襞のある紙についた細い黒糸を見つけ、それを引っ張ってみた。端に輪が取りつけてあった。僕はそれをそっと指にはめ、立ち上がって、それをピンと伸ばした。すると今度は、人形は踊り出した。クリフトンが人形をずっと踊らせているあいだ、この黒い糸が見えなかったのだ。

なぜお前はクリフトンを殴らなかったのか、と僕は自問した。なぜ顎の骨を折ろうとしなかったのか？　なぜお前はあの男に怪我をさせて、助けようとしなかったんだ？　お前が喧嘩をしかけたら、ふたりとも逮捕されて射殺されなくてもよかったのに……。それにしても、なぜ警官に抵抗したんだろう？　彼は以前にも逮捕されたことがあって、警官を相手にどの程度までやればいいのか、知っていたにちがいないのに。彼がわれを忘れるほど怒るなんて、警官は何を言ったんだろう？　抵抗する前から、警官に気づく前から、腹を立てていたにちがいない、と僕はふと思った。息切れがして、力が抜けていく感じがした。僕が裏切ったと彼が思い込んでいたら、どうだろう？　いやな思いだ。僕は身体が二つに折れるように座りこんだ。一瞬、そんなことに思いをめぐらしたが、僕には大きすぎる問題だった。僕は死者ではなく、生きている人への責任を引き受けることしかできないのだから。内心、そんな想像から尻込みした。あの事件は政治的なものだった。人形を見て、こんなことを思った。政治的にああした娯楽に相当するのは死である。だが、それはあまりにも大ざっぱすぎる定義だ。その経済的な意味は？　人間の命が二五セントの紙人形を売ることに値するということなのか？　だが、それは、僕の怒りが彼の死を早めることになったという思いを消し去ってはくれなかった。頭の中では、そんな思いをまだ振り払おうとしていた。僕は、彼が誠実さを捨てて危機に追い込まれたこととは関係がない。そもそも、彼が人形を売っていたことなど自分には関係がないのだから。結局、そんな考えも捨てるほかなかった。僕は刑事ではないのだし、政治的には個人は無意味な存在なのだから。今では、彼に残されたのは射殺されたという事実だけであり、僕の心に残った印象を除くと、彼が歴史から脱落したことだけが記録され、それが唯一の重要な事柄だった。

僕は、あの銃声をまた聞こうと待ち構えているかのように、体をこわばらせ、押し倒しそうになる重みに耐えた。物干し綱の行商人が鳴らす鐘の音がまた聞こえてきた……。新聞に記事が出たら、僕は幹部会で何と言えばいいんだろう？　あんな連中なんかクソ食らえだ。人形のことをどう説明すればいいんだろう？　だが、どうして僕が何かを言わなくてはいけないのか？　何と言い返せばいいのだろう？　**それだけ**が心配の種だった。下の通りでふたたび鐘が鳴った。人形を見た。クリフトンが人形を売っていたことの言いわけが思いつかなかったが、彼に公の葬式をしてあげるだけの正当な理由はあった。今はそれが自分の立場を救ってくれるかのように、僕はその考えに飛びついた。歩道にバッタリ倒れた死体から目をそむけたかったのと同じように、その考えから気持ちをそらしたかったのだ。だが、そんな弱気では、われわれのおかれている立場は不利になるばかりだ。政治的に有効なありとあらゆる手段を利用するほかない。クリフトンにはそれが分かっていた。埋葬しなければならなかったが、僕は彼の親戚を知らなかった。誰かが彼を地中に埋葬する必要があった。たしかに人形は卑猥なもので、彼の行為は裏切りだった。しかし、人形の発明者ではなく露店商人だったのだから、彼の死の意味は、事件やその原因となったことよりも大きいことを、知らしめる必要があった。彼の復讐をするだけではなく、さらなるこうした死を防ぐ手段として……。そう、元会員たちを組織に復帰させる手段としても。無慈悲な行為かもしれないが、それもブラザーフッド協会のためだ。というのも、敵側の強大な権力に抵抗するものとして、われわれは精神と肉体しか持たないのだから。持っているものを最大に利用するほかなかった。白人たちには、彼の誠実さを破壊するものとして、彼を射殺する口実に紙人形すら利用する権力があるのだから。ようし、彼の誠実さを回復させるために、葬式を利用してやるぞ……。それだけが彼の持っていたものであり、望んでもいたのだから。僕にはもう人形がぼんやりとしか見えず、涙が吸取り紙にポタポタ落ちていた……。

うつむいて一点を見つめていた時、ドアをノックする音がしたので、僕は銃で狙われたかのようにギクッとして、人形をポケットにさっとしまい込み、急いで涙を拭いた。

「入って」と僕は言った。

ドアがゆっくり開いた。青年部員たちが、顔にもの問いたげな表情を浮かべながら、押しかけてきた。女性部員たちは泣いていた。

「あれ、本当ですか?」と彼らが訊いた。

「あの人が死んだことかい? 本当だよ」と僕は答え、彼らに視線を向けた。「そうなんだ」

「でも、なぜ……?」

「あれは挑発と殺人のケースなんだ!」と僕は言ったが、次第に怒りを覚えてきた。

彼らは顔に問いかけるような表情を浮かべながら、突っ立っていた。

「まさか、あの人が死んだなんて」とひとりの女性が、信じられないといった声で言った。「死んだなんて」

「ですが、あの人が人形を売っていたのはどういうことですか?」と背の高い男が訊いた。

「分からない」と僕は答えた。「分かっているのは、あの人が射殺されたことだけなんだ。武器も持たないでね。君たちの気持ちは分かるが、僕はあの人が倒れるのをこの目で見たんだよ」

「私を家に送って」とひとりの女性が叫んだ。「送ってよ！」

僕は歩み出て、ボビーソックスをはいた褐色の彼女の体をつかんで、抱き寄せた。「いや、家には帰れない」と僕は言った。「誰もね。われわれは闘わなきゃいけない。僕だって、外に飛び出して、できれば泣きたいさ。われわれに必要なのは涙じゃなくて、怒りだよ。闘士であることを今こそ思い出して、こうした事件のなかにも、われわれの闘いの意味を見い出さなきゃならない。復讐する必要があるんだよ。君たち一人ひとりに、できるだけ会員たちを集めてもらいたい。われわれなりの復讐をしなきゃいけないんだよ」

彼らが出かけようとする時も、女子部員はまだ泣いていたが、彼らはきびきびと動こうとしていた。

「おいで、シャーリー」と彼らは言って、僕の肩にもたれていた女性を連れていった。

僕は本部と連絡を取ろうとしたが、またしても誰とも連絡がつかなかった。〈ソーニアン〉という店に電話をしたが、応答がなかった。そこでハーレム地区委員会の主要メンバーを呼んで、われわれだけで慎重に行動することにした。クリフトンと一緒にいた青年を見つけようとしたが、姿を消していた。葬式用のカンパを呼びかけようとして、会員たちは空き缶を手にして通りで僕を待っていた。三人の年輩の女性が、代表として遺体を引きとりに死体公示所へ出かけた。われわれは、警察長官を非難しながら、黒い縁どりのビラを配った。牧師たちには、それぞれの会衆に市長宛の抗議文書を書いて送らせるように連絡した。噂は広まった。クリフトンの写真を黒人の新聞社に送ると、掲載してくれた。黒人たちは興奮し、怒りをあらわにした。街頭集会が計画された。優柔不断が〈行動によって）ふっ切れて、僕は麻痺したような宙ぶらりんの状態で動いていたが、葬式の計画に全力を注いだ。二日二晩ベッドにつかず、机にもたれながらうたた寝しただけだった。食事はほとんどしなかった。

葬式はできるだけ多くの人たちを引きつけるよう、手はずが整った。葬式の会場として教会や礼拝堂ではなく、マウント・モリス公園を選び、すべての元会員が葬式の行列に参加するよう伝えられた。

葬式は土曜日の暑い午後に行われた。薄い雲のかかった空の下、何百人もの人々が行列をつくった。僕は、熱っぽくてぼうっとした状態で指示を出したり励ましたりしながら動き回ったが、それでいて、離れた所から観察しているようだった。僕がハーレム地区に戻ってから、見かけなかった会員たちが姿を現した。それに、ダウンタウンや遠方から来た会員たち。僕は集まってくる彼らを驚きながら見守り、行列ができはじめるにつれて、彼らの悲しみの深さに感動した。

半旗や黒い旗も用意された。黒縁のプラカードには、こう書かれてあった。

ブラザー・トッド・クリフトン
われらの希望の星、射殺される

黒いクレープで包まれた太鼓を持った鼓笛隊が、雇われて来ていた。バンドは三〇の楽器をそろえていた。車はなく、花輪もほとんどなかった。

それはゆっくりした行列で、バンドは、悲しげでロマンチックな軍隊行進曲を演奏した。バンドが黙っている時には、太鼓隊が消音器をつけた太鼓で拍子をとった。爆発しそうな暑さの中、宅配人たちはその地区を避けたが、警官たちの人数は増えてきた。それに通りのあちこちで、人々がアパートの窓から行列を眺め、薄雲のヴェールに包まれた陽射しの下で、大人や少年たちが屋上に立っていた。僕はハーレム地区の年輩の指導者たちと一緒に行列の先頭を歩いた。ゆっくりした行列で、時々うしろを振り返ると、ズート服の若者たち、ジャズ演奏家、作業着の男たち、それにビリヤード場のハスラーたちが、行列に参加するのが見てとれた。男たちが、顔に石鹼の泡をつけタオルを首に巻いたまま床屋から出てくると、見守りながら小声で話していた。彼らはみんなクリフトンの友だちなんだろうか、それとも見物したりゆっくりしたペースの音楽を聴いたりしているだけだろうか、と僕は思った。うしろから暑い風が吹いてきて、さかりのついた牝犬のような甘い匂いを運んできた。

僕は振り返って見た。太陽の光は帽子をかぶったおびただしい数の頭に照りつけ、旗や横断幕やキラキラ輝くらっぱの上を、安っぽい灰色の棺は、クリフトンのとびきり背の高い仲間たちの肩に高くかつがれて、進んでいった。時おり、彼らはスムースに他の人間と交替した。クリフトンの棺を高く、しかも誇らしげにかついでいたが、彼らの目には、怒りに満ちた悲しみの表情が浮かんでいた。棺は、荷物を満載して海峡をゆく船のように浮かびながら、うつむいたり、沈んだりしている数多くの頭の上を、ゆっくりとうねって進んだ。太鼓のこもった轟きが一様に聞こえてきて、その間、ほかの音はすべてやんで静まった。うしろには行列の足音、前には、何ブロックにもわたって縁石沿いに集まった群衆。涙を流す者もいれば、小声ですすり泣く者もいたが、多くの人々は辛そうに目を赤くうるませていた。われわれは先へと進んでいった。

われわれは悲しみの黒い行列となって、最初は比較的に貧しい通りをぬって進み、次に七番街に入ってレノックス街へと向かった。やがて僕は、年輩の指導者たちと一緒にタクシーで公園へと急いだ。公園課に務めているブラザーがすでに望楼を開けていて、その黒い鐘のすぐ下に、木挽き台を並べてその上に厚板を敷いたステージが大まかに作られていた。われわれは、行列が公園に入ってくるのを、高い所に立って待った。われわれの合図で、公園課のブラザーが鐘を打った。ガラーン、ゴローン、ガラーンという古めかしい、うつろな、内臓を震わせるような音で、僕の鼓膜が振動するのが感じられた。

見下ろすと、行列が、こもった太鼓の音に合わせて、ひとかたまりになって、うねりながら上ってくるのが見てとれた。子どもたちは芝生の上で遊ぶのをやめてじっと見つめ、近くの病院の看護師たちは屋上に出て、今は晴れた太陽の光を浴びて、百合のように白い白衣を輝かせながら、見守っていた。群衆があらゆる方向から公園に近づいてきた。消音器をつけた太鼓を打ち鳴らしたり細かく連打しているあいだに、大気に完全な沈黙が、名もなき兵士への祈りが広がっていった。見下ろしているうちに、僕は一種の戸惑いを覚えた。なぜ彼らはここにやって来たんだろう？　どうして葬儀に参加するんだろう？　クリフトンを知っていたからなのか？　それとも、彼の死をきっかけにして抗議の意を表明する機会を求めてなのか？　一緒に集まり、立って触れ合ったり、汗をかいたり、同じ方向を眺める時間と場所を求めてなのか？　いずれの理由も当てはまっているのではなかろうか？　それが愛を、政治的には憎悪を意味するのか？　一体、政治が愛情を表現できるのだろうか？

太鼓のゆっくりした音を抑えた連打や、砂利道をザクザク踏む足音から、沈黙が公園中に広がっていった。やがて行列のどこかで、老人のような物悲しい、それでいて男らしい声が歌となって高まっていった。その歌声は、最初はひとりで、沈黙のなかで揺れ、つっかえていたが、そのうちにバンドのユーフォニアム・ホルンがその調子をさぐり、伴奏をはじめた。頭蓋骨のように白い納屋から舞い上がった二羽の鳩が、静かな青空を宙返りしたり高く飛んだりするように、歌声が高くなると、ユーフォニアムもそれに追いつこうとした。ホルンの澄んだ甘美な音色と老人のしわがれたバリトンの歌声が、暑い重苦しい静寂のなかで二重奏を奏でた。『幾千も死せり』という歌だった。公園の高いところに立っていると、僕の喉元に何かが込み上げてきた。それは昔の、学生の頃の歌であり、幼い頃に故郷で聴いた歌でもあった。今では、行列のなかにかたまっていた数人の年輩の人たちも加わって、歌っていた。僕は以前には、それが行進曲だと思ったことがなかったが、彼らはゆるやかなリズムに合わせて行進し、丘を登ってきていた。ユーフォニアムの演奏者は、ほっそりした体つきの黒人で顔を太陽のほうに向け、上向きのホルンの朝顔を通して歌っているのが見えた。その四、五メートルうしろでは、棺をかついだ青年たちのそばを、歌を呼び覚ました老人が行進しており、その顔を覗き込むと、僕はひどくうらやましく思えた。老人は、やつれて老いた黄色い顔で、目を閉じていて、喉元から歌を発する時、上を向いた首のまわりにナイフの傷跡が見てとれた。老人は、歩いている時と同じように自然に、歌詞の一つひとつをはっきりと表現しながら全身で歌っていたが、歌声はほかの誰よりも高く、澄んだホルンの音色と溶け合っていた。今では僕は、目を濡らし、暑い陽射しを頭に浴びながら、老人を見守っていた。歌っている行列に驚異の念を覚えた。まるで歌はずっとそこにあって、老人がそれに気づいて呼び覚ましたかのようであった。僕も思っていたのだが、漠然とした言いようのない恥ずかしさか不安のせいで、歌い出せずにいた。だが、老人はそれに気づき、その歌を呼び覚ましたのだ。白人の会員たちさえもが一緒に歌っていた。僕は老人の顔を覗き込んで彼の気持ちを探ろうとしたが、その顔からは何も分からなかった。僕は棺や行進している人たちを見て、彼らの歌声に耳を傾けていたが、それでいて、自分は心の内側の何かに耳を澄ましていることに気づいた。一瞬、自分の心臓の打ち砕くような鼓動が聞こえた。老人とユーフォニアムを吹いていた男が歌い、それをきっかけにして、奥深い何かが群衆の心を揺さぶったのだ。彼らは、抗議や宗教よりも深い何かに感動したのである。もっとも、僕の心のなかには、これまでのあらゆる教会の集会のイメージが、こらえたり、忘れたりしていた怒りをともなって湧き上がってきた。過去には、そういうことがあった。今では、大勢の人々がひとかたまりになって丘の頂きに達し、広がろうとしていたが、全員が過去にそうした経験があるわけではなかった。中には、ほかの土地で生まれた者たちもいた。それでも、全員が感動した。歌声がわれわれみんなを呼び覚ました。歌詞がそのきっかけではなかった。なぜなら、歌詞は昔の奴隷生活の中から生まれたものだったのだから。あの老人は歌詞にひそむ感情を別のものに変えたかのようであったが、昔の憧れ、諦め、それに超越した感情のこもった歌声は、ブラザーフッド協会の科学が教えてくれなかった何かによって深められ、まだ高々と鳴り響いていた。立ったまま、そうした感情を抑えていると、彼らはトッド・クリフトンの棺を望楼に運び込み、螺旋《らせん》階段をゆっくり上ってきた。彼らが棺をステージにおいた時、僕は安っぽい灰色の棺を見たが、彼の名前の響きしか思い出せなかった。

歌はもう終わっていた。今では丘の頂きは横断幕や、ホルンや、上を向いた数多くの顔でいっぱいだった。僕は五番街を一二五丁目のほうまで見下ろすことができたが、そこには、警官隊がホットドッグやアイスクリームのワゴンのうしろに、ずらりと並んでいた。ワゴンのあいだの、何羽もの鳩が止まっている街灯の下に、ピーナッツ売りの男が立っているのが見えたが、彼が手の平を上にして両腕を突き出したとたんに飛んできて、羽ばたきながら餌をついばむ鳥たちで、頭も肩も、ぐっと伸ばした両腕もたちまちおおわれた。

僕は肘で小突かれて、ハッとした。弔辞を述べる時間だった。だが、ブラザーフッド協会の葬式に参加したことがなかったので、言葉が出ず、儀式の進め方が見当もつかなかった。しかし、彼らは待っていた。僕はひとり突っ立ったままでいた。声を大きくしてくれるマイクはなく、ただ目の前の、ぐらつくステージ上におかれた棺だけがあった。

陽射しを浴びた群衆の顔を見下ろしながら言葉を探そうとしたが、どういうわけか空しさと怒りを覚えた。何千人もの人々が僕の弔辞を聞くために集まっていた。それにしても、彼らは何を聞こうとして待っているんだろう？　なぜやって来たんだろう？　頬の赤いあの少年が、クリフトンが地面に倒れるのを見て興奮を感じたのと、違う理由のためなのか？　彼らは何を望み、何ができるんだろう？　彼らがあの時にやって来さえすれば、事件を食い止めることができたのではないか。

「皆さんは、僕が何と言うのを待っているんですか？」と僕はいきなり叫んだ。声は風のない大気の中に妙に歯切れよく響いた。「それが何の役に立つんですか？　これは葬式ではなく、休日の儀式とでも僕が言ったら、どうなんですか？　それとも、皆さんがとどまっていた場合、バンドが『畜生、楽しみはおしまい』を演奏して終わりにしたら、どうなんですか？　それとも、死者が起き上がって歩く魔術を見ようと、楽しみにしているのですか？　家に帰ってください、この男は完全に死んでいるんですよ。こうなることは、葬式のはじめから分かっていたことだし、もうアンコールはありません。奇跡もなければ、ここには説教してくれる人もいないんですよ。家に帰って、彼のことは忘れてください。彼は死んで、この棺の中に納められています。家に帰っても、彼のことは考えないでください。彼は死んだのだから、皆さんはできるだけ自分たちのことを考えてください」僕は一息ついた。彼らは小声でささやきながら、僕のほうを向いていた。

「僕は皆さんに、家に帰るように言ったでしょ」と僕は叫んだ。「それなのに、あなた方はまだここに立ったままでいる。ここの日なたは暑いということが、分からないのですか？　僕に語れるわずかな言葉を待っているのですか？　二一年間で築き上げたものが二〇秒で終わった者のことを、二〇分間では言えませんよ。僕が語れるのは彼の名前だけなのに、皆さんは何を待っているのですか？　皆さんが知りたがっているのは、おそらくもう彼の名前だけだろう、と言っているのですよ」

彼らは熱心に耳を傾けていたが、僕を見つめているのではなくて、空中に描かれた僕の声の模様を見ているようであった。

「よろしい、皆さんが日なたで耳を傾けているのだから、僕も日なたで語ってあげましょう。そうしたら、皆さんは家に帰って、忘れるんですよ。僕の言ったことなんか忘れてください。彼の名前はクリフトンで、警官に射殺されました。彼の名前はクリフトンで、背が高く、ハンサムだと思う者もいました。彼は信じていませんでしたが、僕もハンサムだと思っていました。名前はクリフトンで、顔は黒く、髪は濃く、きっちりした巻き毛でした――あるいは、縮れっ毛と言えるでしょう。彼は死んで、もうそんなことには関心がないのだし、数人の娘さんたちを除けば、そんなことはどうでもいいでしょう……。分かりましたか？　彼のことを思い描くことができますか？　皆さんの兄弟やいとこのことを思い出してください。彼の唇は分厚く、口のはしが上に向いています。彼はよくにっこり笑っていました。すばらしい目をしていて、器用な両手を持ち、心臓が一つありました。彼はいろんなことを考え、しかも深く考えていました。僕は彼を気高い人間だとは言いません。そんな言葉は、われわれの誰ひとりとして関係がないのですから。名前はクリフトン、トッド・クリフトンで、ほかの人間と同じく、女性から生まれ、しばらくのあいだ生きていましたが、倒れて死にました。これが彼についての正確な話です。彼の名前はクリフトンで、しばらくはわれわれと一緒に生活し、青年にいくらかの希望をかき立て、知り合いのわれわれは彼を愛しましたが、死んでしまいました。なぜ皆さんは待っているのですか？　すっかりお聞きになったでしょう。僕にできるのはくり返すことしかないのに、どうしてまだ待っているのですか？」

彼らは依然として立って耳を傾けていた。帰る気配はなかった。

「ようし、だったら、語ってあげましょう。名前はクリフトンで、彼は若く、指導者でもあり、倒れた時にはかかとに穴のあいた靴下を履いていました。地面に伸びた時には、彼は立っている時ほど背は高そうに見えませんでした。そんなふうにして彼は死んだのです。彼を愛していたわれわれは、彼の死を悼むために、ここに集まったのです。それほど単純で、簡単なことなんです。名前はクリフトンで、彼は黒人であり、警官に撃たれたんです。ここまで言えば十分ではないですか？　皆さんが知る必要があるのはこれだけではありませんか？　ドラマへの渇望を癒やし、家に戻って眠るには、これだけで十分ではないですか？　一杯飲みに行って忘れてください。それとも、『デイリー・ニューズ』の記事を読んでください。名前はクリフトンで、彼は警官に射殺されたんです。僕は現場に居あわせて、彼が倒れるところをこの目で見たんです。だから、僕は本当のことを知っています。

真実はこうです。彼は立っていたのですが、倒れました。倒れてひざをつきました。ひざをついて血を流したのです。血を流し、死んでいったのです。ほかの人間と同じように、ばったり倒れ、ほかの血と同じように彼の血が流れ出しました。ほかの血と変わりなく赤く、ほかの血と変わりなく濡れていて、空や、建物や、鳥や木々を映し出していました――皆さんがそのくすんだ鏡を覗き込んだら、皆さんの顔を映したことでしょう。それは、血が乾くように、太陽の光を受けて乾いていきました。それだけです。警官が彼の血を流し、それで出血しました。警官が拳銃で撃ち、彼は死んでいきました。血は歩道に流れて血だまりになり、しばらくは光っていましたが、その少しあとで鈍く、それからくすんだ色になり、やがて乾きました。これがその話であり、このようにして話は終わるのです。これは昔からある話であり、あまりにも多くの血が流れすぎたために、皆さんの興奮の度は通り越しているることでしょう。血は生きている人間の血管を満たしている時だけ、重要なのであります。皆さんはこんな話は退屈じゃありませんか？　血の話はいやじゃないですか？　だったら、なぜ聞くんですか？　どうして帰らないんですか？　ここは暑いですよ。防腐剤の匂いがしますよ。居酒屋で飲むビールは冷えているし、〈サヴォイ〉で演奏されるサックスの音色は甘美なことでしょう。床屋や美容院では、げらげら笑わせるでたらめな話が交わされることでしょう。二百もある教会では、涼しい夕方に説教が聞けるでしょうし、映画館ではうんと笑えることでしょう。それともラジオ番組の『エイモスとアンディ』を聞きにいって、忘れてください。ここにいても、同じような話しかできません。

ここには、彼の死を悼んで顔を泣きはらす若い奥さんさえいません。ここには憐みはないし、崩れおちて叫ぶ人は誰もいません。皆さんに昔から言われているような恐怖の感情を吹き込むつもりはありません。話はあまりにも短く、あまりにも単純なんですから。彼の名前はクリフトン、トッド・クリフトンで、彼は武器を持たず、彼の人生が無駄な人生だったみたいに、彼の死は無意味だったのです。百箇所もの街角でブラザーフッド協会のために闘い、それが自分をより人間らしくすると考えていましたが、路上で犬みたいに死んでいったのです。

よ、よろしい」と僕はやけくそになって叫んだ。これは自分の望んだ話し方ではなかったし、政治的な話題でもなかった。たぶんブラザー・ジャックならまったく認めなかっただろうが、できる限り話を続けるほかなかった。

「この丘の上に立っている僕の話に耳を傾けてください!」と僕は大声で言った。「あるがままの真実を話させてください。彼の名前はトッド・クリフトンで、たくさんの理想を抱いていました。どこにでもいるようなトッド・クリフトンであり、ふつうの人間だと思っていました。彼は単純な判断ミスのために拳銃で撃たれて死に、彼の血は乾き、まもなく群衆が血の跡を踏み消したのです。これは、多くの人間が犯すありふれたミスでした。彼は、自分は人間であり、人間というものは虐待されてはならないと考えていました。だが、町は暑く、彼は自分の経歴を忘れ、時と場所を忘れていました。現実に対する足がかりを失ってしまったのです。そこには群衆とひとりの警官がいました。彼はトッド・クリフトンで、警官はどこにでもいる警官でした。その警官のことですか? その男はどんな奴ですかって? ふつうの警官でした。善良な市民。だが、その警官は撃ちたくてむずむずする指を持ち、「引き金《トリガー》」と韻を踏むニガーという言葉を聞きたがる耳の持ち主でした。クリフトンが倒れた時、警官はその言葉を見つけました。治安警察がせりふを述べ、韻は完成したのです。少し皆さんのまわりを見てください。警官が何をしでかしたかを見て、自分の心の中を覗き、警官の恐ろしい権力を感じてください。あれはまったく自然なことだったのです。血は、漫画本の世界の漫画本的な日に、漫画本の町の漫画本的な通りで、漫画本の殺しの場面に描かれた血のように流れました。

トッド・クリフトンは時代と一つになっています。ですが、それは、このヴェールに包まれた太陽の光に照らされて、この暑い中にいる皆さんと、どういう関係があるのですか？　彼は今では歴史の一部になり、本当の自由をえました。警官はふつうの用紙に彼の名前を走り書きしませんでしたか？　人種、黒人！　宗教、不明、たぶん生まれながらのバプティスト教徒。出生地、合衆国のどこかの南部の町。近親者、不明。住所、不明。職業、無職。死因（具体的に）、暑い午後に四二丁目の図書館と地下鉄のあいだで、逮捕しようとする警官の両手に握られた三八口径リボルバーという現実に抵抗。三歩離れた所から三発の弾丸を受けた銃創。一発は心臓の右心室に入り、そこに止まっている。二発目は背骨の神経節を切断し、下へ向かって骨盤で止まっている。三発目は背中を貫通し、どこか分からないところに飛んでいった。

このようなものが、ブラザー・トッド・クリフトンの短くて辛い生涯でした。今ではボルトでかたく締められた、この棺の中にいます。彼は棺の中にいて、われわれも彼と一緒にその中にいます。このことを皆さんに語りましたら、どうぞお帰りください。この棺の中は暗く、窮屈です。天井はひび割れているし、廊下のトイレは詰まっています。ネズミやゴキブリはいるし、あまりにも、あまりにも高価すぎる住居です。風通しは悪いし、今年の冬は寒いことでしょう。トッド・クリフトンは押し込められているので、スペースがありません。『この棺から出るように、みんなに言ってくれ』彼の声が聞こえるとすれば、そんなふうに言っていることでしょう。『この棺から出て、警官にあの韻は忘れろと、教えてやるように言ってくれ。引き金《トリガー》と韻を踏むために、みんなのことを**ニガー**などと言ったりすると、銃が逆発するぞと、教えてやるように言ってくれ』と。

皆さんはお分かりでしょう。五、六時間もすれば、トッド・クリフトンは地中で冷たい骨になることでしょう。だから、自分をごまかさないでください。これらの骨は二度と甦ることはないのですから。皆さんと僕はこの棺の中にいます。トッド・クリフトンが魂を持っていたかどうか、分かりません。分かっているのは心に感じる痛み、喪失感だけです。**皆さん**が魂を持っているかどうか、知りません。皆さんは血と肉体でできた人間であること、血は流れ尽くし、肉体は冷たくなってゆくことだけは分かっています。あらゆる警官が詩人であるかどうか、僕には分かりませんが、すべての警官が引き金のついた拳銃を携えていることは、知っています。それに、われわれ黒人がどういうレッテルを貼られているかということも、知っています。ですから、ブラザー・クリフトンの名において、引き金には気をつけてください。家に帰って涼しさを保ち、太陽の光を避けて安全にしていてください。彼のことは忘れてください。生前の彼はわれわれの希望の星でしたが、死んだ希望の星のことなど、なぜ心配するんですか？　話すべきことは一つだけ残ってはいましたが、僕はすでに話しました。名前はトッド・クリフトンで、彼はブラザーフッド協会のことを信じていました。われわれの希望を呼び覚まして、そして死にました」

僕は話を続けることができなかった。下のほうでは、群衆は手やハンカチを目の上にかざして、待っていた。牧師がステージに上がってきて、聖書のどこかの一節を読んだが、僕はまずい弔辞を述べたと思いながら群衆を見ていた。群衆を遠ざけるような話し方をして、政治問題を持ちこむことができなかった。それなのに、彼らは太陽の光に照りつけられ、汗だくになって立ったまま、僕が知っていることをくり返すのを聞こうとしていた。牧師は聖書をもう読み終わっていて、誰かが指揮者に合図を送り、厳かな音楽が演奏されると、かつぎ手が棺をかついで螺旋状の階段を下りていった。われわれが群衆のあいだをぬって歩いていく時、彼らはじっと立っていた。僕は群衆の多さ、その見知らぬ顔ぶれ、鬱積《うっせき》した緊張感を感じとった――涙によるものなのか怒りによるものか、分からなかった。しかし、群衆のあいだを通り抜けて、霊柩車が停められている所まで丘を下っていくと、それを感じることができた。群衆は汗をかき、体を震わせていた。群衆は黙っていたが、彼らの目を通して、多くの言葉が僕に向けられていた。縁石のところに、一台の霊柩車と五、六台の車が停まっていて、数分後に棺を積み僕らが乗り込むと、群衆は依然として立ったまま、トッド・クリフトンの遺体が運び去られるのを見つめていた。最後に僕は、群衆ではなく、個々の男や女たちのこわばった顔に目を向けた。

　僕らはその場を走り去った。車が停まると、そこには墓穴が掘られていて、僕らはその中にクリフトンの遺体を入れた。墓掘り人たちはひどく汗をかいていたが、仕事のコツを心得ており、彼らの話す言葉にはアイルランド訛《なま》りがあった。彼らがすばやく墓穴を埋めると、僕らはそこを去った。トッド・クリフトンの遺体は地中に納められた。

僕は、まるで自分ひとりで墓穴を掘ったみたいにくたくたになって、町並みを通って戻った。群衆のあいだを動いていると、頭が混乱し、不安を感じた。群衆は一種の霧の中に湧き上がってくるようで、まるで薄い湿った雲が厚みを増し、彼らのすぐ頭上でとどまったようであった。僕はどこかへ、何も考えずに休める涼しい場所へ行きたかったが、仕事がまだ山積みしていた。いくつもの計画を立てねばならなかったし、群衆の感情を組織化しなければならなかった。僕は南部風の天候のもと南部風の歩き方で、安っぽいスポーツシャツや夏服のまぶしい赤や、黄色や緑に時おり目をつむりながら、そっと歩いた。群衆は湧き上がり、汗をかき、波のように盛り上がった。買い物袋を抱えた女性たち、ピカピカに磨いた靴を履いた男たち。南部でさえ、彼らはいつも靴を磨いた。「磨いた靴、靴の磨き」そんな言葉が僕の頭の中に響いた。八番街では、市場のワゴンが、縁石沿いにずらりと停めてあった。しぼみかけた果物や野菜の日よけ用に、即席のテントが作られてあった。腐りかけたキャベツの匂いがした。果物売りの露天商人がトラックのそばの日陰に立ち、オレンジ色の果肉をしたメロンの細長いスライスを見せながら、子ども時代の郷愁や記憶、緑の木陰や夏の冷気に訴えるように、しわがれ声でわめいていた。オレンジ、ココヤシの実、アボガドが、小さいテーブルの上にきちんと積み上げてあった。僕はゆっくり動く群衆のあいだをぬって通りすぎた。ダウンタウンでは売り物にならない傷んでしおれた花々がワゴンの上で熱っぽい華やかさを見せていて、穴をあけたフルーツ・ジュースの缶から出た飛沫で傷んでいく魅力的なぼろ着のように、洗濯機の内側から湯気でくもったガラスを通して見るみたいに、群衆は沸き返っていた。通りでは、騎馬警官隊が短い光沢のある制帽のつばの下から、あたりさわりのないまなざしで眺めていたが、体を少し前かがみにして、手綱をゆったりと、しかもしっかりと握ったその姿は、石像の騎馬警官隊にそっくりだった。トッド・クリフトンのトッドだ、と僕は思った。露店商人たちは行き交う車の騒音にかき消されない声で叫んでいて、僕は、彼らが何を言っているのか分からないくらいの遠くから、彼らの声を聞いている感じがした。横丁では、歪んだ三輪車に乗った子どもたちが、「**ブラザー・トッド・クリフトン、われらの希望の星、射殺される**」というプラカードの一つを持ちながら、歩道を行進していた。

やがて、もやを通して、僕はまた緊張感を覚えた。それは否定しがたいことだった。緊張感がみなぎっていたので、それが暑気のなかで消えてしまわないうちに、次の行動を起こす必要があった。

22

ワイシャツ姿で前かがみになり、足を組んだひざを両手でつかんでいる彼らを見た時、僕は驚かなかった。この人たちが話し相手でよかった、これでお涙なしの事務的な話し合いになるだろう、と思った。ちょうど夢のなかで、夢のなかの広がりのない部屋から僕を見ている祖父に出くわした時のように、彼らがそこにいるのを予想していたみたいだった。僕は驚きの表情も示さず何の感情もまじえないで、彼らを見返した。もっとも、夢のなかでさえ、驚きは正常な反応であって、それがない場合は一種の警告として疑う必要があることくらいは、知ってはいたが。

僕は部屋の戸口に立って、小さいテーブルのまわりに集まった彼らを見守りながら上着をそっと脱いだ。テーブルの上には、水差しと一つのコップ、二つの灰皿がおいてあった。室内の片側はうす暗く、テーブルのすぐ上に電球が一つついているだけだった。灰皿からは、煙草の煙が立ち上っていた。彼らは僕を黙って見つめていた。ブラザー・ジャックは唇だけの微笑を浮かべ、鋭いまなざしを僕に向け、ほかの者たちは無表情な顔をして、何の感情も見せないで、相手に大きな不安をかき立てるつもりの目を覗かせていた。彼らが腰かけて感情を完全に抑えながら待っている時、煙草から螺旋《らせん》状の煙が立ち上っていた。結局、そっちはその手で来たか、と僕は思いながら、椅子のほうへ行って、崩れるように腰を下ろした。テーブルの上に片腕をおくと、ひんやりした感触がした。

「それで、うまい具合にいったのかい？」とブラザー・ジャックは言って、指を組み合わせた両手をテーブルの上に伸ばし、頭をかしげながら僕を見た。

「あなたも群衆を見たんでしょう」と僕は言った。「ようやく、彼らを集めることができたんです」

「いや、おれたちは群衆を見ていないんでね。どんな様子だったのかい？」

「彼らは感動してました。大勢の人たちが」と僕は答えた。「ですが、それ以上のことは分かりません。われわれに同調してくれましたが、それがどの程度のものだったのか、分かりません……」天井の高い広間の静寂のなかで、自分の声が聞きとれた。

「ふうん！　偉大な策士が報告するのはそれだけなのかい？」ブラザー・トビットが訊いた。「彼らの感動はどの方向に向かおうとしているのかね？」

僕は彼を見て、自分の感情が麻痺したことに気づいた。あまりにも長いあいだ、あまりにも深く、感情が一つの水路に流れていったからだ。

「そのことは、幹部会で決めてください。群衆は目を覚ましました。われわれにできるのはそれだけでした。指示を求めて事務所に何度も電話したんですが、連絡がつかなかったんです」

「それで？」

「それで、僕の個人的な責任で葬式の準備をはじめたんです」

ブラザー・ジャックは目を細めた。「何だって？　君の何？」と彼が訊いた。

「僕の個人的な責任」と僕は答えた。

「彼の個人的な責任だってさ」とブラザー・ジャックが言った。「みんな、聞いたかい？　おれ、ちゃんと聞いたかな？　ブラザー、君はそんな考えをどこで思いついたの？　こいつは驚いた。どこで思いついたのかね？」

「あんたのおふく――」と僕は言いかけて、ぐっとこらえた。「地区委員会でです」

しばらく沈黙が生じた。僕は彼を見つめた。僕が自分の立場を確かめようとしていると、彼の顔は赤らんできた。腹の神経がピクッとした。

「地区会員が全員出ました」と僕は沈黙を埋めようとして言った。「われわれはその機会を利用したわけだし、ハーレムの住民も協力してくれました。あなたがあれを見逃したのは残念です……」

「ほう、彼は、おれたちがあれを見逃したのを残念がっている」とブラザー・ジャックが言った。

彼は片手を上げた。手の平のくっきりしたしわが見てとれた。「**個人的**な責任を負ったこの偉大な策士は、われわれが葬式に出なかったのを残念に思っておられる……」

こいつには僕の気持ちが分からないのだろうか、と思った。なぜああいう行動に出たのか、気づかないのだろうか？　こいつはどういう魂胆だろう？　トビットが愚か者であることは知っていたが、彼までもがこんなことを問題にするなんて。

「あなただったら、次の手を打つことができたはずです」と僕は、無理に言葉を引き出して言った。

「われわれとしては、できる限りのことはしました……」

「君の個人的せ・き・に・んでね」とブラザー・ジャックは、その言葉に合わせてうなずきながら言った。

僕は今では彼をしっかりと見ていた。「われわれの勢力を取り戻すように言われたからです。だから、やってみたんです。僕に分かっていたのは、そのやり方だけです。何を批判しているんですか？何が悪いんですか？」

「ほう」と彼は拳をぐるりと優美に動かして目をこすりながら言った。「この偉大な策士は、何がいけないのかと訊いておいでだ。何か間違ってるのか、ってね。みんな、聞いたかい？」

咳をする音がした。誰かがコップに水を注ぐ音がしたかと思うと、水はドクドクと流れ込んだ。それから流れの速い小川のように、最後のしずくが水差しの口からコップにしたたり落ちる音が聞きとれた。僕は、頭を集中させようとしながら、ブラザー・ジャックを見た。

「この男は間違っていたことの**可能性**を認めている、ってことかい？」とトビットが口をはさんだ。

「紛れもない謙遜さ、ブラザー。謙遜そのものさ。おれたちは、ナポレオンみたいに戦略と個人的な責任を有するすばらしい策士に来てもらっている。『鉄は熱いうちに打て』というのが彼のモットーでね。『事実の核心をつかめ』『白目を狙って撃て』『やつらに斧を与えよ、斧を、斧を』などとおっしゃる」

僕は立ち上がった。「どういう意味なのか、分かりませんよ、ブラザー。あなたは何をおっしゃりたいのですか？」

「おや、それは的をえた質問だね、みんな。まあ、かけたまえ、今日は暑いんだし。彼は、おれたちが何を言おうとしているのか知りたがってるみたいだよ。おれたちとしては、すばらしい策士であるばかりでなく、微妙な表現が分かる人においでいただいてるわけだ」

「そう、それに皮肉もですね。うまい皮肉の場合は」と僕は言った。

「規律の理解力もかい？　座りたまえ、今日は暑いんだから……」

「規律の理解力も。それに、命令や相談を受けた場合は、そうした理解力もです」と僕は言った。

ブラザー・ジャックはにやりと笑った。「さあ、座って――じゃあ、忍耐のほうはどうだい？」

「眠かったり疲れきっていたりしていなければ。しかも、今みたいに、ひどく興奮していない時には」と僕は言った。

「いずれ分かるだろう」と彼は言った。「君はいずれ分かるだろうし、こんな状況でさえ忍耐がつくようになるだろう。**特に**、こうした状況にあってはね。それが忍耐の価値だし、それによって忍耐ができてくるんだよ」

「ええ、僕にも分かると思いますよ。今すぐにだって」と僕は言った。

「ブラザー」と彼は冷ややかに言った。「君はどれほど多くのことを学んでいるのか、さっぱり分かっちゃいない――いいから、かけたまえ」

「はあ」と僕は言って、また腰かけた。「ですが、僕の個人的な教育はしばらくおくとして、民衆は最近、われわれに対して怒っていることを、思い出してもらいたいんです。この状況をもっと有利に利用できるでしょう」

「しかも、政治家は個人的な人間ではないことを君に教えることもできるが、やめておこう。この状況をもっと有利に利用できるって、どうやって？」

「彼らの怒りを組織することによってですよ」

「またもや、われらの偉大な策士が意見を言ってくれたよ。今日は忙しいね。最初はブルータスの死体をめぐっての演説、次に、黒人大衆の怒りについての演説ときた」

トビットはおもしろがっていた。彼がマッチで火をつける時、唇にくわえた煙草が震えた。

「おれとしては彼の意見をパンフレットにのせることを提案したい」とブラザー・ジャックは、顎を指でなでながら言った。「彼の意見は注目の的になるはずだし……」

そんなことはやめたほうがいい、と僕は思った。頭がすっきりしてきて、胸が引き締まった感じがした。

「いいですか」と僕は言った。「武器を持たない人間が殺されたんですよ。主要メンバーのブラザーが警官に射殺されたんです。われわれはこのハーレム地区で威信を失いました。僕は民衆を集めるいい機会だと思ったから、行動に移したんです。それが適切でなかったら、僕が間違ったことをしでかしたって、そんなたわごとなんかやめて、ずばりそう言ってくださいよ。あそこにいた民衆を相手にするには、皮肉を言ってもはじまりませんからね」

ブラザー・ジャックは顔を紅潮させた。ほかの者たちはお互いをちらっと見た。

「この男は新聞を読んでいないな」と誰かが口をはさんだ。

「もういいから」とブラザー・ジャックが言った。「新聞は必要なかったんだ。彼は現場にいあわせたんだから」

「そうです。現場にいました」と僕は言った。「殺害現場のことをおっしゃっているんだったら」

「そうだろう」とブラザー・ジャックは言った。「この男は現場にいたんだよ」ブラザー・トビットは、手の平でテーブルの縁を押した。「それなのに、君は葬式という余興を計画したのか！」

僕の鼻がピクッと動いた。トビットのほうをゆっくりと向いて、わざとニヤニヤ笑いを浮かべた。「スターのあなたがいないで、余興なんかできるはずがないですよ。ブラザー・トビット、あなたがいたら、二五セントの入場料が取れたかもしれません。葬式のどこがまずかったんですか？」

「さあ、議事が進行してきたぞ」とブラザー・ジャックは言って、椅子をまたいで座った。「この策士は実に興味深い質問を持ち出した。何が間違っているのか、ってね。よろしい、それなら答えてあげよう。君の指導のもとで、反黒人、反少数派の人種差別的な卑猥な人形を売っていた裏切り者の商人が、英雄扱いの葬式をしてもらったんだよ。これでも、何が間違っているのかと、まだ訊くのかい？」

「ですが、裏切り者のためになんかしてません」と僕は言い返した。

彼は中腰で立って、椅子の背をつかんだ。「君は認めたじゃないか。われわれはこの耳でちゃんと聞いたよ」

「武器を持たない黒人が射殺されたのを、大々的に取り上げたんです」

ブラザー・ジャックは両手を突き出した。お前なんかクソ食らえだ、と僕は思った。地獄に堕ちやがれ。クリフトンは立派な人間だったんだぞ！

「君の言うあの黒人は、裏切り者だった」とブラザー・ジャックは言った。「裏切り者だったんだよ！」

「ブラザー、裏切り者ってどういうことですか？」と僕は腹立たしく思いながらもおもしろくなってきて、指で数えながらこう言った。「クリフトンは人間であり黒人でもあり、人間でありブラザーでもあり、あなたが言われるように人間であり裏切り者でもありました。それから死人になり、生きてる時も死んでからも、矛盾を感じていました。そういうクリフトンに引きつけられて、ハーレムの住民の半分がわれわれの呼びかけに応えてやって来て、暑い陽射しの中で立っていたのです。それなのに、何をもって裏切り者なんですか？」

「みんな、この男をよく見てごらん。ちょっと、ひるんできたよ」とブラザー・ジャックが言った。「裏切り者を黒人大衆に押しつけるような立場におれたちの活動を追い込んでおきながら、この男は、裏切り者とはどういう者なのかと訊いておいでだ」

「そうですよ」と僕は言い返した。「そう、それにあなたがおっしゃるように、これはまともな質問ですよ、ブラザー。ずっとダウンタウンで活動してきたので、僕のことを裏切り者と言う者も中にはいるでしょう。僕が官庁に勤めたら裏切り者と呼ぶ者もいるだろうし、隅っこにいておとなしくしていても、裏切り者と呼ぶ者もいるでしょう。たしかに僕も、クリフトンがなぜあんなことをしたのか考えましたよ――」

「それでも君は、あの男を弁護するのか！」

「そういうわけじゃありません。僕だって、あなたと同じで不愉快でした。ですが、武器を持たない人間が射殺されたことは、クリフトンが卑猥な人形を売ったことよりも、政治的に重要じゃないんですか？」

「だから、君は個人的な責任を果たしたというわけだ」とジャックは言った。

「それだけはやる必要があったんです。僕を作戦会議に呼ばなかったことは、覚えているでしょう」

「君がどういうことをしたのか、分からないのか？」とトビットが言った。「黒人大衆に何の敬意もはらっていないのか？」

「君をハーレム地区の代表にしたのは大きな間違いだったよ」とほかの者が言った。

僕はそいつのほうを向いた。「なんだったら、幹部会は、僕を代表から降ろすこともできますよ。それにしても、皆さんはなぜそんなにあわてているんですか？　われわれみたいに、せめて黒人大衆の十分の一が人形を見ていたなら、活動はずいぶん楽になるのに。人形のことはなんでもないことですよ」

「なんでもないよ」とジャックが言った。「そのなんでもないものが、われわれの顔の前で爆発するかもしれないいな」

僕は溜め息をついた。「あなたの顔は大丈夫ですよ、ブラザー」と僕は言った。「大衆がそんな抽象的な言葉でものを考えないことぐらい、分からないんですか？　そういう考えをしていたらおそらく、ブラザーフッド協会の新しい計画は失敗しなかったでしょう。ブラザーフッド協会は黒人大衆によるものでないし、組織的なものでもありません。あなたは、クリフトンの死がブラザーフッド協会の威信を傷つけるかもしれないということばかり考えていらっしゃる。彼を裏切り者としてしか見ていない。だけど、ハーレムの住民はそんなふうには反応しませんよ」

「今度は黒人大衆の条件反射についての演説ときた」とトビットが口をはさんだ。

僕はトビットのほうを向いた。僕はもううんざりしていた。「それじゃ、あなたがこの活動に積極的に取り組む源は何なんですか？　道化師の経験ですか？　それに黒人に対する造詣の深さの源は？　昔の大農園所有の家族の出身ですか？　黒人の婆やが夜ごと夢の中に出てきて、あなたに何でも教えるんですか？」

彼は魚のように口をパクパクさせた。「あのな、おれの家内はそんな女性じゃない。同じ黒人でも、すばらしいインテリの黒人なんだぞ」とトビットは言った。

だから、あんたは気どった態度をとるのだと僕は思い、斜めから彼に当たった光線のせいで、鼻の下にくさび形の影ができていることに気づいた。そういうことだったのか……どうも女が関係しているのではないかと思っていたが。

「ブラザー、お詫びします」と僕は言った。「あなたのことを勘違いしていました。どうりで、われわれ黒人のことをよくご存知だ。事実上、あなたは黒人そのものにちがいない。奥さんとの生活で染み込んだのですか、それとも奥さんに吹き込まれたのですか？」

「何を」と彼は言って、椅子をうしろへ押しやった。

かかってこい、ちょっとでも動いてみやがれ、あとちょっとでも動いたら、と僕は思った。

「みんな」とジャックが僕に目を向けながら言った。「本題に戻ろう。おれはふたりの話に興味をそそられたけど。ところで、君はさっき何て言おうとしたんだっけ？」

僕はトビットを見つめていた。彼に睨みつけられて、ニヤリとした。

「ハーレムの住民は、警官がクリフトンの思想なんか気にしていなかったことぐらい分かっていた、と言おうとしていたんです。彼は黒人であるために、抵抗したために射殺されたんです。黒人だったことが殺された主な原因ですが」

ブラザー・ジャックが顔をしかめた。「またか、君は『黒人』という言葉を使いすぎるよ。それにしても、ハーレムの住民は人形のことをどう思っているのかね?」

「僕は必要に迫られて、黒人という言葉を使っているんです」と僕は言った。「人形のことに関して言えば、警官に関する限り、クリフトンが歌の本を売っていようと、聖書や過越祭《すぎこし》のパンを売っていようと、彼が何を売っていたかには関係なく警官に殺されたことは、ハーレムの住民は知っています。もし白人だったら、殺されずに済んだでしょう。あるいは、おとなしく連行されていたら……」

「黒人と白人だの、白人と黒人だのと、いつまでこの人種差別主義者のたわごとを聞かなきゃいけないんだ?」とトビットがまた口をはさんだ。

「その必要はないですよ、黒人のブラザーさん」と僕は言った。「あなたには源から直接の情報をお持ちになってるんだから。ブラザー、その情報源は白人との混血の黒人なんですか? 答えなくともいいですよ──ただ、ただ一つの欠点は、あなたの情報源はあまりに狭すぎる点です。クリフトンがブラザーフッド協会の一員だったから、今日、群衆がやって来たとは、あなたは本当は思っていないんでしょう?」

「じゃあ、なぜ彼らはやって来たのかね?」とジャックは、飛びかかるように身構えて言った。

「彼らの感情を表現する場と、自己を肯定する場を与えてやったからですよ」

ブラザー・ジャックは片目をこすった。「君はたいした科学者になったみたいだね。こいつは驚いたなぁ」と彼は言った。

「ブラザー、そんなことはないですが、人間は孤独になると、いちばん考えごとをするんです」と僕は言った。

「ああ、たしかにそのとおり。おれたちのすばらしい思想のなかには、刑務所で考え出されたものもある。ブラザー、君は刑務所に入った経験がないし、考えるために雇われているわけでもないからな。そのことを忘れたのかい？　だったら、おれの言うことを聞くんだね。君は考えるために、雇われたのではないよ」彼がとてもゆっくりと話していた時、心のなかでこう思っていた、ほら……ほら、本音が出てきた、露骨な、昔ながらの腐ったのが。今、それが明るみに出てきたぞ……。

「これで、僕も自分の立場が分かりました」と僕は言った。「それに、誰を相手にしているのかも――」

「おれの言ってる意味を曲解しちゃ駄目だよ。すべての会員に代わって、幹部会が考えるんだ。**すべての会員に代わって**だよ。君は演説するために雇われたんだからね」

「そのとおりです。そのために**雇われました**。いろんなことがブラザーらしい関係で運ぶので、僕はてっきり自分の立場を忘れていました。ですが、自分の考えを言いたくなったら、どうなんですか？」

「すべての思想はおれたちが与える。おれたちの思想はすばらしいからね。思想は、おれたちの道具の重要な一部なんだ。ただ、適切な機会に適切な思想をだけど」

「仮に皆さんがその機会を見誤ったら？」

「万一、そんなことになっても、君はおとなしくしていなきゃならない」

「たとえ僕が正しくても？」

「幹部会で可決しないかぎり、君は何も言ってはならない。そうでない場合、さっき言ったことをしゃべり続けてもいいよ」

「黒人大衆が、僕に演説するように求めたら？」

「幹部会が答えを出すよ！」

僕は彼をじっと見つめた。室内は暑く、静かで、煙草の煙がくすぶっていた。ほかの人たちは不思議そうに僕を見ていた。誰かがガラス製の灰皿で、煙草の火をもみ消す耳ざわりな音がした。僕は椅子をうしろに押しやり、怒りを抑えて深呼吸をした。危険な道にいて、クリフトンのことを考えながら、その道を避けようとした。僕は黙っていた。

突然、ジャックがにっこりとして、父親らしい役割に戻った。

「理論と戦略のことは**おれたちに**任せるんだね」と彼は言った。「おれたちには経験がある。おれたちは卒業したが、君は頭のいい新入生で、数学年飛び級している。だが、その数学年が重要なんだ、特に戦術上の知識を身につける上で。そのためには、全体を見る必要がある。目に触れる以上に、多くの事柄が関わっているのだから。長期的な展望と短期的な展望、それに全体的な展望を身につけたら、たぶん君は、ハーレムの大衆の政治意識を中傷することはないだろう」

この男には、僕が現実を語ろうとしていることが分からないのだろうか、と思った。それとも、会員になると、ハーレムの住民の気持ちが分からなくなるのだろうか？

「いいですよ」と僕は言った。「あなたの思いどおりにやってください、ブラザー。ハーレムの政治意識については、いくらか知っています。この学年の科目だけは飛ばしちゃいけないですからね。僕は、自分の知っている現実を語ろうとしているのです」

「ところが、そいつが何よりも疑わしい話ときている」とトビットが言った。

「分かっています」と僕はテーブルの縁を撫でながら言った。「あなたの個人的な情報源は、違ったことをささやくのでしょう。歴史は夜つくられるということですか、ブラザー？」

「さっき、言っただろうが」とトビットは言った。

「会員同志としてはね、ブラザー」と僕は言った。「もっと世間を知る必要があるんですよ。そしたら、今日は、彼らが何週間分ものわれわれの訴えをはじめて聞いた日だったことが、分かるでしょうから。言いかえれば、われわれが今日行ったことをもとにしてやり遂げないと、今日が最後になるでしょう……」

「ほう、とうとう未来の予言まで言い出したな」とブラザー・ジャックは言った。

「ありうることですよ……僕はそう願っていないけど」

「この男は神と通じている。黒い神とねぇ」とトビットが言った。

僕は彼のほうを向いて、ニヤリとした。目は灰色をしていて虹彩がずいぶん大きく、頬の筋肉が盛り上がっていた。彼はガードを下げて、腕をめちゃくちゃに振り回しているようなものだった。

「神とも、あなたの奥さんとも通じていませんよ、ブラザー」と僕は言った。「どちらともお目にかかったことがありません。ですが、僕はハーレムの住民たちのあいだで活動してきました。奥さんに頼んで、酒場とか、床屋とか、ジュークボックスのある店とか、教会とかに連れていってもらってください。それに、髪にこてをかけている日曜日の美容院にもね。そしたら、記録に残っていない歴史の全体が分かりますよ。あなたは信じないだろうが、これは本当のことです。夜に安アパートの通路に連れて行ってもらって、そこで何が語られているのかを耳を澄まして聞いてください。奥さんに街角に行ってもらって、何に不満があるのか聞いてもらうのもいいでしょう。そしたら、われわれが指導に失敗したせいで、大勢の人々が怒っているのが分かると思いますよ。僕は、自分の目で見て感じたことや、自分で聞いたことや、自分が知っていることを基にして、ものを考えるし、これからもそうするつもりです」

「それは違う」とブラザー・ジャックは言って立ち上がった。「君は幹部会の決定に基づいて行動することになる。おれたちはそんなことにはうんざりしている。君のやるべきことは幹部会が決める。民衆の誤った考えを不当に重視することは、幹部会の慣習にはない。人の規律についてはどうなったんだ?」

「何も僕は規律に反対するようなことを言っているのではありません。役に立とうと努めているのです。委員会が見そこなったように思える現実の一部を、指摘しようとしているんです。たった一回のデモでわれわれは——」

「幹部会はそんなデモについては反対の決定をした」とブラザー・ジャックは言った。「そうした方法はもはや効果がない」

何かが僕の足元から這《は》い出してきたような気がして、広間のうす暗い側をちらりと横目で見ると、いろんな物がおいてあることに気づいた。「それにしても、今日の出来事に誰も気づかなかったのですか?」と僕は訊いた。「あれは何だったんですか? 夢だったのですか? あの群衆に対してどの点が効果的じゃなかったのですか?」

「ああいう群衆はわれわれの原料にすぎない。われわれの計画に合わせて形づくってゆく原料の一つだ」

僕はテーブルを見回して、首を振った。「これじゃあ、彼らが僕を侮辱したり、裏切られたと言って、われわれのことを責めたりするのも不思議じゃないな……」

急にどよめきが起きた。

「もう一度言ってみろ」とブラザー・ジャックが叫んで、前に歩み出た。

「これは事実ですから、くり返して言います。今日の午後まで彼らは、ブラザーフッド協会に裏切られたと言ってきたのです。この耳で聞いたことをお伝えしているんです。こんなんだから、ブラザー・クリフトンは姿を消したんだ」

「そんなことは弁明の余地のない嘘っぱちだよ」とブラザー・ジャックが言った。

すると僕は、こうなったら、何を言っても駄目だ……と思いながら、ゆっくりと彼の顔を見た。「嘘つき呼ばわりはやめてください」と僕は穏やかに言った。「そんなふうに呼ばないでください、誰ひとりとして。僕は自分の耳で聞いたことを話したんですよ」今は僕の手はポケットの中で、ブラザー・タープの足鎖を握りしめていた。彼らの一人ひとりを見ながら自分を抑えようとしたが、自制心がうすれてゆく感じがした。まるで超音速のメリーゴーラウンドに乗っているみたいに、頭がくらくらした。ジャックは新たな関心を秘めた目で僕を見て、身を乗り出した。

「君は自分の耳で聞いたんだな」と彼は言った。「よし、今度はこっちが聞かせてやろう。おれたちとしては、街角の人間の誤った子どもっぽい考えに合わせて、われわれの政策をまとめているのではない。おれたちの仕事はハーレムの住民の考えを**聞く**のではなくて、彼らに**教えてやる**ことだよ！」

「そうおっしゃいましたが、それと、あなた自身が彼らに教えてやれることとは別問題ですよ。それにしても、あなたは何者ですか？ 偉大な白人の父親なんですか？」

「彼らの父親ではない、彼らの指導者だよ。それに、君の指導者。だから、そのことを忘れないようにするんだね」

「たしかに**僕の**指導者ではありますが、あなたとハーレムの住民とは、ズバリどういう関係なんですか？」

彼の赤らんだ髪が逆立った。「指導者だよ。ブラザーフッド協会の指導者として、おれは彼らを指導する立場にある」

「ですが、あなたは彼らの偉大な白人の父親ではないと、本当に思っているんですか？」僕は彼をじっと見つめていると、熱気のこもった沈黙に気づき、緊張が爪先から足にさっと這い上がってくるのを感じて、急いで両足を引き寄せた。「彼らにジャックの旦那と呼ばれたほうが、ずっといいじゃないですか？」

「何だと！」と彼は言ってパッと立ち上がり、テーブルに身を乗り出した。僕が椅子をそのうしろの脚で半分くるりと回した拍子に、彼は僕と電灯のあいだに歩み出て、テーブルの縁をつかんだかと思うと、わけの分からない外国語でべらべらとしゃべり出したが、息を詰まらせたり、咳きこんだり、頭を震わせたりしていた。その時にはもう僕は、爪先で体のバランスを保ち、突進しようと身構えていた。僕の上におおいかぶさるような勢いの彼と、うしろにいるほかの連中を見ていると、彼の顔から何かがいきなり飛び出してきた。自分は幻を見ているのだと僕は思ったが、それがテーブルに強く当たって転がる音が聞こえたとたんに、彼の腕がさっと伸びて大きなビー玉大のものをひっつかみ、それをポチャン！　とコップの中に落とした。たちまち水が、光を砕いたようなぎざぎざの模様を描いてパッと舞い上がり、その水滴が油脂加工を施したテーブルの表面で跳ねた。部屋がぺしゃんこになったみたいだった。僕は彼らの頭上よりも高い所まで飛び上がり、落ちて、椅子の脚が床に当たったとたんに、背骨の先に衝撃を感じた。あのメリーゴーラウンドは速度を速めていた。彼の声は聞こえてはいたが、もう聞いていなかった。コップを見つめていると、光線がその中を貫いて、テーブルの黒ずんだ木目に、透明な、くっきりした縦溝のある影を投げかけていた。コップの底に片目があった。ガラスの目。光線のせいで歪んで見える、バターミルク色の白い目。井戸の暗い水の中から見つめているように、僕をじっと見つめている義眼。やがて僕は、広間の薄暗い側を背景に、光で輪郭を浮き上がらせ、僕におおいかぶさるように立っている彼を見ていた。

「……君は規律を受け入れるんだ。受け入れるか、出ていくかのどっちかだ……」

僕は憤りを覚えながら、彼の顔をじっと覗き込んだ。左目は窪んでいて、閉じないまぶたの部分から生々しい赤い線が見えていた。それに、彼のまなざしには力がなかった。僕は視線を顔からコップに移しながら、思った。この男は僕をまごつかせるだけのために、自分のはらわたを抉《えぐ》り出すようなことをした……。それに、ほかの者たちははじめから知っていたのだ、と。彼らは驚かなかった。ジャックがゆっくり歩き回りながら、怒鳴るのではないかと思って、僕はガラスの目玉を見つめていた。

「ブラザー、君はおれの言うことに従うか?」彼は立ち止まり、一つ目巨人のキュクロプスのようないらだちをあらわにして、目を細めて僕を見た。「どうした?」

返事ができず、彼をじっと見上げていた。

やがて彼は気づいたらしく、意地悪そうな微笑を浮かべながら、テーブルに近づいてきた。「ほら、これだろ。君はこいつのせいで気持ち悪いんだろが。感傷的な奴だな」と彼は言うと、コップをさっと手にして水の中で義眼を転がしたので、それは、コップの丸い底から僕を覗いているようだった。彼はにこりとし、うつろな眼窩の高さまでコップを持ってきて、くるくる回した。「君はこのことを知らなかったのか?」

「知らなかったし、知りたくもありませんでした」

誰かが笑った。

「ほら、それで、君がわれわれの仲間に加わっていた期間が証明されるよ」ジャックはコップを下ろした。「職務中に片目を失ったんだ。君はそのことをどう思うかね?」と彼は誇らしげに言ったが、僕はむしろ腹が立った。

「あなたが秘密にしておく限り、どういうふうにして失明なさったのかは、なんとも思いません」

「だから君は、犠牲というものを評価しないんだ。おれはある目的を遂行する命令を受けて、最後までやり遂げた。分かるかい？　やり遂げるには、たとえ片目を無くすほかなかったとしても……」

彼は今では、まるで勲章みたいに、コップの中の片目を差し上げながらほくそ笑んでいた。

「あの裏切り者のクリフトンとはだいぶ違うよな？」とトビットが言った。

ほかの者たちはおもしろがっていた。

「分かりました」と僕は言った。「分かりましたよ！　それは英雄的な行為でした。世界を救いました。だからもう、その血の滲《にじ》んだ傷口を隠してください！」

「これを過大評価しちゃいけないよ」とジャックは、今は少し穏やかに言った。「英雄とは死ぬ人たちのことだ。これはなんでもない――事が起きたあとではね。規律をめぐってのちょっとした教訓さ。君は、規律とは何なのか知っているかい、ブラザー・個人的責任さん？　それは犠牲、**犠牲**、**犠牲**だ！」

彼はドンとコップをテーブルにおき、そのはねた水が僕の手の甲にかかった。僕は木の葉のように震えた。規律って、こういうことだったんだ、と思った。犠牲……そう、それに片目。彼は僕を見ていない。見ようとさえしない。僕は今にもこの男の首を締めようとしているのか、分からない。たぶん、彼も知るよしもない。やはり僕にも分かるはずがない。ほら！　規律とは犠牲のことだぞ。そう、それに片目のことだ。そうだぞ。この男が脅かそうとしているのに、僕はここに座ったままでいる。それが狙いなんだ、あのいまいましいガラスの目玉を使って……。自分は、この男の魂胆を見抜いていることを見せつけてやるべきではないのか？　その必要はないのか？　この男だって知るべきではないのか？　急げ！　ガラスの目玉を見るがいい、すばらしいものだ、生きているように見えるほぼ完璧な模造品……。見抜かれていることを、あいつに教えてやるべきではないのか、それとも、その必要はないのか？　おそらくこの男は、さっきしゃべった外国語を学んだ土地で、義眼を手に入れたのかもしれない。そうじゃないのか？　この男には、わけの分からない言葉を、未来の言語をしゃべらせておけばいい。僕はどうしたというんだ？　規律。それは学ぶことだと、彼もさっき言ったではないか？　そうなのか？　僕はここを出て行くのか？　それともこうして座っているのか？　我慢しているのか？　この男は、学ぶことになると言ったが、僕は学んでいる。そうすると、この男ははじめから分かっていたということになる。この男は謎めいた人物だ。われわれはこいつの正体を暴いてやるべきではないのか？　じっと座っているのはそのための方法ではないか。学ぶんだ、あの片目のことなんか気にするな、あの目は死んでいるんだから……もう、いいぞ、あの男を見ろ。ほら、あいつが向きを変えて左足、右足と、短足の歩きぶりで僕のほうにやって来ている。あいつを見ろ、いちに！　いちに！　片目の標識塔め。その調子、その調子だよ……いちに！　いちに！　短足の執事め。その調子！　あいつの正体を暴いてやる！　小銭をくすねる口先のうまい執事め！……あともう少し。ほら、僕はもう学んでいる……自制心をもって学ぶんだぞ……忍耐……そうだ……。

はじめて見るように、ブラザー・ジャックにまた目を向けると、彼は広い額、まぶたのちゃんと閉じない生々しい眼窩をした、小柄なチャボの雄鶏みたいな男であることに気がついた。今度は、いくつかの赤い斑点がうすれゆくなかで、夢から覚めたばかりのような気分で彼を注意深く見つめた。その頃にはもう、僕はブーメランみたいに冷静な状態に戻っていた。

「君の気持ちが分かるよ」と彼は、ちょうど芝居の役を演じ終えた役者のようなそぶりで言った。

「最初こんな自分を見た時のことを覚えているが、いい気持ちはしなかった。だから、元の目をとり戻したいと思うことだってあるさ」彼は、義眼をつまもうと水の中を探ったが、そのなめらかな半ば球状の、半ば無定形のものが彼の二本の指のあいだからすべり、まるで出口を求めているかのように、コップのなかを勢いよくぐるぐる回るのが、見てとれた。やがて彼は義眼をつまんで水を切り、それに息を吹きかけると、広間のうす暗い側のほうへ歩いていった。

「けどな、ひょっとして、みんな」と彼は背を向けたまま言った。「おれたちの活動がうまくいったら、新しい社会が生きた目を提供してくれるかもしれないよ。そうしたことはまったくの空想というわけではないのだから。おれは長いこと片目のない生活を送ってきたけどね……。ところで、今何時だい？」

それにしても、どんな社会になったら、彼は僕という者を見てくれるんだろう、と僕は「六時一五分」というトビットの声を耳にしながら、思った。

「それじゃ、すぐに出かけたほうがよさそうだな。これから長旅になるから」と彼は言って、部屋を横切ってきた。今では彼は義眼をつけ、微笑を浮かべていた。「どうだい？」と彼は僕に訊いた。

僕はうなずいた。くたくたに疲れていたので、ただ、うなずいただけのことである。

「よし」と彼は言った。「君もこんなことにならないことを心から願ってるよ。心からね」

「万一そんなことになったら、あなたがかかりつけの眼科医を紹介してくれるでしょう」と僕は言った。「その時には、他人もそうですが、僕は自分を見なくてすむかもしれません」

すると彼は、僕を妙な目つきで見てから笑った。「ねえ、みんな、彼ったら冗談を言ってるよ。またブラザーらしい気持ちを持つようになったみたいだね。それにしても、君にはこんなガラス玉はいらないことを願ってるよ。そのうちに、ハンブローに会いに行ってくれ。彼が計画のあらましを説明して、指示を出してくれるだろう。今日の問題については、継続審議ということにしておこう。おれたちがもたらした場合の進展だけが重要なんだから。でないと、忘れてしまうから」と彼は上着を着ながら言った。「君もいずれ分かるが、それがいちばんだよ。ブラザーフッド協会は一枚岩になって行動する必要がある」

僕は彼を見た。自分の体臭が気になってきたので、風呂に入らなければと思った。ほかの者たちは今はもう立って、戸口のほうへ向かっていた。僕もワイシャツが背中にくっつくのを感じながら、立ち上がった。

「最後に一言」とジャックは僕の肩に手をおいて、穏やかに話した。「ああいう短気には気をつけるんだよ。それも規律の一つなんだから。ブラザーを相手にしている時には、思想や論争でやりこめるようにするんだ。癇癪《かんしゃく》はわれわれの敵のためにとっておくんだね。じゃあ、少し休みたまえ」

僕の体は震えはじめていた。彼の顔が、前に出てくるかと思えばうしろに引っ込み、引っこんだと思えば前に迫ってくるように思えた。彼は頭を振り、不気味な微笑を浮かべた。

「君の気持ちは分かるよ」と彼は言った。「それに、あれだけの努力が無駄に終わったのは、実に残念だな。だけど、それ自体も規律みたいなものだからね。おれは自分で学んできたことを君に話しているんだし、君よりずいぶん年上だからね。じゃあ、おやすみ」

僕は彼の片目を見た。だから、この人は僕の気持ちが分かるというわけだ。本当はどっちの目が見えないんだろう？　「おやすみなさい」と僕も言った。
「おやすみ、ブラザー」トビットを除いて、みんながそう言った。
夜になるが、いい夜にはならないな、と僕は思いながら、最後の「おやすみなさい」を大声で言った。

彼らが立ち去ると、僕は上着を手にして、自分の机に行って椅子に腰かけた。彼らが階段を下りてゆく足音がして、一階の戸口が閉まる音が聞こえてきた。まるでへたな喜劇を観ていたような感じがした。だが、それは現実であり、僕もそれに参加したのであり、しかもそうしたことが、自分が生きていける歴史的に意味深い唯一の生活であった。そんな生活を捨てたら、僕はどこにも居場所がなくなるだろう。クリフトンみたいに死んだも同然で、無意味な存在になるだろう。薄暗がりのなかで人形を手探りして探し、それを机の上にポンとおいた。クリフトンはたしかに死んだのであって、今となっては、彼の死から生まれてくるものは何もない。掃除人の役にさえ無用の存在になった。彼はあまりに長いこと待ちすぎて、彼への指令が変わってしまった。葬式だけはかろうじてやってもらえた。それだけだった。ほんの数日間のことだったが、彼はそのあいだにミスを犯してしまい、僕としても何もしてあげられなかった。ただ言えることは、彼は死んだのであり、こうしたことから手の届かぬ所へいってしまった。

しばらく座っていたが、次第に気が狂いそうになり、その感情を抑えようとして苦しんだ。ここから出ていくことができなかったし、闘うためには連絡をとる必要があった。それにしても、同じ人間では決していられないだろう。決して。明日からは同じ顔つきには見えないかもしれないし、感じ方も違うかもしれない。まさにどんな人間になるのか、自分でも分からない。昔の自分に戻れなかった——たいした人間ではなかった——が、あまりに多くのものを失ったので、昔の自分になれるはずもなかった。僕のある部分もクリフトンとともに死んでしまった。それだったら、意義があるなしはともかくとして、ハンブローに会いに行こう。僕は立ち上がって広間に出た。コップはまだテーブルの上にあって、それをさっと払いのけると、薄暗がりの中を転がる音がした。それから階段を下りた。

23

　一階のバーは暑く込み合っていて、クリフトンが射殺されたことをめぐって熱っぽい議論が交わされていた。僕は戸口の近くに立ってバーボンを注文した。すると、誰かが僕に気づいて、仲間に引き入れようとした。

「ごめん、今夜はちょっと」と僕は言った。「あの男は僕の親友だったもので」

「ああ、そうだよなぁ」と彼らは分かってくれた。僕はもう一杯バーボンを飲んでからバーを出た。

　一二五丁目まで来ると、罪を犯した警官の免職を求める嘆願書を配っている、市民の自由を守る人たちの一団に出くわし、その一ブロック先では、見慣れた女性街頭説教者さえもが、無実の人々の虐殺について声高に説教していた。僕が想像していたのよりもずいぶん幅広い人々が、射殺の一件で怒っていた。いいぞ、たぶんあの件は時が経っても忘れ去られてしまうことはないだろう。今夜のうちにハンブローに会ったほうがいいかもしれない、と僕は思った。

　その通りには、いたる所に少人数の人たちがかたまっていた。僕が次第に足を速めて歩いてゆくと、七番街まで来ていることにふと気づいた。街灯の下で、群衆に囲まれて、あの説教者ラスがいた――

僕がこの世でいちばん見たくない男だ。引き返そうとしたとたんに、彼は旗のあいだから身をかがめて叫んだ。「ほら、見て、黒人の紳士淑女の皆さん！　あそこをブラザーフッド協会の代表が行きますよ。このラスの目に狂いはありません。あの紳士は、気づかれずにわれわれのそばを通りすぎようとしているではありませんか。**あの人**に例の一件を訊いてください。お前さんたちは何を待っているのか、ってね。あんた方のインチキな組織のせいでおれたちの黒人青年が撃ち殺されたというのに、お前さんたちはどうしようとしているのか、ってね」

彼らは振り返って僕を見ると、迫ってきた。うしろから近づいてきて、群衆の中に押し込もうとする者もいた。説教者は青色の信号機の下で身をかがめながら、僕を指さしていた。

「皆さん、あの一件でお前さんたちは何をしようとしているのか、あいつに訊いてください。お前さんたちは怖がっているのか——それとも、白人たちと黒人の手先が手を組んで、おれたちを裏切ろうとしているのか、ってね」

「手を離せ」誰かが手を伸ばして腕をつかんだので、僕は怒鳴った。

僕を罵る小声が聞こえてきた。

「その兄ちゃんに返事する機会をやれよ！」と誰かが言った。

彼らの顔が僕のほうに迫ってきた。笑いたくなった。裏切りに加担したのかどうか、自分でも分からないことにふと気づいたからだ。だが、彼らは笑う気分ではないようだった。

「紳士淑女の皆さん、ブラザー並びにシスターたち」と僕は言った。「こうした批判に反論するのは恥ずかしいことです。皆さんは僕と僕の活動をご存知なので、その説明の必要はないと思います。こうした怒りを終わりにしようと活動してきた組織への批判の口実として、われわれの最も有望な青年の不幸な死を利用することは、とても不名誉なことに思えます。あの射殺事件に対して最初に反対行動を起こした組織は何ですか？　ブラザーフッド協会ですよ！　先頭に立って大衆の目を呼び覚ましたのは誰ですか？　これもブラザーフッド協会じゃないですか！　これからもずっと、まっ先に大衆のための活動を推進するのは、どういう組織ですか？　これもまたブラザーフッド協会ですよ！

われわれはこれまで活動してきたし、これからもずっと活動することを、皆さんに請け合います。だけどそれは、規律に従ったやり方でですよ。しかも、われわれは積極的な活動を続けます。早まった軽率な行動に走って、われわれや皆さんのエネルギーを無駄にするようなことはしません。黒人であろうと白人であろうと、脚立の上の人が皆さんに何を語ろうと、われわれはアメリカ人であります、アメリカ人なんです。死んだ人の名前を乱用するのはあそこのお方に任せておきます。ブラザーフッド協会はブラザーを亡くしたことで心を痛め、実に残念に思っています。また彼の死を抜本的で永続的な改革の始まりにしようと決心してもいます。ひとりの人間が無事に埋葬されるまでぶらぶらして待ってから、脚立の上に立って、彼の信じていたすべてを中傷するのは、たやすいことです。だけど、彼の死から絶えることのない何かを生み出すには、時間と念入りな計画というものが必要でして――」

「そこの偉い人」とラスが叫んだ。「問題をはぐらかすな。お前さんはおれの質問に答えちゃいない。**お前さんたちはあの射殺事件のことで何をするつもりなんだい？**」

僕は群衆のはしのほうへ行った。こんなやり取りを続けていたら、悲惨な結果になりかねなかったからだ。

「自分のわがままな目的のために、死者を乱用するのはやめろ」と僕は言った。「死者を安らかに眠らせておくんだ。死体を鞭打つような真似はよせ！」

彼はかんかんに怒って、「あいつに答えさせろ！」とか、「墓泥棒め！」とか叫んでいたが、僕は群衆を押し分けて離れた。

説教者は両腕を振り回し指でさしながら、わめいていた。「あの男は奴隷をつくった白人どもに雇われている手先なんだぞ！　おれたち黒人の赤ん坊や女たちが苦しんでいた時に、この数ヶ月間はどこにいやがった――」

「死者は安らかに眠らせておけ」と僕が大声で言っていると、ラスに向かって「おい、お前はアフリカへ戻れ。この兄ちゃんのことはみんな知っているんだから」という声が耳に入った。

しめた、こいつはいいや、と思った。その時、僕のうしろで足を引きずるようにして歩く足音がしたので、くるりと振り返ると、ふたりの男が急に立ち止まった。ラスの手下だった。

「おい、あんた」と僕は上のほうにいるラスに言った。「身のためを思ったら、チンピラの手下は帰らせたほうがいいよ。このふたりは僕のあとをつけたがってるみたいだから」

「そんなことは嘘っぱちだ！」とラスは叫んだ。

「万一僕の身に何かあったら、何人も目撃者がいるんだからな。埋葬が済んですぐに死体を掘りおこすような奴は何でもするが、あんたに警告しておく――」

群衆のなかには怒鳴る者もいて、さっきのふたりは、目に憎しみの表情を浮かべて目の前を通りすぎ、群衆を尻目に街角に姿を消した。ラスは今ではブラザーフッド協会のことを非難していて、群衆から野次が飛んでいた。僕がそのまま歩き続けてレノックス街のほうへ引き返し、映画館の前を通りかけた時に、ふたりの男は僕をつかんで、殴りかかろうとしてきた。だが、今度は場所を選びそこなったらしく、映画館のドアボーイが僕らのあいだに割り込んできて、ふたりはラスが街頭で演説しているほうへ逃げた。僕はドアボーイにお礼を言ってから、また歩き続けた。運がよかった。今度は怪我をしないで済んだが、ラスはまた大胆な行動に出ているようだった。人通りの少ない所だったら、痛めつけられていたかもしれない。

レノックス街まで来ると、僕は縁石に出てタクシーに合図を送ったが、スーッと走り去っていった。救急車が通りすぎ、それからもう一台のタクシーが空車標示板を下ろしたまま、走り去った。僕は振り返った。通りのどこからかさっきの男たちに見張られている感じがしたが、姿は見えなかった。タクシーはどうして来ないんだ！　その時、クリーム色の粋な夏服姿の三人の男が、縁石にいる僕の近くでぴたりと立ち止まったが、その服装から、ハンマーで殴られたように、頭にひらめくものがあった。三人ともサングラスをかけていた。サングラスは何千回も見かけたことがあったけれど、今までハリウッドの流行の空しい模倣だと思っていたことが、突然、個人的に意味あるものになった。こいつはいいぞ、なぜ今まで気づかなかったんだろうと思いながら、通りを急いで横切り、冷房のきいたひんやりするドラッグストアに入った。

サングラスは、サンバイザーやヘアネットや、ゴム手袋や、カードに留めたツケマツゲと一緒に、ケースの上においてあったので、僕は、目についたうちでいちばんレンズが黒いやつをつかんだ。それは濃い緑色だったせいか、黒く見えた。すぐにそれをかけてみると、いきなりまわりが真っ黒になり、僕はそのまま外に出た。

やっと見えるくらいだった。辺りはサングラスのせいでほとんど真っ暗で、街並みはぼんやりとごったがえしていて、緑色に見えた。僕は通りをゆっくりと横切り、地下鉄のそばまで来ると、目が慣れてくるのを待った。不吉な光線に見入っているうちに、僕のなかに妙な興奮が沸き上がってきた。するど、地下から吹き上がってくる暑い空気と一緒に、乗客が出てきた。地下鉄が歩道を振動させるのが感じとれた。タクシーが近づいて来て、乗客を降ろしたので、僕が乗り込もうとした時に、ひとりの女が階段を上がって僕の前で立ち止まり、ニッコリした。どうしたんだろうと思っていると、女は突っ立ったまま、体にぴったりとした夏服の姿で微笑を浮かべていた。クリスマス・ナイトの香水をぷんぷんさせた大柄の若い女だった。すると、女は近づいてきた。

「ラインハート、ベイビー、あなたなの？」と女は声をかけてきた。

ラインハートだって、と僕は思った。それじゃ、このサングラスは効きめがあるんだ。彼女が僕の腕に手をかけたとたんに、「君だったのか、ベイビー」と思いもよらない返事をしてしまった。僕は緊張して待った。

「まあ、今度ばかりは時間ぴったりね」と彼女は言った。「でも、帽子もかぶらないで、あたしが買ってあげた新しい帽子はどうしたの？」

僕は吹き出したくなった。目を丸くした彼女の顔がクリスマス・ナイトの香水の香りを漂わせながら僕のほうにもっと近づいてきた。

「ねえ、あんた、ラインハートじゃないわ。どういうつもりなの？　口のきき方だってラインハートとは違う。嘘つき」

僕は吹き出して、あとずさりした。「お互いに勘違いしたようですね」と僕は言った。

すると、彼女はバッグを握り締めてうしろに下がり、まごつきながら僕を見つめた。

「本当に悪気はなかったんです。すみません。あなたは、僕のことを誰と間違ったんですか？」

「ラインハートよ。でも、あんた、あの人のふりをしているところを見つからないほうがいいわ」

「分かりました」と言った。「だけど、あなたが彼に会えたと思って、あんまりうれしそうにしていたもんだから、ついその気になって」

「あたしはてっきりあんたが――ねえ、面倒なことにならないうちに、行ってよう」彼女は横にのき、僕は立ち去った。

実に不思議な出来事だった。だが、あの女が言った帽子の件はすばらしいアイデアだと僕は思って、ラスの手下に用心しながら急いだ。時間を無駄にしてしまった。帽子屋を見つけると中に入り、数ある帽子の中でいちばん大きい帽子を買って、それをかぶった。これをかぶっていれば、吹雪のなかでさえ人目につくはずだ、と思った――ただ、連中だけは僕をラインハートという男と勘違いするだろうが。

やがて、僕はさっきの通りに戻り、地下鉄のほうへ向かった。目はもう慣れてきた。世界が暗緑色の色合いを帯び、車のライトは星のように輝き、人々の顔は神秘的なまでにぼうっと見えた。映画館のギラギラ光るネオンサインも、落ち着いた色合いで不吉な光線に弱まっていた。僕は威張ったような歩きぶりで、演説しているラスのほうへ引き返した。これは本当のテストだ、僕だとバレなかったら、もめごとに巻き込まれずに、ハンブローの家に行ける。いずれ険悪な時期が来ても、動き回ることができるにちがいない。

ふたりの男が、だぶだぶの絹のスポーツシャツがリズミカルにはねるくらいの気取った大股で、歩道をぐんぐん近づいてきた。ふたりともサングラスをかけ、頭のてっぺんに帽子をかぶり、そのつばを下に向けていた。ふたりとも流行好きだなと思ったとたんに、声をかけてきた。

「やあ、相棒」と彼らは言った。

「ラインハート、兄貴、何を企んでいるのか教えてくれよ」とも彼らは言った。

やれやれ、こいつらもラインハートの友だちか、と僕は思いながら手を振り、そのまま歩き続けた。

「ラインハート、あんたが何をしでかそうとしているのか知ってるぞ」とひとりが大声で言った。

「慎重にやれよ、おい、慎重にな!」

僕は、冗談が分かったかのように、また手を振った。彼らはうしろで笑っていた。僕はもうそのブロックのはずれ近くまで来ていて、汗でびっしょりになっていた。あのラインハートとは何者で、何を企んでいるのだろうか? もう人違いされないように、彼のことをもっと知る必要がある……。

一台の車がラジオをガンガン鳴らしながら通りすぎた。前方から、あの説教者がやかましいくらいに群衆に向かって吠え立てている声が聞きとれた。やがて僕は近づき、歩行者が群衆のあいだをぬって通れるようにしてあるスペースに、目立つように立ち止まった。うしろには、群衆が店のショーウインドーの前に二列にずらりと並んでいた。前方の群衆は緑色がかった薄暗がりのなかに溶け込んでいた。説教者は激しい身ぶりをして、ブラザーフッド協会を非難していた。

「行動に移す時が来ました。われわれは奴らをハーレムから追い出さなければなりません」と彼は叫んだ。さっと見回した彼の視線が一瞬、僕をとらえたような気がして、緊張した。

「このラスがあいつらを追い出せと言っているんです！　説教者ラスが**破壊者**ラスになる時ですよ！」

賛成の歓声が起き、僕は、**破壊者**とはどういう意味だろうと思いながら、うしろを振り向くと、僕のあとをつけてきた男たちがいた。

「黒人の紳士淑女の皆さん、もう一度言います。行動に移す時が来ました！　破壊者ラスであることのおれがくり返します。**その時がやって来たんです！**」

興奮で身ぶるいがした。さっきのふたりの男たちは僕に気づいていない。しめた、と思った。彼は僕ではなく、帽子を見ていた。帽子には魔法が秘められている。こいつは、彼らのすぐ目の前でも僕を隠してくれる……。だが、急に確信がもてなくなった。ラスは今ではハーレムのあらゆる白人的なものを破壊せよとわめいているのだから、誰も僕に気づくはずがない。もっと確実なテストが必要だ。もし自分の計画を実行することになったら……。どんな計画だっけ？　クソ、そんなことは分からなくても構わない。さあ、行こう……。

僕は群衆のあいだをぬうようにしてその場を離れると、ハンブローの家へ向かった。

ズート服姿の男たちの一団が、すれ違いざまに僕に挨拶した。「やあ、兄貴、こんばんは！」と彼らは大声で言った。

「こんばんは！」と僕も声をかけた。

まるで僕が、服装やある種の歩き方で、一目で——顔つきではなくて、身につけているものや、制服や、歩きぶりで——それとすぐに分かる友愛会に入ったみたいだった。だが、そのせいで不安になった。僕はズート服愛好家ではなく、いわば政治家のようなものだからだ。本当に僕はそうなのか？確実なテストをやったら、どうなるんだろう？〈ジョリー・ダラー〉酒場でやたらと言いがかりをつけてきたあのふたりの男にためしてみてはどうか？そう思った時には八番街を横断しかけていたので引き返し、ダウンタウン行きのバスのほうへと走った。

酒場のカウンターには、多くの常連客がゆったりとした姿勢で腰かけていた。部屋は込み合っていて、バレルハウスが働いていた。僕は、帽子をちょこんと傾けた時にサングラスのフレームが鼻すじに食い込むのを感じながら、カウンターに割り込んだ。バレルハウスは、唇を突き出して、ぞんざいに僕を見た。

「大将、今夜はどのブランドを飲むかね？」と彼は訊いた。

「バランタインを頼む」といつもの声で答えた。

彼の目を見守っていると、僕の前にビールをおき、大きな手でカウンターをポンと叩いて勘定を求めた。僕は心臓をドキドキさせながら、いつもの支払いの仕方でカウンターの上で硬貨をくるくる回しながら払った。硬貨は彼の拳の中に消えた。

「ありがとう、兄貴」そう言うと彼は働き続けたが、僕はまごついてしまった。僕であることには気づかなかったが、彼の声には、少し聞き覚えのあるような様子が感じられたからだ。しかし、今まで僕を「大将」とか、「兄貴」とか呼ぶことは決してなかった。しめしめ、たぶん、うまくいくかもしれない、と思った。

たしかに何かが僕に、それも大いに効果を及ぼしていた。ほっとした。室内は暑かった。ひょっとして、そのせいだろう。冷えたビールを飲みながら、部屋の奥のボックス席を見た。群がった男女が、煙草の煙の緑っぽいもやのなかで、悪夢に出てくる人物のようにもぞもぞと動いていた。ジュークボックスはガンガン鳴り響いていて、まるで暗いほら穴の奥を覗き込んでいるようだった。そして、誰かがわきによった時、上下にひょいひょい動く頭や肩ごしに、カーブを描いたカウンターの先に目をやると、悪夢の中の「火が燃える炉」のように、輝くジュークボックスが、がなり立てていた。

ジェリー、ジェリー
ジェリー
ひと晩中

僕は、ナンバー賭博の集金人が賭け金を清算している様子を見守りながら、ここはブラザーフッド協会の精神が明らかに浸透していた場所のはずなのに、と思った。ほかのことと一緒に、このこともハンブローに説明してもらおう。

ビールを飲み干し、振り返って出ていこうとした時、ランチカウンターの向こうにブラザー・マセオの姿を見かけた。僕は変装しているのを忘れ、とっさに動いて彼のすぐそばまで行ったが、思いとどまって、もう一度変装をためしてみようと思った。彼の肩ごしに手を伸ばし、砂糖入れとホットソースの瓶のあいだにある油じみたメニューを手にして、サングラスをかけたまま読むふりをした。

「兄貴、骨付き肉の味はどうかい？」と僕は声をかけた。

「うまいぜ。少なくともわしが食っているのはな」

「そうかい？　骨付き肉のことは詳しいのかい？」

彼はゆっくりと頭をもたげ、あぶり器の小さな青い炎の前で回転している串ざしのチキンのほうに目をやった。「お前さんと同じくらい知ってると思うよ」と彼は答えた。「いや、たぶん、もっとだな。わしはお前さんよりは数年多く、しかもいろんな所で食ってきたからな。それはともかく、こんな所で、なんでいちゃもんをつけるんだい？」

彼は振り向いて、挑みかかるように顔をじっと見つめてきた。ずいぶん威勢がよかったので、僕は吹き出したくなった。

「まあ、そんなにカッカしなさんな」と僕は低い声で言った。「少しぐらいは訊いたっていいじゃない？」

「言ったじゃねぇか」と彼は体ごとくるりと向きながら言った。「そろそろお前さんはナイフを抜くんだろうな？」

「ナイフだって？」と僕は吹き出しそうになった。「誰がナイフのことを言ったよ？」

「どうせ、そんなこと考えてんだろ。誰かが気に食わないことを言おうものなら、あんたみたいな連中はジャックナイフをちらつかせるんだから。ようし、さっさとそいつを抜けよ。わしは、いつだって死ぬ覚悟はできてるんじゃ。さあ、やってみろ！」

彼は今では砂糖入れに手を伸ばしたが、僕は突っ立ったまま、目の前の老人はブラザー・マセオではなく、別人が自分をまごつかせようとして変装しているのではないかと、ふと感じた。サングラスの効き目がありすぎたのだ。この老人は威勢のいいブラザーだが、こんなことでは駄目だ、と思った。

僕は彼の皿を指さした。「おれは骨付き肉のことを訊いたんだよ。あんたのあばら肉じゃなくて。ナイフのことなんか誰が口にした？」

「そんなこた構うもんか。さっさと抜きやがれ」と彼はどなった。「お前さんの腕前を見せてもらおう。それとも何かい、わしが背中を向けるのを待ってんのか。ようし、ほら、これがわしの背中だよ」と彼は言って、腰をかけたまままくるりと回ったかと思うと、また向き直り、腕で砂糖入れを投げつけようと構えた。

多くの客は振り返って見て、明らかに席を移ろうとしていた。

「どうしたんだい、マセオ？」と誰かが声をかけた。

「わしが手こずるようなことじゃねぇよ。この図々しいクソ野郎が入ってきて、威張りちらすもんでよう――」

「爺さん、カッカしなさんな。口は災いのもとだよ」と言ったものの、なぜ自分はこんな口のきき方をするんだろう、と僕は不思議に思った。

「何を！　クソ野郎、ジャックナイフを抜きやがれ！」

「そいつをやっつけろ、マセオ。クソ野郎をぶん殴れ！」

僕はその声が聞こえてきたほうを耳で確かめて、振り向いて、マセオや、けしかけた奴や、戸口をふさいだ客たちを見た。ジュークボックスは鳴りやんでいて、僕は危険な状態が急速に高まるのを感じたので、とっさにビール瓶の所にすっ飛んでゆき、それをさっと手にした。体は震えていた。

「よし、そんなにやりたいのなら、相手になってやる！　余計な口をたたく奴がいたら、こいつを食らえ！」と怒鳴った。

マセオは動き、僕がビール瓶で殴るふりをすると、彼はさっと身をかわして、腕は砂糖入れを投げつける構えをしたが、僕が迫っていたので、できないでいた。作業着につばの長い灰色の布の帽子をかぶった色黒の老人は、緑のサングラスを通して見ると、夢でも見ているような顔つきをしていた。

「そいつを投げてみやがれ。さあ、やれよ」と僕は、狂気じみた雰囲気に呑み込まれて叫んだ。ブラザーに変装をためしてみようとここまで来たが、今となっては相手を殴り倒す覚悟はできていた――それも自分が望んだのではなく、成りゆきのせいで。たしかに馬鹿げてはいたが、それが現実であり危険な状況だったので、老人が動きでもしたら、できるだけ残酷なやり方で、こいつを食らわせてやる。自分の身を守るために、そうしなければならない。でないと、酔っぱらいたちに袋だたきにされるにちがいない。マセオは冷ややかに僕を見つめながら身構えていたが、突然、「おれの店で喧嘩はするな！」という声が鳴り響いた。バレルハウスだった。「ふたりともそいつを下ろせ。金がかかっているんだぞ」

「なんだ、バレルハウス、喧嘩させろよ！」

「外じゃいいけど、ここじゃ駄目だ――おい、ふたりとも、こっちを向け……」と大声で言った。

彼のほうを向くと、彼は身を乗り出し、大きな手に握りしめた拳銃をカウンターの上でしっかり狙いを定めていた。

「さあ、ふたりともそいつを下ろせ。おれんとこの物を下におけって言ってるんだ」と彼はゆっくりと言った。

ブラザー・マセオは視線を僕からバレルハウスに移した。

「爺さん、そいつを下ろしな」と僕は言ったものの、本心からではないのに、なんでまた自尊心に駆られて、こんなことをしているんだろう、と思った。

「そっちこそ下ろしやがれ」とマセオは言い返した。

「ふたりとも、そいつを下におくんだ。それからな、ラインハート」とバレルハウスは言って、拳銃を僕に向けた。「おれの店から出て行って、二度と来るんじゃないぞ。ここのあんたのツケはいらんよ」

僕は抗議しかけたが、彼は手の平を突き出した。

「なあ、あんたに含むところはないんだ。ラインハート、勘違いしないでくれ。だけど、もめごとだけは我慢ができないのさ」とバレルハウスが言った。

ブラザー・マセオが砂糖入れを元の位置においたので、僕もビール瓶を下におろして、戸口のほうへ戻った。

「それによう、ライン、拳銃なんか抜くんじゃないぞ。こいつにゃ弾が込められているし、おれには許可証があるんだから」とバレルハウスが言った。

とずさりした。

僕は、頭の皮がヒリヒリ痛むのを感じながら、ふたりから目を離さないようにして戸口のほうへあとずさりした。

「今度から、訊く気もないようなことは訊くなよ。それに、この喧嘩のケリをつけたいんだったら、わしはちゃんとここにいるからな」とマセオは大声で言った。

外の空気に体がどっと包まれると、急にホッとしたせいもあって冗談が言えるような気分になって、僕は戸口のすぐ外に突っ立ったまま、長いつばの帽子をかぶった喧嘩腰の老人や、戸惑い気味の客たちを振り返りながら笑った。ラインハート、ラインハートかぁ、ラインハートってどんな人物だろうと思った。

僕はクスクス笑いながら次のブロックまで来た。街角に立って安っぽいワインを回し飲みしている男たちの近くで、信号待ちしていると、彼らはクリフトンの事件を話題にしていた。

「おれたちに必要なのは銃だよ。目には目を、ってやつさ」と彼らのひとりが言った。

「そうとも、マシンガンさ。マックルロイ、おれにもスニーキーピートワインをまわして」

「サリヴァン法がなかったら、このニューヨークは射撃練習場になっちまうな」と別の男が言った。

「ほいきた、ワインだ。けど、酒に溺れたりするなよ」

「こいつはおれのたった一つの楽しみじゃねぇか、マックルロイ。お前はそれをおれから奪いてぇのかい？」

「おい、飲んだら瓶をまわしな」

僕が彼らのうしろを通ると、ひとりが話しかけてきた。「やあ、ラインハートさん、あんたのハンマーの垂れ具合はどうかね？」

ここでもかと思いながら、急ぎ足になりかかった。「そりゃ、重いさ。ずいぶん重いなあ」僕はこんなことに返事するコツを心得ていた。

彼らは笑った。

「まあ、朝までにゃ軽くなるけどな」

「ねえ、ラインハートさん、おれにも仕事もらえねぇかな？」とひとりが近づきながら言ったが、僕は手を振ると、通りを横切り、次のバスのほうへと八番街を足早に歩いていった。

店や雑貨店の明かりはもう消えていて、子どもたちがキャーキャー言いながら歩道を走り、大人たちのあいだにさっと入ったり飛び出したりしていた。サングラスをかけたまま歩いていると、いろんな物のかたちが液体のように溶け合ってゆく感じに見えた。ラインハートの目には、世界はこんなふうに映るのだろうか？　黒っぽいサングラスをしたあらゆる青年たちにも。「今われらは鏡をもて見るごとく見るところおぼろげなり。されど――されど――」あとの文句は思い出せなかった。

女は買い物袋を下げて、片足をひきずりながら歩いていた。僕は、腕に触れるまでは、彼女は独り言を言っているものと思っていた。

「あのう、失礼だけど、あなた、今夜はわたしのそばを素通りするみたいだわね。最後の数字は何でしたっけ？」

「数字、何の数字のこと？」

「まあ、知らんぷり？」彼女は声を高めて言うと、両手を腰に当て、じっと見すえた。「今日の最後の数字よ。あんた、ナンバー賭博をやってるラインハートじゃないの？」

「ナンバー賭博のラインだって？」

「そう、ナンバー賭博のラインでしょう。ごまかされたりなんかしないわよ」

「けど、それは僕の名前じゃないんでね、奥さん」僕はできるだけはっきりと言って、そばを離れかけた。「人違いだよ」

彼女の口がポカンと開いた。「そうなの？　まあ、あんた、あの人にそっくりじゃないの？」声の調子には強い疑念がこもっていた。「こんなこともあるのねぇ。家に帰らなきゃ。わたしの夢が当たったら、あのならず者に会いに行かなきゃならないんだから。それに、今はあの金もいるし」

「当たるといいね。その人も賭け金を払ってくれるといいね」僕はそう言うと、目を凝らして彼女をはっきり見ようとした。

「あんた、ありがとう。あの人、ちゃんと払ってくれるわよ。だけど、あんたがラインハートじゃないってこと、分かったわ。引き止めたりしてごめんね」

「どうってことないさ」と僕は言った。

「あんたの靴を見たら、分かったのに」

「どうして？」

「だって、ナンバー賭博のラインは、先の丸い靴を履くことで知られているから」

僕は、彼女がシオンの古い船のように揺れながら、片足をひきずって去ってゆくのを見守っていた。ラインハートのことをみんなが知っていても不思議ではない、あの稼業では歩き回らなければいけないのだから、と僕は思った。自分が黒と白の靴を履いているのに気づいたのは、クリフトンが射殺された日から、はじめてのことだった。

一台のパトカーが縁石に近づいてきて、僕の横についてゆっくり動いた時、警官が口を開かないうちに何を質問されるのか、見当がついていた。

「おい、お前か、ラインハート?」運転していないほうの警官が訊いた。白人だった。制帽の記章がキラキラ輝いているのが見てとれたが、番号はぼんやりしていた。

「違いますよ、おまわりさん」と僕は答えた。

「何だと。どういうつもりなんだ。払わないのか?」

「勘違いですよ。僕はラインハートじゃありません」

パトカーは停まり、懐中電灯のまぶしい光が僕の緑色のサングラスに射し込んできた。警官は通りにペッと唾を吐いた。「まあ、朝までにゃ、とぼけるのをやめるんだな。おれたちのもらい分をいつもの場所においといたほうがいいぞ。一体、てめえのことを何様と思ってやがるんだ?」彼が怒鳴ると、パトカーは速度をあげて、去っていった。

すると、僕が振り向かないうちに、街角の賭博場から男たちが駆けつけてきた。彼らのひとりは手に自動拳銃を握っていた。

「おい、あのポリ公どもはあんたに何をしようとしたんだ?」とその男が訊いた。

「何でもないんです。人違いされたみたいで」

「誰に間違われたんだい?」

僕は彼らをじっと見つめた――犯罪者だろうか、それともあの射撃事件で興奮しているだけだろうか？

「ラインハートという人に」と僕は答えた。

「**ラインハート**――おい、みんな聞いたかよ？」と拳銃を持った男は鼻息を荒くしながら言った。「ラインハートだと！　ポリ公の奴ら、目が見えないにちがいないぜ。あんたがラインハートじゃないくらい、誰にだって分かるさ」

「けど、ラインにそっくりだよ」と別の男が言って、ズボンのポケットに両手を突っ込んだまま、僕をジロジロ見た。

「全然似てねぇよ」

「ふん、おい、ラインハートは、今頃はあのキャデラックを乗り回してるさ。何言ってんだい？」

「あんた、あのな」と銃を手にした男が僕に言った。「ラインハートみたいな振るまいはやっちゃいけねぇぞ。やるんだったら、あんたは、口先のうまい舌と薄情な心を持って、何だってやる覚悟ができていなきゃなんねぇからな。けど、またポリ公にうるさくされたら、おれたちに知らせろよ。あいつらの高飛車な態度をやめさせるつもりなんだからよう」

「はい、分かりました」

「ラインハートか」と彼はまた言った。「**こいつ**はおもしれぇや」

男たちは振り返って、しゃべりながら賭博場に戻り、僕はその付近から急いで去った。しばらくハンブローのことを忘れていたが、西ではなく東のほうへ歩いていった。サングラスをはずしたかったが、かけたままにしておくことにした。ラスの手下どもがまだうろついているかもしれないからだ。

辺りは前よりは静かになっていた。通りは歩行者たちで賑やかで、すべてが緑色の神秘的な色合いのなかで動いていたが、特に僕に注意を向ける者はいなかった。やっとラインハートの縄張りから出たのかもしれない。そう思うと、彼を社会機構のなかに位置づけようとした。彼は今までずっと動き回っていたが、僕は別の方向を見てきた。彼や、彼みたいな連中はうろついていたのに、僕は見すごしてきて、クリフトンの死（それとも、ラスという人間）によって、やっと気づいた。一体、世の中の背後には何がひそんでいるのだろう？　サングラスと白い帽子を身につけただけで、僕の正体がすぐに分からなくなるくらいだから、実際のところ、誰が何者なのか分からなくなってしまう。

エキゾチックな香水の香りが背後から漂ってきたので、ひとりの女性が僕のうしろをさりげなく歩いていることに気づいた。

「あんたが気づいてくれるのを待ってたんだから。ずいぶん待ったのよ」という声がした。

それは、しわがれ気味の、ずいぶん眠たげでうれしそうな声だった。

「あんた、聞いてんの？」と彼女が言った。そこで僕が見回そうとすると、こう言うのが聞こえた。「あんた、振り向いちゃ駄目よ。うちの人が、わたしのあとをしっかりつけて来ているかもしれないから。わたしの横を歩いて。そのあいだに、会う場所を教えるから。てっきり来てくれないと思ったわ。今晩会ってくれる？」

彼女はもう僕のそばを歩いていて、彼女の手が自分の上着のポケットの中でもぞもぞするのを感じた。

「分かったわよ、怒んないでよ。あんた、渡したわよ。ねえ、わたしに会ってくれる?」

僕はぴたりと止まって、彼女の片腕をギュッと握り、顔を覗いた。暗緑色のサングラスを通して見てもエキゾチックに思える女が、ほほ笑みながら僕を見つめた。が、そのほほ笑みは急に消えた。

「ラインハート、**あんた**、どうしたのよ?」

またかと思いながら、僕は彼女の腕をしっかりつかんでいた。

「ラインハートとは違いますよ。今夜はじめてお会いしました。本当に申しわけないですが」

「でも、ブリス、あんた——ラインハートったら! まさかわたしと別れようと言うんじゃ——あんた、わたしが何をしたのよ?」

彼女のほうも僕の腕をつかみ、僕らは歩道の真ん中で向かいあう格好になった。すると彼女は、いきなり悲鳴を上げた。「ウォーッ、ほんとに違う! なのに、わたし、あの人の金を渡そうとしていたなんて。とっとと行ってよ、馬鹿。あっちへ行ってよ!」

僕はあとずさりした。彼女は顔を歪めたかと思うと、ハイヒールで地団駄を踏みながら、金切り声を上げた。うしろから、「おい、どうした?」と誰かが呼ぶ声がして、駆けつけてくる足音がしたので、僕は急いで走って街角を回り、悲鳴が聞こえない所に逃げた。

数ブロック離れた所で、僕は息を切らして立ち止まった。おもしろくもあり、腹立たしくもあった。人間は何て馬鹿になれるんだろう? 誰もが急におかしくなったのだろうか? 辺りを見回した。そこは明るい通りで、通りは行き交う人々でいっぱいだった。僕は縁石に立って、ひと息つこうとした。通りの先の歩道の上には、十字架のネオンサインが輝いていた。

聖なる中間駅
生きた神を見よ
その文字は暗緑色にきらめいていたが、サングラスのレンズのせいなのか、ネオンランプの実際の色なのか、僕は首をかしげた。酔っぱらいがふたり、よろよろしながら通りすぎていった。ハンブローの家へ歩き出し、その途中で、頭を両ひざの上に垂らして縁石に座っている男の横を通りすぎた。ビラを配るまじめくさった顔のふたりの少年とすれ違い、僕は最初はそのビラを受け取らなかったが、すぐに引き返してそれをもらった。結局、このハーレムの現状を知るほかなかったからだ。ビラを手にして街灯の下に近づいてから、読んでみた。
見えないものを見よ
おお、主よ、汝のみ心が成し遂げられんことを！
われは一切を見、一切を知り
一切を語り、一切の病を治す
汝らに未知なる驚異を見せよう
――B・P・ラインハート師
心霊術者

古きものは常に新しい
中間駅は神秘の故郷ニューオーリンズ、バーミングハム、ニューヨーク、
シカゴ、デトロイト、そしてロサンゼルスにあり

神には難問はすべてなし

来たれ中間駅へ

見えないものを見よ！

われらの礼拝に出席せよ、祈りの集会は週三回あり
ともに加われ、**昔からの宗教**の**新たなる啓示に！**

見えざるものの見ゆるを見よ
見えないものを見よ
汝ら疲れし者よ、わが家へ来たれ！

われは、汝らの成し遂げんと望むことをする！ 迷うことなし！

僕は溝のなかにビラを捨て、歩いていった。まだ息切れがしていたので、ゆっくりと歩いた。**こんなことがあっていいのか？** やっとネオンサインの所に来た。それは教会に改装した店の上にあり、僕は教会の狭いロビーに入って、ハンカチで顔を拭いた。背後から、古風な祈りの高まっては低くなる声が聞こえてきた。そうした祈りの声は、大学を離れて以来聞いたことがなかったし、それに当時も、頼まれて地方の巡回牧師が祈る時だけだった。祈りの声は、リズミカルで夢のような朗唱となって、高くなったかと思うと低くなった——それは、信徒たちが受けたこの世の試練を読み上げることであったり、うっとりした声の妙技を披露することであったり、かと思えば、神への訴えだったりした。僕がまだ顔を拭きながら、いくつもの窓に描かれた下手な宗教画を横目で見ていると、ふたりの老婦人が近づいてきた。

「こんばんは、ラインハート牧師。今夜も暖かいですが、お元気ですか？」とひとりが話しかけてきた。

またか、と僕は思ったが、否定するよりも認めたほうがよさそうなので、ハンカチを口に当ててこもった声で、「こんばんは、シスターたち」と言った。すると、僕の手についていたさっきの女の香水の匂いがした。

「こちらはシスター・ハリスです。今度わたしたちのバンドに入ってくださることになったんですの」

「シスター・ハリス、神のみ恵みがありますように」僕はそう言って、彼女の差し伸べた手をとった。

「あのう、牧師さん、わたし、何年も前にヴァージニアであなたの説教をお聞きしたことがあるんですの。あなたは一二歳くらいの可愛いお子さんでしたわ。北部に来てから、ありがたいことに、今でも福音を説きながら神に仕えていらっしゃることを知りました。この邪悪な都市で昔ながらの宗教を説教なさっていて——」

「あのう、シスター・ハリス」ともうひとりが言った。「わたしたち、中に入って席を見つけたほうがよさそうですわ。それに、牧師さんは何かと準備がおありになりそうだし。だから、ちょっと早目にいらっしゃったのじゃないかしら、牧師さん？」

「ええ」と僕は口にハンカチを当てながら言った。ふたりは南部で見かけがちな優しい老婦人だったので、僕はふと言いようのない淋しさを覚えた。ラインハートはペテン師だと教えてやりたかったが、その時に教会の中から叫び声があがったかと思うと、音楽がどっと響いてきた。

「聴きましょうよ、シスター・ハリス。前にあなたに話したけど、あれはラインハート牧師からいただいた新しい種類のギター音楽ですの。すてきじゃありません？」

「ありがたや、ありがたや！」とシスター・ハリスは言った。

「失礼します、牧師さん。わたし、建設資金のために集めてもらった献金のことで、シスター・ジャドキンスに会わなくてはいけませんの。それはそうと、牧師さん、昨晩、あなたの感動的な説教を吹き込んだレコードを一〇枚売ったんですよ。わたしの勤め先の白人の奥様にも一枚売ったんですのよ」

「あなたに神のみ恵みがありますように、み恵みがありますように、神のみ恵みがありますように」

思わず僕は申しわけない気持ちで、そうつぶやいていた。

やがてドアが開き、僕が婦人たちの頭ごしに小さな部屋を覗き込むと、そこには多くの男女が折りたたみ式の椅子に詰めあって腰かけていて、その前には、古びた黒っぽいローブをまとったきゃしゃな体の女性が、アップライトピアノでブギウギを情熱的に弾いていた。そばでは、小さな縁なし帽をかぶった青年が、エレキギターですばらしいリフをかき鳴らしていた。そのギターは、鮮やかな白と金色の祭壇の上の天井から吊り下げられたアンプにつないであった。優美な深紅のローブにレースの高い襟をつけた男性が、大きな聖書にもたれるようにして立っていたが、先頭に立って迫力たっぷりに賛美歌を歌い出すと、信徒たちがわけの分からない言葉で叫んだ。彼のうしろにある壁の高い所に、金色の文字の言葉がアーチ型に貼りつけてあった。

光あれ！

全体の光景が緑色の光のなかで神秘的にぼやけ、震えていて、やがてドアが閉まると、音は静まった。

耐えきれないものがあった。僕はサングラスをはずして白の帽子を慎重に小脇に抱えて、そこを出た。こういうことがあるのか、本当にあるのかと思ったが、これが現実だと悟った。以前噂に聞いたことはあったが、こんな身近で体験したのははじめてだった。それにしても、ラインハートは、あれほどの顔をすべて持ち合わせているのだろうか？　ナンバー賭博売りのラインとか、賭博師のラインとか、わいろ使いのラインとか、愛人のラインとか、牧師のラインハートとか、あの男は、果実の皮であり芯《しん》でもあるような存在なのか？　とにかく、どっちが本物だろう？　だが、そんなことを疑ったら、キリがないではないか？　彼は心の広い人物であり、歩き回る有能な人物でもあるのだから。神出鬼没のラインハート。僕が実在するのと同じように、それは本当のことだった。彼の世界は可能性を秘めていて、彼もそれに気づいていた。彼は何年も先をいっているのに対して、僕は愚かだった。僕は頭がおかしくなり、目が見えなくなったにちがいない。われわれの住む世界には境界がない。広大で、熱く沸き返っている、流動的な世界であり、その中でならず者のラインはぬくぬくと暮らしている。おそらく、ならず者のライン**だけ**がくつろいだ生活を送っているのだろう。信じられない話だが、たぶん、信じられないことだけが信じられるのかもしれない。真実はいつの世も嘘なのだろう。

おそらく、ジャックの義眼から涙のしずくが落ちたように、何もかもが自分の体から転がり落ちたのかもしれない。そんな気がした。政治的にふさわしい分類を捜し出し、ラインハートと彼の状況にレッテルを貼り、すぐに忘れてしまわねばならない。僕は教会から急いで立ち去り、いつの間にか事務所に戻っていて、ハンブローの家に行こうとしていたことを忘れていた。

僕は憂鬱でもあり、心を奪われてもいた。ラインハートの正体を見抜きたかったが、今は頭が混乱していると思った。今さら彼のことを知る必要もないし、その存在に気づいたり彼と間違えられたりしただけで、ラインハートが実在の人物であることは十分納得のいくことくらい、自分でも分かっているからだ。こういうことはありうるはずもないが、しかし現実なのだ。しかも、それが知られていないという理由だけで、実際にある。ジャックはそうした可能性は夢にも思わないだろうし、その点はくわしいと自分で思っているトビットにしても、同じことが言えるだろう。あまりにもとるに足りないことが知られているだけで、あまりにも多くのことが隠されたままである。僕はクリフトンとジャックのことを思い出してみた。実際には、ふたりのどっちについてもどれほどのことが知られているのだろうか？　僕についても、どれだけ多くのことが知られているのだろうか？　僕の過去の生活を知っている者のうちで、誰が今の僕の正体を見抜くだろうか？　自分だって、ジャックに片目がないことをはじめて知ったばかりなのに。

まるでギブスをはずしたばかりで、また自由に動けることに慣れていない時みたいに、体中がかゆくなってきた。南部では誰もが僕のことを知っていたが、北部へ来ることは未知の世界へ飛び込むようなものだった。何日も幾晩も大都市の通りを歩いていて、顔見知りの人に出くわさないのではないか？　現に、僕は新たな自分になれた。そう思うと怖くなった。今では世界が目の前で流れてゆく気がしたからだ。すべての境界線が取り除かれた今では、自由とは必要性を認めるだけではなく、可能性を認めることでもあった。こうやって震えて座りながら、僕はラインハートの多様な人格の可能性をちらりと垣間見て、目をそらした。その世界は、じっくり考えるには、あまりに広大で、あまりにも混沌としていた。やがてサングラスの光沢のあるレンズを見て、吹き出してしまった。自分としては、単にサングラスを変装の道具にするつもりだったが、政治的な道具になっていた。ラインハートが仕事でサングラスをかけたとすれば、明らかに僕の場合も利用できるからだ。あまりに単純なことだったが、それはすでに現実の新たな側面を切り開いてくれていた。幹部会の連中はそのことで、どう言うだろうか？　彼らの科学でもってすれば、そうした世界の何が分かるんだろう？　いつものドブスやステットソン帽ではなく白いターバンを巻いた靴みがきの少年は、南部で最高の待遇を受けた。僕はその少年の話を思い出して、思わずどっと笑い出した。ジャックなら、そうした事情をほのめかしただけで激怒することだろう。だが、少年の話には真実がひそんでいる。これは、ジャックが自分では描いてみせているつもりの本当の混沌なのだ――今となっては、あれはずいぶん前のことのように思えた……。ブラザーフッド協会の外にいると、われわれは歴史からはずれた所にいたし、内側にいると、彼らはまともに見てくれなかった。われわれにはどこにも居場所がないなんて、ひどいありさまだ。僕はそうした状況から尻込みしたかったが、それでも、その問題について誰かと話し合い、そんなものは束の間の感情的な幻想にすぎないと、言ってもらいたかった。世界の下に支柱をつけ直してもらいたかった。だから今こそ、僕はどうしてもハンブローに会う必要があった。

事務所を出ようとして立ち上がると、壁にかけられた地図に目がとまり、僕はコロンブスを見て笑った。お前さんも、とんでもないインドを発見したな！　広間の反対側近くまで来た時にハッと気づき、引き返して帽子とサングラスを身につけた。街を何事もなく通り抜けるには、こいつが必要だろう。

僕はタクシーに乗った。ハンブローは西八〇丁目に住んでいた。ひとたび玄関に入ると、僕は帽子を小脇に抱え、ブラザー・タープの足鎖とクリフトンの人形を入れたままのポケットに、サングラスを押し込んだ。ポケットはぱんぱんだったが。

ハンブローは本の並んだ小さい書斎に案内してくれた。アパートの別の部屋から『ハンプティ・ダンプティ』を歌う子どもの声が聞こえてきて、僕がはじめて復活祭の催しに出た時の屈辱的な記憶が甦ってきた。あの時には、教会の会衆の前に立ったまま、歌の文句を忘れてしまったのだった……。

「子どものやつ、寝るのをいやがってねぇ。あの子ったら、ほんとにうるさいんだから」とハンブローは言った。

すると今度は、子どもがものすごい早口で『ヒッコリー・ディッコリー・ドック』を歌い出したので、ハンブローはドアを閉めた。彼は子どものことを何か話していたが、僕は急にイライラしてきて、顔をじっと見た。ラインハートのことが気がかりだったのに、なぜ自分はここにやって来たんだろう？

ハンブローはずいぶん背が高かったので、脚を組んでいても、両足が床につくほどだった。彼は見習い期間中の僕の先生だったのだが、僕はここに来るべきではなかったことに、今になって気づいた。法律家のハンブローは、物事をあまりにも狭く考えるタイプだ。彼ならラインハートをただ単に犯罪者と見なし、僕の強迫観念は、単に神秘主義に陥ったせいだと判断するだろう。そんなふうに見てくれるだけでも、まだましなほうだろう、と僕は思った。そこで、アップタウンの状況を訊いてから帰ることにした……。

「あのう、ブラザー・ハンブロー、僕の担当地区をどうすればいいでしょうか？」

彼はそっけない微笑を浮かべながら、僕を見つめた。「このわたしが子どものことばかり話す退屈な人間にでも思えてきたのかい？」

「まさか、そんなことはありません」と僕は言った。「今日は辛い一日だったんで、神経質になっているんです。クリフトンが殺されたり、この地区の情勢がずいぶん悪化したりしたせいでしょう……」

「そりゃ、そうだろうが、君がハーレム地区のことをなぜ心配するのかね?」彼はまたほほ笑んでいた。

「だって、僕の手に負えない状況になってきているからです。今夜ラスの手下どもが暴力を振るおうとしたし、われわれの勢力は着実に弱まってきています」

「それは残念なことだな」と彼は言った。「だが、そんなことに構っていたら、ブラザーフッド協会の新しい計画が駄目になるよ。ブラザー、大事なことだが、会員たちを犠牲にするほかないだろうな」

別の部屋にいた子どもの歌はもうやんでいて、辺りはすっかり静かになっていた。僕は落ち着きのある骨ばった彼の顔を見つめながら、その言葉のなかに誠実さを探した。なんとなく根の深い変化が感じとれた。まるで僕がラインハートの存在に気づいたことでわれわれのあいだに溝が生じ、互いに触れるほど近くに座っているのに、相手の声がかろうじて届いたかと思うと、何の反響もなく、ピタリとやんだかのようであった。僕はそんな感じを頭から払いのけようとしたが、お互いに相手の感情の調子がつかみきれないほど、依然としてその隔たりは大きいままであった。

「犠牲ですか? そんなことがずいぶん簡単に言えますね」

「だけど、出ていく連中はすべて消耗品扱いにしなければならないさ。新たな指令にきっちり従う必要があるしね」

話し合いは現実味がなく代わるがわる歌う一種のゲームでもやっているみたいだった。「だけど、なぜですか?」と僕は言い返した。「以前の方法が必要とされている時に——特に今は——僕の地区で、なぜ本部からの指令が変わるんですか?」どういうわけか言葉に緊迫した感情をこめて言えなかったが、その背景には、ラインハートの一件が、密接な関係にある事柄であるかのように、頭のすぐ内側を駆けめぐり、僕を悩ませていたからでもあった。

「単純なことだよ、ブラザー」とハンブローは言った。「われわれはほかの政治集団と一時的に同盟を結ぼうとしているもんだから、ブラザーフッド協会の一グループの利害は全体のために犠牲にしなきゃいかんのだよ」

「そのことをなぜ教えてもらえなかったんですか?」と僕は尋ねた。

「いずれ、教えてもらえるさ、幹部会から——今は犠牲が必要な時期なんだ——」

「ですが、犠牲は、自分たちの行為を知っている者たちによって自発的になされるべきものじゃありませんか? 黒人大衆は、なぜ自分たちが犠牲にされようとしているのか、分かってません。彼らは犠牲にされようとしていることすら、気づいていません——少なくとも、われわれの手によるものだとは……」それにしても黒人大衆が、ラインハートに騙《だま》されているみたいに、ブラザーフッド協会にも好んで騙されるとしたらどうだろう、と僕はその先のことを考えた。

そんなことを考えながら、座り直した。その時、僕の顔には、奇妙な表情が浮かんだにちがいない。というのも、ハンブローは両肘を椅子の肘掛けにもたせかけ、指先を合わせて座っていたが、僕に話の続きをうながすように、眉を上げた。やがて彼が言った。「訓練をうけた会員たちは分かってくれるさ」

僕はタープの足鎖をポケットから取り出し、拳にそっとはめた。彼は気がつかなかった。「われわれには、訓練を受けた会員はほんのひと握りしか残っていないことぐらい、あなたは分からないのですか？　今日の葬式には数百人の会員たちが集まったんですが、その連中だって、われわれに次の手を打つつもりがないことが分かったとたんに、すぐにやめていくでしょう。それに、われわれは街で攻撃を受けています。ご理解いただけないのですか？　ほかのグループは嘆願書のビラを配っているし、ラスにいたっては、暴力に訴えようと呼びかけているんですよ。こういう事態はいずれおさまると考えているのだったら、幹部会は間違っています」

彼は肩をすくめた。「それは、われわれが冒さざるをえない危険なんだ。われわれは全員、全体の利益のためには犠牲を払わなくてはならない。変革は犠牲を通して成し遂げられるんだよ。われわれは現実の法則に従って、犠牲になる必要があるんだ」

「ですが、ハーレムの住民は犠牲の平等を要求すると思います。われわれは、特別な扱いを求めたことはないですよ」

「ブラザー、そんな単純な問題じゃないよ」と彼は言い返した。「われわれは自分たちの利益を守る必要があるんでね。ある者がほかの者より大きな犠牲を払わねばならないのは、避けられないことであって……」

「その『ある者』が黒人大衆で……」

「この場合はそうだな」

「それじゃ、弱者は強者のために犠牲になる必要があるんですか？　ブラザー、そうなんですか？」

「いや、全体の一部の者が犠牲になる――新たな社会ができるまでは、そうした状況は変わらないだろう」

「分かりません」と僕は言い返した。「まったく納得がいきませんね。われわれは懸命になって大衆を従わせようと活動しているのに、彼らがついてきて、さまざまな出来事と自分たちの関係が呑み込めかけたとたんに、彼らを見捨てるなんて。僕にはサッパリ」

ハンブローはそっけない微笑を浮かべた。「われわれは黒人たちの闘争心のことは心配しなくてもいい。今の時期にも、ほかの時期にもね。現に今は、彼らのために気持ちを抑える必要がある。科学的には、そうする必要があるんだ」

僕は彼を見つめた。長くて骨ばった、リンカーンのような顔を。この人を好きになっていたかもしれない。本当は親切で誠実な人物のように見える。それなのに、そんなことを言えるとは……と僕は思った。

「それじゃ、あなたはそんなことを本当に信じていらっしゃるわけだ」と僕は穏やかに言った。

「そう、心からね」と彼は言った。

一瞬、笑い飛ばしてやろうかと思った。それとも、タープの足鎖を投げつけてやろうかとも。**心から**だと！　彼の口から**心から**という言葉が出るなんて！　これじゃ、僕はひとり相撲を取っていたようなものだ。ブラザーフッド協会の役割に心を傾けようとしたが、今となってはそれは水や空気のようなものに変わってしまった。心からとは何なのか？　それが、ラインハートが暮らしてゆけて成功しそうな世界と、どういう関係があるのだろうか？

「それにしても、何が変わったんですか？」と訊いた。「僕が加わったのは、彼らの闘争心をかき立てるためじゃなかったのですか？」僕の声は悲しげで絶望的な声になった。

「特にあの時期には」とハンブローは少し身を乗り出して、言った。「あの時期だけだよ」

「じゃあ、これからどうなるんですか」と僕は尋ねた。

彼は煙草の煙で輪をつくった。青っぽい灰色の輪は、噴きだしたかたちのまま沸き返るように昇り、一瞬、宙に漂ったかと思うと、散り散りになって、絡み合うより糸のようになった。

「元気を出して！」と彼は励ました。「われわれは前進するんだから。今だけは、彼らの歩みをゆっくりしたものにしなきゃならないが……」

暗緑色のレンズを通して見たら彼はどんな格好に映るんだろう、と僕は思いながら訊いた。「あなたは、彼らを押さえ込む必要があるとおっしゃっているんじゃないでしょうね？」

彼はクスクス笑った。「あのね、君。わたしを弁証法の拷問台にのせて苦しめないでくれ。わたしだって、ブラザーのひとりなんだから」と彼は答えた。

「ブレーキをかけなきゃいけないのは歴史の古い車輪に、というわけなんだ」と僕は言った。「それとも、車輪の中の小さい車輪にですか？」

彼はまじめな顔つきになった。「彼らの歩みをゆっくりしたものにする必要があるとだけ、言ってるんだよ。彼らによって、基本計画の歩みを狂わされるわけにはいかないのさ。タイミングは実に重要なんだ。それに、君にはやる仕事がまだあるじゃないか。それは、今はもっと教育的なものになるだろうが」

「すると、あの射殺事件はどうなんですか?」

「納得しないで脱落する連中もいるだろうし、残る連中もいる。君が今度教えることになるよ……」

「僕にそんなことができるとは思いません」と言い返した。

「どうして? それも大事なことだよ」

「ですが、彼らはわれわれに不満を抱いているからです。それに、僕はラインハートみたいな気持ちになってみて……」ラインハートの名前をうっかり漏らしてしまい、僕は彼を見つめた。

「誰みたいだって?」

「ペテン師みたいに」と僕は答えた。

ハンブローは笑った。「君、そんなことはとっくに学んでいたと思っていたよ、ブラザー」

僕は彼にさっと目をやった。「何を学んだのか、って?」

「黒人大衆を利用し**ない**ことなんか、ありえないということさ」

「それこそラインハート主義ですよ——犬儒主義って言うか……」

「何だって?」

「犬儒主義」と僕はくり返した。

「犬儒主義なんかじゃない——現実主義だよ。大衆の最高の利益のためにも、彼らを利用することがその秘訣なんだ」

僕は会話の現実味のなさにふと気づきながら、椅子から身を乗り出した。「それにしても、誰が判断するんですか？　ジャック、それとも幹部会？」

「科学的な客観性を養って、われわれが判断する」と彼は、含み笑いのような声で答えた。急に僕はあの医療の機械のことを思い出し、またもや閉じ込められたような感じがした。

「冗談じゃないですよ。唯一の科学的な客観性が機械だなんて」と僕は言った。

「機械じゃなくて、訓練だよ」と彼は言った。「われわれは科学者なんだ。われわれの科学や実行する意欲から生じる危険は冒す必要がある。君は、神を生き返らせて責任をとってもらいたいのかい？」彼は首を振った。「そうじゃないだろ、ブラザー。そうした決定はわれわれの手でやる。たとえペテン師みたいに見えることがあってもね」

「意外な結果に出くわすことになりますよ」と僕は言った。

「そうかもしれないし、そうでないかもしれない」と彼は言った。「とにかく、先頭にいる立場で、われわれは、いろんなことを実行し発言しなければならない。最大数の大衆を彼らのためになる目標へ向かって動かすのに必要なことをね」

急に僕は我慢ができなくなった。

「僕を見てください！　僕を見てくださいよ！」と声高に言った。「どこへ向かっても、誰かが僕のためだと言って、僕を犠牲にしたんです――ためになったのは**彼ら**だけでした。今やわれわれは犠牲という古びたメリーゴーラウンドに乗りかけています。われわれはどの時点で止まればいいんですか？　こんなのが新しい本当のブラザーフッド協会ですか、協会は弱者を犠牲にする団体ですか？

もしそうなら、われわれはいつ止まればいいんですか?」

ハンブローは、僕がそばにいないかのような顔つきをした。「ふさわしい時に科学が止めてくれるさ。それにもちろん、個人としてのわれわれは自分の正体を明かさねばなるまい。たとえそのことがほんの少ししか役に立たないとしてもね。けど、その時には」彼は肩をすくめた。「そっちの方向に行きすぎたら、君は指導する気にはなれないよ。自信をなくすだろう。他人を指導できる自分の正しさが信じられなくなるだろう。だから、君は、ブラザーフッド協会という集団の英知で、指導してくれる人たちを信用しなきゃ」

僕は来た時よりもやりきれない気持ちを抱きながら、立ち去った。数軒の建物の前を通りすぎた時、うしろから大声で呼ぶ彼の声が聞こえたので、僕は暗がりの中を近づいてくる彼を見ていた。

「帽子を忘れたよ」と彼は言って、ブラザーフッド協会の新しい綱領についての数枚のガリ版刷りの説明書と一緒に、それを手渡してくれた。ハンブローにとっては、そんなものは現実味がないことくらい、とっくに分かっていた。彼におやすみなさいと言うと、僕はセントラル・パーク・ウエストに至る暑い通りを歩いていき、ハーレムのほうへ向かった。

犠牲と指導者か、と僕は思った。ハンブローにとって、それは単純なことだ。彼らにとっても単純なことだ。ところが、こっちはその両方で、加害者であり、犠牲者でもある。僕はその現実から逃れることはできなかったが、ハンブローはそんなものに対処しなくてもよかった。これも現実なんだ、僕の現実なんだ。彼は自分の喉にナイフの刃を突き立てる必要などなかった。もし彼も犠牲者になったら、どう言うのだろうか?

暗がりの公園を歩いていった。車が何台も通りすぎていった。時々、人の声や甲高い笑い声が、木々や石垣の向こうから聞こえてきた。日中の太陽の日に焼けた芝生の匂いがした。飛行機の標識燈がちらちら光る夜空は、雲におおわれていた。僕はジャックのこと、葬式に参加した人々のこと、ラインハートのことを思った。彼らは生活の糧を求めているのだろうが、せいぜい僕らが与えられるのは義眼くらいなもので――エレキギターもなかった。

立ち止まって、ベンチにどさりと腰を下ろした。僕はブラザーフッド協会を辞めるべきだと思った。それが自分に正直な身の処し方だろう。このままでは、叶わぬことだと思っていながら希望を持てと演説し、聴いてくれる人々にしがみつくことしかできない。これがラインハートのやり方だろうか。彼の信奉者たちが喜んで犠牲を払って求める希望という原理なのだろうか? 別の場合には、裏切りのほかに何も残っていなかったのだが、それは、南部に戻ってブレドソーやエマソンに仕えること、つまり、ブラザーフッド協会という不条理の壺からあざ笑いの的という名の炎の中へ飛び込むことを意味していた。いずれにしても自己欺瞞になる。しかし、僕は退会などできない。ジャックやトビットに復讐するほかない。それがクリフトンや、タープや、ほかの者たちに対する義務というものだ。ブラザーフッド協会にしがみついているほかない……。すると、全身を根底から揺さぶるような考えが浮かんだ。お前は黒人大衆のことなんか心配しなくてもよい。彼らがラインに我慢しているとすれば、お前のことも忘れてくれるだろう。おまけに、黒人大衆にとってですら、お前は見えない人間なのだから。そんな思いがほんの一瞬ひらめいたが、僕はすぐに頭から払いのけた。だが、そんな思いが僕の心の暗い夜空をさっとよぎったのは、たしかなことだった。世の中はそのようなものだ。黒人大衆に何が起きたのか、僕の希望や失敗に気づいていないのだから、たいしたことではなかった。彼らにしてみれば僕の野心や誠実さはないに等しく、クリフトンの場合と同様、僕の失敗は無意味なものだった。世の中はずっとそんなふうに続いてきた。ブラザーフッド協会の中にだけは、僕らみたいな者にも機会が、ほんのかすかな光があるような気がしたが、ジャックの光沢のある人間らしい表面の目の奥に、僕は、無定形の形をしたものと、不快なまでに生々しい赤い色を見つけたのだった。だが、そんなものですら、僕以外の者には何の意味もなかった。

僕という人間は存在しているのに、見えない人間である。これは基本的に矛盾している。存在していながら、他人の目に映らない。これは恐ろしいことなのだが、こうやってベンチに腰かけていると、僕はさらにゾッとするような可能性の世界を感じた。というのも、ジャックに本心から同意することなく従うことができるということを、今になって悟ったからだ。それに、僕は、叶わぬ希望なのに、希望を持てとハーレムの住民に言うこともできる。おそらく、希望を持てと彼らに演説しているうちに、何か現実的なものの土台が、彼らを歴史の水準まで導くような、行動のしっかりした基盤が見つかるかもしれない。だが、その時まで、自分が動かされないで、彼らを動かすほかないだろう……。ラインハートみたいな行動をとる必要がある。

今は、公園の石垣にもたれ、ジャックのこと、ハンブローのこと、今日のさまざまな出来事を回想しているうちに、僕は憤りで全身が震えた。世の中はまったくのペテンだ、なんとも我慢のならないインチキだ！　ジャックたちは世界を説明できると自負してきた。だが、あいつらは僕ら黒人たちの何を知っているというのか？　僕らが非常に多くの人数を有し、ある種の職業につき、抗議運動のために大勢の人々を行進に動員させたことのほかには。こうやって石垣にもたれていると、ジャックたちに恥をかかせ、やり込めたくてうずうずしてきた。すると、今では過去のすべての屈辱が僕の経験の貴重な一部になった。うだるような夜に、石垣にもたれていると、はじめて自分の過去を受け入れるようになった。過去を認めたとたんに、さまざまな記憶が心に沸き上がってくるのを感じた。まるで僕が、街角のすみずみを見回すようになったみたいだった。過去の屈辱のさまざまな思いが脳裏をよぎり、それらが別々の経験以上のものであることを知った。それらが僕そのものであった。僕という者を定義した。僕は自分の経験であり、経験が僕であった。たとえやつらが有力者になろうと、世界を征服しようと、世間知らずの彼らには僕の思いや、たった一つのかゆみも、あざけりも、笑いも、叫びも、傷跡も、疼《うず》きも、あるいは憤りや苦痛だって、奪い去ることも変えることもできない。あいつらは世間知らずであり、コウモリみたいに目が見えず、自分たちの声の反響を頼りにして動いているにすぎないのだから。あいつらは目が見えないので、身を滅ぼすこともあるだろうが、その時には手伝ってやる。僕は笑った。今まで、あいつらが僕を受け入れてくれたのは、肌の色などどうでもいいと考えていたからだと、てっきり思い込んでいたが、実際には、あいつらは肌の色や人物など最初から眼中になかったので、そんなことはたいした問題ではなかった……あいつらにしてみれば、僕らは、都合のいい時には利用し、必要がない時にはファイルにとじ込んでおく、偽りの投票用紙に走り書きした数多くの名前にすぎなかった。とんだ笑い草だ。ばかばかしいまでの笑い草だ。すると今度は、僕の心の片隅を覗くと、ジャックとノートンとエマソンが一つの白人の姿に溶け込んでゆくのが見えた。三人ともいろんな点がまったく同じで、おのおのが自分たちの現実観を押しつけようとしながらも、物事が僕の目にどう映るかなど少しも気にしていなかった。僕は単なる原料、利用できる天然資源にすぎなかった。ノートンやエマソンの傲慢な不条理からジャックやブラザーフッド協会のそれに移ったのだが、結果はまったく同じだった――ただ、僕は自分が見えない人間であることに今になって気づいた。

それなら、不可視の世界を受け入れてやろう。この見えない世界を探険してやろう。皮から芯にいたるまでとことん。一足とびにその中に飛びこんでやる。そうしたら、あいつらはインチキを言うだろう。でたらめをならべるにちがいない。僕には祖父が何を言おうとしていたのか以前は分からなかったが、祖父の助言を確かめてみる覚悟はできていた。ハイハイと言って、あいつらをへとへとになるくらいに参らせ、ニヤニヤ笑うことであいつらの心を傷つけてやる。言いなりになって、死と破滅に追いこむぞ。そうだ、あいつらに僕を呑みこませ、僕を吐き出すか、あいつらの腹がパックリ裂けるしかないようにしてやろう。あいつらが見るのを拒んだものについて、ベラベラといい加減なことをならべ立てさせるのもいいぞ。それで喉を詰まらせてやろう。僕にとっては、これが、あいつらの計算になかった唯一の冒険なのだ。あいつらがその哲学においても決して夢にも思わなかった冒険でもある。破滅に備えて訓練することも、時には「ハイ」という返事が身を滅ぼすことがあることも、あいつらは知らない。ああ、あいつらにハイと言ってやる、言ってやるぞ！　あいつらが望んでいるのはゲップみたいな肯定の言葉だけなのだから、僕は大声でそれを言ってやる。ハイ！　ハイ！　ハイ！　と。誰もが僕らに望むのはそれだけだ。彼らの姿なんか見ないで、声を、それも、さようでございます、さようでございます、さようでございます！　の楽天的な大合唱だけを聞く。よし、それなら僕は、ヤー、ヤー、ウイ、ウイ、スィ、スィ、と言ってから、見てやる、あいつらをじっと見てやる。僕は、あいつらの腹の中を鋲釘を打ったブーツで歩き回ってやる。幹部会で一度も会ったことがないような超大物連中の腹の中でも、そうしてやる。あいつらは機械が好きだったっけ？　よし、それなら、あいつらの思い違いを見ぬく高感度の認識装置になってやる。ただあいつらの自信を保つために、時にはふさわしい役割を果たしもしよう。あいつらにちゃんと仕えて、目には見えなくても、僕の不可視性を感じさせてやる。そうすれば、腐敗しかけた死体やシチューの腐った肉片みたいに、その不可視性も汚染をもたらす恐れがあることが、あいつらにだって分かるだろう。もし僕が怪我でもしたら？　それもまたよし。それに、あいつらは犠牲の大切さを信じているではないか？　頭の切れる思索家だ――これも裏切り行為なのかな？　裏切り行為という言葉は見えない人間にもあてはまるんだろうか？　あいつらは、見えないものにも選択の機会があることに気づくだろうか……？

　こうしたことを想像すればするほど、僕はその可能性に一種の病的な魅力を覚えた。なぜもっと早く気がつかなかったんだろう？　そうすれば、僕の生活がどんなに違ったものになっていたことか！すごく違ったものに！　さまざまな可能性があることがどうして分からなかったんだろう？　もし小作人が、夏のあいだにウェイターや工員やミュージシャンの仕事をして大学に入学し、卒業後に医者になれたとすれば、これらすべてのものが一度に実現したことになりはしないか？　また、あの年老いた奴隷は科学者ではなかったか――少なくとも科学者と称されたり認められたりしなかったか――たとえ老人が立って帽子を手にしたまま、老いぼれらしい卑屈な奴隷根性をあらわにしてお辞儀したとしても。ありがたいことに、いろんな可能性があるとは！　経済のあの螺旋進行説を説いたり、誰かが唱えたあの感傷的な進歩論を奨励したりすることができるではないか！　すべての秘密を知っている者など誰もいない。僕が名前を変えても、誰も一度も疑わなかったではないか？　成功とは**上に向かって**昇ることだという、あんな嘘っぱち。あいつらは、実にくだらない嘘をついて、僕ら黒人たちを支配してきた。人間は成功に向かって上に進むこともあるし、下に落ちることだってある。上が**ったり**下っ**たり**、後退したり進んだり、かに歩きに斜め歩き、円を描いてぐるぐる回り、結局はおそらく同時に、行ったり来たりする昔の自分に出会う。どうして、長いあいだこんなことに気がつかなかったんだろう？　僕は、賭博師にして政治家、酒類密造者にして判事、強盗犯にして保安官が、あちこちにいる社会のなかで育ってきたではないか？　そう言えば、ＫＫＫ団もいるではないか？　あの秘密結社には、牧師もいれば、人道主義的な団体のメンバーもいる。畜生！　あのブレドソーは、社会というものの現実を教えようとしたではないか？　今日はさんざんな一日だった。たとえいつも父さんと呼んでいた人が実は僕の身内ではなかったとしても、こんなにくたくたに疲れなかったくらいの一日だった。

アパートに帰ると、服のままベッドにバタンと倒れた。室内は暑く、換気扇はずっしりと重苦しい熱波をかき立てるだけだったが、その下で横たわったまま僕はサングラスをくるくる回し、レンズの眠気を誘うチラチラする光を見ながら、計画を練ろうとした。自分の怒りを隠して、ブラザーフッド協会の幹部どもを眠らせてやろう。ハーレムの住民はブラザーフッド協会の新しい計画に全面的に賛成していると、あいつらに確信させてやる。その証拠として、架空の名前を会員カードに書き込んで、出席記録を改竄《かいざん》するんだ——もちろん、会費の問題を避けるには、全員が失業者の名前に決まっている。そうだ、これから僕がハーレムを動き回るのは夜にして、しかも危なそうな時には、この白い帽子と暗緑色のサングラスを身につけよう。暗い予想だが、少なくともハーレムであいつらを滅ぼす手段にはなる。僕は分派活動を組織する可能性は考えていなかった。というのも、次の手をどうすればいいのか、どの方向に進むかが分からなかったからだ。対等な関係で参加してくれる味方がいなかったし、時間もなければ、僕らなりの総合的な計画を立ててくれる科学者もいなかった——もっとも僕は、ラインハートと不可視性のあいだのどこかに、大きな可能性がひそんでいると感じたが。それにしても、僕らには金もなければ、政府や実業界や労働組合の情報網もなかった。おまけに、共感なんかしてくれない新聞社とか、遠い都市から地方新聞を持ってきてくれる数人の列車の特別車両のボーイとか、雇い主の実に退屈な私生活を報告してくれる奉公人の一団とかを除けば、黒人大衆との連絡手段すらなかった。親友が数人いてくれさえすれば、また自分たちの欲望を具体化する道具以上の存在として僕らを見てくれる人たちが、何人かいてくれさえすれば！　だが、こんなことはクソ食らえだ。僕はブラザーフッド協会に残って訓練を積んだ楽天家になり、あいつらを陽気に地獄に送るのに手を貸してやろう。あいつらが僕ら黒人たちの現実の生活を知る手助けはできないが、目の前で暴動が起きるまで、知らんぷりをしておこう。

一つだけ悩み事があった。ジャックたちの本当の目的は幹部会では決して明かされないことはもう分かったので、僕としては、実際にはどこがあいつらの活動を導いているのかを知る、何らかの情報網が必要だった。だが、どうやって？　ダウンタウンへの異動を断っていさえすれば、今頃は僕は、幹部どもに正体を明らかにすべきだと言い張るだけの十分な支持が、ハーレムの住民からえられたのに。仮に異動しなかったならば、まだ幻想の世界で暮らしていたことだろう。現実を知る手がかりが見つかった今、どうやって、持ちこたえればいいんだろう？　あいつらは、僕を暗がりで闘わせることで、いつも封じ込めてきたように思えた。やがて僕はサングラスをベッドに放り出し、時おり軽い眠りに落ちたが、そのあいだにもこの数日間の出来事を追体験した。ただ、行方不明になったのはクリフトンではなくて、僕自身だった。やがて、目が覚めると、ぐったりとして汗まみれになり、あの香水の匂いがした。

僕は腹這いになり、頭を手の甲の上において、考えてみた。あの香水の匂いはどこから漂ってくるんだろう？　サングラスを見たとたんに、僕は、ラインハートの愛人の手をつかんだことを思い出した。こうやってじっと横たわっているうちに、あの女が、つやのある髪にふくよかな胸をした、明るい目をした鳥みたいに、ベッドにちょこんと座っているような気がした。僕は鳥が飛び去るのを恐れて、木に隠れているようなものだった。やがて、すっかり目が覚めると、鳥は消え、僕の頭に浮かんだ女の姿も消えていた。あの女をあのまま騙し続けていたら、どうなっただろうか？　どこまで深みにはまり込んだだろうか？　あんな魅力的な女がラインハートとつき合ってるとは！　僕は息を止めて座ったまま、ラインハートは情報の問題をどういうふうに解決したのだろうか、と考えてみた。すぐに、分かった。それには女が必要なんだ。指導者のうちの誰かの妻、愛人、または秘書で、遠慮なく僕と話をしてくれそうな女が。僕はブラザーフッド協会に入ったはじめの頃の経験を振り返ってみた。すると、さまざまなちょっとした出来事がパッと甦ってきて、集会やパーティーのあとで出会った女たちの微笑や身ぶりが、映像になって心に浮かんだ。酒場の〈ソーニアン〉でのエマとのダンス。近づく彼女、僕に触れる柔らかい胸、いきなり熱くなる欲望。急に戸惑いながらも、僕は店の片隅で長々としゃべっているジャックをちらりと見た。僕をきつく抱きしめるエマ、体に押しつけられた彼女のふくよかな胸、じらすように目を輝かせて見る彼女の顔、「ああ、誘惑されちゃいそう」と彼女の口から洩れた言葉。世慣れした言葉を必死に絞り出そうとして、やっと出たのが、「ああ、いつだって誘惑はあるものさ」という返事だけ。それでも、自分でも驚きながらも、彼女の笑い声を聞く。「そう！　そうなのよね！　いつか午後にわたしんちへ来て、一試合やりましょう」あれははじめの頃のことだったが、当時は強い束縛を感じていたし、エマの大胆さにも、ハーレムで指導者の役割を果たすにはもう少し肌の色が黒くなくてはという彼女の意見にも、腹を立てたものだった。だが、あいうふうに仕向けたのは幹部会だったのだから、今はもう束縛はない。彼女はいつでも誘える女だし、結局、彼女には僕の肌の色が十分黒いことが分かるだろう。明日、幹部会が開かれることになっていて、しかもジャックの誕生日でもあるので、そのあと〈ソーニアン〉でパーティーがあるだろう。したがって、僕は、最も有利な状況で二面攻撃に出てやる。僕としてはラインハート流の方法を用いるしかないだろう。だから科学者ども、覚悟しとけよ！

24

僕は翌日から彼らにハイ、ハイと言うようになり、出だしはすこぶる順調だった。ハーレムはまだ縫い目がばらばらになりそうな様相を呈していた。ちょっとした出来事でも人だかりができた。店のショーウインドーは壊され、朝にはバスの運転手と乗客のあいだで衝突が数回起きた。夜のうちに突然に発生した同じようないくつもの事件が新聞に載った。一二五丁目にある店の鏡張りの正面が壊されたのだが、僕は通りがかりに、少年たちのグループがギザギザになったガラスの前で踊りながら、歪んだ自分たちの姿を見ている光景を目にした。大人たちもそれを眺めていて、警官たちの命令を無視して動かないで、クリフトンのことを小声で話していた。僕としては、幹部会の連中が狼狽するところを見たかったが、こうした事態は気持ちのいいものではなかった。

事務所に着くと、会員たちが、地区のほかのところで起きた衝突の報告をしていた。僕はこの状況がまったく気に食わなかった。暴力は無意味なものだったし、それにラスにけしかけられたせいもあって、実際はハーレムそのものに向けられていたからだ。僕は自分の信頼が傷つけられた感じがしたが、そうした事態の拡大がうれしくなり、自分の計画を進めていった。群衆に混じってもうこれ以上の暴力を思いとどまらせるために会員たちを送り出すとともに、ささいな出来事を「歪め」てふくらませたかどで、彼らを非難する公開状をすべての新聞社に送りつけた。

その日の夕方近くに行われた本部での会議で、僕は、事態は収束に向かっていること、われわれは清掃キャンペーンでハーレムの大部分の住民の関心をひきつけていて、それがすべての裏庭や、路地や、空き地から生ゴミや屑などを一掃すると同時に、住民の気持ちをクリフトン事件からそらすことになるだろう、と報告した。これは実に厚かましい策略だったので、彼らの前に立ちながら、僕はもう少しで自分の不可視性の自信を失いそうだった。しかし、彼らはこの清掃キャンペーンを気に入ってくれたばかりか、僕が新入会員の架空のリストを提出した時には、感激して応えてくれた。自分たちの意見の正当性が立証されたというわけだ。ブラザーフッド協会の新しい計画は正しかったし、物事は予定した方向に進んでおり、歴史は自分たちの側にあるし、それにハーレムの住民は自分たちを気に入ってくれた、というわけだ。僕は腰かけたまま内心ではほくそ笑みながら、その後の彼らの意見に耳を傾けた。ジャックの赤い髪に気づいた時と同じく、自分の演じることになる役割がはっきりと見てとれた。気づいてはいても無視していた過去のさまざまな出来事が、皮肉にも角でもまわるような意識の飛躍となって、心にさっと浮かんできた。僕は正当化する立場にあり、自分の仕事はハーレム中の予想しにくい人間的な要素を否定し、それがなんらかのかたちで幹部たちの計画に支障をきたす場合でも、彼らにそれを無視させることだった。そこで、これからも彼らの計画をすべて喜んで受け入れる、明るくて消極的な、陽気で理解のある大衆像を、いつも彼らの目の前に保っておくことにした。ほかの者たちなら正当な怒りで応じるような状況が生じた時でも、黒人たちは平静であり、落ち着いている、と言ってやろう。（もし黒人たちを怒らせておくほうが彼らにとって好都合であるならば、黒人たちは怒っているというでっちあげの内容を組織の宣伝文書に載せるのは、たやすいことだ。そんなことはとるに足りない、現実味のないことなのだから）。もしほかの者たちが彼らの計画に困惑した場合、**僕ら黒人**はX線のような洞察力で真実を見抜いていると言って、彼らを安心させてやる。ほかの民族が裕福になることに関心をもっている場合、**われわれ**は富は堕落であり、もともと下劣なものとして拒否していると、幹部たちやほかの地区の会員たちに請け合ってやる。ほかのマイノリティが、不満をもちながらも、この国が好きだったら、黒人たちは、そうしたばかばかしいくらいに人間的で複雑な反応は受け入れず、この国なんか大嫌いだと、幹部会に保証してやろう。最大の矛盾であるが、彼らがアメリカ的風景を不道徳で退廃的だと非難した場合には、僕ら黒人はそうした風景の血管や腱の中で動きが取れないほど絡み合っているにもかかわらず、奇跡的に健康であると、言ってやろう。さようでございます、さようでございます！　僕は見えない人間だが、反対のことを言って、彼らに確信を持たせることにしよう。トビットをトビット流のやり方で出し抜いてやるし、あの屋外便所みたいなレストラムについても——同じだ。こうやって座って空想に耽《ふけ》っていると、彼らのひとりが、僕のでっち上げた会員たちのことを国家的な重要性をもつものへと、ふくらませようとする様子が、心に浮かんだ。幻想が反幻想を生み出していた。こんなことはどこまで行けば終わるのだろう？　彼らは自分たちのプロパガンダを信じているのだろうか？

会議のあとでの〈ソーニアン〉ではいつもと変わりがなかった。ジャックの誕生日の祝いにシャンペンが出され、暑い土曜日の晩はいつになく、ずいぶんウキウキした雰囲気に包まれていた。僕は大いに自信を感じたが、ここにいたって、計画にわずかな手違いが生じた。エマはやけに陽気で反応もよかったが、彼女の引き締まった美しい顔が、やめなさい、となんとなく警告しているように思えたからだ。彼女は（自分の欲望を満足させるために）身を任せるかもしれないが、あまりにも世間ずれして、陰謀に慣れていたので、僕に重要な秘密を明かして、ジャックの愛人としての身分を危うくするような女ではなかった。そこで僕はエマと踊り、口でやり取りしながら、別の候補を捜そうとパーティーの面々を見回した。

僕らはそのバーで偶然出くわした。彼女はシビルという名前だった。婦人問題についての僕の講演は単なる政治上の知識というより、個人的な知識に基づくものだと思って、僕のことをもっと知りたいという気持ちを、何度も暗に示していた女たちのひとりだった。僕はいつも気づかないふりをしていた。というのも、最初の経験から、そうした状況は避けたほうがいいことが分かっていたし、〈ソーニアン〉での彼女は、いつもほろ酔い気分で、もの欲しそうにしていたからだ——ちょうど有難味を分かってもらえない既婚女性といったタイプで、たとえ僕が関心を持ったとしても、疫病のように避けたい女だった。だが、今は彼女の不幸と、有力者の奥さんであるという事実から、格好の候補になった。彼女がとても淋しそうにしていたので、事は実に順調に運んだ。騒がしい誕生パーティーだったので——これに続いて明日の晩に、公の誕生祝賀会が催されることになっていた——ふたりは気づかれずに済んだし、彼女がその晩はかなり早い時間に帰るということなので、僕は家まで送っていった。彼女は亭主から大事にされていないと感じていたし、亭主はいつも忙しくしているということだった。道すがら、明日の晩に僕のアパートで会う約束をした。亭主のジョージは誕生祝賀会に出席することになっていたが、彼女は欠席のつもりでいたのだ。

暑くて雨の少ない夏の夜だった。東の空に稲妻が走り、湿っぽい空気で息もつけぬほどの緊張感が漂っていた。僕は祝賀会に出席しなくてもいいように仮病を使って事務所を出て、午後のあいだにその準備をした。僕には欲情もなければ彼女に見せる絵もなかったが、居間の花瓶に水仙を生け、ベッド近くのテーブルの花瓶には、アメリカン・ビューティ種の深紅のバラをさしておいた。それからまた、ワイン、ウィスキー、リキュール酒、上等の角氷のほかに、果物、チーズ、ナッツ、キャンディ、珍味などをヴァンドームから買い揃えておいた。要するに、僕は、ラインハートだったらするようなことをやろうとした。

ところが、最初からしくじった。アルコールの強すぎる飲み物をつくってしまった——彼女はこれが大好きだった。そこで僕は、夜の早いうちに政治の話を持ち出した——ところが、彼女はこんな話題が大嫌いだった。イデオロギーに晒《さら》されて生活してきたはずなのに、彼女は政治に関心もなければ、夜昼となく亭主が手がけてきた計画について何も分かっていなかった。そんなことよりも酒に興味があって、僕は彼女とグラスを重ねたあげく、ジョー・ルイス（一九一四―一九八一年。アフリカ系アメリカ人のプロボクサー。元WBAボクシングヘビー級王者）とポール・ロブスン（一八九八―一九七六年。アフリカ系アメリカ人で俳優、歌手、公民権活動家）という人物をめぐって、思いついた小芝居につき合わされるはめになった。どっちの役にも僕は、身長が足りなかったし気質も向いていなかったが、歩き回りながら『オールマン・リバー』を歌うか、筋肉を使った曲芸をやってのけるかのいずれかを期待されていた。僕としてはまごつきながらも、おもしろがっているうちに、それはちょっとしたコンテストみたいになった。その間、僕は二人を現実につなぎとめておこうとしたのに、彼女のほうは、ファンタジーのなかで、僕に何でもできるブラザー・タブーの役を当てる始末だった。

もう夜も更けてきた。僕がもう一杯飲み物を注いで部屋に入ると、彼女は髪をほどいていて、口に金色のヘアピンをくわえたまま、座っているベッドから、「ママのところにおいで、ハンサムボーイ」と手招きしながら言った。

「奥さん、飲み物」と僕は言って、グラスを手渡した。この注いだばかりの飲み物で新たな思いつきをやめてくれるだろうと期待しながら。

「あんた、こっちにおいで。お願いしたいことがあるの」と彼女は恥ずかしそうに言った。

「何ですか？」と僕は訊いた。

「小さい声でしか言えないのよ、ハンサムボーイ」

ベッドに腰かけると、彼女の唇が僕の耳もとに近づいてきた。すると急に、僕はどきどきして、あとずさりした。彼女の座り方には、どことなくとりすましたところがあったが、それでいて彼女は、むかむかするような儀式に参加するよう、控え目に提案をしたのだ。

「何だって！」と僕は驚いたが、彼女は同じことをくり返した。突然、この世がジェームズ・サーバーのクレイジーな漫画になったのだろうか？

「お願い、わたしのためにやってくれるわよね、ハンサムボーイ？」

「本気で言ってるんですか？」

「そうよ、本気よ！」と彼女は答えた。

今では彼女の顔には、素朴な清らかさが感じられただけに、僕はかえって動揺してしまった。というのも、彼女はからかっているのでもなければ、僕を侮辱しようとしているのでもなかったからだ。それが無邪気さからくる恐怖なのか、その晩の下劣な計画にも傷つくことのない無邪気さなのか、区別がつかなかった。ただ分かっているのは、すべてが失敗に終わったということだ。彼女は幹部たちについて何の情報も持っていなかったし、僕は恐怖にしろ無邪気にしろ、それに対して、態度をはっきりさせねばならなくなる前に、彼女をアパートから追い出すことに決めた。ただ今のところは、それを冗談だとして済ますこともできた。**このような場合**、ラインハートならどうするだろうか、と僕は思いめぐらし、なんとなく分かったような気になり、彼女に挑発されて暴力なんか振るわないぞと決心した。

「だけど、シビル、僕がそんな人間じゃないことくらい、あなたにだって分かるでしょう。あなたからは、優しくて、僕を守ってくれそうな情熱を感じますよ——ほら、ここはオーブンの中みたいに暑いから、服を着て一緒にセントラル・パークを散歩しませんか？」

「でも、わたしにはそれが必要なの」と彼女は言って、組んでいた脚を元に戻し、熱心な様子で座り直した。「あなたにはできるわ。**あなた**にとってはたやすいことよ、ハンサムボーイ。言うこときかないとお前を殺すぞ、と脅してよ。あのね、荒っぽい口のきき方をしてね。わたしの友だちの話によれば、その男に『お前のパンティを下ろせ』って言われたんですって……そして——」

「何と言ったんだって！」と僕は訊いた。

「その男の人、本当に言ったのよ」

僕は彼女を見つめた。彼女は顔を赤らめていて、頬も、そばかすのある胸までもが鮮やかな赤味を帯びた色に染まっていた。

「それで」と僕は、またもや仰向けになった彼女に言った。「それからどうなったんですか？」

「あのね……その人ったら、友だちを下品な名前で呼んだの」と彼女は恥ずかしそうにためらいがちに答えた。彼女は革のように引き締まった体つきの女性で、見事な天然のウェーブのかかった栗色の髪をしていて、その髪は今では枕の上に扇形に広がっていた。顔は真っ赤になっていた。これは僕を興奮させるためのものだろうか、それとも無意識のうちに現れた嫌悪の表情だろうか？

「ほんとに下品な名前で」と彼女は言った。「ああ、その男ったら、獣みたいな人で、体が大きくて、白い歯をしてるの、俗に言う『出っ歯』。それに、その男、こんなことも言ったわ。『メス犬め、お前のパンティを脱げ』って。それから、その男、やったのよ。友だちはとっても可愛い女なのよ。上品で、顔色はイチゴとクリームみたい。あの人をあんな名前で呼ぶ人がいるなんて、想像もつかないわ」

彼女は体を起こし、枕がへこむくらいにその上に両肘をつきながら、僕の顔を覗き込んだ。

「それにしても、どうなったんですか、その人つかまったんですか？」と僕は訊いてみた。

「そんなことないわ、ハンサムボーイ。友だちはわたしと、もうひとりの友だちにしか打ち明けてないもの。彼女の亭主がそんなことを耳にしたら、まずいじゃないの。その亭主ったら、……もういいわ、話が長くなるもの」

「ひどい話だな」と僕は言った。「ところで、出かけませんか……？」

「ひどいと思う？　友だちときたら、それから何ヶ月ものあいだ精神的に参っていたの……」彼女の表情にかすかな変化が生じ、ためらいがちの顔つきになった。

「どうしたんですか？」と僕は、彼女が叫ぶのではないかと心配して尋ねた。

「ううん、友だちは本当はどんな気持ちだったのか想像していただけ。ほんとよ」ふと彼女は、謎めいた目つきで僕を見つめた。「大事な秘密、あなたに打ち明けてもいい？」

僕は起き上がった。「さっきの話はあなたのことだったなんて、言わないでくださいよ」

彼女はニッコリ笑った。「まさか、そんな。あれは大好きな友だちの話よ。でも、実はねぇ」と彼女は言って、打ち解けたように身を乗り出した。「わたし、色情狂じゃないかって思うの」

「あなたが？　そんな！」

「そうなの。わたし、そんな思いや夢想に耽ることがあるのよ。だけど、そんな気持ちに負けたりなんかしないけど、本当に思うのよ。わたしみたいな女には鉄の規律が必要だわ」

僕は心のなかで笑った。彼女はまもなくでっぷりした婆さんになって、顎はたるんで、ちょっとした二重顎に、腰のあたりは三段になっているにちがいない。太くなりかけた足首のまわりには、細い金の鎖が見えた。それでいて、彼女にはどことなく温か味のある、たまらないくらいに女っぽいところがあることに気づきはじめていた。僕は手を伸ばし、彼女の手をなでた。「どうして自分のことをそんなふうに考えるんですか？」と僕は訊いて、彼女が体を起こして枕のすみから斑点のある羽根を引き抜き、その羽根軸から綿毛をむしりとるのを見ていた。

「抑圧よ」と彼女はいかにも教養があるかのように言った。「男たちはわたしたち女をひどく抑圧してきたの。女は、あまりにもたくさんの人間的なものを捨てることを期待されているんだから。それはそうと、あなた、もう一つの秘密知ってる?」

僕は頭を下げた。

「話を続けても構わないわよね、ハンサムボーイ?」

「いいですとも、シビル」

「あのね、わたしはまだとっても小さかったんだけど、最初に聞いた時から、自分もそれを体験してみたいと思っていたの」

「あなたの友だちの身に起きたことをですか?」

「ええ、まあね」

「おやおや、シビル、その話をほかの人にしたの?」

「もちろん、そんなことはないわ。話す勇気がなかったもの。びっくりした?」

「少しはね。それにしても、シビル、どうして僕みたいな者に話すんですか?」

「それはね、あなたは信用できると思ったから。分かってくれると思ったからよ。あなた、ほかの男と違うもの。私たち、少し似ているわね」

彼女はニッコリ笑いながら、手を伸ばし、僕の体を軽く押した。ほら、またはじまったと思った。

「仰向けになって、この白いシーツの上であなたの体を見せて。美しい体だこと、前から思ってたとおりだわ。純白な雪の上の暖かい黒檀みたい――あなたの体を眺めていると、詩を詠《よ》みたくなるわ。『純白の雪に映えた暖かい黒檀』って、とても詩的じゃない?」

「僕は繊細なタイプなんだから、からかわないでください」

「でも、ほんとにそうなんだもの。あなたといると、とってものびのびした感じがする。あなたは何の観念も抱いてそうに見えないもの」

僕はブラジャーの紐が残した赤い跡を見ながら思った。こんなことで自分は、誰に復讐していることになるんだろう？ それにしても、彼女たちはああいう話を一生聞くのだから、何も驚くことではないではないか？ ああいう話がいずれ大きな力となって、彼女たちはあらゆる種類の力を崇拝することを教えられるのだから。やめるように警告されているのに、中には自分で必ずためしてみようと思う女もいる。征服者が征服されるようなものだ。たぶん、数多くの女性たちがそうしたことを密かに望んでいるかもしれない。おそらく、そうしたことがとうてい起きそうもないことが分かると、彼女たちは叫ぶのかもしれない——と。

「ああ、そうそう」と彼女は酔った口調で言った。「そんなふうにしてわたしを見て。わたしの体を引き裂こうとしてるみたいにね。あなたにそんなふうに見られるの、わたし、大好き！」

僕は笑って彼女の顎に触った。僕も窮地に追いつめられていた。パンチを浴びたみたいに酔っぱらっている感じがしたし、役目を果たすことも、怒ることもできなかった。僕らの社会ではベッドをともにする相手には敬意を払う義務があると説教してやろうと思ったが、社会や、その中でのふさわしい自分の立場を知っているような幻想はもはや抱けなくなった。それに、彼女は、僕のことをコメディアンだと考えているような感じがした。それも、男たちに教わったことなのだろう。

僕がグラスを上げると、彼女はそばへ寄って乾杯した。

「やってくれるよね、ハンサムボーイ?」そう言うと彼女は、今は化粧が落ちて荒れた感じの唇を、赤ん坊のようにとがらせた。こうなったら、この女を楽しませてやってもいいではないか。紳士にでも、彼女の思いどおりのどんな人間にでもなってやる——この女は、僕のことを一体何だと思ってるんだろう? 明らかに僕は飼い慣らされた強姦者、婦人問題の専門家といったところだ。ひょっとして、それがありのままの姿なのかもしれない。それも、女性の快楽に好都合な、言葉による押しボタン付きの人間。僕はその罠を自分からしかけたわけだ。

「これを持って」と僕は言って、グラスを彼女の手に押しつけた。「もっと飲んだほうがいいですよ。ずっと本当らしくなるし」

「ああ、そうね、それはいいわね」彼女は飲み物を受けとると、何か考えごとをしているかのような顔をして見上げた。「わたし、今の生活にうんざりしているのよ、ハンサムボーイ。もうすぐわたしはお婆さんになるし、そうなったら、楽しいことはなくなってしまうわ。この意味、分かる? 亭主のジョージときたら女性の権利についてはさんざん話すけど、ひとりの女の欲望だって、分かっていないいんだから。あの人ったら、自分の自慢話は四〇分もするのに、アレをバタバタやるのはほんの十分だけ。ああ、わたしにとって、あなたのしていることがどんなに助かるか、想像もつかないでしょう」

「こっちだってそうですよ、シビルさん」と僕は言って、またグラスに酒を注いでやった。僕のほうも何杯も飲んだせいで、とうとう酔いがまわってきた。

彼女は長い髪を振って肩に垂らし、脚を組むと、僕を見つめた。彼女の頭がふらふらと揺れ出した。

「飲みすぎないでよ、ハンサムボーイ。うちのジョージったら、飲みすぎるといつも駄目になるんだから」

「心配しないで。僕が酔ったら、思いっきりレイプしますよ」

彼女はハッとした顔つきになった。「まあ、だったら、もう一杯ちょうだい」そう言うと彼女は、体を一度はずませた。子どもみたいに喜んで、グラスを差し出した。

「ここで何が起きようとしているんだろう、国家の新たな誕生かな?」と僕は言った。

「今何て言ったの、ハンサムボーイ?」

「別に。悪い冗談だから、気にしないで」

「そんなところがあなたのいいところよ、ハンサムボーイ。下品な冗談なんか一度も言わなかったのにねぇ。さあ、注いで」

僕は次から次へと酒を注いだ。ふたりとも何杯も飲んだ。うっとりした気分だった。こんなことが僕にも彼女にも、現に起きているような感じがなくて、思わず僕は、一種の同情を覚えた。やがて彼女は、細めたまぶたの奥から目を輝かせながら、僕を見つめて起き上がると、僕の痛いところを打った。

「さあ、わたしを叩いて、あんた――あんた――このでっかい黒人の乱暴者め。何をそんなにぐずぐずしているのさ? さっさとわたしを殴り倒してよ! あんた、わたしの体が欲しくないの?」と彼女は大声で言った。

僕もイライラしていたので、パチンと叩いてやった。彼女は顔を赤くして、いつでも来いとばかりに体を横たえた。彼女のへそはゴブレットのワイングラスというより、揺れる大地の穴のようにしなり、ゆるんだ。すると彼女が「さあ、やってよ！」と言い、僕も「いいとも、いいとも」と言いながら興奮して辺りを見回し、彼女の体に酒をふりかけたとたんに、自分の感情が封じ込められた感じがして、やめた。テーブルの上にあった口紅が目にとまり、僕はそれをつかむと、「いいよ、いいよ」と言いながら、かがんで、酔った勢いで彼女の腹に荒々しく文字を書いた。

シビル、お前はレイプされた
サンタクロースにな
驚いたか

と、ここまで書いてやめた。僕はベッドに両ひざをつき、彼女に押しかぶさるようにして震えていたが、彼女のほうは不安そうな期待をこめて待っていた。口紅は紫っぽい金属質の色合いだったのだが、彼女が期待に胸をときめかせながら喘《あえ》いだので、その文字は伸びたり震えたり、丘を登ったり谷を下りたりしたりした。体は蛍光色の看板のように輝いていた。「急いで、ハンサムボーイ、早くしてよ！」と彼女はせき立てた。

僕は彼女を見つめながら思った。亭主のジョージがこんな姿を目のあたりにするまで、待ってはどうか——ジョージがやって来て、こんな格好を見たらなぁ。彼なら、思いもつかなかった婦人問題の一面について説教することだろう、と。彼女は目の前に何とも言いようのない状態で横たわっていたが、やがて、彼女の顔は、僕にはできそうもない表情で歪んだ。僕は思った。可哀そうなシビル、あんたは大人の仕事に少年を選んだわけだが、何事も予想どおりにはうまくいかないものさ。たとえ黒人の乱暴者だって、その仕事に失敗するんだから、と。彼女は今ではもう酔いを抑えきれなくなっていた。いきなり僕はかがんで彼女にキスをした。

「シーッ、おとなしくして」と僕は言った。「そんなに動くなよ。こんな最中に――」彼女がもっと口づけしようと唇を突き出すので、僕はもう一度キスをしておとなしくさせようとしているうちに、彼女はうとうとしだした。僕は、もう茶番劇はおしまいにしようと決めた。こうした遊びはラインハートには向いているだろうが、僕には向いていない。ベッドからよろよろと出て濡らしたタオルを持ってくると、犯罪の証拠を拭い去ろうとした。口紅の文字は罪と同じように、なかなか消えず、かなりの時間がかかった。水では消えそうもないし、ウィスキーでは匂いが残るにちがいないので、とうとうベンジンを探すほかなかった。幸いなことに、もう少しで消し終わる時になって、彼女はやっと目を覚ました。

「アレ、やったの、ハンサムボーイ?」と彼女は訊いた。

「ああ、もちろんさ。それがあんたの望んでいたことじゃないの?」

「そうだけど、わたし、覚えてないの……」

彼女の顔を見て、僕は思わず吹き出したくなった。彼女は僕を見つめようとしていたが、目の焦点が合わず、頭は片側に揺れていた。それでも懸命に見つめようとしていた。ふと僕も気が楽になった。

「ところで、奥さん、あんたの名前は?」と僕は彼女の髪を少し整えながら、訊いた。

「シビルよ。ハンサムボーイったら、わたしがシビルだってこと知ってるくせに」と彼女は怒って、もう少しで涙を流しそうになって答えた。

「あんたをつかまえるまでは、分からなかったんだよ」

彼女の目が大きくなり、顔に微笑が浮かんだ。

「そうだったわね。そりゃ、無理もないわね。以前には、わたしに気づかなかったんだもの」彼女は喜んでいて、僕は、その思いが彼女の心の中で形になってゆくのが、目に見えるようだった。

「そうだよ」と僕は言った。「壁からいきなり飛び出したようなものなんだから。僕は人のいないロビーであんたを力でねじ伏せたんだよ――覚えてるかい？ 悲鳴が上げられないように、口を押さえてさ」

「それでわたし、かなり抵抗しなかった？」

「子どもを守ろうとする雌ライオンみたいに……」

「だけど、あんたがとっても力強い乱暴者だから、わたし、とうとう負けたわ。そのつもりじゃなかったんだけどね、ハンサムボーイ。抵抗したのに、無理矢理にわたしを」

「そう」と僕は絹の服を拾い上げながら言った。「獣性を呼び覚まされたせいで、あんたを力で押さえつけた。あとは、僕が何をやるか決まってるだろ？」

彼女はしばらくそのことをじっと考えているうちに、まるで悲鳴でも上げるかのように、一瞬、またしても顔が歪んだ。だが、顔に現れたのは今度もほほ笑みだった。

「わたしの色情ぶりはすっごくひどかったでしょう？」と彼女は僕を見つめながら訊いた。

「あんたが想像もつかないほどのね。ジョージに監視してもらったほうがいいな」

するといらだたしそうに、体を横によじった。「まあ、そんなばかな！　あんな老いぼれのジョージなんか、色情狂が一緒にベッドの中に入ってきたって気づかないわよ！」

「あんたはすばらしい人だな。それはそうと、ジョージのこと、教えてよ。社会変革のあの偉大な指導者のことをさ」と僕は言った。

彼女は目を見すえて、しかめっ面をした。「誰のこと、ジョージのこと？」と彼女はかすんだ片目で僕を見ながら言った。「ジョージったら、穴の中のモグラみたいに目が見えないんだから、わたしが色情狂だってこと、ちっとも気づかないのよ。こんな話って聞いたことある？　一五年も一緒に暮らしてきたのによ！　ねえ、あなた、何を笑ってるの？」

「自分のこと」僕は腹の底から笑った。「自分のことだよ……」

「あなたみたいに大笑いする人、見たことがないわ、ハンサムボーイ。すばらしいわ！」

僕が彼女にドレスを頭からするりと着せてやろうとすると、彼女の声が絹の生地のせいでこもったように聞こえた。それから、ドレスを腰のあたりまで引き下ろし、襟首を通そうとした時、彼女の赤らんだ顔がゆらゆらと揺れ、垂れた長い髪はまたもや乱れた。

「ハンシャブボーイ」彼女はその言葉を吹き出すように言った。「時々また、やってくれる？」

僕はあとずさりして、彼女を見つめた。「何のこと？」

「お願い、可愛いハンシャブボーイ、お願いだから」と彼女は震えるような微笑を浮かべながら言った。

僕は笑い出した。「いいよ」と僕は答えた。「分かった……」

「ねえ、いつ、いつなの？」

「いつだっていいよ。毎週木曜日の九時ではどうかな？」

「まあ、ハンシャブボーイったら」彼女はそう言うと、古風なやり方で僕をぎゅっと抱き締めた。

「あんたみたいな人、見たことないわ」

「本当かよ？」と僕は訊いた。

「ほんとよ、わたし、はじめてよ、ハンシャブボーイ……誓ってもいいわ……わたしのこと信じてくれる？」

「会えてうれしかったけど、僕たちはもう出なきゃね」と僕は、今にもふらふらとベッドに戻りそうな彼女を見て言った。

彼女は口をとがらせた。「わたし、ちょっぴり寝酒が欲しいんだけど、ハンシャブボーイ」と彼女は言った。

「さんざん飲んだじゃない」と僕は言った。

「ああ、ハンシャブボーイ、一杯だけ……」

「しょうがないなあ、一杯だけだよ」

ふたりとももう一杯ずつ飲んだ。彼女を見ていると、憐れみと自己嫌悪がぶり返してくる感じがして、気が滅入ってきた。

彼女は頭をかしげながら、まじめな顔つきで僕を見つめた。

「ハンシャブボーイ、シビルおばさんが何を考えているか、あなたには分かる？　あなたがわたしのこと、早く帰らそうとしているんじゃないかと考えてるの」

僕は深い空虚の中から覗き込んでいるかのように彼女を見つめ、彼女のグラスにも僕のにも酒を注いだ。このご婦人に何ということをしたんだろう、また何ということを彼女にさせたんだろう？　またしても、この行動はすべて僕の個人的な責任なのか？　自分の責任……自分の――この辛い言葉が、彼女の震える微笑と同じように、とぎれがちに頭に浮かんできた――自分の個人的な**責任**なのか？このことのすべてが？　僕は見えない人間だ。「さあ、飲んで」と僕は言った。

「ハンシャブボーイ、あなたもね」と彼女は言った。

「ああ」と僕はつぶやいた。彼女は僕の腕の中に身を寄せた。

僕はまどろんでいたにちがいない。グラスの中の氷のカランという音がしたかと思うと、電話のベルの甲高い音が鳴り響いた。まるで一時間のあいだに冬になったかのように、深い悲しみを覚えた。彼女は横になり栗色の長い髪を垂らしたまま、重そうなまぶたの下の、青いアイシャドーをつけた目で見守っていた。また音が聞こえてきた。

「出ないで、ハンシャブボーイ」と彼女は言ったが、その声は、口の動きとはちぐはぐに、不意に出てきた。

「何？」と僕は訊いた。

「出ないで。鳴らしたままにしといてよ」と彼女は言って、赤い爪の指を伸ばした。

僕は電話を彼女の手から取り上げると、状況がのみこめてきた。

「駄目よ、ハンシャブボーイ」

それは今度は僕の手の中でまた鳴った。とたんに、どういうわけか子どもの頃の祈りの文句が、流れの速い水のように脳裏をよぎった。その時、「もしもし」と僕は言った。

地区事務所からの、誰とも分からない、あわてた声だった。「すぐにこちらへ来てくれないか」とその声は言った。

「僕、病気なんだけど。どうしたんですか?」

「ごたごたが起きてね、ブラザー。君しかいないんだよ、解決できるのは――」

「どういうごたごたなんですか?」

「ひどいごたごたなんだ、ブラザー。あいつらが――」

すると、ガラスの砕ける、遠くからの、金属性の鋭い音がけたたましく聞こえ、すさまじい音がしたとたんに、電話が途切れた。

「もしもし」と僕は言って、目の前でゆらゆら揺れているシビルを見た。唇の動きからは、「ハンシャブボーイ」と言っているらしかった。

今度は僕からダイヤルを回してみたが、話し中の脈打つような信号音が聞こえてきた。アーメン、アーメン、アーメン、ああ、どうしよう。しばらく座っていた。いたずらだろうか? 彼女が僕と一緒にいることに気づかれたのか? 僕は受話器をおいた。彼女の目は、青いシャドーの下から僕を見ていた。「ハンシャブ――」

やがて僕は立ち上がって、彼女の腕を引っ張った。「出かけよう、シビル。ハーレムの連中が僕に来てもらいたがっているんだ」——その時になって、自分が出かけようとしていることに気づいた。

「いやよ」と彼女は言った。

「だけど、そんなこと言うなよ。行くぞ」

彼女は僕を無視して、ベッドに仰向けに倒れた。僕は彼女の腕を放し、ぼんやりした頭で辺りを見回した。こんな時間に、どんな騒動だろう？　なぜ行かなきゃいけないのか？　彼女は、青いシャドーの、うるんで輝いた目で僕を見つめた。気がふさぎ、悲しくもあった。

「戻ってきて、ハンシャブボーイ」

「いや、少し散歩しよう」

赤いつるつるした爪を避けるようにして、彼女の手首をつかんで引っ張り上げ、戸口に向かった。僕らはよろめきながら歩き、そこでゆらゆら揺れていると、互いの唇が触れた。彼女は僕にしがみつき、僕も一瞬、底知れぬ悲しみを感じながらも、彼女にしがみついた。彼女がしゃっくりをした。僕はぼんやりと室内を振り返った。二つのグラスの琥珀《こはく》色の液体に、電灯の明かりがあたっていた。

「ハンシャブボーイってば。人生って、ずいぶん違ったものになるのよ」

「だけど、今はそうじゃない」

「ハンシャブボーイったら」と彼女は言った。

扇風機が回っていた。部屋の片隅には、さまざまな記憶——あのバトルロイヤルの夜——のように埃におおわれた折りかばんがあった。僕は彼女の熱い息が顔にあたるのを感じ、彼女をそっと押しやって、戸にじっともたれさせた。それから祈りの言葉を思い出したように、思わず近づいて折りかばんを手にすると、意外な重みを感じながら脚に叩くように当てて埃を拭い、小脇に抱えた。何かが中でガチャという音を立てた。

彼女は輝く目でじっと僕を見守っていたが、僕は彼女の腕をとった。

「シブ、あんたはどうする?」と僕は訊いた。

「行かないで、ハンシャブボーイ。ジョージにやらせとけばいいのよ。今夜は演説はやめて」と彼女は答えた。

「行くぞ」と僕は言って、彼女の腕をしっかりとつかんで引っ張っていったが、彼女はもの欲しそうな顔を僕のほうに向けて、溜め息をついた。

僕らは何事もなく通りへ下りていった。頭は酒のせいでひどくぼんやりしており、人気のない暗がりを見下ろした時、僕は涙の出る思いだった……。ハーレムでは何が起きているんだろう? なぜ自分が官僚的な話の分からぬ連中のことを心配しなきゃいけないのか? **僕は見えない人間**なのに。静かな通りを見渡していると、彼女は僕のそばをよろよろ歩き、歌を口ずさんでいた。素朴で楽しい、爽やかな歌だった。シビル、あまりに遅すぎて、あまりに早すぎる僕の恋人……。ああ! 喉がズキズキした。通りの熱気がまとわりついてきた。タクシーを探したが、一台も走っていなかった。彼女は夜にふさわしくない香水の匂いを漂わせながら、僕のそばで口ずさんでいた。次のブロックまで来たが、依然としてタクシーは見つからなかった。彼女のハイヒールは歩道にコツ、コツというとぎれがちの音を立てていた。僕は彼女を止めた。

「可哀そうなハンシャブボーイ。彼の名前も知らない……」と彼女が言った。僕は殴られでもしたかのように、振り返った。「何だって？」

「名前も知らない乱暴者で、ハンサムな黒人のこと」と彼女は口もとに眠そうな微笑を浮かべながら言った。

僕は、歩道にコツ、コツという音を立てて、歩き回る彼女を見た。

「シビル、こんなことはどこで終わるんだろう？」僕は彼女にというよりも、自分に向かって言った。何かが行けと命じた。

「もちろん、ベッドの中でよ。行かないで、ハンシャブボーイ。シビルがあなたの体を包んであげるから」

僕は頭を横に振った。いくつもの星が高い、高い上空でくるくる回っていた。目を閉じると、まぶたの奥で、その赤い光が飛んでいた。そのうちに、いくらか足もとがしっかりしてきたので、僕は彼女の腕をとった。

「あのさ、シビル」と僕は言った。「五番街まで行ってタクシーを見つけるまで、ここにいてよ。いいかい、ここに立って、じっとしているんだよ」

僕らは、窓の明かりが消えた、古風な建物の前でよろよろした。暗い迷路のような模様が描かれた石の上のほうに、大きなギリシャ風の円形浮き彫りが、所々にある電灯に照らされていた。僕は、石の怪物の彫刻を施してある建物の玄関に、彼女を寄りかからせた。彼女は乱れた髪のまま、そこにもたれ、街灯の明かりで僕を見て、ほほ笑んでいた。顔は片側に傾いた格好で揺れ続け、片目はどうとでもなれといったふうに閉じていた。

「いいわ、ハンシャブボーイ、いいわよ」と彼女は言った。

「すぐに戻ってくるから」と僕はあとずさりしながら言った。

「ハンシャブボーイ、**わたしの**ハンシャブボーイ」と彼女は大声で呼んだ。

その真の愛情のこもった言葉を、くろんぼ熊の熱愛の言葉を聞け、と僕は思いながら、離れていった。彼女は僕のことをハンサムボーイと呼んでいるのだろうか、ハンシャブボーイと呼んでいるのだろうか、それともハンサムだと言っているのか、ハンシャブーと言っているのか……。どっちにしても、そんなことはどうでもいいではないか？　僕は見えない人間なのだから……。

先まで行かないうちにタクシーが通ってほしいと願いながら、夜更けの静かな通りを歩き続けた。前方の五番街には街灯が輝いていて、ぽかんと口を開けたような通りを数台の車がさっと通りすぎていた。その頭上や向こうには、木々が——大きく、黒く、高く。ハーレムで何が起きているんだろう、と僕は不思議に思った。こんな夜遅く、なぜ呼び出すんだろう？——しかも、誰が？

おぼつかない足どりで先を急いだ。

「ハンシャブボーイ、ハンシャブったら！」と彼女が背後から呼びかけていた。

僕は振り向かないで手を振った。もう二度と、もうこれ以上、これっきりだ。僕は歩き続けた。

五番街まで来ると、タクシーが一台通っていたので呼び止めようとしたが、誰かの声が聞こえ、その陽気な声は遠ざかっていった。僕が別のタクシーを探して通りを見渡していた時、いきなりキーッというブレーキの音がして振り向くと、さっきの車が停まり、白い腕が手招きしているのが見えた。

タクシーは引き返し、近づいてきて、一度はずんで停まった。僕は吹き出してしまった。シビルだった。僕はよろめくようにして、タクシーのドアの所へ行った。彼女は僕にほほ笑みかけた。窓の中の頭はまだ一方にかしいでいて、髪は揺れながら垂れていた。

「乗って、ハンシャブボーイ。わたしもハーレムに連れてって……」

僕は頭を横に振ったが、頭が重い感じがして悲しかった。「駄目だよ。僕にはやる仕事があるんだから、シビル。あんたは家に帰ったほうがいい……」と僕は言った。

「いやよ、ハンシャブボーイ。わたしも一緒に連れてって」

僕はドアに片手をついて、運転手のほうを向いた。彼は髪の黒い小柄な男で、不愉快そうな顔をしていて、信号機の赤い光が彼の鼻先を染めていた。

僕は彼に行き先を教え、最後の五ドル札を渡した。彼は不満そうにむっつりした顔をして、それを受けとった。

「いやよ、ハンシャブ。わたしもハーレムに行きたいの。あんたと一緒にいたいのよ！」

「おやすみ」と僕は言って、縁石からうしろに下がった。

そこはそのブロックの真ん中辺りだったが、僕は車が動き出すのを見ていた。

「いやぁ、いやだってば、ハンシャブ。連れてって……」と彼女は叫んだ。狂おしい目をした白い顔が、窓の中に見えた。僕はその場所に突っ立ったまま、運転手がさっと車を動かし、軽蔑したように視界から消えるのを見守っていた。テールライトは彼の鼻のように赤かった。

僕は目を閉じて、頭をすっきりさせようとしながら、漂うような感じで歩き、それから目を開けると、公園のわきのほうへと通りを横切り、玉石を敷きつめた道沿いに歩いていった。頭上の高い所では、何台もの車がヘッドライトを突き刺すように照らしながら、車道を勢いよく走っていた。タクシーにはすべて客が乗っていて、一台残らずダウンタウンへと向かっていた。重力の中心を目指すようにして。僕は頭がくるくる回る感じのまま、とぼとぼと歩き続けた。

やがて一一〇丁目近くまで来た時、またしても彼女の姿が目にとまった。彼女は街灯の下で手を振りながら、待っていた。僕は驚かなかった。すでに運命論者的な気持ちになっていたからだ。ゆっくりと近づくと、彼女の笑い声が聞こえてきた。彼女は僕の前方にいたが、夢でも見ているように裸足のまま、だらしない格好で走ろうとしていた。走っていく。おぼつかない足どりなのにすばやく。一方、僕のほうは驚きはしたものの、目の前に彼女の姿が見えていながら、鉛のように重い足どりで追いつくことができず、それでも「シビル、シビル」と呼びかけながら、鉛のように重い足どりで公園のわきを追いかけてゆく。

「こっちよ、ハンシャブ」と彼女は、振り返ったりつまずいたりしながら叫んでいた。「シビルをつかまえてごらん……シビルを」と、裸足でガードルもつけずに公園沿いを逃げてゆく。

僕は小脇に折りかばんを抱えながら追いかけた。お前は事務所へ行かなきゃ、と何かが僕に命じた……。「シビル、待てよ!」と僕は大声で呼びかけた。

彼女は走った。暗闇の中の明るい場所へ来ると、ドレスの色が炎のように輝いた。サラサラと音を立てるような動き、胴体の下でぎこちなく動く脚、かかとの白いひらめき、高く舞い上がったスカート。あの女をこのまま行かせてやれ、と僕は思った。だが今では、彼女は通りを横切ろうとして一目散に逃げていたが、縁石につまずいて倒れた。彼女は、立ち上がりかけたものの、勢いを失っているためにすっかりふらふらした状態で倒れて、ドスンと尻もちをついた。

「ハンシャブ、畜生、ハンシャブ、わたしを押したでしょ?」と彼女は近づいた僕に言った。

「起きなよ」と僕は腹を立てずに言った。彼女の柔らかい腕を取って、「起きなよ」と。彼女は立ち上がると、抱擁をもとめて両腕を大きく広げた。

「駄目だよ、今日は木曜じゃないんだから。僕は事務所に行かなくちゃいけないんだよ……シビル、あいつらは何を企んでいるんだろう?」

「誰のこと、ハンシャブ?」

「ジャックに、ジョージに……トビットみたいな連中のことかな?」

「あなた、わたしを追いかけてつかまえたのよ、ハンシャブ」と彼女は言った。「あの人たちのことは忘れなさいよ……頭の枯れた連中のことなんか……野暮ったいし、ねっ。こんなひどい世の中を作ったのはわたしたちじゃないのよ、ハンシャブ。だから、忘れて――」

ちょうどいいタイミングで、角を曲がってさっと近づいてくるタクシーが、目にとまった。二ブロックほどうしろに、二階建てバスも姿を現していた。タクシーの運転手は運転席に背筋を伸ばして座っていたが、窓から頭を出してこっちに目をやると、すばやくUターンして、車を横づけした。彼は、驚いたような、信じられないといった顔をしていた。

「さあ、来るんだ、シビル。もう悪ふざけは駄目だよ」

「兄ちゃん、失礼だけど、この女性をハーレムに連れていくつもりじゃないだろうね?」

「違います。このご婦人はダウンタウンに行くんです」と僕は言った。「乗って、シビル」

「ハンシャブったら、独裁者なのよ」と彼女は運転手に向かって言った。すると彼は、まるで僕がまともじゃないかのように、じっと僕を見つめた。

「勇敢な兄ちゃんだな」と彼はつぶやいた。「すげぇ勇敢な兄ちゃんだぜ！」

彼女は乗り込んだ。

「ほんとに独裁者なんだから、ハンシャブったら」

「あのう」と僕は運転手に言った。「この人をまっすぐ家に送ってください。途中でタクシーから降ろしちゃ駄目ですよ。ハーレムをうろうろされたくないもんで。この人は大事な人で、偉いご婦人なんですよ——」

「分かった。それがいいな。あっちじゃ、大変な騒動が起きているからねぇ」

「一体、何が起きてるんですか？」と僕が大声で訊いた時には、タクシーはもう動きかけていた。

「バラバラに壊しているんだよ」と運転手はギアをシフトする音にかき消されないように声を上げた。僕はタクシーを見送ると、バス停のほうへ向かった。今度こそ大丈夫だろう、と思いながら、歩み出てバスに合図して、乗った。彼女が戻ってきても、僕がいないことに気づくだろう。急がねばという気持ちをいっそう強く感じてはいたが、頭が依然としてぼんやりしすぎていたので、自分をうまく制しきれなかった。

僕は座席に座って折りかばんをしっかりつかみ、目を閉じたまま、バスが疾走してゆくのを足もとに感じていた。やがて七番街のほうへ曲がるだろう。シビル、許してくれ、と僕は思った。バスはすべるように走った。

　ところが、目を開けると、バスはリバーサイド自動車道に入ろうとしていた。これも、僕は冷静に受け入れた。今夜はあらゆることが混乱していたからだ。酒を飲みすぎてしまった。時間は目に見えず、液体のように悲しげに流れていった。窓の外を眺めると、一隻の船が、その走る灯火で夜の所々を明るく照らしながら、上流に進んでいくのが見てとれた。涼しい海の香りが絶えまなく濃厚に漂ってきて、めまぐるしく展開するぼんやりした光景のなかで、錨を下ろした何隻もの船、暗い水、それに灯火が流れるように遠ざかっていった。川の向こうはニュージャージー州で、僕はハーレムに来た時のことを思い出した。あれはずっと昔のこと、ずいぶん昔のこと、と思った。まるで川に溺れているようだった。

　右手の前方に、教会の尖塔が、そのてっぺんに赤い警告灯をつけて、高くそびえていた。今ではバスは、あの英雄の墓の前を通りすぎようとしていた。僕はかつてそこを訪れたことがある。階段を登って中に入り、ずっと下のほうを覗くと、英雄が国旗をまとい、永眠しているのが見える……。

　一二五丁目はすぐにやって来た。僕はよろよろと降り、バスが走り出す音を耳にしながら、川のほうを向いた。そよ風が吹いていたが、今は動きが止まり、熱気がぶり返してきて、まとわりついた。暗がりのずっと先には記念碑的な橋が見え、ロープのようにつながった灯火が川を横切っていた。河にもっと近づくと、上方の高い所にパリセース断崖があって、その独立戦争当時の激しい戦いの跡も、ジェットコースターのさまざまな色の灯火にかき消されていた。「時は今……」、そんな看板が対岸に点滅していたが、鋲釘のブーツで歴史に踏みにじられた自分は、時間を気にしても仕方がない、と思って吹き出してしまった。通りを横切って噴水の所へ行くと、水が涼しく感じられ、身をかがめてから、ハンカチを濡らし、顔や目を拭いた。水はほとばしり、ゴボゴボ流れたかと思うと、しぶきを飛ばした。顔を近づけると、しぶきで涼しさを感じ、噴水の子どものような歓喜の音が聞こえてきた。それから、ほかの音も僕の耳に入ってきた。それは川の音でもなければ、暗がりを疾走する車がカーブを曲がる音でもなく、遠くの群衆や、ピーク時の川の奔流のように、何かが勢いよく進む音だった。

歩いていくと、階段が見つかり、そこを下っていった。橋の下には堅い石の川のような道があり、その波に似た砂利道を見た瞬間、水が流れていて、上方の噴水の水はそこから引いてあるのかと思えた。僕はたとえそこに入って渡ってでも、ハーレムへ行くつもりだった。階段の下のほうでは、路面電車のレールが鋼鉄の輝きを放っていた。先を急いでいると、さっきの音が近づいてきて、傾斜路にさしかかった時には、無数の声とともにビュンビュンという音が僕を取り囲み、大気を麻痺させた。それは何かのさえずりのようでもあり、クックーという声のようでもあった。かと思えば低い唸《うな》り声でもあって、僕に何かを、何かメッセージを伝えようとしているようだった。立ち止まって、辺りを見回した。橋桁はリズミカルに行進するように暗闇の中へ消えていき、砂利道の上には赤い灯火が輝いていた。やがて橋の下まで来た時には、まるで鳥たちが僕を、ほかの誰でもない僕を——僕専用にとっておいて——永遠に待ち構えていたかのようだった。頭の中で鳥の翼のイメージを思い浮かべながら、音のするほうを見上げた時、何かが顔に当たって筋をつくった。今は汚れた空気の匂いがして、頭上を覆う弾幕を目にした。とたんに上着にも筋がつくのが感じられたので、僕は折りかばんを頭にかざして、何かがベチャ、ベチャと雨のように降ってくるのを感じながら逃げた。その激しい攻撃を受けながら、鳥までもが、と思った。鳩や、雀や、いまいましい鷗《かもめ》すらもが！　僕は憤りと、絶望感と、耳障りな笑い声で腹が煮えくり返る思いで、走った。鳥どもからどこへ逃げようとしているのか、自分でも分からなかった。そもそも、なんでこんな所に来たんだろう？

僕は夜の中を駆けた、自分の心の中でも逃げた。走って逃げた。

25

モーニングサイドに着いた時、遠くから独立記念日でも祝っているかのように銃声が聞こえてきたので、僕は先を急いだ。セント・ニコラス通りまで来ると、辺りの街灯は消えていた。雷のような音が生じたかと思うと、四人の男が、不快な音を立てて何かを押しながら歩道を走ってくるのが見えた。押しているのは金庫だった。

「おい」と僕は声をかけた。

「どけ！」

僕は車道に飛びのいたが、突然、大きな音が鳴り響いたかと思うと、斧の最後の一撃を加えてから木が倒れるまでに間があるように、時間が見事に止まり、辺りはすっかり静まりかえった。その時、家々の玄関口や縁石沿いにしゃがみ込んでいる人影に気づいた。すると、時間がはじけて動き出し、僕は通りに倒れていて、意識はあったが起き上がれず、地べたをもがいていると、うしろの通りの角で放たれた拳銃の閃光が目にとまった。左手には、さっきの男たちが、まだガタガタという音を立てて金庫を押しながら、歩道を逃げていた。背後には、黒いシャツのせいでほとんど姿の見えないふたりの警官が、火をふく拳銃を突き出しているのが分かった。金庫のローラーの一つがふっ飛び、かなり離れた街角の先では弾丸が車のタイヤに当たり、空気が抜ける時にもだえ苦しむ大きな動物のような悲鳴をもらした。僕は転がったりバタバタ動いたりしながら縁石に這《は》い寄ろうとしたが、それもできないでいると、顔にいきなりぬるっとした温かさを感じた。金庫が交差点に暴走してゆくのが見え、男たちは角を曲がって暗がりの中へ、どんどん逃げて消えた。彼らの姿が消えると、動いていた金庫のほうは、はずんだ拍子に方向を変え、交差点の中にすっ飛んでいったのだが、路面電車の第三のレールにひっかかったかと思うと、火花のカーテンを上げ、憂鬱な夢のように辺りを照らし出した。それは、僕も見ていた夢のようでもあり、その夢を通して、警官たちが射撃練習場にでもいるみたいに、足を突き出して踏んばり、片腕を腰に当て、じっと狙って撃つのが見てとれた。

「緊急対策本部に連絡しよう!」と警官たちのひとりが大声で言った。彼らは振り返って、路面電車のレールのにぶい光が暗がりの中にうすれていく方へ姿を消した。

辺りが急に騒がしくなってきた。歩道から起き上がったらしい人々が、興奮した声を上げながら、店の正面へ駆け込んでいた。今、僕の顔には血が流れていて、動けるようになってひざをついて立ち上がろうとした時、群衆の誰かが手を差し伸べて立たせてくれた。

「兄ちゃん、怪我したのかい?」

「少し——よく分からないけど——」彼らの顔はよく見えなかった。

「あれ! こいつの頭にゃ穴があいてるぞ!」とある声が言った。明かりが僕の目の前でぱっと光り、近づいてきた。かたい手が自分の頭を触り、離れていくのが分かった。

「ああ、ただのかすり傷だよ。四五口径ならあんたの小指に当たっただけでも、倒れたはずだぜ！」

「あれ、こっちのほうは倒れたまんまだよ。こいつ、まともに当たっているからな」と誰かが歩道から声をかけた。

僕は顔を拭いたが、頭がガンガンした。何かが無くなっていた。

「ほら、兄ちゃん、これ、あんたのだろ？」

その把手を持って差し出されたのは、折りかばんだった。僕は、とてつもなく貴重な物をもう少しで失うところだったかのように、突然うろたえて、折りかばんをつかんだ。

「ありがとう」と僕はお礼を言って、ぼんやり見える、青っぽい彼らの顔つきを覗き込んだ。死体に目をやった。男は顔を前に突き出して倒れていて、そのまわりを群衆が取り囲んでいた。ちぢこまった格好の男はひょっとして自分だったかもしれない、とふと気づいて、その男を以前、ずっと昔、真昼の明るい光の中で見たことがあるような感じもした……。どれくらい前のことだろうか？　男の名前も知っていると思ったが、いきなりひざがガクガクした。僕はその場に座り込み、折りかばんを握っていた拳は地べたにこすれ、頭はがくりと前に垂れた。群衆がまわりに集まってきていた。

「おれの足を踏むなよ。押すなよ。スペースはたっぷりあるじゃないか」と怒鳴る声が聞こえた。

何かしなくてはと思ったが、本当は忘れものなど何もないのはわかっていた。ある種の忘れられた夢の細部は、本当は忘れたのではなくて、思い出したくないだけなのと同じことだ。頭の中でその灰色のヴェールに手を伸ばそうとしたが、それは今では、通りと金庫を仕切る青いカーテンのように、目の奥にぼんやりとぶら下がっているような気がした。めまいがしなくなったので、僕はなんとか立ち上がり、折りかばんを握りしめ、頭をハンカチで押さえた。通りの先のほうで、大きなガラスが割れる音がして、暗がりの青い神秘的な雰囲気の中に、歩道が砕けた鏡のようにチラチラ光っていた。通りのネオンサインはすべて消えていて、昼間のあらゆる音はそのいつもの意味を失っていた。どこかで防犯ベルの無意味なけたたましい音が鳴り響いたかと思うと、略奪者たちの歓声が上がった。

「行くぞ」と近くで誰かが叫んだ。

「一緒に行こう、兄ちゃん」と僕を助け起こしてくれた男が言って腕をつかんだ。大きな布袋を肩にかけた、痩せた男だった。

「そんなぶざまな格好じゃ、放っておくわけにはいかないもんな。酔っぱらいみたいじゃないか」と男は言った。

「どこへ行くの？」と僕は訊いた。

「どこへだって？　そんなこと知るもんか。どこへ行くか分からねぇが、おれたちゃ、動き出さなきゃいけねぇのさ——おい、デュープリ！」と男は叫んだ。

「おい——畜生！　おれの名前をそんな大声で呼ぶなよ。こっちで、作業用のシャツを取ってるんだから」という声が返ってきた。

「おれの分も頼むよ、デュ」と男は言った。

「分かったけど、おれはお前の父《と》っつぁんじゃねぇんだぞ」と返事が聞こえてきた。

僕はその痩せた男を見ているうちに、友情のようなものが湧いてくるのを感じた。男は僕のことを知らなかったが、彼の親切には下心などなかった。

「おい、デュ、おれたちはアレをやるのか?」

「決まってるさ、おれがシャツをとったらすぐにな」

人々は、こぼれた砂糖に群がるアリのように、何軒もの店を出たり入ったりしていた。時々、ガラスの砕ける音や銃声がした。遠くから消防車のサイレンの音が聞こえてきた。

「気分はどうだい?」と男が訊いた。

「まだボーッとしていて、力が出なくて」と僕は答えた。

「どれ、出血が止まったかな。ああ、これならすぐによくなるさ」

彼の顔はぼんやりとしか見えなかったが、声ははっきり聞こえた。

「ああ」と僕は言った。

「おい、兄ちゃん、死ななくて運がよかったな。近頃じゃ、あのクソ野郎どもはほんとに撃ってくるんだから」と彼は言った。「あっちのレノックス街じゃ、空に向かって撃ってやがったけどな。ライフルが手に入りさえしたら、目に物を見せてやるんだが! ほら、この上等のスコッチを一杯ひっかけな」と彼は言って、尻ポケットから一クォート瓶を取り出した。「おれ、向こうの酒屋からとったのを丸ごと一ケース、隠しておいたんだ。おい、向こうじゃ息をしただけでも、酔っちまうぜ。べろんべろんにな! 品質保証つきのウィスキーが百本とも全部、溝に流れてんだから」

僕は一口飲んで、ウィスキーが喉を下っていく時に身ぶるいがしたが、その喉ごしがありがたかった。まわりでは青い輝きの中で黒い人影が、はじけんばかりのすごい勢いで動いていた。

「あいつら見てみな、かっぱらってるぜ」と彼は、薄暗がりの中で動き回る群集を見ながら言った。

「おれ、疲れちまったよう。あんた、あっちのレノックス街にいたのかい？」

「いや」と僕は答えた。ひとりの女が一〇羽ほどのはらわたを抜いた鶏を、新しいわら箒《ぼうき》の柄に首から吊るして、ゆっくりと通りすぎるのが目にとまった。

「兄ちゃん、あんたも見ればよかったな。何もかもがごっそりやられたんだから。今頃は女どもがすっかり分捕ってるだろうよ。ある婆さんなんかは、牛の片身をそっくり背中にかついでいてさぁ。腰をかがめてがに股の格好で、家まで持ち帰ろうとしたんだぜ――おっ、デュープリが来た」彼はそう言うと、急に話をやめた。

体の丈夫そうな小柄の男が、いくつもの箱を抱えて、群衆の中から出てくるのが見えた。その男は、頭に帽子を三つもかぶり、数組のズボン吊りを肩にかけていたが、近づいてくるのを見ると、にぶく光る腰まである真新しいゴム長靴を履いていた。ポケットはかさばっていて、肩にかけた布袋は重そうに揺れていた。

「おい、デュープリ、おれにも一つ持ってきてくれたのかい？　どんなやつだい？」と僕の友人は彼の頭を指さしながら、訊いた。

デュープリは立ち止まって、友人に目を向けた。「あれほどの帽子があるのに、おれがドブス以外のやつを持ち出すとでも思っているのかい？　おい、お前さんは頭がおかしくなっちまったのかい？どれもピカピカの、きれいな色のドブスだよ。さあ、ポリ公が引き返して来ないうちにずらかろう。ヒュー、あの火の燃え上がりを見てみろよ！」

僕がカーテンのような青っぽい炎のほうを見ると、その中でぼんやりと見える人影がせっせと物を盗んでいた。デュープリが大声で呼ぶと、数人の男たちが群衆を離れて、車道にいる僕らと合流した。僕らは歩き出し、友人（スコフィールド、ほかの仲間たちがそう呼んでいた）が僕の手を引いてくれた。頭がガンガンして、まだ血が出ていた。

「兄ちゃんも、戦利品をだいぶ手に入れたようだな」とスコフィールドは折りかばんを指さして言った。

「たいして持ってないさ」と僕は言って、戦利品だって？　と思った。これが**戦利品**？　中にメアリーの壊れた貯金箱と小銭が入っているのを思い出し、折りかばんの重いわけに、僕はふと気づいた。とたんに僕は折りかばんを開け、ズボンのポケットに入っているあらゆる書類を――ブラザーフッド協会の身分証も、あの匿名の手紙も、クリフトンの人形と一緒に――その中に放り込んだ。

「そいつをいっぱいにするんだな。何も恥ずかしがるこたねぇよ。おれたちが質屋を襲うまで待ちな。あのデュの奴ったら、綿摘み袋をいっぱいにしてるんだぜ。**あいつ**なら商売ができるんじゃねぇか」

「ああ、やっぱしそうなんだ」と僕の反対側にいた男が言った。「おれも、綿摘み袋じゃねぇかと**思ってた**よ。あんな物、どこで手に入れたんだろう?」

「北部に来る時に持ってきたのさ」とスコフィールドが言った。「デュの奴、南部に帰る時にゃ、そいつを一〇ドル札でいっぱいにしてやると言ってるぞ。あいつ、明日になったら、戦利品をおいておく倉庫がいるだろうぜ。兄ちゃん、あんたもその折りかばんにいっぱい詰めるんだよ。自分でかっぱらえよ！」

「いや、僕はこれで十分だよ」と僕は言った。その時、自分が最初に向かおうとした場所をはっきりと思い出したが、そこを離れることができなかった。

「たぶん、兄ちゃんの言うとおりだな」とスコフィールドは言った。「兄ちゃんがそいつにダイヤモンドなんかを詰め込んでいても、こちとら、分かんねぇからな。人間は欲を出しちゃいけねぇ。それにしても、こんなことが起きてもいい時期だったんだ」

僕らは歩き続けた。自分はこの場を去って、地区事務所へ行くべきだろうか？　ブラザーフッド協会のあいつらはどこにいるんだろう、ひょっとして誕生日の祝賀会にでも出ているのか？

「この騒動はどうやって起こったの？」と僕は訊いた。

スコフィールドは驚いた様子だった。「知るもんか。ポリ公が女か何かを射殺したんだよ」

別の男が僕らのそばに来た時、どこかで重そうな鋼鉄板がドスンと落ちる音がした。

「違う、そんなことで始まったんじゃないよ。あの男のせいさ。あいつの名前、何だっけ……？」

とその男が言った。

「誰？　その人の名前は？」と僕は訊いた。

「あの若い奴だよ！」

「あのな、そのせいでみんなが頭にきてるのさ……」

クリフトンだ、と僕は思った。クリフトンのためなんだ。クリフトンのための夜なんだ。

「おい、そりゃねぇだろ」とスコフィールドが言った。「おれはこの目でちゃんと見たんだから。八時頃、レノックス街の一二三丁目で、ポリ公がベビールースのチョコバーを盗んだ子どもを引っぱったいたら、子どもの母親が文句を言って、今度はポリ公が母親も引っぱたいたんだ。大騒動になったのはその時からだよ」

「あんたはそこにいたのかい?」と僕は訊いた。

「そこにいあわせたのも同じだな。仲間の話じゃ、子どもが白人の女の名前にちなんでつけられたチョコバーを盗んで、ポリ公を怒らせたらしいな」

「おれが聞いた話とは違うぞ」と別の男が言った。「おれが行った時にゃ、白人の女が黒人女の愛人を奪い取ろうとしたのが、騒動のきっかけだって、みんなが言ってたよ」

「誰がはじめたって、そんなこと構うもんか。おれが望んでいるのは、騒動がしばらく続くことだけだ」とデュープリが言い返した。

「たしかに白人の女が絡んでいたが、事情が違うな。女は酔っぱらっていたんだ――」と別の声が言った。

その女がシビルだったはずがない。騒動はすでに始まっていたのだから、と僕は思った。

「お前らは、誰がはじめたのか知りたいのかい?」と双眼鏡を手にしていた男が、質屋の窓から声をかけた。「本当に知りたいのかい?」

「そうだよ」と僕は言った。

「まあまあ、あわてるな。あの偉大な指導者の破壊者ラスがはじめたんだ!」

「あの西インド諸島生まれの黒人のことかい?」と誰かが言った。

「聞けよ、この野郎!」

「どんなふうに騒動がおっぱじまったのか、誰だって分かっちゃいねぇんだよ」とデュープリが言った。

「だけど、誰かが知らないと」と僕が言った。

スコフィールドはウィスキーを僕のほうに差し出したが、僕は飲まなかった。

「おい、騒動がおっぱじまっただけのことよ。犬の日《ドッグ・デイズ》（盛夏の時期を指す）だしな」とスコフィールドが言った。

「犬の日だって？」

「ほら、この暑さのことさ」

「あのな、みんなはあの若い奴の身に起きたことで頭にきているんだよ、何とかという名前の……」

僕らがある建物の前を通りかかった時、「黒人の店だぞ！　黒人の店だぞ！」と狂ったように叫ぶ声が聞こえてきた。

「だったら看板を立てとけよ、このクソッタレ野郎。お前もほかの連中みたいに、ろくでなしなんだろうな」とある声が言った。

「あの野郎のわめいている言葉を聞いてみろ。あいつ、一生のうちで今日ばかりは黒人なのを喜んでいると思うぜ」とスコフィールドは言った。

「黒人の店だぞ」とその声は一本調子に叫び続けた。

「おい！　お前にゃ、ほんとに白人の血が混じってないだろうな？」

「そんなことないですよ！」とその声は言った。

「おい、あの野郎をぶん殴ってやろうか?」

「なんで? あいつは何にも持っちゃいねぇよ。あのクソッタレ野郎なんか、ほっとけ」

数軒先へ行くと、金物屋の前に来た。「みんな、とっぱじめはこの店だよ」とデュープリが言った。

「どうするんだい?」と僕は訊いた。

「誰だい、お前は?」とデュープリは帽子を三つかぶった頭をかしげながら訊いた。

「誰でもないさ。ただの若者――」と僕は言いかけた。

「お前なんか、おれはほんとに知らないよ」

「そりゃそうだよ」と僕は言った。

「この兄ちゃんなら大丈夫だ、デュ。ポリ公に撃たれたんだよ」

デュープリは僕を見た拍子に、何かを蹴飛ばした――一ポンドのバターだったみたいで、それは熱い通りをよごしながら飛んでいった。「おれたちゃ、是非ともやりたいことがあるんだ」と彼は言った。「先ず、みんなのために懐中電灯を手に入れる……ちったぁ、まとまろうぜ、みんな。お互いにぶつかり合うなよ。さあ、来い!」

「来るんだ、兄ちゃん」とスコフィールドが言った。

僕は先頭に立っていく必要も、その場を離れる必要も感じなかった。あとから喜んでついて行った。彼らがどこへ連れてゆき、どういうことになるのかを見ておきたい気持ちになっていた。と同時に、地区事務所に行くべきだという思いがずっとあった。僕らは店の中へ、金属でちらちら光る暗がりの中へ入った。慎重に動いた。僕には、彼らが目あての物を捜し、それらをさっと動かす音が聞きとれた。レジスターをチーンと開ける音が鳴り響いた。

「こっちに懐中電灯があるぞ」と誰かが大声で言った。

「いくつある?」とデュープリが訊いた。

「けっこうあるよ」

「ようし、みんなに一つずつ渡せ。電池は入ってるか?」

「いや、だけど、そいつもいっぱいある。一二箱ぐらいかな」

「分かった、おれにも電池を入れたのを一つくれ。バケツを捜さなきゃいけねぇんだから。これで、みんな、懐中電灯が持てるな」

「こっちにバケツがいくつかあるぞ」とスコフィールドが言った。

「じゃあ、あと見つけなきゃいけねぇのは油のありかだけだな」

「油って?」と僕は訊いた。

「あのな、灯油のことだよ。それから、みんな、ここで煙草を吸うなよ」

僕はスコフィールドのそばに立ったまま、彼が積んであるブリキのバケツを取って、みんなに渡す時に立てる音を聞いていた。今では店内は、ひらめく明かりやちらちら動く人影でパッと生き返った。

「明かりは床に向けておけよ」とデュープリが大声で言った。「人さまにおれたちの顔を見られたら、なんにもならないからな。ほら、お前ら、バケツを並べるんだ。おれが油をいっぱい入れてやるから」

「聞いたか、デュが命令するのを――あいつはたいしたもんだね、兄ちゃん? あいつはいつだって、何でも仕切りたがる。おかげで、おれは、いつももめごとに巻き込まれる始末よ」

「何のための用意をしているの?」と僕は訊いた。

「いずれ分かるさ」とデュープリは言った。「おい、そっちのお前、カウンターのうしろからこっちに来て、バケツを持ちな。そのレジにゃ、何にも入ってないことぐらい分かんねぇのか? もしあったら、このおれが取ってるさ」

突然、バケツのガランガランという音がやんだ。僕らは奥の部屋に入った。懐中電灯の明かりで、燃料缶が棚にずらりと置かれているのが見てとれた。新しい長靴を履いたデュープリはみんなの前に立って、それぞれのバケツを灯油で満たした。僕らはゆっくりと、順序よく動いた。バケツをいっぱいにすると、並んで通りに出た。僕は暗がりの中に立って、彼らの声を聞いているうちに、興奮してくるのを感じた。そもそも、こうしたことにどういう意味があるんだろう? こうしたことをどう考え、何を**すれば**いいんだろう?

「こいつを持っているから、おれたちは車道の真ん中を歩いたほうがいいな。角を曲がってすぐだから」とデュープリが言った。

やがて僕らが車道の真ん中を歩いていると、少年たちの一団が僕らのあいだに駆け込んできた。僕らが懐中電灯を点けて照らすと、その少年たちは、ブロンドのカツラをかぶったり、盗んだ燕尾服のすそをなびかせたりして疾走していた。彼らのうしろから、陸海軍ストアからかっさらった模造ライフルで武装した一団が追いかけてきた。僕は、クリフトンのための聖なる休日だと思いながら、スコフィールドらと一緒に笑った。

「明かりを消せ！」とデュープリが命じた。

背後から、叫び声や笑い声が聞こえてきた。前方には、逃げる少年たちの足音、遠くの消防車のサイレン、銃声、それに静かな時には、ガラスの破片のどこまでも続くにぶい光。バケツからはねた灯油が路上にピシャリと落ちると、灯油の匂いがした。

スコフィールドがいきなり僕の手をつかんだ。「ヒュー、あそこを見てみろ！」

すると男たちがボーデン社の牛乳搬送用の馬車を引っぱりながら、走ってくるのが僕の目にとまった。荷台の上には、まわりを鉄道の信号炎管に囲まれて、ギンガムチェックのエプロン姿の図体のでかい女が座って、目の前の樽からビールを注いで飲んでいた。男たちは猛烈に数歩走っては休み、また数歩走っては休んだかと思うと、わめいたり笑ったり、ジョッキでビールを飲んだりした。その間、荷台の女は顔をのけぞらせ、ブルース歌手の声色を思わせる野太い声で、叫ぶように熱唱していた。

レフェリーがいなかったら
ジョー・ルイスはぶち殺していただろう
ジム・ジェフリー
ただのビールだぞ！

――ひしゃくにすくったビールをまわりにこぼしながら。

僕らが驚いてわきによけると、女は、肉汁スプーンのような杓子を馬鹿でかい手で持ったまま、サーカスのパレードの千鳥足の肥えた婦人さながらに体を左右に揺らし、丁重にお辞儀をした。ついで、女は笑ったりたっぷり飲んだりしながら、平然ともう一方の手を伸ばし、一クォート瓶入りの牛乳を次々と路上に投げつけて壊した。そのあいだ男たちは、破片の散らばった通りを、馬車をひいて走った。まわりでは、大きな笑い声や非難の叫び声が起きた。

「誰か、あの馬鹿どもを止めたほうがいいぞ」とスコフィールドが怒って言った。「おれに言わせりゃ、あれは度が過ぎるというもんだ。ふん、一体あいつらは、あの女が酔っぱらったら、どうやってあそこから下ろすつもりなんだ？　誰か答えてみろ。どうやってあの女を下ろすんだ？　まわりに、あんなに上等の牛乳を投げつけてよう！」

僕はあの大女にはがっかりした。牛乳とビール——危ないくらいに傾いて街角をすっ飛ばしてゆく馬車を、悲しい気持ちで見守っていた。僕らは、壊れた牛乳瓶をよけながら歩き続けた。そのあいだにも、こぼれる灯油は路面の青白い牛乳の上にピチャッとはねかかった。一体、この騒動はどれほどの大きさになっているんだろう？　なぜ僕の心はこんなにかき乱されるんだろう？　街角を曲がった。頭は依然としてガンガンしていた。

スコフィールドが僕の腕に触った。「さあ、着いたぞ」と彼は言った。

僕らは大きなアパートの建物の前にやって来た。

「ここはどこなの？」と僕は訊ねた。

「おれたちのほとんどが住んでいる所さ。入ろう」と彼が言った。

なんだ、そうだったのか、灯油を盗んだわけは。僕は信じられなかった、彼らにそんな勇気があるとは思えなかった。アパートの窓という窓からは何もないような感じがした。アパートの明かりを消していたのだ。懐中電灯の明かりや炎で、辺りがやっと見えた。

「これからはどこに住むつもりなの？」と僕は言って、建物の上のほうへ目を移した。

「こんなのが人間の暮らしとでも言えると思うか？」とスコフィールドが言った。「おい、こんな生活から抜け出すには、こうするしかねぇんだ……」

僕は、ぼんやり見えるみんなの姿にためらいの様子はないものかと見た。彼らは突っ立ったまま、前かがみになり、肩を落としながら、目の前にそびえる建物に目を向けていた。灯油の黒っぽい液体は、バケツに射し込んでくる光のゆらゆら揺れる斑点の中で、にぶい光を放っていた。言葉でも態度でも、「ノー」と言う者は誰もいなかった。いくつもの窓の中や屋上にいる女たちや子どもたちの姿が、やっと見分けがついた。

デュープリは建物のほうへ進んでいった。

「さあ、みんな、こっちを向いて」と彼は石段に立って、三つの帽子をかぶった頭を異様に浮かび上がらせながら言った。「女たちや、子どもたちや、年寄りたちや、病人たちをひとり残らず外に連れ出してもらいたい。それが終わったら、バケツを持って階段を上がり、みんな屋上に来てくれ。屋上にだよ！　屋上に着いたら、懐中電灯を点けて全部の部屋を回り、置いてきぼりにされた人が誰かいないか、確かめてくれ。残った人を連れ出したら、灯油をまくぞ。それが済んだら、おれが叫ぶからな。三回叫んだら、マッチで火をつけて外に出てくれ。あとはもう、火に任せとけばいいんだ！」

僕は干渉する気にも、何か訊いてみる気にもならなかった。

彼らが計画どおりにやっていることだ。すでに女たちや子どもたちが階段を下りてくるのが見てとれた。子どもがひとり、泣いていた。すると突然、みんなは立ち止まって振り返り、暗がりの中を覗き込んだ。どこか近くで、不つりあいな音響が暗がりを揺さぶり、エアハンマーの音がマシンガンのように、ドッドッドッと鳴り響いたのだった。みんなは草をはむ鹿を想わせる敏感さで足を止めたが、やがて男たちは仕事に取りかかり、女たちや子どもたちもふたたび動き出した。

「いいぞ、みんな。女たちは通りに出て、宿泊先へ行くんだ」とデュープリが言った。「子どもたちの手をしっかりつかんでおくんだぞ！」

誰かが背中を叩いたので、振り返ると、ひとりの女が僕を押すようにして横を通りすぎ、石段を駆け上がったかと思うと、デュープリの腕をつかんだ。ふたりの姿が溶け合ったように見えた時、女のか細い、絶望的な震える声が聞こえた。

「お願い、デュープリ」と女は言った。「**お願いよ**、わたしが臨月だってことぐらい、あんたも分かってるじゃない……あんただって、**知ってる**くせに。今すぐにやるんだったら、わたし、どこに行けばいいの？」

デュープリはうしろに下がり、もっと高い段に立った。彼は三つの帽子をかぶった頭を横に振りながら、彼女を見下ろした。「なあ、どいてくれ、ロティ」と彼は我慢づよく言った。「今頃になって、なんでそんなことを言わなきゃならないんだ？　この計画はとっくに決めていたことだし、お前だって、おれの気持ちが変わらないことぐらい、分かってるじゃねぇか。ほかのみんなも聞いてくれ」そう言うと彼は、腰まであるゴム長靴に手を突っ込み、ニッケルメッキの拳銃を取り出し、それを振り回した。「どいつも、気が変わりそうだなんて、言うんじゃねぇぞ。おれにゃ、話し合うつもりもねぇんだから」

「デュープリ、あんたの言うとおりだ。おれたちゃ、あんたについて行くぜ！」

「おれの息子は、この荒れ果てたアパートで結核にかかって死んじまった。人間は、こんな所でこれ以上生まれちゃなんねぇ」と彼は言った。「だから、なあ、ロティ、お前は通りに出て、おれたちに仕事をやらせてくれ」

彼女は泣きながら、うしろに下がった。僕はサンダルを履いた彼女を見た。乳房は盛り上がり、重そうなおなかは突き出ていた。大勢集まっていた人々の中から、女たちが手を伸ばして彼女を連れていったが、女は大きな潤《うる》んだ目をゴム長靴姿の亭主にちらりと向けた。

デュープリはどんなタイプの人間なんだろう？　ジャックなら、何て言うだろうか？　ジャック、あのジャックの奴！　こんな時に、あいつは一体どこにいるのか？

「行こうぜ、兄ちゃん」とスコフィールドは言って、僕を肘でそっと突いた。僕は、ジャックの現実味のない考えに憤りを覚えながら、彼のあとをついて行った。僕らは懐中電灯を点けて建物の中に入り、階段を上っていった。デュープリが先のほうを行くのが見えた。彼は、僕がこれまでずっと会うことも、理解することも、尊敬することもなかったタイプの人間、社会機構からはみ出た人間だった。僕らは急いで立ち退いた気配のする、散らかった部屋へ入った。室内は暑く、風通しが悪かった。

「ここがおれのアパートだ。南京虫だってびっくりするだろうよ！」とスコフィールドが言った。

僕らは灯油を古びたマットレスや床などにまいた。それから、懐中電灯を持って廊下に出た。建物のあらゆる所から、足音や、灯油をまきちらす音や、時には無理矢理立ち退きを食らった老人たちの祈るような抗議の声が聞こえてきた。男たちは今では、地中深くもぐったモグラのように、黙って仕事をした。時間が止まったような気がした。誰も笑わなかった。やがて、下のほうからデュープリの声がした。

「もういいぞ、みんな。ひとり残らず出したから。先ず最上階から取りかかることにして、マッチに火をつけはじめてくれ。気をつけろよ、自分の体を燃やすなよ……」

スコフィールドのバケツにはまだ灯油が残っていたが、彼がぼろ切れを拾って、その中に落とすのが見えた。やがてマッチのパチパチという音がしたかと思うと、部屋に炎が一気に燃え上がった。熱気が押し寄せてきて、僕はあとずさりした。彼は赤い炎を背景にした影絵のように突っ立ったまま、その炎をみつめ、わめいた。

「強欲のクソッたれ野郎め、おれがここまでやるとは、思ってもみなかっただろう。どうだ、参ったか。修理なんかできねぇぜ。これを見てどんな顔をするか、見てみてぇよ」

「行こう」と僕は言った。

下のほうでは、男たちが、夢の中の大きい跳躍のように五、六段を一気に跳んで、懐中電灯の異様な明かりと炎の中を、勢いよく駆け降りていた。階を通りすぎるたびに、煙と炎が上がった。すると僕は、心の激しい高揚を感じた。彼らの手でやったんだ、と思った。彼らが自分たちで計画し、やり遂げた。決めたのも彼らだし、行動に移したのも彼らだ。彼らだけで行動できたのだ……。

頭上で雷のような足音がしたかと思うと、誰かが叫んだ。「おい、そのまま降りろ。上は地獄だ。

誰かが屋上のドアを開けたらしい、炎が舞い上がってるぞ」

「来い」とスコフィールドが言った。

駆け降りているうちに何かを落とした気がして、次の階の途中まで来た時に、僕は折りかばんをなくしていることに気づいた。一瞬ためらったが、ずいぶん前から自分の持ち物だったので、放っておくことなどとてもできなかった。

「来いよ、兄ちゃん、ぐずぐずしている暇なんかねぇんだ」

「すぐに戻るから」と僕は言った。

男たちはさっと駆け降りていった。僕はかがんで手すりにしがみつきながら、階段の一段一段を懐中電灯で照らし、肩で押し分けるようにしてゆっくり上がると、折りかばんが見つかった。そのなめし革の側面には、漆喰の踏みつぶされた破片や、油じみた靴で踏みつけられた跡がついていた。折りかばんを手にすると振り返り、また跳ぶようにして駆け降りた。油は簡単には落ちないだろう、そう思うと心が痛んだ。だが、これが肝心なところだ。僕が知っていたことが、気づいて幹部会に伝えようとしたのに無視されたことが、心の暗い片隅から甦ってきつつあった。僕は激しい興奮に身を震わせながら、一目散に駆け降りていった。

踊り場まで来ると、灯油のいっぱい入ったバケツが目にとまったので、僕はそれを衝動的に燃え上がる部屋に投げつけた。煙にふちどられた大きな炎が戸口いっぱいにパッと広がり、僕のほうへ舐めるように伸びてきた。僕は逃げた、息が詰まりそうになり咳き込みながらも、駆け降りていった。彼らが自分たちでやったのだ、と息を止めながら思った――計画し、組織し、火をつけたのだ。

僕は戸外へ、爆発のような音がする夜の中へ飛び出した。男の声なのか、女の声なのか、それとも子どもの声なのか分からなかったが、赤々と燃える玄関口を背にして、石段の上に一瞬立ち止まっていると、自分をブラザーフッド協会の名前で呼ぶ声が聞こえてきた。

まるで眠りを覚まされたような気分で、僕はしばらく突っ立って、わめき声、悲鳴、防犯ベルのけたたましい音、サイレンの音の喧騒にかき消されそうなその声のほうへ、目を向け、耳を澄ました。「ブラザー、すばらしいことですわ」とその声は言った。「あなたは、わたしたちを導くとおっしゃっていましたが、本当だったんですね……」

僕は通りにゆっくりと下りていったが、内心では、その声から遠ざかりたいという強い気持ちでいっぱいだった。そう言えば、スコフィールドはどこへ行ったんだろう？

群衆のほとんどは、炎で一瞬赤く染まる暗がりの中で白く見える目を、建物のほうに向けていた。だが、今度は「女、そいつは誰のことだい？」と誰かが言う声が聞こえた。女は僕の名前を誇らしげにくり返した。

「そいつはどこに行った？　おい、奴をつかまえろ。ラスが奴に用があるんだ！」

僕は、ゆっくりと歩いて群衆の中へ、全身の皮膚を緊張させ、背中に寒気を感じながら、スーッと黒っぽい群衆の中に混じり込み、汗をかいてうねるように動くラスの手下たちに目を向けるとともに、まわりのはっきりしない話し声に耳を澄ましていた。彼らに会ってみたいし会う必要も感じていたが、今はそれもできないと思った。彼らの気配を感じ、黒い大地を切り開いて流れる黒い川のように、黒っぽいかたまりとなって暗い夜の中を動く彼らに注意を払いながら歩いた。こんな状態ではラスやタープがそばを通っても、気づかないだろうと思ったりもした。僕は群衆と一つになって、目立たないようにし、油や牛乳のたまった地面を飛び越えるようにして、散らかった通りを進んでいった。うしろの群衆のどこかに彼らの声を聞き、さっと身をかわしているうちに、やがて次のブロックに来た。それでも、サイレンや防犯ベルの鳴り響く中を動き続け、今では流れの速い人波に押し流されてそのまま前へ、走るとも歩くともつかない足どりで進みながら、うしろを振り向こうとしたり、スコフィールドたちはどこに行ったのだろうと思ったりした。今ではうしろのほうで銃声がしていて、僕の両側にいた連中は、ゴミバケツや、レンガや、金属片を板ガラスのショーウインドーに投げつけていた。動いていると、巨大な力が今にも爆発しそうな感じがした。肩で押し分けるようにしてわきに寄り、建物の玄関口に立って群衆の動きを見守っているうちに、僕は、自分の予想はある意味で正しかったと感じたし、また自分をここまで連れてきた電話でのことづけのことに思いを馳せたりもした。電話をかけてきたのは、一体、誰なんだろう？　地区会員のひとりなのか、それともジャックの誕生祝賀会に出席していた誰かなのか？　こんな夜更けに、地区事務所に誰が呼び出したんだろう？　ようし、それなら今行ってやる。ブラザーフッド協会の幹部たちが今何を考えているのか、確かめてやる。それにしても、彼らはどこにいて、どんな重大な結論を引き出しているんだろう？　歴史に関するどんな**事後**の教訓なのか？　すると、電話から聞こえてきたあの砕ける音、あれが、そのはじまりだったのか、それともジャックが義眼を落としただけだったのか？　僕は急に頭がズキズキしながらも、酔っぱらいみたいに笑った。

突然、銃声が鳴りやみ、静寂の中で人々の声、足音、力む声が聞こえてきた。

「おい、兄ちゃん」と誰かがそばで声をかけた。「どこに行くんだい？」スコフィールドだった。

「逃げなきゃ、殴り倒されるところだったんだよ。あんたは、まだあそこにいるとてっきり思ってた」と僕は言った。

「おれも逃げ出したんだ。二軒先の建物にも火がついちまって、消防車を呼ぶはめになってよう……。畜生！　この音がなきゃ蚊だと思うような弾丸だぜ」

「気をつけろ！」と僕は言って、彼を引き寄せた。柱によりかかって、深手を負った腕に止血帯を強く巻きつけようとしていた男にぶつかりそうになったからだ。

スコフィールドが懐中電灯で照らすと、ショックのあまり灰色の顔をした黒人の若者が、脈打つように噴き出してくる血が地面にボトボトと落ちるのを見ていた。そこで、僕は見るに見かねて、かがみこむと、手に生ぬるい血がつくのを感じながら、止血帯を締めてやり、血が止まるのを見ていた。

「おかげで、血が止まりました」と若者は下を向いて言った。

「ほら、これを持って、しっかり押さえておくんだね。この人を医者に連れていってよ」

「あなたが医者ではないのですか？」

「僕が？　**僕が**だって？　あんた、おかしなこと言うねぇ。この人を死なせたくなかったら、連れていくんだね」

「アルバートが医者を呼びに行きましたから」と若者は言った。「それにしても、あなたはてっきり医者かと。あなたは――」

「とんでもない」と僕は自分の血のついた手を見ながら言った。「医者じゃないよ。医者が来るまでしっかり押さえといて。僕なんか、自分の頭痛も治せないのに」

僕は立って、両手を折りかばんで拭きながら、目を閉じて、背中を柱にもたれているその男を見た。若者は、明るい色の真新しいネクタイで代用した止血帯を必死に押さえていた。

「行こう」と僕は言った。

「なあ、あっちで女が**ブラザー**と呼んでたけど、あれは兄ちゃんのことじゃないのかい?」その場を離れると、スコフィールドが訊いた。

「ブラザーだって? いや、人違いだよ」

「あのよう、おれ、あんたに以前どこかで会ったような気がするんだけど。メンフィスにいたことないかい……? おい、見てみろ、やって来たぞ」と彼が指さしながら言った。僕が暗がりの中に目を向けると、白いヘルメットをかぶった警官隊が突進して来たが、建物の屋上からレンガを雨のように投げつけられて、ちりぢりになって物陰に隠れた。白いヘルメット姿の数人の警官が玄関口めがけて駆けてゆき、振り向きざまに発砲したかと思うと、スコフィールドがウーッとうなって、倒れる音がした。僕も彼のそばに伏せたが、赤い銃火が目に映り、鋭い悲鳴を聞いた。弧を描く飛び込みのように、上方から曲線を描いてきて地面にドサッと落ちる音がした。まるで自分の腹の上に落ちた気がして、僕はいやな気分だった。うずくまったまま、すぐ前に倒れているスコフィールドの先を見ると、屋根から転落して潰《つぶ》れた黒い姿が、その先には警官が横たわっており、ヘルメットは暗がりの中で白く輝きながら、小さく盛り上がっていた。

僕が今度は動いて、スコフィールドが撃たれたのかたしかめようとしたとたんに、彼はもがくようにして体を回し、倒れた同僚を救出しようとしている警官たちに罵声を浴びせた。そうして、手足を伸ばして怒りの声を発しながら、デュープリが振りまわしていたのと同じニッケルメッキの銃で撃ち続けた。

「おい、伏せてろ」と彼は肩ごしにわめいた。「ずっと前からあいつらをぶっ殺したかったんだ」

「駄目だよ、そんなもの使っちゃ。逃げよう」と僕は言った。

「いやなこった。おれはこいつを撃てるんだぞ」と彼は言った。

僕は腐りかけた鶏肉のいっぱい入った籠の山のうしろに転がっていった。左側の散らかった縁石には、ひと組の男女がひっくり返った配達車のうしろでうずくまっていた。

「デハート」と女が言った。「丘の上に逃げようよ、デハート。まともな人たちがいるところへ！」

「丘だと、いやだ！　おれたちはここにいるんだ」とその男は言った。「この騒動ははじまったばかりだ。これは必ず人種暴動になるはずだから、ここにとどまって、反撃するのを見たい」

この言葉は、至近距離で発射された弾丸のように僕に一撃を加え、満足感をことごとく吹き飛ばした。まるで発せられた言葉が夜に意味を与えたかのようであり、彼の息が喧騒に似た外気に触れた瞬間に意味をつくり出し、意味が生じたかのようだった。しかも怒りを定義し、組織することによって、僕はそのことにきりきり舞いさせられた気がして、いつの間にか心の中で、クリフトンが死んでからの過ぎし日々のことを振り返っていた……。これがその答えなのだろうか、これはすでに幹部会が計画していたことなのだろうか？　それとも、われわれの影響力をラスに譲り渡したことの結果なのか？　急にショットガンのしわがれたような発射音を耳にして、スコフィールドの火を噴く拳銃ごしに、屋上から落ちてちぢこまった姿に目を向けた。あれは自殺だ。銃を持っていなかったとすれば自殺行為だが、近くの質屋でさえ銃は売っていなかった。それでいて、この騒動は差しあたりは主として、人間と物との――店、市場との――衝突を特徴としているが、すぐに人間と人間との、それも銃と人数で圧倒的に上回る人間たちを敵にまわしての衝突に発展していくこともあると思うと、打ちのめされるような恐怖に襲われた。僕は今それに気づいた。それがはっきりと分かり、その確信を強めていった。あれは自殺などではなく、殺害なのだ。そんなことは、すでに幹部会の計画の中に折り込み済みだったのである。そうすると、僕は自殺を助長するための、道具の一つだったことになる。しかも、まさしく僕が自由だと思った瞬間に、単なる道具だったのだ。幹部会で賛成するふりをしただけでも、実際には僕はとっくに賛成していたのも同じで、炎と銃火に照らされたあの路上のちぢこまった姿に対しても、今夜死の準備を整えつつあるほかのあらゆる人々に対しても、僕は責任があった。

弾丸がなくなったことで悪態をつくスコフィールドをおいたままその場を離れ、僕は揺れる折りかばんが重く足に当たるのを感じながら逃げた。必死に走った。途中、群衆の中から飛び出してきた犬が跳びかかってきたが、折りかばんを振り回して頭を強く叩くと、犬は鳴きながら去っていった。右手には、木々の生えた閑静な住宅街の通りが伸びていて、僕はその通りに足を踏み入れると、七番街のほうへ、地区事務所のほうへと、恐怖と憎しみの念で胸が張り裂けそうになりながら急いだ。あいつらに償《つぐな》わせてやる、埋め合わせをさせてやる、と思った。見ていろ！

通りは、遅く昇った月の明かりを浴びて静まりかえっていて、銃声はかすかに、それも、しばらくは遠くから聞こえてきた。暴動は別世界のことのように思えた。僕はちょっとのあいだ低い、葉の生い茂った木の下に立ち止まって、レースのような影が落ちた手入れのゆき届いた歩道の向こうの、静かな家々のほうを眺めた。まるで住人が水嵩を増す洪水から逃れて姿をくらまし、窓という窓にブラインドを下ろした家々がひっそりと残っているようだった。やがて、そんな夜中に、ただ一つの足音がしつように近づいてくるのが聞こえてきた。ピシャッ、ピシャッと不気味な足音がしたかと思うと、はっきりした、幻覚を見ている者のような、叫びにも似た歌声が聞こえてきた——

時は過ぎ去り
魂は滅びゆき
主の到来は
ちーかーいー!

男は何日も、何年も走り続けているかのようだった。静まりかえった歩道にピシャッ、ピシャッという裸足の音を立てて、木の下にたたずむ僕の前を早足で通りすぎ、数歩進んでから、また幻覚でも見ているような甲高い歌を歌い出した。

僕が大通りに駆け込むと、炎上する酒屋の明かりの中で、三人の老婆がまくり上げたスカートに缶詰をくるんで、僕のほうへ小走りに近づいてくるのが見えた。

「あたしゃ、まだやめることができなかったでごぜぇます。主よ、ご慈悲を」とひとりの老婆が言った。「どうぞ、イエス様、どうか優しいイエス様……」

アルコールや燃えるコールタールの臭気が鼻につんとくるのを感じながら、先へ進んだ。大通りの先の左手では、右側にある通りと交差した長い街区のあたりに、街灯がたった一つ、まだ点いていた。その交差点に面した店に群衆が押し寄せてきて、中に入ってゆくのが見てとれた。やがて、缶詰、サラミ、レバーソーセージ、豚の頭、それに小腸などが、外の連中のほうへ一斉射撃のように飛んでいった。小麦袋が一つ、彼らの頭の上で破れて、白い粉が辺りに散らばった。すると今度は、横切って走る右手の通りの暗がりから、ふたりの騎馬警官が、体を大きく跳ね上げ、ずっしりした蹄《ひづめ》の音を立てて、馬を全速力で走らせてくると、群がる群衆の中にまっすぐ突っ込んでいった。馬が勢いよく突進すると、群衆はちりぢりになり、悲鳴や、罵声、中には笑い声を上げて、波のようにうしろに下がるのが見えた——彼らがつまずいたり押したりしながら、うしろにどっと下がり、向きを変えて大通りに逃げ込むと、馬は頭を高く上げ、ハミを泡でまだらにして、縁石を飛び越えて突っ張った脚で着地した拍子に、その突進したはずみのせいで、アイススケート・リンクのように人のいない歩道をすべったが、足を突っ張り火花を散らして、今度は横を向き、別の店を略奪している別の群衆のほうへと駆けていった。さっきの群衆が、荒れ狂う波がひいたあとの浜辺にさっと戻って餌をついばむイソシギのように、あざけりの叫びを上げながら平然と店に戻った時、僕は心臓が締めつけられる思いだった。

ジャックやブラザーフッド協会のことを罵りながら、質屋の正面からもぎ取られた鉄格子をよけて進むと、さっきの騎馬警官は大急ぎで引き返そうとして、白い鉄のヘルメットをかぶったきびしい顔の、巧みな乗り手が二回目の突撃に備えて馬の前足を上げさせたとたんに、突撃ははじまった。今度は男がひとり倒れ、そばの女が馬の尻をにぶく光るフライパンで強く叩くと、その馬はいなないて駆け出すのが見えた。ジャックたちに償いをさせてやる、見ていろ、と僕は思った。群衆が近づいてきたので、走って逃げた。男も女も、ビールのケース、チーズ、鎖状につながったソーセージ、西瓜《すいか》、砂糖袋、ハム、コーンミール、石油ランプなどを抱えていた。ここでやめさせることができさえすれば、ここで。ほかの者たちが銃を持って駆けつけないうちに、この場で。僕は走った。

もう銃声はやんでいた。今度は、撃ち合いはいつはじまるんだろう、それまでにどれくらいの時間があるんだろう、と思った。

「ジョー、ベーコンの片身を持ってきてくれ。ジョー、ベーコンの片身を取ってきてよ、ウィルソン製のを」と女が大声で言った。

「ああ、しょうがねぇな」と暗がりから、陰気な声が返ってきた。

悲痛なまでの孤独に陥りながら、どんどん走り続けるうちに一二五丁目まで来ると、僕はそこから東のほうへ向かった。騎馬警官隊が目の前を全速力で駆けていった。軽機関銃で武装した男たちが、銀行や大きな宝石店を護っていた。僕は通りの真ん中へ進み出て、路面電車のレールの上を駆けていった。

今では月は夜空の高い所にあり、目の前にはガラスの破片が、氾濫した川の水が通りに流れてきたかのように、散らばっていた。僕はその表面を、夢でも見ているかのように、洪水で押し流されてゆがんだ物を行きあたりばったりに避けながら走った。ふと、沈んで吸い込まれていく感じがした。前方の街灯に、白い、裸の、恐ろしく女性的な死体が吊り下げられていたからだ。僕はゾッとしてくるりと回ったような、悪夢の中でとんぼ返りをしたかのような気がした。それでも反射的な動きで一回転して引き返そうとしたが、立ち止まった。今度は一つ、また一つ、全部で七つ――いずれも、略奪された店の玄関先に垂れていた。つまずいた拍子に、足もとで骨がボキッと折れるような音がしたので見ると、医者用の壊れた人体模型が地面に横たわっており、頭蓋骨は背骨からはずれて転がっていた。だが、じっと目を凝らすうちに、頭上に吊るされた死体の不自然なまでの硬さに気づいた。マネキンだった――「なあんだ、マネキンか」と大声で言った。髪がなく、禿げていて、見るからに女らしかった。僕はブロンドのカツラをかぶったあの少年たちのことを思い出して、ほっとして吹き出したくなったが、不意に、恐怖心よりもむしろ、そのユーモアに驚いた。それにしても、このマネキンが本物だったとしたら、と思った。実際**そう**なら？　一つが、一**つ**でも本物だったら、どうだろう？――もしシビルだったら？　僕は折りかばんをぎゅっと抱きかかえ、あとずさりしたあと、走って逃げた……。

見事な黒毛の馬に乗った説教者ラス転じて破壊者ラスを先頭にして、彼らは、棒切れや棍棒、ショットガンやライフルを持って整然と動いた。頭には毛皮の帽子、手に楯を持ち、野生の獣の皮で作ったケープを肩にかけて、アビシニア人の族長の服装をした、傲慢で粗野な中にも威厳をたたえた新たなラス。その姿はハーレムというか今夜のハーレムからというより、夢の中から飛び出してきたようで、それでいてリアルで、生きていて、人を不安にさせた。

「そんな馬鹿げた略奪はやめろ」とラスは、店先の群衆に向かってわめいた。「今から武器庫を襲撃して、銃や弾薬を奪うから、おれたちと一緒に来るんだ！」

ラスの声を聞いたとたんに、僕は折りかばんを開け、ラインハートになる変装道具のサングラスを探して取り出してはみたものの、レンズは割れていて地面に落ちた。ラインハートの奴、ラインハートめ！　と僕は心の中でつぶやきながら振り返った。その頃には、警官たちはうしろに駆けつけて来ていた。もしこの場で撃ち合いがはじまったら、銃撃戦に巻き込まれてしまう。そんなことを考えながら折りかばんの中を手探りし、書類、壊れた貯金箱、小銭に触り、タープの足鎖を取り出すと、それを拳にはめ、蓋を閉めてから鍵をした。ラスが集めたのよりもっと大勢の群衆が近づくにつれて、僕は新たな気持ちになりつつあった。ずっしりしたかばんを持って冷静に進み出たが、動いていても、一種の新たな自分という感じとともに、安堵とも溜め息ともつかない気持ちに包まれていた。自分のやるべきことが突然分かった。もっとも、そのことが頭の中ではっきりとまとまる前からでも、うすうす気づいてはいたが。

「見ろ！」と誰かが叫んだかと思うと、ラスが馬上で身をかがめ、僕を見るなり、よりによって槍を投げつけてきた。僕は彼の腕の動きを見て前に倒れ、曲芸師みたいに両手で体を支えた時に、ぶら下がったマネキンの一つに槍が突き刺さる音を耳にした。立ち上がったが、折りかばんも僕の手からぶら下がっていた。

「裏切り者め！」とラスが怒鳴った。

「あいつは例のブラザーだぞ」と誰かが言った。彼らは興奮してはいたが、態度を決めかねて馬のまわりに集まり、僕はラスと向かい合った。自分はこの男よりも悪い人間ではないし、かといって、もっと善良な人間でもなかった。幻のような数ヶ月を過ごしてきて、この混沌の夜には、険悪な雰囲気を和らげるために、ほんの二、三の単純な言葉が、穏やかでおとなしくさえある、控え目な行動が必要だと分かっていた。彼らと僕の目を覚まさせるためには。

「もうあいつらのブラザーじゃないよ」と僕は大声で言った。「あいつらは人種暴動を望んでいるが、僕はそれに反対なんだから。黒人の殺される数が増えれば増えるほど、あいつらの思うツボだよ――」

「こいつの嘘っぱちなんか無視しろ」とラスが叫んだ。「黒人大衆の見せしめに、こいつを吊るせ。これ以上裏切り者が出ないようにな。もうアンクル・トムなんか要らない。こいつをそこの壊れたマネキンと一緒に吊るし上げろ！」

「けど、そんなことは誰だって分かるさ。たしかに僕は、僕たちの友人だと思っていた連中に裏切られた――だが、あいつらはこの男も当てにしていたんだ。自分たちの計画を進めるためには、この破壊者が必要だった。あいつらは君たちを見捨てた。必死にこの男について行って、身の破滅を招くようにな。それが分からないのか？　あいつらは、君たちの殺害、犠牲を君たちの責任にしたいんだよ！」

「そいつをつかまえろ！」とラスが叫んだ。

三人の男が進み出た。僕は思わず手を上げ、破れかぶれの演説家のような不賛成と挑戦の身ぶりをしながら、「やめろ！」と叫んだ。だが、手で槍を叩き、柄の真ん中あたりをつかんでねじりとると、その先を前に向けた。「あいつらはこんなことになるのを望んでいるんだぞ」と大声で言った。「こんなことを計画していたんだ。暴徒がマシンガンやライフルを持って、ハーレムに押し寄せてくるのを望んでいるんだよ。通りに血を流したいのさ。君たちの血を、黒い血も白い血もね。君たちの死や、悲しみや、敗北を声明文に書けるからさ。単純なことだし、君たちもずっと前からそのことに気づいていたはずさ。『黒んぼうをつかまえるには黒んぼうを使え』という言いまわしがある。言ってみれば、あいつらは君たちを捕らえるために僕を利用したし、今度はラスを手先に使って僕を片づけ、君たちの犠牲の用意をさせようとしているのさ。それが分からないのか？　火を見るより明らかじゃないか……？」

「そのでたらめな裏切り者を縛り首にしろ」とラスが叫んだ。「何をぐずぐずしてるんだ？」

男たちが前に出ようとするのが見えた。

「待て」と僕は言った。「それなら、僕のために、過失を理由にして僕を殺せ。こんなことはもうやめるんだ。自分たちのしかけた策略をダウンタウンでほくそ笑んでる連中のためだったら、僕を殺したりするんじゃないぞ――」

だが、どんなに話しても、無駄なことは自分にも分かっていた。納得させるだけの言葉も、雄弁さも持ち合わせていなかったからだ。「やつを殺せ！」とラスが怒鳴った時には、僕は突っ立ったまま彼らと向かい合っていたが、それも現実味のないことのように思えた。僕は彼らのほうを向いていた。外国の服装をしたこの頭のおかしな男は実在しているのに、それでいて架空の人物であることが分かっていたし、奴が僕の命を狙っていることにも、昼夜となく続いたすべての日々、すべての苦しみ、自分の力では抑えることができなかったすべての騒動に対して、僕に責任があると考えていることにも気づいていたからだ。僕は英雄などではなく、ほんの少しばかり雄弁で、黒い肌の小柄な人間であり、ほかの連中より目立つことにかけては、底知れぬ力を発揮するほどの愚か者だった。この連中を見ているうちに、彼らは、自分がいつの間にか見捨ててきた人たちであり、自分は今、たった今その指導者であることにやっと気づいた。もっとも、僕の指導はあくまでも自分の幻想を剝ぎとったうえで、先頭に立って走ってゆくだけのことだが。

馬上のラスや、彼らの手に持っている銃を見ていると、僕は、この夜全体の不合理に、自分を依然として走らせながらここまでもたらした希望と欲望、不安と憎しみの、単純なのにまごつくくらいに複雑な配置の不合理を悟った。自分という者や自分の立場を今になって知った。気づいてみると、自分はもうジャックや、エマソンや、ブレドソーや、ノートンのような連中を追いかける必要も彼らから逃げる必要もなく、ただ彼らの困惑や忍耐のなさから、彼らも僕もアメリカ人だという美しいまでの不合理を認めようとしない態度から逃げさえすればよかった。僕は、死ぬことによって、つまり、この破壊的な夜にこの通りでラスの手にかかって吊るされることで、自分たちが誰であり、僕が何者であり何者であったかという定義に、血に濡れた一歩の何分の一でも彼らを近づけることができればと、立ったまま思ってもみた。だが、この定義では狭すぎた。僕は見えない人間だし、たとえ吊るされたところで、見える存在になるわけではない。彼らの目にですら、そうなのだ。なぜなら、彼らが僕の死を望んでいるのは、僕のせいだけではなく、僕がこれまでずっと追いかけられてきたからだ。僕が走り、走らされ、追跡され、あやつられ、粛清されたからである——もっとも、彼らの盲目性（彼らはラインハートやブレドソーにも我慢するのだろうか？）や僕の不可視性が付与されていては、それ以外の生活はとうていできるはずもなかったが。それに、ひとりの大柄な黒人が、現実というものに、それも僕の知る限り、彼みたいに盲目の白人によってのみ支配されていると思えるような現実に、憎しみとどぎまぎした感情を抱いているからといって、偽名を使った小柄の黒人の僕が殺されるのは、あまりにひどすぎるし、不埒《ふらち》にも不合理すぎる。ラスであろうとジャックであろうと、他人の不合理のせいで死ぬくらいなら、自分の不合理に耐えて生きのびたほうがましだ、と僕は悟った。

ラスが「そいつを吊るせ!」と叫んだ時に、僕は槍を放った。一瞬、自分の生命を棄て、ふたたび生きはじめたかのようだった。槍が、叫ぼうとして振り向いた彼に命中し、両頬を突き抜けるのが見えた。ラスが口を動けなくした槍を抜きとろうともがいているあいだ、群衆は驚いて立ち止まっていた。中には銃を構える者もいたが、近すぎて撃てなかった。僕は最初の男をタープの足鎖で叩き、もうひとりの男の腹に折りかばんで一撃を食らわせてから、略奪された店の中に走り込み、防犯ベルのけたたましい音を耳にしながら、散らかった靴、ひっくり返った陳列棚、椅子などの上を急いで逃げた——ふたたび、前方にある裏口のドアごしに月明かりの見えるほうへ。彼らは熱風のように追いかけてきたが、僕はあちこちを走り抜け、回って大通りへと逃げた。彼らは発砲して僕を仕留めることもできたが、彼らにしてみれば、僕を吊るすことやリンチにかけることが大事だった。それが彼らのやり方であり、そのように教えこまれてきたのだから。問題を解決するには、恨みを晴らすためには縛り首しかないかのように、僕の殺され方は縛り首以外には何もないのだ。僕は喉元か後頭部を撃たれて死ぬのではないかと思いながら逃げた。逃げながらメアリーの家に向かおうとしていた。それは考えて決めたことではなく、暗い通りの牛乳のたまっている所を飛び越えたり、立ち止まっては重い折りかばんや足鎖を振り回したり、彼らの手をすり抜けたりして走っているうちに、ふと気づいたことだった。

僕が振り返って、両腕を垂らし、「おい、君たち、ちょっと待ってくれ。僕たちはみんな黒人じゃないか……構ってくれる者なんかいないもんな」と話しかけることができさえすれば。もっとも今や僕は知っていた、**僕ら**が関心を持っていることを、そして彼らも行動に移すだけの関心をやっと持ったことを――僕はそんなことを思った。「ねえ、僕たちをペテンにかけたのはブラザーフッド協会の幹部たちなんだよ、新しい変化を加えた昔ながらの同じようなペテンにな――もう走るのはやめて、お互いに尊敬し合い、愛し合おうぜ……」と話しかけることさえできたら。できたらいいのに――僕はそんなことを思い浮かべながら、今は別の群衆の中に駆け込み、逃げおおせたと思ったとたんに、わめいて追ってきた男から顎にパンチを一発食らってしまった。僕も足鎖が跳ね上がるのを感じながら相手の頭を殴ってから、すっ飛んで逃げ、大通りからわきに曲がった時に、上のほうから降ってくる水のしぶきにいきなり見舞われた。それは破裂した水道管で、もの凄いしぶきのカーテンを夜の大気に投げかけていた。僕はメアリーの家を目指していたが、水のしたたる通りを北に向かってではなく、ダウンタウンのほうへ向かっていた。その通りを走り抜けかかった時に、ひとりの騎馬警官がしぶきの中を突進してきた。水のしたたる黒毛の馬はしぶきを突き抜け、夢の中のような大きな姿を現し、いななきながら、いきなり舗道を横切ったかと思うと、僕の上に躍り上がってきた。僕はすべってひざをつき、その躍動するでかいものがふわりと頭上に浮かんでは越えていくのを目にするとともに、まるで遠くの、壁に詰め物をした部屋に座っているかのように、ひづめの音、悲鳴、ほとばしり出る水の音がかすかに聞こえた。馬がもう少しで飛び越す瞬間に、尻っぽの毛が僕の目にバシッと当たった。彗星の火の尾を想わせる残像がひりひりするまぶたに焼きついたまま、むちゃくちゃに折りかばんを振り回し、よろめきながら、ぐるぐると回った。折りかばんと足鎖をむやみに振り回し、ぐるぐる回っているうちに、またもや馬の駆ける音を耳にしたので、僕はどうしようもなく、あわてて逃げた。すると今度は、凄まじい勢いの水の中にもろに突っ込んでしまい、濡れて冷たい、バシバシと落ちる一撃に似た水の力を肌で感じ、そこを抜け出ていくらか見えるようになったとたんに、もう一頭の馬が突進してくるのが目にはいった。乗り手は障害物を飛び越える猟師よろしく、体をうしろに傾け、馬の前足を上げさせたかと思うと、ほとばしるしぶきに体当たりして、その中に呑み込まれた。僕はふらふらと進み、彗星の尾に似た映像がまだ目に残っていたが、少し視力が回復してきたので振り返ると、月明かりの中で、もの凄い勢いで間欠泉みたいに立ち昇るしぶきが、目に映った。

家々の前には鉄柵がずらりと張りめぐらされていて、その奥には生け垣があった。僕は水の凄まじい圧力を受けたばかりなので、ひと休みしようと鉄柵のうしろにもぐり込み、喘ぎながら横たわった。ところが、盛夏の生け垣の乾いた匂いを鼻に感じながらやっと落ち着こうとした矢先に、酔っぱらいたちが家の前に立ち止まり、鉄柵にもたれかかった。彼らは酒瓶を回し飲みしていて、声は強い感情を使い果たしたように聞こえた。

「今夜はすばらしい夜だったなぁ。すばらしい夜じゃないか?」と彼らのひとりが言った。

「いつもと同じだよ」

「なんでそんなことを言うんだい？」

「だって、女とやったり、喧嘩をしたり、飲んだり、嘘ついたりしたからさ――その瓶をよこせ」

「そうだけど、おれ、あんなすばらしいものはじめて見たよ」

「おめえ、あんなものですばらしいものを見たとでも思ってんのかい？　畜生、おめえも二時間くらい前から、レノックス街にいりゃあよかったのに。あの破壊者ラスとかいう奴のこと、知ってるかい？　あのな、**あいつ**、血を吐いていたんだぞ」

「あのクレイジーな奴がかい？」

「そうとも。あいつ、でっかい黒毛の馬に乗ってよう。毛皮の帽子をかぶり、肩にゃ、ライオンの毛皮みてえな何かをひっかけて、暴れまくったんだぞ。実に見ものだったんだぜ。あのな、その乗ってる馬がなあ、野菜用の馬車を引っ張るような馬ときた。あいつ、カウボーイ用の鞍にまたがり、でっかい拍車をつけてよう」

「もう、嘘つくな！」

「ほんとだよ！　あの街区を乗り回してわめくんだ。『やつらをぶっ殺せ！　追い出してしまえ！やつらを焼き払え！　おれが、このラスがお前らに命令しているんだ』ってな。おい、聞いてんのか」と彼は言った。「『おれが、この**ラス**がお前らに命じる――ろくでなしどもをひとり残らずやっつけろ！』ってな。するとそん時、図々しい野郎が窓から顔を突き出して、ジョージア訛りのでかい声で叫んだんだ。『カウボーイ、あいつらをとことん苦しめろ。地獄に叩き落としてやれ』って。おい、あの変人ときたら、サンドイッチにかぶりつく死神みてぇな顔してたんだぜ。あの野郎、かがんだと思ったら、四五口径を取り出して、その窓めがけてぶっ放す始末よう――そしたらな、みんな、クモの子を散らすみてえに逃げ出しやがったのさ！　たちまち、残ったのはあの馬に乗ったラスだけだぜ。背中にゃ、あのライオンの皮を垂らしてよう。どうかしてるぜ。ほかの連中はかっぱらおうとしてんのに、あいつと手下どもときたら、血に飢えてうずうずしてんだからよ！」

僕は溺れているところを助けられた人のように、横になって耳を澄ましていたが、まだ生きている心地がしなかった。

「おれもあすこにいたんだ」と別の声が言った。「騎馬警官が追っかけてきた時のあいつの顔、見たか？」

「いいや……。ほら、ちょっと飲みなよ」

「いや、あん時だけは、お前も見とけばよかったなぁ。警官が馬で駆けつけてくるのを見ると、あいつ、鞍のうしろに手を伸ばして、古びた楯みてえなものを取り出してな」

「楯だって？」

「そうとも！　真ん中にスパイクが付いてるやつさ。それだけじゃない。警官を見たら、あいつ、手下に槍をよこせって怒鳴ると、ちょこっとチビの野郎が通りに駆け込んできて渡したのさ。あのな、そのチビ野郎ときたら、映画に出てくるアフリカ人みたいな奴でよう……」

「おい、一体、お前はそん時にどこにいたんだい？」

「おれか？　おれはその通りのわきにいたのさ。店に押し入った奴が窓から冷えたビールを売っていたもんでよう――商売をやってんのさ」話し手は笑い声を上げた。「おれ、バドワイザーを飲みながら見物してたんだ——おい、そん時だよ、警官どもがカウボーイみたいに駆けつけてきたのは。あの何とかラスっていう奴、警官に気づくと、ライオンみたいに吼えてうしろに下がってから、馬の尻に拍車をかけやがってな。硬貨が帰宅時間の地下鉄で落ちるみたいに、速くよう！　そん時、お前も見物しとけばよかったなぁ！　おい、おれにも飲ませろ。

ありがとよ。そんなふうにしてあいつは、槍を前に突き出し、腕には楯を持って、パカッ、パカッと突進していった。それになぁ、アフリカか西インド諸島かどこかの言葉を叫びながら、すげえ特技があるみたいに、頭を下げていたんだ。あの乗り方ときたら、ジャマイカ競馬場第五レースのアール・サンディみたいだったなあ。あの黒毛の馬もいななくと、**あいつ**も頭をぐいと下げてよう——あいつ、**あんな**すげえ馬を**どこ**で手に入れたんだろう——まったく見事な馬だぜ！　馬のやつ、尻に拍車をかけられたら、戦争をおっぱじめに行く軍艦みたいに、飛び出していったのさ！　警官たちがどうしたらいいのか分からないうちに、ラスは連中のど真ん中に突っ込んでいったのさ。すると、ひとりの警官が槍をつかまえようとしたら、ラスが槍を振り回しそいつの頭を突き刺したもんで、そいつはバタリと落っこっちまって、そいつの馬はうしろ足でおっ立つ始末でよう。ラスも自分の馬をうしろ足で立たせ、別の警官を槍で突こうとするんだが、なんせ何頭も馬がまわりで跳びはねるんでなぁ。そこでラスは、また別の警官を突き刺そうとするんだが、近すぎるもんでよう。ラスの馬はプーッと屁をこくし、鼻は鳴らすし、小便は垂らすし、糞まで垂れるときた。警官が拳銃を振り回して撃つには撃つが、そんたびにラスは片腕で楯をさっと持ち上げ、もう一方の手に持った槍で切りつけるんだ。おい、あの楯にぶち当たる銃声ときたら、一二階の窓からポンコツ車を落としたみたいなすげえ音だったよ。それからなあ、ラスは警官を槍で突くには近すぎると思ったらしく、馬をくるっと回して、ちょこっとうしろに下がると、さっと向き返ってまた突進した――血を流そうと思ってな。でも、今度ばかりは警官どもも、そんなアホくさい闘いにゃうんざりしたみたいで、ひとりの警官が撃ちはじめたんだ。これがまたもの凄い早業ときた！ ラスの奴は銃を手にする暇がなく、槍を投げつけてからぶつくさ言って、警官も兄弟だなどと捨てぜりふを残して、ハイヨー、シルバーのローン・レンジャーみたいに、馬もろとも走り去っていったのさ！」

「お前なぁ、でたらめばっかり言うんじゃないぞ」

「ほんとだって。誓いの右手を出すよ」

彼らは笑いながら、去っていった。僕は手足が引きつって横になったまま笑いたかったが、ラスは滑稽な人物ではない、滑稽だけではなく危険でもあり、間違ってもいて正しくもあり、変人でもあり、冷たいくらいにまともな人間だという感じがした……。それなのに、なぜ彼らはそれをさもおかしそうに話すんだろう、と僕は思った。そのくせ、おかしな話であることは自分でも分かっていた。おかしくて危険な、悲しい話だ。ジャックはそれに気づいていた、あるいは困惑してしまい、犠牲の準備のために道具に利用したというわけか。僕も道具として利用されてきた。祖父は彼らにハイ、ハイと従って死と破滅に追い込めと言ったが、あれは間違っていたのだろうか、そうでなければ、当時から事情があまりにも変わっていたのかもしれない。

彼らを破滅させる方法はたった一つしかない。僕は暑い空気の中でずぶ濡れになって震えながら、淡い月明かりの生け垣から出て、ジャックを捜しに、依然として反対方向に向かった。通りに出ると、遠くから聞こえる暴動のざわめきに耳を澄まし、砕けたコップの底の二つの眼のイメージを思い浮かべた。

ジャックは自分の策略を本当に隠したいのであれば、宣伝カーに乗ってこの地区に現れ、レストラムやトビットと一緒に優しい相談相手の役を演じるにちがいない。僕はそんなことを思いながら、できるだけ暗い通りの静かな場所を歩いた。

彼らは制服を着ていなかったが、警官だと僕は思った――野球のバットが目にとまり、振り返って引き返そうとした時、「おい、君」と声をかけられた。

僕はためらった。

「その折りかばんには、何が入っているのかい?」と警官が訊いた。彼らがほかのことを尋ねたのであれば、僕はじっと立っていただろう。だが、その質問を耳にしただけで、僕は高まる屈辱と怒りで震え、ジャックを捜しに走って逃げた。ところが、見知らぬ場所に迷い込んでしまった。どういうわけか誰かがマンホールの蓋をはずしておいたらしく、いきなり僕はその中に落ちてゆくのを感じた。長いあいだ下に吸い込まれていくようにして山積みの石炭の上に落ちてしまい、炭塵がもくもくと舞い上がった。僕は、もう逃げることも、隠れることも心配することもなく、崩れ落ちる石炭の音を耳にしながら、真っ暗な闇の黒い石炭の上に横になっていると、上のほうのどこからか、警官たちの声が響いてきた。

「あいつの落ちざまを見たかい、ヒューーッとだぜ! おれ、あの野郎を殴ろうとしていたんだ」

「ぶん殴ったのかい?」

「さあな」

「なあ、ジョー、あの野郎は死んじまったかなぁ？」

「たぶんな。どっちみち、あいつが暗がりの中にいるのはたしかだよ。あいつの目だって見えやしない」

「石炭の山ん中の黒んぼう。だろう、ジョー？」

警官のひとりが穴に向かって叫んだ。「おおい、ブラック・ボーイ。出てこい。折りかばんの中身を調べたいんでね」

「そっちこそ、下りてきてつかまえてみろ」と僕は言い返した。

「かばんの中には、何が入ってるのかい？」

「お前だよ」と僕は言ったが、自分でも急に吹き出したくなった。「どんな感じがする？」

「**おれ**がだって？」

「お前らふたりともだよ」と僕は言った。

「お前、どうかしてるぞ」と彼が怒鳴った。

「だけど、僕はまだお前らをこのかばんの中に入れてるもんね」

「何を盗んだ？」

「分からないのか？　だったら、マッチをつけてみろ」

「ジョー、一体あいつは何のことを話しているんだい？」

「マッチをつけろだとよ。あの黒んぼうはどうかしてるよ」

ずっと上のほうで、小さい火がパチパチと燃えて、明るくなってゆくのが見えた。警官たちは石炭の上の僕の姿が見えず、祈りの時のように頭を垂れていた。

「下りてこい」と僕は言った。「ハッハッハッ！　これまでずっとお前らをかばんの中に入れてきたのに、お前たちは僕に気づかなかったし、今だって見えないだろが」

「このクソッタレ野郎！」と警官のひとりが怒鳴った。するとマッチの火が消え、何かがふわりとそばの石炭の上に落ちる音がした。彼らは話し合っていた。

「この真っ黒な黒んぼう野郎、これでどうだ、ざまあ見ろ」と警官のひとりが叫んだかと思うと、マンホールの蓋が音を立てて閉まった。細かい埃が雨のように降り、まぶたに当たった瞬間に、僕はひどく驚いて石炭を少し踏み崩してしまった。暗い空間の上の、さっき鋼鉄の丸い穴を通してマッチの薄暗い明かりが降り注いできたほうを見た。その時、僕は思った、今になってやっと気づいたのだが、自分はいつもこんなふうに生きてきたと——そう思うと、穏やかな気持ちになり、折りかばんを枕がわりにして、横になって休んだ。明日になったら開けられる、あの蓋を押し開けることができる。もう疲れた、くたくたに疲れ果ててしまった。次第に意識がうすれてゆき、鉛のかたまりが溶けるように、二つの義眼が一つに溶け合っていくイメージが心に浮かんだ。ここにいると、暴動がおさまったかのように静かで、眠りに引き込まれ、黒い水面を進んでいく感じがした。

これは首を吊るされなくても一種の死、生きた屍だ、と僕は思った。朝になれば、あの蓋をはずしてやる……。メアリー、メアリーの家に行けばよかった。今は自分にできるたった一つのやり方で、メアリーの家を訪れよう……。僕は漂い、溜め息をつきながら、黒い水面の上を進んでいこう……人に見られずに眠りの中で。

ところが、実際に僕がメアリーの家に辿り着くことは決してなかったし、朝になったらあの鋼鉄の蓋を押しのけてやるという考えは甘すぎた。大きな、目に見えない時間の波は僕の頭上を流れていったが、そんな朝が訪れることはなかった。僕の眠りを覚ます朝もなければ、灯りもなかった。いつまでも眠り続けたが、空腹のせいで、僕はようやく目を覚ました。やがて僕は暗闇の中に立つと、表面のザラザラした壁を触り、足場の不安定な砂のように石炭が崩れるのを感じながら、ふらふらと歩き回った。僕は上によじ登ろうとしたが、さすがに空間だけは壊すことも通り抜けることもできないことが分かった。また、いつもならこうした穴に通じるはしごが見つかるはずだが、何一つなかった。懐中電灯は手元においておけばよかった。今は四つん這いになって折りかばんをしっかり持ちながら、あの警官たちが石炭の上に落としていった紙マッチを捜していると、やっと見つけることができた――あれから、どれくらいの時間が経ったのだろう？――ところが、マッチは三本しかなかったので、大事に使おうと思い、松明《たいまつ》がわりになる紙はないものかと、山積みの石炭の上をゆっくりと手探りした。穴ぐらから出る道を灯りで照らすには、たった一枚の紙きれがありさえすればいいのだが、何も見つからなかった。次にポケットを探ると、一枚の紙幣さえも、広告用のチラシもブラザーフッド協会のパンフレットもなかった。なぜラインハートのビラを捨てたりなんかしたんだろう？　そう言えば、松明がわりになるものがたった一つだけある。こうなったら、折りかばんを開けるほかはない。その中には僕の書類だけが入っていた。

最初は高校の卒業証書からと思い、かすかな皮肉を感じ、苦笑いさえ浮かべながら、貴重なマッチでそれに火をつけると、弱々しい火が暗闇を押しのけるように、めらめらと灯るのが目に映った。僕は見えない所まである形のはっきりしないものにいっぱい囲まれて、地下室の中にいたので、出て行く道を灯りで照らすには、かばんの中の紙をすべて燃やすほかはないことに気づいた。この弱々しい松明で足もとを照らし、もっと暗い闇のほうへとゆっくり進んでいった。次に用いるのはクリフトンの紙人形だったが、なかなか燃えにくかったので、ほかに何かないものかとかばんの中を手探りした。すると、煙のくすぶる人形の火のそばで、折ってある用紙を開いてみた。それはあの匿名の手紙であり、あまりにさっと燃えるので、燃え尽きないうちに急いでもう一枚の紙を開いた。ジャックが僕にブラザーフッド協会の名前を書き留めてくれたメモ用紙だった。じめじめした穴ぐらの中でも、用紙についたエマの香水の匂いがまだ嗅ぎとれた。燃え尽きそうな二つの用紙の筆跡を、手を火傷しながらもじっと見ているうちに、愕然としてひざをついた。どちらも同じ筆跡だったのだ。僕は仰天してひざまずいたまま、二つの用紙を燃やし尽くす火を見守っていた。ジャックが、つまり日付が新しい手紙をよこした匿名の送り主がまったく同じペンを用いて、僕に名前をつけた上に、走り続けさせたとは、あまりにもひどい。いきなり僕はわめき出し、暗がりの中に立ち上がると、壁にぶつかったり、石炭を蹴散らしたり、憤りのあまりか細い火を消したりしながら、むちゃくちゃに走り回った。

だが、それでも暗闇の中をぐるぐる回ったり、狭い通路のザラザラした壁に突き当たったり、頭を打ちつけたり、悪態をついたりしながら、よろよろと歩いていくうちに、何かの仕切り壁にぶつかったとたんに咳きこみ、くしゃみをしながら真っ逆さまに下に吸い込まれるようにしてもう一つの広大な部屋に落ちた。その床を、僕は怒って転がり続けた。そんな状態がどれくらい続いたのか、自分でも分からない。数日かもしれないし、ひょっとして数週間かもしれない。時間の感覚をすっかり失っていた。ちょっとでも休もうとするたびに、怒りがぶり返してくるので、また転がり続けた。とうとう、体がほとんど動かなくなった時、何かがこう言っているような気がした。「これで十分だ。自殺行為はやめろ。お前は十分に走ってきたし、やっと彼らとの縁は切れたのだから」と。僕はつんのめるようにしてへたへたと倒れると、疲労の限界を越えて、目も閉じられないほどに疲れ果てたまま横たわっていた。それは夢を見ているとも目覚めているとも言えない状態であり、その中間のどこかであった。トゥルーブラッドが話したあの、スズメバチのひと刺しで目以外のあらゆる部分が麻痺したカケスと同じように、僕はそうした状態に見舞われていた。

ところが、どういうわけか今では床が砂に、暗闇が光に変わってしまっていた。これまで僕は、ジャック、老エマソン、ブレドソー、ノートン、ラス、教育長、僕が認めなかった多くの人たちといった集団の囚われ人だったが、鋭いアーチを描いて見えない所まで続く鉄橋の近くの、黒い水の川のほとりに横になっていると、彼らはみんな僕を走らせてきたのに、今ではまわりに押し寄せてくるのだ。僕は彼らに抱き締められることに抗議していた。一方、彼らは僕に、自分たちの所に戻って来てくれとせがんでいたし、断られてまごついていた。

「いやだね」と僕はこう言った。「僕はもう、君たちのあらゆる幻想や嘘っぱちから吹っ切れたんだから。もう走るのはおしまい」

「まだまだじゃないか」とジャックが、ほかの者たちの怒りに満ちた要求よりもひときわ高い声で言った。「だがな、帰ってこなかったら、お前をすぐに走らせることになるぞ。拒んだりしたら、おれたちがいろんな幻想からちゃんと解放してやることになる」

「いや、もういいよ。自分の手で自分を解放するから」と僕は言い返して、体に食い込むような砂から起き上がろうともがいた。

だが、彼らはナイフを手にして近寄り押さえつけた。僕は真っ赤な痛みを感じたが、彼らは血まみれのかたまりを二つえぐり出すと、それを橋の上から放り投げた。激しい苦痛に耐えながら、血のかたまりが曲線を描いて飛んで、橋のアーチ型に曲がっているてっぺんの下にとまってはそこにひっかかり、太陽の光を浴びて、下の黒ずんだ赤い水の中にしずくがしたたり落ちるのが目にとまった。すると、ほかの者たちが笑っているあいだ、鋭い痛みが走る僕の目の前で、世界中が次第に赤色に染まっていった。

「これでお前は幻想から解放されたよ」とジャックは言って、僕の精液が空中で無駄にしたたり落ちるのを指さした。「幻想から解放されるのはどんな感じかね?」

金属の音が大気に鳴り響いているように思えるほどの激しい苦痛の中で、上を見上げる僕の耳に聞こえてきた、**幻想から解放されるのはどんな感じかね……**。

そこで僕は「すごく痛いし、空しい」と答えたが、その時、きらびやかな色の一匹の蝶が、橋の高いアーチの下で、鮮血にまみれた性器のまわりをひらひらと舞うのが、目に映った。「だけど、見てごらん」と僕は指さして言った。彼らも目を向け笑ったので、僕はふと彼らの満足げな顔を見て納得し、ブレドソーみたいな笑い方をしてびっくりさせた。すると、ジャックが妙な顔つきをして近寄ってきた。

「なぜ笑うんだい？」と彼は尋ねた。

「だって、犠牲を払ったおかげで、今は見えなかったものが見えるからさ」

「あいつは何が見える気でいるんだろう？」とほかの者たちが言った。

すると、ジャックが脅かすような態度で、もっと近づいてきたので、僕は思わず吹き出してしまった。「もう怖くないぞ」と僕は言ってやった。「それにしても、君たちだって、見ようと思えば見えるのに……あれは見えないことはないんだからさ」

「何が見えるんだ？」と彼は訊いた。

「あそこにひっかかっているのは、水に無駄に流されてゆく、何世代も続く僕の先祖や子孫だけじゃなくて──」ここまで言った時、痛みがぶり返してきて、僕はもう彼らの姿を見ることができなかった。

「それだけじゃなくて何だって？　先を続けろよ」と彼らは言った。

「それだけじゃなくて、君たちの太陽も……」

「ああ」

「それに、君たちの月も……」

「あいつ、どうかしてるぞ！」

「君たちの世界も……」

「奴が不可解な空想家だってことは、うすうす気がついていたんだ！」とトビットが口をはさんだ。

「しかも」と僕は言った。「君たちの宇宙がある。君たちにも聞こえる、あのしたたり落ちるしずくは、君たちが作り上げてきた一切の歴史であり、これから作ろうとしている一切の歴史でもあるんだよ。さあ、笑え、科学者ども。君たちの笑いを聞いてやろうじゃないか！」

するとと、頭上に高くそびえる橋が、僕の目の届かない所へ大股で去ってゆくように見えた。それは、まるでロボットが、巨大な鉄人が鉄の足で不吉な音を鳴り響かせながら、動いていく感じがした。そこで、僕は痛みと悲しみに満ちて、もがいて立ち上がり叫んだりした。「駄目だよ、駄目、あいつを止めなきゃ！」


やがて、暗闇の中で目を覚ました。

僕はもうすっかり目が覚めていたが、体が麻痺したように横になっていただけだった。そうしているよりほかにやることを思いつかなかったのだから。あとで出口を捜す努力をしてみるつもりだが、今はさっきの夢を回想しながら、床に横たわっていることしかできない。彼らはすべて鮮やかで印象に残る顔つきをしていたので、スポットライトを浴びて目の前に立っているような気がした。彼らはみんなどこかにいて、世界を台なしにしているのだろう。まあいいや、勝手にさせておこう。僕はもうふっ切れたのだし、あんな夢にもかかわらず、怪我はしなかったのだから。

今ではメアリーの家にも、かつて暮らしていたどこの場所にも戻れないことが分かった。メアリーの家には外側から近づけるものの、僕はブラザーフッド協会にとってと同様、彼女にとって見えない人間になってしまった。もうメアリーの家にも、大学にも、ブラザーフッド協会にも、故郷にだって帰れるはずがない。穴ぐらの中を前進するか、じっとしていることぐらいしかできない。ここにいれば、せめて穏やかな気持ちで、あるいはそうでなくても、静かにいろんなことをじっくり考えてみることはできる。穴ぐらで生活することにしよう。結局、終わりは始まりの中にあった。

エピローグ

これで君たちは、重要なことをすべて知ったことになる。少なくとも、そのほとんどが分かったことになる。僕は見えない人間であり、そのせいで穴の中に落ちたのだし――なんなら、僕みたいな者が入るような穴の存在を教えられた、と言ってもいいだろう――僕はしぶしぶこの事実を受け入れた。受け入れるほか、どうしようもなかったではないか？　ひとたび穴ぐら生活に慣れてしまうと、現実は棍棒のように抵抗できないものであるように思える。言ってみれば、僕はそれと気づかないうちに、棍棒を用いて穴ぐらに叩き込まれたようなものだった。おそらく、そんなふうになるしかなかったのだろう。自分でも分からない。また、実現へのこの教訓を受け入れたことで、自分が時流の前衛にいるのか後尾にいるのかも分からない。たぶん、**これ**は歴史への教訓だろうが、そうした判断はジャックやその同類に任せることにして、僕のほうは自らの人生の教訓を、遅ればせながら考えてみることにしよう。

君たちに対しては正直にならせてもらう――それはそうと、これは、きわめてむずかしいと痛感したわざである。見えない人間の場合、善と悪、正直と不正直といった問題はとても流動的なものなので、たまたま自分を見抜こうとする相手によっては、両者を混同してしまう。ところが、自分を見抜こうとしてきたのだが、これには一つの危険が伴う。僕が正直であろうと努力しようものなら、やたらと憎まれた。あるいは、今のように、自分にとって真実だと思えることをはっきり言おうとしてきた時ほど、である。誰も満足しなかった——自分だって、そうだった。ところが、僕が誰かの誤った意見を「正しい」と言ったり肯定したりする時ほど、愛され、感謝されたことはなかった。また友人たちに、彼らが聞きたがっている間違った、ばかばかしい返事をした時ほど、僕は愛され、感謝されたことはなかった。僕の前では、彼らは自分たちの意見を言うことができたし、確認することもできた。世界は固定したものであり、彼らはそういう世界が気に入っていた。安定感を好んだ。だが、それが厄介だった。彼らの意見は正しいと言ってやるためには、こっちは自分の喉をつかんで締めつけるほかなく、しまいには目は飛び出しそうになるし、舌は垂れて、強風に煽《あお》られる空き家のドアみたいに揺れるほどだった。もちろん、おかげで相手は喜ぶが、こっちはうんざりした。そういうわけで僕は一種の肯定病になってしまい、頭は言うまでもなく、腹も違うと言っているのに、「ハイ、ハイ」と答えるのだった。

それはそうと、人間には感情のほうが理性よりも合理的と思える時がある。そう思えてくるのは、まさしく人間の意志が同時にいくつもの方向に引っぱられる時である。こんなことを言えば、君たちは冷笑するかもしれないが、今の僕にはそれが分かる。僕は記憶の定かではないずっと以前から、あちこちに引っ張り回されてきた。ところが、困ったことに、いつもみんなの行く方向にばかりついて行って、肝心な自分の方向には行かなかった。またさまざまな名前で呼ばれてきたが、本当の名前を言っても、耳を傾けたがる者は実際には誰もいなかった。何年ものあいだ、他人の意見を取り入れようとしてきた末に、とうとう反逆した。僕は**見えない**人間になった。このようにして長い道のりをやって来たあとで、もともと自分の憧れていた社会の地点から引き返し、また長い道のりをブーメランのように戻ってきたのだった。

そこで僕は穴ぐらにこもり、冬眠に入って、一切のそうしたことから逃れようとした。だが、穴ぐらに引きこもっただけでは十分でなく、いまだに完全な冬眠状態に入れないでいる。困ったことに、頭が、**頭というもの**があるからだ。こいつが眠らせてくれない。ジンを飲んでも、ジャズを聴いても、夢を見ても、あるいは読書をしても十分ではなかった。僕を走り続けさせた野暮な冗談を遅ればせながら味わってみても、駄目だった。それに、頭というやつはぐるぐる回っては、結局、祖父のところにまた戻ってしまう。ブラザーフッド協会に「ハイ、ハイ」と言う試みをおしまいにした茶番にもかかわらず、依然として死の床にあった祖父の助言に苦しめられている始末である……。おそらく祖父の助言には、僕が考えた以上の深い意味が秘められていたのかもしれないし、僕のほうも祖父の怒りでまごついたのかもしれない——自分では、はっきりしたことは分からないが。言おうと思えばできたはずだが——もしかして祖父は、こう言おうとしていたに**ちがいない**。つまり、僕ら黒人は、白人たちの意見を、少なくとも暴力を振るった彼らの意見を肯定するのではなく、この国が築かれた原則を肯定しなければならないのだと。祖父は「ハイ、ハイ」と言えと言ったが、それは彼が、原則は人々よりもすばらしいばかりか、人数の優勢とか、ひどい権力とか、原則という言葉を汚すために用いられた一切の手段よりもすばらしいものであることを、知っていたからではなかろうか？　祖父の考えでは、白人たちが封建的な過去の混沌と暗闇の中から夢見て作り上げておきながら、それに違反し、彼らの堕落した精神から見てもばかばかしいと思えるくらいに、危うくしてきたあの原則を、肯定せよ、ということだったのか？　それとも祖父の腹づもりでは、僕ら黒人はそうしたものすべてに対して、その原則だけでなく、白人たちに対しても責任をとれ、ということだったのか？　というのも、僕らは、ほかに誰も自分たちの要求を満たしてはくれないために、その原則を利用するほかない後継者であるのだから。権力が欲しいからでも、自己弁明をしたいからでもなく、もともと、奴隷制という境遇に投げ込まれていた僕らとしては、それを超越するほか手だてはないのだから。すべての国民の中でも僕ら黒人が、とりわけ原則を、その名目のもとに自分たちが虐待され、犠牲にされてきた計画を肯定しなければならないという意味だったのだろうか？――それは、僕ら黒人が弱い立場にあるからではなく、自分たちが恐怖心を抱き、日和見主義的であるからでもない。そうではなくて、以前からほかの民族と一緒に世界で暮らしてきたという意味で、僕ら黒人は白人たちよりも年長の人種だからであり、と同時に、白人たちが、人間としての僕らの貪欲さや狭量さを、彼ら自身も走らされ続けてきた不安や迷信を、いくらか――多くではないにしても、少しは――取り除いてくれたからだ。（もちろん、白人も走らされてきた、ずっと走らされてきた）。それとも祖父が言おうとしたのは、僕ら黒人は、自分たちのせいではないにしても、喧騒に満ちた、ぼんやりとした世界で、ほかのすべての民族と関わりをもって生活しているがゆえに、あの原則を肯定する必要がある、ということなのだろうか？　もっとも、その世界は、ジャックやその同類にしても、「歴史を作る」という空《むな》しいゲームの、チェスで言えば、単なるポーンであることにうんざりした、恩きせがましい態度のノートンやその同族にとっても、搾取のための肥沃な土地ぐらいにしか見られていないのだが。そうした連中が襲ってきて、僕らや原則を破滅させるといけないから、彼らのためにも、僕ら黒人は原則を肯定しなければならない。祖父には、そのことが分かっていたのだろうか？

「奴らの考えに合わせて、死と破滅へと追い込んでもらいたい」と祖父は助言した。だが、祖父の助言は納得がいかない。あの原則が白人たちのうちにも僕ら黒人のうちにも生きていないとすれば、彼らは死んだも同然であり、破滅したのも同じではないのか？　このことに対しては、次のような疑問が生じてくる。僕ら黒人が白人たちとは別個の存在であり、**彼らの一部**でもあるのならば、彼らが死ぬと、僕らも息絶えてしまうのではないのか、という疑問である。その点が僕には分からない。僕の手には負えない。それにしても、**自分**は本当は何を望んでいるのか、と自問してみた。たしかにラインハートのような自由ではないし、ジャックのような権力でもなければ、走らないことの自由でもない。そうではなく、次の一歩を踏み出さないことだ。だから僕は、穴ぐらにとどまっている。

ことわっておくが、僕は何もこうした事態になったことで誰かを責めているのではないし、自分の過失を嘆いているわけでもない。実を言うと、君たちも自分たちの中に病気を抱えている。少なくとも、見えない人間の僕はそうだ。病気を持っていながら、長いあいだ、世間で言う病名が何なのかを突き止めようとしてきたが、こうして書き留めているうちに、少なくともその原因の半分はもともと自分の内にあることが分かってきた。病気は僕の体を徐々に冒していった。それは不思議な病気が、黒人たちの体を冒してゆき、黒い肌が白くなり、残酷で目に見えない光線を浴びた時と同じように、色素が消えていく症状に似ている。どこか具合が悪いことに気づいたまま、何年も生活していくうちに、突然、自分が空気と同じように透明であることに気づく。最初は、これはまったくの悪い冗談だとか、「政治情勢」のせいだとかと、自分に言い聞かせる。だが内心では、自分が悪いのではないかと思うようになり、どこからか自分を見抜こうとする他人の何百万個の目に晒《さら》されて、裸で立ったまま震えているような気分になってくる。これは本当の心の病気であって、言ってみれば、わき腹へ刺さった槍とか、怒り狂った暴徒の町を首に縄をかけての引きずり回しとか、宗教裁判とか、ギロチンによる処刑とか、はらわたが飛び出るほどの腹の引き裂きとか、最後には衛生面から言ってもきれいにかまどで焼却される、死に至るガス室送りとかと同じで、激しい苦痛を伴う——ただ、僕は馬鹿みたいに生き続けるだけに、かえって始末が悪い。もっとも、生きてゆくしかないにしても、自分の病気にいやいやながらも愛着を持つか、それとも葛藤に満ちた次の段階に進むことはできる。

たしかにそうだが、では、次の段階とは何で**ある**のか？　僕は何度それを探ろうとしてきたことか！　幾度となくそれを探り出そうとしてきた。この国のほとんどすべての人々と同じように、僕は楽観的な気持ちを抱いて、世の中へ出ていった。僕だって勤勉、進歩、行動などの大切さをかつては信じていた。最初は社会を「支持」していたが、「反対派」に回ってからは、自分に何の身分も制限も与えていない。もちろん、こうした態度は時代の風潮に大いに反している。ところが、僕の住む世界は無限の可能性を秘めた世界になった。何とすばらしいことだろう——これは今でもすてきな段階であり、幸福な人生観でもある——人間はこれ以上の人生観を受け入れるべきではない。それだけは僕は穴ぐらで学んだ。どこかの連中が拘束服でも着せるように、世界にうまいこと制限を加えるまでは、世界は可能性を秘めている、というのがその定義だった。いわゆる現実の狭い境界の外に出て、混沌の世界に――ラインハートに訊いてみるがいい、彼はその道の達人なのだから――足を踏み入れてみたまえ。あるいは想像の世界に。それも僕は穴ぐらで学んだのだが、といって、知覚をにぶらせた上で学んだのではない。僕は他人には見えないだけであって、目が不自由なわけではないのだから。

実際には、世界は以前とまったく同じで、硬直していて、下劣で、不道徳な、それでいてすごくすばらしいが、今では僕が世界との自分の関係、自分との世界の関係をもっと深く理解するようになっただけのことである。幻想をいっぱいにして公的な生活を送っていた当時の僕は、世界とその中のあらゆる関係はしっかりしているという仮定のもとに自分なりの役割を果たそうとしたが、あれからずいぶん月日は流れていった。人間にはさまざまなタイプがいて、すべての生活には対立があり、その対立にこそ本当の健全さがあると、今になって知った。くり返しになるが、僕が穴ぐらにとどまってきたのは、地上には、人間を一つの型に合わせようとする情熱が徐々に高まってきているからだ。ちょうど僕が見た悪夢と同じように、ジャックとその同類は、……そのう、「ボール・ザ・ジャック」（一つの企てにすべてを賭けるという意味と、ダンスでの、テンポを速めるという意味がある）するちょっとした口実でもないものかと、ナイフを手にして待ち構えている。僕は何も昔のダンスのステップのことを言っているつもりはないが、ジャックたちの行為が老いた鷲（アメリカのこと）を危険なまでに揺るがしている。

いずれにしても、こうした一形式だけの適合化への情熱はどこから生まれるのだろうか？――大切なのは多様性である。人間にさまざまな役割を持たせておけば、独裁国家は生じないだろう。彼らがこの適合化を続けていくならば、しまいに、見えない人間の僕を無理やり白い肌の人間にしてしまうだろう。白さは一つの色ではなく、色の欠如した状態であるのに。それなのに、なぜ僕が無色になる努力をしなければならないのか？　だが、俗物根性は抜きにしてまじめに言うが、万一そのようなことが起きた場合、世界が失うものは何かを考えてみるがいい。アメリカはさまざまな糸が織り込まれてできている。僕にはそれらの糸が分かるのだから、そのままにしておこう。「負けるが勝ち」というのはわが国の、あらゆる国のすばらしい真実である。人生は生きるためにあるのであって、管理されるためにあるのではない。人間性は敗北に直面しながらも、それでもなおやり続けてこそ、勝ち取られるものなのである。われわれの運命は一つでありながら、多でもあるようになっている——これは予言ではなくて、事実を述べたものにほかならない。それゆえ、世界でもっともおかしな話は、黒さを避けることに余念がない白人たちが日毎に黒くなっていく一方で、白くなろうと努力する黒人たちがかなり浅黒い色になっていく光景だろう。自分という者は誰であり、またどこに向かおうとしているのかを、知る者は誰もいないように思えてくる。

それで思い出すのが、先日の地下鉄の出来事である。最初は、ちょっと道に迷ったらしいひとりの老紳士を見かけた。老人が道に迷ったらしいことは僕にも分かった。ホームを見渡していると、老人が何人もの人に近づいては、何も言わずにその場を離れるのが目にとまったからだ。その時に僕はこんなことを思った。あの老人は道に迷ったらしいな。老人はこっちに近づいて来るうちに僕を見て、自分の行く道を訊くだろう。たぶん、老人にしてみれば、見知らぬ白人に自分が道に迷ったのを認めるのは、ばつが悪いのかもしれない。おそらく、自分が**どこに**いるのかという方向感覚を失うことは、自分が**何者**であるのかという感覚を喪失する危険性をはらんでいるのだろう。まさしく、それが肝心なことにちがいない——自分の方向を失うのは自分の面目を失うことにもなるのだから。それもいいだろう。もっとも、僕は行くべき方向もないまま暮らすことを学んだけれど。あの老人が道を訊きたいのであれば、訊けばいい。

だが、二メートルくらいまで近づいてきた時に、僕はあの人であることに気づいた。ノートン氏だった。この老人は今ではもうやせていて、皺もよっていたが、相変わらずこざっぱりした服装をしていた。老人を見たとたんに昔の生活が甦ってきて、僕は目をうるませて微笑んだ。そうした感激はすぐに過ぎて、消えうせた。センター通りにはどうやって行けばいいのかと尋ねられた時に、僕は複雑な思いで老人をじっと見つめた。

「僕が分かりませんか？」と僕は訊いた。

「どうしてわしが？」と老人は答えた。

「僕が見えますか？」と僕は緊張して見守りながら訊いてみた。

「そりゃ、もちろんさ――センター通りにはどれに乗ればいいのか知っておりますか？」

「ええ、以前は酒場の〈ゴールデン・デイ〉に行ってたのに、今ではセンター通りですか。ずいぶんと節約家になられましたね。あなたは、僕が誰なのか本当にご存知ないのですか？」

「若いの、わしは急いでいるんでね」老人は丸めた手を耳に当てて、言った。「どうして君のことを知らなくてはいけないのかね？」

「だって、僕はあなたの運命なんですから」

「今、わしの運命だって、言ったのかい？」老人は困惑したようなまなざしを向けながら、あとずさりした。「若いの、君は病気じゃないだろうね。どの電車に乗ればいい、って言ってくれたのかね？」

「そんなことは言ってません」と僕は頭を横に振りながら言った。「あなたは恥ずかしくはありませんか？」

「恥ずかしいって？　**恥ずかしい**だと！」と彼は怒って言った。

僕は不意にその考えに取りつかれ、笑った。「だって、ノートンさん、あなたが今**どこ**にいるのかをご存知ないんだったら、たぶん、自分が誰なのかもご存知ないでしょうから。あなたは恥ずかしいから、僕の所に来たんでしょう。あなたは恥ずかしい思いをなさっているでしょうね？」

「若いの、わしはこの世に長生きしすぎて、何も恥ずかしいことはないのだよ。君は腹が減って、頭がどうかなったんじゃないのかね？　わしの名前を知ってるのはどうしてかね？」

「僕はあなたの運命だからですよ。僕があなたを作ったのですから。なぜ僕があなたを知っているのかって？」僕がもっと近寄ると、老人はあとずさりして柱にもたれた。老人は心配そうな動物のように、辺りを見回した。僕のことを変人だと思っているらしかった。

「ノートンさん、心配することはありませんよ。ホームには駅員がいますから、大丈夫ですよ。どの電車にでも乗ってごらんなさい。電車はすべて〈ゴールデン・デイ〉行き――」

だが、その時にはもう急行電車が到着していて、老人は元気よくドアの中に姿を消そうとしていた。僕はホームに立ったまま、ヒステリックな笑い声を上げていた。ずっと笑いながら、穴ぐらに戻った。

ところが、笑ったあとで、僕は考え込んだ――どうしてああしたことが起きたんだろう？　あれは笑い話にすぎなかったのかと自問してみたが、答えは出てこなかった。その時から、奴隷州と自由州の境界を定めたメーソン＝ディクソン線を越えて、あの「暗黒の中心部」へ戻りたい衝動に駆られることが時たまあった。そんな時には、真の暗闇は心の中にあるのだし、その考えも暗がりにいては消えてしまうことを思い出すことにしている。とは言え、あの衝動が今でもおさまることはない。時々、僕はあのすべてを、すべての不幸な土地や、その土地で愛される一切の事柄や、愛されそうもない一切の事柄をふたたび確認する必要を感じることがある。その一切が僕の一部でもあるのだから。しかしながら、今までに分かったのはこれくらいのことである。不可視性の穴ぐらから見ると、人生はすべて不条理なのだから。

それならば、なぜ僕は書くのか、拷問のような苦しみを味わいながら、なぜ書き留めようとするのだろうか？ それは、いつの間にか、いくつかのことを学んできたからだ。行動の可能性がない場合には、すべての知識は「ファイルにとじて、忘れる」といったレッテルを貼られがちになるのだが、僕自身はファイルにとじることができないし、忘れることもできない。いくつかの観念が忘れさせてはくれない。それらの観念が、無気力や自己満足に陥った僕をめがけて、続々と押し寄せてくる。なぜ自分は、こうした悪夢を見なければならないのか？ 一体、なぜ自分は取り残されて、書くことに打ち込む運命にあるのだろうか？――それは、少なくとも数人の人たちに伝えるためである。どうも逃れられそうにもない。そこで僕は、怒りを世界に向けてまともにぶつけようとしてきたが、いざ書き留めようとすると、一つの役割を演じることへの昔の魅力が戻ってきて、ふたたび地上に引き寄せられてしまう。その結果、書き終わらないうちに、途中で失敗してしまうのだ（おそらく、怒りが強すぎるせいかもしれないし、おしゃべりな僕が、あまりにも多くの言葉を用いすぎたのかもしれない)。いずれにしても、僕の試みは失敗に終わった。書き留める行為そのものが混乱させると同時に、怒りやにがにがしい思いをいくらか和らげてしまうのだ。だから今は、非難もすれば弁護もするし、あるいは弁護してもよいと思っている。非難もするし肯定もするし、ノーと言ってはイエスと、イエスと答えてはノーと返事することにしている。僕が世間を非難するのは、自分もそれに巻き込まれた手前、少しは責任もあるのだが、地獄のような責め苦を味わった上に、見えない人間になるくらいに虐待されたからだ。また世間を弁護するのは、そうした一切のことがあるにもかかわらず、自分は愛情を抱いていると感じるからである。そのようなことを少し書きしるすためには、自分としては愛する**ほかはない**。まやかしの寛容さを君たちに売りつけるつもりはない。僕は見えない人間なのだから——だが、人間は憎しみを通してだけではなく、愛情を通して近づかない限り、人生はあまりに多くのことが失われ、その意味も失われてしまう。だから、対立を通して接近しようと思う。それゆえに僕は、非難し、弁護し、憎み、愛す。

おそらくそうすることで、祖父みたいに少しは人間らしくなるだろう。かつての僕は、祖父には人間性について思索することなどできないと思い込んでいたが、それは間違いだった。でなければ、闘技場の演説で述べたように、老いた奴隷が「これとこれ、それからこれが、わしをより人間的にした」といった文句を言うはずがない。祖父は自分の人間性を何ら疑っていなかった——それが「自由な」子孫に受け継がれたのである。祖父は、原則も自分の人間性も受け入れた。それは祖父のものだったし、この国が築かれた原則も、そのすべての人間的で、不合理な多様性の中に生き続けている。だから、その多様性を書き留めようとしてきたが、僕はもう、途中で武装解除してしまった。君たちは僕の不可視性を信じようとはしないだろうし、君たちに当てはまる原則が、実は、僕にも当てはまることを見抜くことはないだろう。その気がないのであれば、たとえ死神がわれわれ双方を待ち構えていたとしても、君たちはそれを見そこなうかもしれない。にもかかわらず、その武装解除そのものがきっかけとなって、ある決断に達した。つまり、冬眠生活はもうおしまい、という決断に。僕は古びた皮膚は脱ぎ捨て、呼吸するために地上へ上がっていかねばならない。大気中には悪臭が漂っているはずだが、地下にいてこれほど離れていると、それは死臭かもしれないし、春の息吹かもしれない——僕としては、後者であってほしい。しかし、君たちをだますつもりはないが、春の息吹の中にも、君たちや僕の匂いの中にも、死というものは**ひそんでいる**。ただそれだけのことにしても、不可視性によって、鼻で死臭を嗅ぎ分けることができるようになった。

　地下に下りた時、僕は死を強く意識した。ただ頭は、**頭**だけは違う。生きることを以前から考えてきた頭が、混沌から目を離すはずがない。混沌に対抗するものとして、あの一つの型が考案されたのだから。これは、社会にも個人にも当てはまる。したがって、かつては、君たちの確実なものという型の中にもある混沌を一様化しようとしたが、今の僕は出て行かねばならない。姿を現さなければならない。それに、心の葛藤は依然としてまだある。ルイ・アームストロングのような自分の半分は「窓を開けて、きたない空気を出せ」と言うが、しかし、もう半分の自分は「収穫前のトウモロコシはすばらしい緑色をしていた」と言う。もちろん、彼はふざけて言っているのであって、**彼**なら、懐かしい悪い空気《ベル》を追い出すことなどしなかったにちがいない。なぜなら、懐かしい悪い空気のトランペットの朝顔から生まれる心地よい音楽こそが大事なのに、そんなことをすれば、音楽や踊りを台なしにしたはずだから。懐かしい悪い空気は彼の音楽に、彼の踊りや多様性に依然としてつきまとっているし、僕も、自分なりのそんな雰囲気を漂わせて動き回ろうと思う。それに、さっき言ったように、決心はもうついた。僕は古い皮膚は振り捨てて、この穴を出ようと思う。ここを去っても、皮膚がないとやはり人には見えないかもしれないが、それでも出て行こう。いい潮時だと思う。考えてみると、冬眠だって度を越すこともある。おそらく、冬眠しすぎたことが、僕にとっていちばんの社会的な犯罪なのかもしれない。なぜなら、見えない人間だって、社会的な責任として果たす役割があるかもしれないのだから。

「チェッ、あいつのくだらんたわごとにはうんざりしたよ。たわごとを並べて、盛り上げようとしただけだもの。あいつ、馬鹿話を聞いてもらいたかっただけじゃないか――」君たちがそんなふうに言う声が聞こえるようだ。だが、それも、少しは当たっている。人の目には見えないし、実体もないし、言ってみれば、肉体を持たない声の僕としては、ほかに何もできないではないか？　君たちの目には僕の姿が映らないのだから。現実に何が起きているのかを語ろうとすること意外に、ほかに手だてはないではないか？　だから、次の点にだけは、さすがの僕もおびえてしまう。

僕は、君たちに代わって声を落として語っているのに、そのことに誰も気づいてくれない。

訳者あとがき

今からおよそ三〇年前の一九九三年を、私は家族と一緒にアイオワ州のアイオワシティで過ごした。アイオワ大学の客員研究員として一年間の在籍が許されたのである。同大学を在外研究先に選んだのは、正直なところ、初めてのアメリカでの生活に不安そうにしている妻と小学五年生と六年生になるふたりの子供と共にのんびりと過ごしたかったからだ、と同時に、アメリカ黒人作家のジェームズ・アラン・マクファーソン率いる作家養成コース、いわゆるライターズ・ワークショップがあったからでもある。マクファーソンは、私の尊敬するアメリカ黒人作家のラルフ・ウォルドー・エリスンから高く評価され、後継者とみなされていた。私はマクファーソンからエリスンのことを色々と聞きたかったが、それも叶わないまま翌年の四月に帰国した。エリスンの訃報を聞いたのは、帰国して二週間後の四月一六日のことである。彼はすい臓癌のためにニューヨークのアパートで死去した。享年八〇歳だった。

奴隷を先祖にもつラルフ・ウォルドー・エリスンは、一九一四年三月一日、オクラホマ州オクラホマシティで父ルイス・アルフレッド・エリスンと母アイダ・ミルサップの間に生まれた。名前は小説

『見えない人間』の中で暗示されているように、一九世紀の偉大な思想家にして作家ラルフ・ウォルドー・エマソンに由来する。三歳の時に父親が胃潰瘍で死亡。その後母親の手で育てられながらフレデリック・ダグラス校に入学。八歳の頃から音楽家になることを志して、学校のバンドでトランペットを演奏するようになる。一九一三年、エリスンが一九歳の時に州から奨学金を得て、音楽を学ぶためにアラバマ州のタスキーギ・インスティテュートに入学する。そこは、一九世紀後半にアメリカ黒人に影響力のあった教育者ブッカー・T・ワシントンが創設した教育機関である。在学中に音楽を勉強するかたわら、アーネスト・ヘミングウェイ、T・S・エリオットといったアメリカ文学を読み耽《ふけ》るようになり、後にこの経験が彼の世界観の形成に大きな影響をあたえることになる。

一九三六年、エリスンがインスティテュートの三年生の時、奨学金が底をついたので、学費を稼ぎながら彫刻を学ぶためにニューヨークへ行く。ニューヨークに着いて二日目の七月五日に、「黒人は川を語る」という詩で知られている詩人にして作家のラングストン・ヒューズに会う。その時には、『新しい黒人』を編纂して一九二〇年代の黒人芸術運動、いわゆるハーレム・ルネサンスをけん引したアラン・ロックも同席していた。後に文芸評論家のアダム・ブラッドリーは、この三人の出会いを記念碑的な出会いとみなして、「二〇世紀の黒人芸術が誕生したゆかりの地での、過去、現在、そして未来のアメリカ黒人文学の合流」と指摘した。『見えない人間』の主人公が住む穴ぐらには一三六九個の電球がついているのだが、エリスンは数字を入れ替えてこの時の出会いを刻んでいる。

翌年の三七年、母親が死去する。同年に、エリスンはヒューズを介してリチャード・ライトを紹介される。ライトは抗議文学の巨匠として一九四〇年代にアメリカ黒人文学の世界に君臨することになるのだが、当時は小雑誌の編集をしていた。ライトはエリスンに書評を書くようにすすめる。エリスンの初めての書評が認められ雑誌に掲載されると、さらにライトは短編を書くようにすすめた。以後エリスンは書くことになるべく時間を割くようになる。三八年から四二年まで連邦作家計画で働いていたのだが、その間も暇を見つけては短編を執筆した。また第二次世界大戦中には兵役として商船で働き、休憩時間の合間に短編を書いた。こうした執筆の努力の成果として、三九年に「スリックは今に知る」、四一年に「ミスター・トゥーサン」、四三年に「見知らぬ国で」、四四年に「ビンゴゲームの王様」と「飛んで帰ろう」を発表する。

これらの短編を含めて初めの頃のエリスンは、ライトの影響を多少とも受けながら書いていたように思われる。たとえば一九九六年に死後出版された短編集『黒い鳥人』に収められた「広場のお祭り騒ぎ」は、抗議的な要素を含んでいる。主人公の白人少年がお祭りと聞いて広場に行ってみると、お祭りとは名ばかりで、実は大勢の人が見物する中で黒人が焼き殺される場面なのだ。

しかしながら、執筆を重ねるうちに、エリスンは文学観の相違ゆえにライトから次第に遠ざかってゆく。少なくとも文学上はそうだ。ライトを説明する時のキーワードは貧困と並んで憎しみであるが、エリスンの場合はかなり違う。『見えない人間』にあるように、彼は「人間は憎しみを通してだけでなく、愛情を通して近づかない限り、人生はあまりに多くのことが失われ、その意味も失われてしまう。……それゆえに僕は、避難し、弁護し、憎み、愛す」という境地に達する。またエリスンは、ライトがイデオロギーにこだわり過ぎたり精神的に追い詰められたりして、日常の素晴らしい出来事を描いていない、と思うようになる。ライトとは対照的に、ヘミングウェイは日常の出来事だけでなく、人を勝利へと導くことができるような耐えがたい状況を描いていて、そこには悲劇を超越した精神の息吹が感じられると考える。その意味でエリスンにとって文学上の祖先は、ヘミングウェイでありT・S・エリオットであり、アンドレ・マルロー、ドストエフスキー、ウィリアム・フォークナーといった白人作家であった。

『見えない人間』には、こうした白人作家の世界が部分的に反映されている。たとえばこの小説の主人公「僕」は最後には警官に追われて逃げているうちにマンホールから地下の穴ぐらに落ちてしまうが、その地下世界での手記はドストエフスキーの『地下室の手記』を彷彿とさせる。またこの小説のエピグラフには、「お前らは僕を見ているのではない」で始まるエリオットの戯曲『一族再会』の科白が引用されているし、二五章にある「終わりは始まりの中にあった」はエリオットの詩の一節である。まさしくエリスンにとってエリオットは、価値あるものの探し方の手ほどきをしてくれた人物だった。

エリオットのような白人作家の影響を受けながらも、エリスンはアメリカ社会を見つめ、独自の世界観を構築し深化させていった。エリスンはエッセイ集『領土へ行く』に収められた「チェホー駅の小さな男」の中で、「多様性の中の調和」を民主主義の理想とする複雑なアメリカの文化、もしくは社会について、次のように述べている。

多くの人々にとってわが国の文化の多様性は、その土台をなしている民主主義の概念と同様、理解しにくい。

さらにエリスンはこう述べている。

文化全体は、常に不協和音を発しながら動いている。それは絶えず状態を変えて、互いに相容れない生活様式や趣味、価値や伝統の渦として立ち現れる。

ここで用いられた「文化」は社会という言葉に置き換えることができる。そうすると、エリスンは、アメリカ社会が流動的で多様な社会であると捉えていることがわかる。しかもその多様性は人種や宗教だけでなく、「生活様式や趣味、価値や伝統」などが不協和音を発するくらいに相容れないまま複雑に絡み合っているので、アメリカ社会は混沌とした様相を呈していると考えているのだ。

このような複雑なアメリカ社会での問題は、「政治的に弱く、社会的にあまり受け入れられていない人々」をおのれの自己嫌悪、現実に対する不安、現実からの逃避といったものの受け皿にするという点だとエリスンは言う。人々の人間性を便宜的な人間性に貶《おとし》めていると言うのである。「政治的に弱く、社会的にあまり受け入れられていない人々」の多くはマイノリティであり、その典型がアメリカ黒人であった。社会の中心にいる人は社会の周縁や底辺にいるアメリカ黒人の人間性を貶めて、単なる負の記号と見なしてきた。人間としては見えない存在にしてきたのだ。こうしたアメリカ黒人が置かれた状況を描写したのが、まさしくエリスンの傑作『見えない人間』である。

『見えない人間』は、構想から執筆に至るまでほぼ七年間を費やし、一九五二年にランダムハウス社から出版された。二〇世紀で最も重要な作品のひとつと言っても過言ではない。舞台は一九三〇年代のアメリカ。黒人で主人公の「僕」は、ニューヨークの賃貸ビルの、一九世紀に塞《ふさ》がれて忘れ去られた地下室の「穴ぐら」に今は住んでいる。その主人公が二〇年間の過ぎし日々を回想し、どのようにして見えない人間になっていったかを告白するかたちで小説は展開する。

成績優秀な主人公は高校の卒業式で演説をして、南部の町の白人の有力者たちの前でも演説をすることになる。だが、その前に主人公を待ち構えていたのは予想外の出来事だった、ホテルに連れていかれた主人公は、そこに設営されたリングの上で目隠しをしたまま仲間同士で殴り合いをし続けた末に、電流を通した絨毯の上でコインを拾う羽目になったのだ。その代償として白人の有力者たちから奨学金の証書をもらい、その金で南部の州立大学に入学する。主人公は大学三年の時、大学の理事で北部出身の白人ノートン氏を車で大学の近くを案内しているうちに、うっかりして町の外れにあるかつての奴隷地区に迷い込む。そこの荒れ果てた元奴隷小屋には、ジム・トゥルーブラッドが出産の近い突き出たお腹をしたふたりの女――妻と娘――といっしょに住んでいる。トゥルーブラッドが近親相姦の罪を犯し娘を妊娠させたのだ。その話を聞いてノートン氏は気分が悪くなり、買春宿の「ゴールデン・デイ」(黄金の日、の意味)に主人公によって担ぎ込まれる。そこには戦争後遺症を患っていると思われる精神病の患者たちがたまたまいて、ノートン氏は彼らの騒動に巻き込まれて気絶してしまう。(ちなみに、トゥルーブラッドは、近親相姦の話を絵で見るように語ることでお金をもらうという、資本主義経済の原理に基づいて生活費を得ている。また精神病の患者たちは、ヨーロッパ戦線で活躍した後にアメリカ南部に戻り連邦政府を批判したかどで精神病院に収容された実在の知識人たちがモデルとされている。）

主人公は大学に戻ると、北部の白人に南部の黒人の恥部を見せたとブレドソー学長から激しく怒られたうえに、「君はこの夏ニューヨークへ行って、面目を守ったらいい——それに、お金も貯めるんだね。あそこへ行って、来年の授業料を稼ぎなさい。分かった？」と言われ、停学処分を言い渡される。仕事が見つかるように学長からもらった数通の紹介状を持って主人公はニューヨークへ行くが、ふとしたことで読むことになるその紹介状は衝撃的な内容だった。「この手紙の持ち主はわが大学の元学生でして（元というのは、彼は二度と復学できないからです）」で始まる、主人公の停学ではなく、退学処分の通知であった。

死んだ祖父が出てくる昔の夢の中に「この黒人少年をずっと走らせよ」とあったように、主人公は最初から最後まで走り続けさせられる。南部にいた時もそうだったが、ニューヨークにきてからも同じである。ブラザー・ジャックに誘われてブラザーフッド協会に入るが、権力志向の強い白人の手下として使われる。それから破壊者ラスの手下に追われては逃げ、白人のふたりの警官からも追われて、途中でマンホールから落ちてしまう。

そこは光が届かない暗闇の場所である。足元を照らすには、あのバトルロイヤルの日に「このかばんは、黒人の運命の形成に役立つ重要書類でいっぱいになるだろう」と言って南部の町の白人の有力者たちからもらった折かばん、その中身を燃やすしかない。主人公はかばんの中身——ブラザー・ジャックがブラザーフッド協会の住所を書き留めてくれたメモ用紙、主人公を批判するために協会に届いた匿名の手紙（この時点で、筆跡がジャックのものだということが分かる）——を燃やすが、この行為は象徴的な意味をもつ。『見えない人間』には走り続ける場面が幾度となく描写されているが、この「走り続ける」とは、アメリカ黒人の運命が本人の意思とは関係なく、白人によって決定されてきたという意味である。一方、かばんの中身を燃やすのは、主人公が（他の黒人を含めて）みずから判断して運命を切り拓き、無限の可能性への第一歩を踏み出すことを象徴している。

エリスンの傑作『見えない人間』の意義は現在の社会現象を浮き彫りにしたことにある。つまり、それは格差社会が広がるにつれて、弱い立場にあって社会の周縁や底辺に追い込まれてゆき、人間性を貶められ居場所もなく、見えない人間になる人々がますます増えてきている、という点である。この現象は何もアメリカに限ったことではない。

最後になったが、白水Uブックス編集担当の藤原義也氏に心から感謝申しあげます。懇切丁寧に校正原稿に目を通していただきました。また藤原氏の誘いがなければ、かつて南雲堂フェニックスから出した『見えない人間』は絶版のまま、世間から忘れ去られていたことでしょう。

松本　昇

※本来であれば、アメリカの黒人の呼称はアフリカン・アメリカンか、あるいはアフリカ系アメリカ人を用いるべきだろうが、小説との整合性もあってアメリカの黒人と表記した。

著者紹介

ラルフ・エリスン　Ralph Ellison

1914年、オクラホマ・シティに生まれる。黒人大学のタスキーギ学院で作曲を専攻するが、在学中に現代アメリカ文学に傾倒、ニューヨークへ移住してハーレムで働きながら彫刻と写真を学ぶ。知遇を得た黒人文学の先駆者リチャード・ライトに小説家になるよう勧められ、短篇や評論、書評を雑誌に発表し始める。第二次大戦後に執筆を開始した長篇『見えない人間』が1952年に発表されるや絶賛を浴び、全米図書賞を受賞、一躍文壇の寵児となった。その後、各地の大学でアメリカ文学とロシア文学を講じながら、評論集『影と行為』(64。邦訳南雲堂フェニックス)、『領土へ行く』(86)を刊行。第二長篇『ジュンティーンス』の執筆を続けたが、結局、未完に終わった(没後出版)。1994年、ニューヨークの自宅アパートで膵臓癌のため死去。邦訳短篇集に『ラルフ・エリスン短編集』(南雲堂フェニックス)がある。

訳者略歴

松本昇(まつもと・のぼる)

1948年、長崎県生まれ。アメリカ文学者。明治大学文学部卒業、同大学院博士後期課程満期退学。現在、国士舘大学名誉教授、口之津歴史民俗資料館長。編著に『記憶のポリティックス——アメリカ文学における忘却と想起』(共編、南雲堂フェニックス)ほか多数、訳書にラルフ・エリスン『影と行為』(共訳、南雲堂フェニックス)、ゾラ・ニール・ハーストン『彼らの目は神を見ていた』(新宿書房)、ヘンリー・ルイス・ゲイツ・ジュニア『シグニファイング・モンキー——もの騙る猿/アフロ・アメリカン文学批評理論』(監訳、南雲堂フェニックス)、ヒューストン・A・ベイカー・ジュニア『ブルースの文学——奴隷の経済とヴァナキュラー』(共訳、法政大学出版局)などがある。

編集＝藤原編集室

本書は2004年に南雲堂フェニックスより刊行された。

白水uブックス　232

見えない人間（下）

著　者　ラルフ・エリスン
訳者©　松本昇
発行者　及川直志
発行所　株式会社 白水社
東京都千代田区神田小川町3-24
振替　00190-5-33228　〒101-0052
電話（03）3291-7811（営業部）
（03）3291-7821（編集部）
www.hakusuisha.co.jp

2020年11月15日　印刷
2020年12月5日　発行
本文印刷　株式会社精興社
表紙印刷　クリエイティブ弥那
製　　本　加瀬製本
Printed in Japan

ISBN978-4-560-07232-5

白水uブックス